LES LUEURS DU SUD

Album de famille
La Fin de l'été
Il était une fois l'amour
Au nom du cœur
Secrets
Une autre vie
La Maison des jours heureux
La Ronde des souvenirs
Traversées
Les Promesses de la passion
La Vagabonde
Loving
La Belle Vie
Un parfait inconnu
Kaléidoscope
Zoya
Star
Cher Daddy
Souvenirs du Vietnam
Coups de cœur
Un si grand amour
Joyaux
Naissances
Disparu
Le Cadeau
Accident
Plein Ciel
L'Anneau de Cassandra
Cinq Jours à Paris
Palomino
La Foudre
Malveillance
Souvenirs d'amour
Honneur et Courage
Le Ranch
Renaissance
Le Fantôme
Un rayon de lumière
Un monde de rêve

Le Klone et moi
Un si long chemin
Une saison de passion
Double Reflet
Douce-Amère
Maintenant et pour toujours
Forces irrésistibles
Le Mariage
Mamie Dan
Voyage
Le Baiser
Rue de l'Espoir
L'Aigle solitaire
Le Cottage
Courage
Vœux secrets
Coucher de soleil à Saint-Tropez
Rendez-vous
A bon port
L'Ange gardien
Rançon
Les Echos du passé
Seconde Chance
Impossible
Eternels Célibataires
La Clé du bonheur
Miracle
Princesse
Sœurs et amies
Le Bal
Villa numéro 2
Une grâce infinie
Paris retrouvé
Irrésistible
Une femme libre
Au jour le jour
Offrir l'espoir
Affaire de cœur

Danielle Steel

LES LUEURS DU SUD

Roman

Traduit de l'anglais (Etats-Unis)
par Eveline Charlès

PRESSES
DE LA CITÉ

Titre original : *Southern Lights*

Retrouvez Danielle Steel sur son blog :
http://pressesdelacite.com/blogs/danielle-steel/

A mes merveilleux enfants, Beatrix, Trevor, Todd, Nick, Sam, Victoria, Vanessa, Maxx et Zara, qui sont la lumière de ma vie. Puissent vos vies être toujours remplies de joie, de bienfaits et d'instants heureux ! Avec tout mon amour.

Maman/d.s.

1

L'homme était assis sur un fauteuil élimé, dont le rembourrage s'échappait de tous côtés. Il semblait somnoler et son menton se rapprochait de sa poitrine. Très grand, il avait une stature imposante. Sa tête était inclinée en avant et il avait un serpent tatoué sur la nuque. Posés sur les accoudoirs du fauteuil, ses bras paraissaient dénués de vie. Une odeur infecte de cuisine provenait du couloir et le téléviseur était allumé. Dans un coin de la petite pièce sombre, un lit défait occupait les trois quarts d'un tapis râpé et crasseux. Les tiroirs de la commode étaient ouverts et les quelques vêtements qu'il avait emportés avec lui étaient éparpillés par terre. Il était vêtu d'un tee-shirt et d'un jean, et ses pieds étaient chaussés de lourdes bottes. La boue qui encroûtait ses semelles s'était effritée sur le sol en séchant. Bien qu'il semblât profondément endormi, il fut en un clin d'œil parfaitement éveillé. Il émit un grognement, redressa la tête et ouvrit des yeux d'un bleu glacial. Il avait le sentiment inquiétant d'avoir entendu quelque chose. Refermant les yeux, il tendit l'oreille puis il se leva, s'empara de sa veste et bondit jusqu'à la fenêtre. Le serpent tatoué sur sa nuque avait disparu sous sa chemise.

Luke Quentin enjamba le rebord de la fenêtre, qu'il referma derrière lui avant d'emprunter l'escalier de secours. Il faisait très froid. Rien d'étonnant au mois de janvier à New York. Il était arrivé deux semaines auparavant, après être passé par l'Alabama, le Mississippi, la Pennsylvanie, l'Iowa, l'Ohio, l'Illinois et le Kentucky. Il avait aussi rendu visite à un ami au Texas. Il avait voyagé pendant des mois, travaillant chaque fois qu'il trouvait un emploi. Il n'avait pas besoin de grand-chose pour vivre. Se déplaçant avec la discrétion d'une panthère, il se retrouva dans une rue du Lower East Side avant que les hommes qu'il avait entendus ne parviennent à sa chambre. Il ignorait leur identité, mais il était bien trop malin pour courir le moindre risque. C'étaient sûrement des flics. Il avait fait de la prison à deux reprises, pour utilisation frauduleuse de carte de crédit et hold-up, et il savait que les ex-détenus n'avaient jamais droit à un traitement équitable.

En prison, ses codétenus l'appelaient le Serpent.

Il s'arrêta pour acheter un journal et un sandwich, frissonna dans le froid et décida de marcher. On pouvait le juger beau, avec ses épaules larges et son visage buriné. A trente-quatre ans, il avait passé dix années de sa vie derrière les barreaux. N'ayant pas bénéficié d'une libération conditionnelle, il avait effectué la totalité de sa peine. Libéré il y a deux ans, il n'avait eu depuis aucun ennui avec la justice. En dépit de sa stature, il se fondait facilement dans la foule : ses cheveux blonds étaient ternes, ses yeux d'un bleu pâle et, de temps en temps, il se laissait pousser la barbe.

Il prit d'abord la direction du nord, puis de l'ouest en arrivant dans la 42ᵉ Rue. Il se glissa dans un cinéma, tout près de Times Square, s'assit dans le noir et s'endormit. Lorsqu'il ressortit, il était minuit. Il prit un bus pour rentrer à son hôtel. Ses visiteurs, quels qu'ils soient, devaient être partis depuis longtemps. Quelqu'un, à l'hôtel, avait peut-être appelé les flics pour les prévenir qu'il était un ancien détenu. Si on était un peu averti, les tatouages de ses mains le trahissaient. Il espérait que la police, ne trouvant rien dans sa chambre, aurait cessé de s'intéresser à lui. Lorsqu'il franchit la porte de son hôtel miteux, il était minuit et demi.

Il prenait toujours l'escalier. Les ascenseurs étaient des pièges... Il préférait rester libre de ses mouvements. Au passage, le gardien de nuit lui adressa un signe de tête, puis il commença à gravir les marches. Il parvenait sur le palier qui se trouvait juste sous son étage, lorsqu'il perçut un son. Ce n'était pas un bruit de pas ou de porte, mais un simple clic qu'il identifia immédiatement : quelqu'un venait d'armer un pistolet. Rapide comme l'éclair, il redescendit les marches sans faire aucun bruit, ne ralentissant que brièvement lorsqu'il passa devant la réception. Il s'aperçut alors que les hommes étaient juste derrière lui, à mi-hauteur de l'escalier. Il n'allait pas attendre de savoir qui ils étaient. Il pensa un instant discuter avec eux pour tirer l'affaire au clair, mais son instinct lui commandait de fuir. Il se mit à courir comme un fou. Il était déjà au bout de la rue lorsqu'ils passèrent le seuil de l'hôtel et se lancèrent à ses trousses. Mais Luke était plus rapide qu'eux. En prison, il avait continué à s'entraîner pour ne pas perdre la forme. Ses codétenus disaient que le Serpent courait plus vite que le vent. C'était toujours vrai.

Il franchit une palissade derrière un immeuble, puis il s'agrippa au toit d'un garage et enjamba une autre clôture. Il savait qu'il ne pourrait plus retourner à l'hôtel. Quelque chose avait mal tourné. Il avait un .38 sous sa ceinture, mais il ne voulait pas être pris en possession d'une arme. Il le jeta dans une poubelle avant de s'engager dans une ruelle, à l'arrière d'un bâtiment. Pensant les avoir semés, il poursuivit sa course et parvint à une autre barrière. Soudain, une main s'abattit sur sa nuque et la serra à la façon d'un étau. Il se réjouit de s'être débarrassé de son arme. Maintenant, il ne lui restait plus qu'à se soustraire à l'emprise du flic. Son coude s'enfonça dans les côtes de son agresseur, qui resserra encore davantage sa prise. Saisi de vertige, Luke s'affaissa au sol. Le flic savait s'y prendre. Il décocha un violent coup de pied dans le dos de Luke, qui laissa échapper un gémissement étouffé.

— Espèce de salaud, dit-il en agrippant la jambe de son adversaire.

Déséquilibré, le policier tomba. Ils roulèrent sur le sol, mais le policier l'immobilisa en quelques secondes. Il était plus jeune que Luke et en meilleure forme physique. Par ailleurs, cela faisait des mois qu'il recherchait le Serpent. Cette semaine, il avait fouillé deux fois sa chambre d'hôtel, et une autre la semaine précédente. Charlie McAvoy connaissait Luke mieux que son propre frère. Depuis près d'un an, il appartenait au détachement spécial chargé de le traquer d'Etat en Etat. Dût-il se tuer à la tâche, il savait qu'il l'attraperait un jour. Maintenant qu'il lui avait mis la main au collet, il ne le lâcherait pas. Tombant à genoux, Charlie écrasa le visage de Luke contre le sol. Quand ce dernier releva la tête, il saignait abondamment du nez.

Deux autres policiers arrivaient. Jack Jones, le plus âgé, tendit les menottes à Charlie.

— Doucement, mon gars, on se calme, lui dit-il. Ne nous le tue pas avant qu'on le ramène au poste.

Les yeux de Charlie brillaient d'un éclat meurtrier. Jack Jones savait pourquoi le jeune homme avait souhaité participer à cette enquête. Un soir qu'il était saoul, Charlie s'était confié à lui. Le lendemain matin, Jack lui avait promis de ne jamais en parler à personne. Mais il voyait bien ce qui était en train de se passer : Charlie tremblait de rage. Jack n'appréciait pas que les vengeances personnelles interfèrent dans le travail. Si Luke avait remué un cil pour se libérer et tenter de prendre la fuite, Charlie l'aurait abattu. Il ne l'aurait pas blessé ou touché à la jambe, il l'aurait tué sur-le-champ.

Le troisième membre de l'équipe appela une voiture de police. Ils ne voulaient pas déplacer Luke pour rejoindre leur propre véhicule, qui se trouvait plusieurs rues plus loin. C'était un risque inutile, qu'ils ne tenaient pas à courir.

Le sang de Luke coulait sur sa chemise, mais aucun des trois ne lui proposa de stopper l'hémorragie. Ils ne feraient preuve d'aucune pitié. Jack lui lut ses droits. Malgré son nez abîmé, Luke conservait une attitude arrogante. Il les toisait de son regard glacial sans manifester la moindre émotion. Jack se fit la réflexion que jamais il n'avait eu affaire à un criminel aussi impassible.

— Je pourrais vous poursuivre en justice pour ce que vous m'avez fait. Je crois que mon nez est cassé, se contenta-t-il de dire.

Charlie lui jeta un coup d'œil mauvais, tandis que les deux autres entraînaient leur prisonnier vers la voiture. Après l'avoir poussé sans ménagement sur la banquette arrière, ils dirent aux policiers qui les avaient rejoints qu'ils les retrouveraient au poste.

Les trois hommes regagnèrent ensuite leur véhicule en silence. Charlie se tassa sur son siège avant de regarder furtivement Jack, qui mettait le contact.

Tout en conduisant, ce dernier lui demanda :

— Quelle impression ça fait ? Tu l'as eu, finalement.

— Ouais, dit doucement Charlie. Maintenant, il va falloir réunir les preuves et faire en sorte que ça colle.

Lorsqu'ils arrivèrent au poste, Luke était toujours aussi arrogant. Son visage et sa chemise étaient barbouillés de sang, il était menotté, mais il continuait de plastronner.

— Qu'est-ce qui vous prend, les gars ? Vous cherchez quelqu'un pour lui coller une agression sur le dos ou l'accuser d'avoir volé le sac d'une petite vieille ? leur dit-il en riant.

— Mets-le au trou, dit Charlie à Jack avant de s'éloigner.

Il savait que le mérite de cette arrestation lui revenait. Cela faisait longtemps qu'il traquait cet homme. Il avait fallu une chance incroyable pour que Quentin remette les pieds à New York. La providence s'en était mêlée... ou le destin. Charlie était heureux d'avoir épinglé Luke

Quentin dans la ville où il travaillait. Pour lui, le contexte était meilleur et il appréciait beaucoup le procureur avec qui ses collègues et lui collaboraient. C'était un homme bourru, originaire de Chicago, plus enclin à engager des poursuites que bien d'autres. Le procureur Joe McCarthy se moquait bien que les prisons soient pleines et il refusait de relâcher les suspects. S'ils parvenaient à réunir toutes les preuves, ainsi que l'espérait Charlie, ce serait le procès de l'année. Il se demandait à qui McCarthy allait le confier. En tout cas, il espérait que ce serait quelqu'un de compétent.

Tandis qu'un novice l'entravait avant de l'emmener, Luke rit au nez de Jack.

— Alors, quelle accusation vous avez sortie de votre chapeau contre moi ? lui demanda-t-il. Vous me reprochez un vol à l'étalage, ou bien d'avoir traversé en dehors des clous ?

— Pas exactement, Quentin, répliqua froidement Jack. Tu vas être inculpé pour viol et meurtre au premier degré. Plus précisément, quatre viols et quatre meurtres. Tu veux peut-être nous en parler ?

Luke secoua la tête sans cesser de rire.

— Vous êtes vraiment des cons, tous autant que vous êtes. Vous savez très bien que ça ne tiendra pas. Qu'est-ce qui vous prend ? Vous pensez pouvoir me coller sur le dos tous les meurtres que vous ne parvenez pas à résoudre ?

Apparemment serein, il semblait presque amusé, mais une lueur mauvaise dansait dans ses yeux d'un bleu d'acier.

Ses fanfaronnades n'abusèrent pas Jack. Luke était rusé, mais ils détenaient les preuves qu'il avait commis deux meurtres et ils étaient presque certains qu'il en avait deux autres à son actif. Si Jack ne se trompait pas, Luke Quentin avait tué environ une douzaine de femmes en deux ans, peut-être davantage. Charlie avait prélevé de la boue laissée par ses bottes sur le tapis de l'hôtel. Si les analyses étaient concluantes, Quentin venait d'arpenter les rues de la ville pour la dernière fois de sa vie.

— Vous savez que ça ne tiendra pas, grommela Luke en se laissant entraîner. Vous allez juste à la pêche. J'ai un alibi pour toutes les nuits. Ces deux dernières semaines, j'ai à peine quitté l'hôtel parce que j'étais malade.

Ouais, songea Jack, très malade.

Les types comme lui l'étaient tous. C'étaient des psychopathes qui assassinaient leurs victimes sans sourciller et les abandonnaient avant d'aller tranquillement déjeuner. Luke Quentin était beau et il pouvait certainement se montrer charmant. Il était facile de l'imaginer repérant une innocente jeune fille avant de l'attirer dans un endroit retiré pour la violer et la tuer. Jack avait rencontré beaucoup d'individus dans son genre, mais si les soupçons au sujet de celui-ci étaient confirmés, il était l'un des pires. Et même le pire qu'il ait vu depuis bien longtemps. Jack savait que la presse en ferait ses choux gras. Il faudrait que l'instruction soit parfaitement menée, jusque dans les plus petits détails. Au moindre écart, Quentin pourrait invoquer le vice de procédure. Charlie le savait aussi, c'est pourquoi il avait laissé Jack se charger des dernières formalités. Quand Luke eut été fouillé et photographié, Jack appela le procureur en personne.

— On l'a eu ! annonça-t-il fièrement. Notre intuition était juste, puisque Luke se trouvait bien dans notre Etat. C'est Charlie McAvoy qui l'a attrapé, en courant comme un dératé. Pour ma part, si j'avais dû parcourir toutes ces ruelles au triple galop et sauter par-dessus toutes ces palissades, il aurait été à mi-chemin de Brooklyn avant que j'aie franchi la première.

Jack était en bonne forme physique, mais il avait quarante-neuf ans. Les deux hommes, qui avaient sensiblement le même âge, plaisantaient souvent à propos de leur poids. Le procureur le félicita et lui dit qu'ils se verraient le lendemain matin. Il voulait rencontrer les poli-

15

ciers qui avaient procédé à l'arrestation pour décider de la meilleure façon de gérer la presse.

Quand Jack quitta le poste une demi-heure plus tard, Luke était déjà sous les verrous. Ils avaient jugé qu'il valait mieux qu'il soit seul dans une cellule. Le lendemain après-midi, il serait avisé des charges qui pesaient contre lui. Jack savait qu'à ce moment-là, la presse serait sur le pied de guerre. L'arrestation d'un homme soupçonné d'avoir tué une douzaine de femmes, ou davantage, dans sept Etats, allait faire la une des journaux. C'était un succès pour la police new-yorkaise. Désormais, le bureau du procureur, l'assistant chargé de l'affaire et les enquêteurs allaient devoir faire leur travail.

Ce soir-là, Jack raccompagna Charlie chez lui. Ils avaient surveillé l'hôtel tout l'après-midi et la journée avait été longue. Quand Luke était sorti, Charlie avait voulu l'arrêter immédiatement, mais Jack lui avait demandé d'attendre. Puisqu'il ignorait qu'ils étaient à ses trousses, il reviendrait. Pour l'instant, il y avait trop de monde autour de lui. Jack ne voulait pas qu'un employé ou un client de l'hôtel soit blessé. Pour finir, tout s'était déroulé à la perfection.

Pendant ce temps, Luke Quentin fixait le mur de sa cellule. Il percevait tous les bruits familiers de la prison. Bizarrement, c'était comme de rentrer à la maison. Il savait que s'il perdait, cette fois, il n'en sortirait pas de sitôt. Lorsqu'il baissa un instant les yeux pour contempler ses chaussures avant de s'étendre sur sa couchette, son visage ne laissait rien paraître de ses sentiments. Il semblait totalement serein.

2

Alexa Hamilton posa la boîte de céréales et la brique de lait devant sa fille.

— Dépêche-toi ! Je suis désolée de ne pas pouvoir te préparer un meilleur petit déjeuner, mais je vais arriver en retard au bureau.

Elle se força à s'asseoir et à jeter un coup d'œil au journal au lieu de rester debout et de taper impatiemment du pied. Agée de dix-sept ans, sa fille, Savannah Beaumont, possédait une longue chevelure d'un blond pâle. Depuis ses quatorze ans, sa silhouette lui valait d'être sifflée par les hommes dans la rue. Elle était la prunelle des yeux de sa mère.

Alexa leva les yeux de son journal, le sourire aux lèvres.

— Je vois que tu as mis du rouge à lèvres. Tu as rencontré un garçon mignon, au lycée ?

Savannah était en terminale dans une bonne école privée de New York. Ces derniers temps, elle remplissait ses dossiers d'inscription à Stanford, Brown, Princeton et Harvard. Sa mère détestait l'idée de se séparer d'elle, mais l'adolescente obtenait d'excellentes notes et elle était aussi intelligente que belle. Alexa ne l'était pas moins, d'ailleurs, mais sa beauté était différente. Longue et mince, elle avait un physique de mannequin, sauf qu'elle était plus jolie et en meilleure santé. Ses cheveux tirés en arrière étaient réunis en chignon et elle ne se maquillait jamais pour aller travailler. Elle n'éprouvait pas le besoin ou le désir de distraire ses collègues par son apparence. A trente-neuf ans, elle était assistante du procureur, pour qui elle travaillait depuis sept ans. Son diplôme en poche, elle avait aussitôt été engagée.

Savannah fit une petite grimace rassurante.

— Je mange aussi vite que je peux.

— Ne te rends pas malade. Les malfrats de New York peuvent attendre.

La veille, elle avait reçu un SMS de son patron, qui voulait la rencontrer le matin même, d'où sa hâte, mais elle pourrait toujours prétendre que la rame du métro avait été retardée.

— Tu es parvenue à rédiger ta lettre de motivation pour Princeton, hier soir ? Je voulais t'aider, mais je me suis endormie. Tu me la montreras ce soir.

Savannah lui adressa un grand sourire. C'était vraiment une adolescente superbe, songea sa mère. Sportive, aussi, puisqu'elle faisait partie de l'équipe de volley du lycée.

— J'ai un rendez-vous, annonça-t-elle en avalant ses dernières céréales.

Sa mère haussa les sourcils.

— Quelque chose de nouveau ? Je devrais plutôt dire « quelqu'un » de nouveau ?

— Juste un ami. Avec un groupe de copains, on va voir un match de base-ball à Riverdale. Il n'y a pas de problème, je terminerai mon dossier ce week-end.

— Il te reste exactement deux semaines pour les terminer tous, dit sévèrement Alexa. Tu ferais mieux de ne pas perdre ton temps, parce qu'on ne t'accordera pas de délai supplémentaire.

— Eh bien, je n'aurai qu'à prendre une année sabbatique avant de rentrer à l'université, plaisanta la jeune fille.

Cela faisait presque onze ans qu'Alexa et Savannah vivaient seules, très exactement depuis que Savannah en avait six. Unies par une grande complicité, elles s'adoraient. Savannah n'avait pas honte de dire à ses amis que sa mère était sa meilleure amie. Ces derniers trouvaient tous Alexa géniale. Lors des journées « portes ouvertes », elle en avait invité plusieurs au bureau du procureur. Pour sa part, Savannah n'avait aucune envie de faire des études de droit. Elle voulait être journaliste ou psychologue, mais elle n'était pas encore décidée. Durant ses deux premières années d'université, elle n'aurait pas à se spécialiser.

— Si tu prends une année sabbatique, j'en ferai peut-être autant. J'ai eu toute une série de dossiers vraiment casse-pieds à traiter, le mois dernier. On dirait que les fêtes font ressortir ce qu'il y a de pire chez les gens. Depuis Thanksgiving, je crois que c'est moi qui ai dû engager des poursuites contre toutes les femmes au foyer de Park Avenue qui pratiquaient le vol à l'étalage, se plaignit Alexa.

Après avoir quitté ensemble l'appartement, elles prirent l'ascenseur. Savannah savait qu'en octobre sa mère avait représenté le ministère public dans le procès d'un violeur. Grâce à elle, l'accusé était sous les verrous et il y resterait toute sa vie. Il avait aspergé le visage de sa victime avec de l'acide. Mais depuis cette affaire, c'était la routine.

— On pourrait faire un voyage ensemble en juin, quand j'aurai mon diplôme, suggéra la jeune fille. Pendant que j'y pense... papa compte m'emmener skier dans le Vermont pendant une semaine, lança-t-elle vivement alors que l'ascenseur les emmenait au rez-de-chaussée.

En livrant l'information, elle avait évité de croiser le regard de sa mère. Elle détestait l'expression de son visage quand elle mentionnait son père. C'était encore un mélange de colère et de chagrin, même après toutes ces années.... Sa mère ne paraissait amère qu'à cette occasion, bien qu'elle n'eût jamais tenu de propos ouvertement hostiles envers lui en présence de sa fille.

Savannah ne se rappelait pas très bien leur divorce, mais elle savait que sa mère avait vécu de durs moments. Son père était originaire de Charleston, en Caroline du

Sud. Ils y avaient vécu jusqu'à leur séparation, ensuite sa mère et elle s'étaient installées à New York. Depuis, la jeune fille n'était pas retournée à Charleston et elle n'en avait conservé que très peu de souvenirs. Son père lui rendait visite à New York deux ou trois fois par an. Bien que son emploi du temps fût très chargé, il l'emmenait en voyage chaque fois qu'il en avait la possibilité. Savannah aimait le voir, mais elle devait chaque fois lutter contre le sentiment de trahir sa mère. Ses parents, qui ne s'étaient pas parlé depuis le divorce, ne communiquaient que par mails. Du coup, son père n'assisterait pas à la remise des diplômes, à la fin de l'année scolaire. Savannah espérait pouvoir modifier les choses avant de terminer ses études universitaires. Elle aurait vraiment voulu qu'ils soient là tous les deux. Mais, en dépit de l'animosité qui opposait ses parents, elle trouvait sa mère géniale.

— Il annulera probablement à la dernière minute, tu en es consciente ? dit Alexa d'une voix irritée.

Elle supportait mal que Tom déçoive leur fille, ainsi qu'il l'avait fait plusieurs fois. Savannah le lui pardonnait toujours, mais pas Alexa. Elle exécrait tout ce qu'il faisait, tout ce qu'il était.

— Je suis désolée, soupira-t-elle.

Elle embrassa l'adolescente. Maintenant que Savannah avait dix-sept ans, ce n'était pas trop grave, mais lorsqu'elle était petite, que ses grands yeux bleus s'emplissaient de larmes et qu'elle s'efforçait d'être courageuse, Alexa était furieuse. A l'époque, les défections de Tom lui brisaient le cœur, mais aujourd'hui Savannah gérait mieux la situation. Elle excusait quasiment chacun des manquements de son père.

— S'il modifie ses projets, poursuivit Alexa, nous pourrons toujours passer un week-end à Miami ou aller skier. On trouvera bien quelque chose.

— Ce ne sera pas nécessaire. Il a promis de venir, dit fermement la jeune fille.

Alexa hocha la tête, puis elles s'embrassèrent rapidement avant de se séparer. Savannah courut prendre son bus, pendant que sa mère se dirigeait vers la station de métro. La matinée était froide, il y avait de la neige dans l'air. Savannah était moins frileuse que sa mère qui, après un trajet en métro entrecoupé d'arrêts, arriva complètement gelée au travail.

Elle aperçut Jack, l'inspecteur de police, qui se dirigeait comme elle vers le bureau de Joe McCarthy en compagnie d'un jeune collègue.

— Vous êtes convoquée à une réunion matinale ? lui demanda Jack.

Au cours des sept dernières années, il avait souvent travaillé avec Alexa, qui lui plaisait beaucoup. Il l'aurait volontiers courtisée, mais elle était trop jeune pour lui. Elle était compétente, directe, et il savait que le procureur la portait aux nues. Trois mois auparavant, Jack avait travaillé avec elle sur le procès du violeur dont ils avaient obtenu la condamnation. Alexa gagnait toujours.

— Oui, répliqua-t-elle. Joe m'a envoyé un SMS, hier soir. Il vient sans doute de boucler tous ces dossiers de pacotille que j'ai dû traiter récemment. Je crois avoir poursuivi tous les petits voleurs de New York, ajouta-t-elle avec une moue de dégoût.

— Vous avez dû vous amuser ! dit-il en riant.

Il lui présenta Charlie, qui se borna à un bref bonjour. Il semblait distrait, comme s'il était en proie à une intense réflexion.

— Vous avez passé de bonnes fêtes ? demanda Jack à la jeune femme.

— Très tranquilles, dit-elle. Ma fille et moi, nous sommes restées à la maison. J'ai pris une semaine de congé pour l'aider à remplir ses dossiers d'inscription aux universités. C'est sa dernière année à la maison, conclut-elle tristement.

Jack ne put s'empêcher de sourire, car elle lui parlait souvent de Savannah. Il était lui-même divorcé, mais il n'avait pas d'enfants. Quant à son ex-femme, il aurait voulu l'oublier. Après l'avoir trompé pendant des années, elle avait épousé l'équipier de Jack, vingt ans auparavant. N'ayant lui-même jamais souhaité se remarier, il soupçonnait Alexa de partager ses réticences. Il ne décelait aucune amertume en elle, mais c'était un bourreau de travail et il ne connaissait pas un seul homme, à la police, à qui elle eût accordé un seul rendez-vous. Cinq ans auparavant, elle était sortie avec un collègue du bureau du procureur, mais elle était extrêmement réservée et ne parlait jamais de sa vie privée, sauf s'il s'agissait de sa fille.

Alexa avait remarqué que l'inspecteur qui l'accompagnait était jeune et sérieux. Son expression grave, commune à tant de jeunes policiers, la fit sourire intérieurement.

Jack et Alexa entrèrent ensemble dans le bureau de Joe McCarthy, laissant Charlie à l'extérieur. Le procureur sembla content de les voir. C'était un bel homme d'origine irlandaise, dont l'épaisse chevelure blanche était toujours un peu trop longue. Il prétendait que ses cheveux étaient blancs depuis qu'il était étudiant. Cela lui allait bien. Il portait un jean, des bottes de cow-boy, une vieille veste de tweed usée et une chemise à carreaux. Tout le monde savait qu'il aimait ces tenues de western, qu'il arborait même lorsqu'il rencontrait le maire.

— Vous avez discuté, tous les deux ? demanda-t-il en regardant Jack.

Ce dernier secoua négativement la tête. Pour rien au monde il n'aurait coupé l'herbe sous le pied du procureur. Il était bien trop avisé pour cela.

— On a une nouvelle affaire ? demanda Alexa avec intérêt.

— En effet. J'ai pensé qu'il valait mieux tenir la presse à l'écart un jour de plus, jusqu'à ce que tout soit au point de notre côté. Il y aura probablement des fuites dès cet après-midi. Ensuite, la tempête médiatique se déchaînera.

Le visage d'Alexa s'éclaira.

— De quelle sorte d'affaire s'agit-il ? J'espère que nous ne poursuivons pas un voleur à l'étalage, cette fois ! Je déteste la période des fêtes, dit-elle avec une moue dépitée. Il vaudrait mieux se résigner à leur faire cadeau des articles dérobés. Les poursuites judiciaires coûtent plus cher aux contribuables que leur valeur marchande.

— Je pense que nous ferons bon usage de l'argent public... Viol et meurtre au premier degré. Quatre inculpations pour le même homme, précisa Joe McCarthy en souriant à Jack.

— Quatre inculpations ? répéta Alexa, intriguée.

— C'est un tueur en série qui s'en prend à des jeunes femmes. Nous avions un tuyau, mais au début, il ne nous a menés nulle part. Ensuite, on a commencé à découvrir les corps, et l'information dont nous disposions a pris sens. Un détachement spécial l'a suivi d'Etat en Etat, ces derniers mois. En pure perte, malheureusement. Nous avions des victimes, mais rien ne les reliait de façon probante à notre homme. Le mouchard qui nous avait renseignés était l'un de ses anciens codétenus, mais pendant un an nous n'avons eu aucune preuve qui nous permette d'étayer l'information. Je suppose qu'avant sa libération, ce type a dû s'attirer des rancunes, c'est pourquoi il a été dénoncé. Le gars possède un sacré sang-froid. Jusqu'à la semaine dernière, nous n'avions rien de solide contre lui. Mais maintenant, nous avons de quoi l'inculper pour deux meurtres, et probablement quatre. C'est à nous de faire en sorte que ça colle. C'est votre travail, conclut-il à l'adresse d'Alexa et de Jack, qui l'écoutaient attentivement.

Il mentionna ensuite Charlie McAvoy, le jeune homme qui attendait dehors. Il faisait partie du détachement spécial qui avait traqué le meurtrier. Comme le suspect passait sans cesse d'un Etat à l'autre, le FBI s'était mis de la partie, mais Jack et Charlie l'avaient arrêté la veille au soir.

— Vu que les quatre victimes ont été tuées à New York, il est à nous, expliqua Joe McCarthy.

— Comment s'appelle le meurtrier ? demanda Alexa. Est-ce que nous avons déjà eu affaire à lui ?

Elle n'oubliait jamais un visage ni un nom.

— Luke Quentin. Il est sorti de la prison d'Attica il y a deux ans. Il avait commis quelques hold-up dans le nord de l'Etat. Il n'a jamais comparu devant notre tribunal jusqu'à maintenant. Apparemment, il aurait raconté à un codétenu qu'il appréciait les snuff-movies, des films mettant en scène des sévices ou des meurtres réels. Il aimait regarder les femmes mourir pendant l'amour et il avait envie d'essayer en sortant. C'est un type effrayant, conclut-il en souriant à Alexa. C'est notre homme.

La jeune femme écoutait, les yeux écarquillés. Les procès difficiles ne la rebutaient pas, au contraire. Elle se plaisait à mettre derrière les barreaux les gens qui méritaient d'être à jamais exclus de la société. Cependant, elle n'avait jamais traité une affaire aussi grave que celle-là. Quatre inculpations de viol et des meurtres au premier degré, ce serait un procès retentissant. Elle savait qu'en lui confiant cette responsabilité, le procureur lui rendait hommage.

— Merci, Joe.

— Vous le méritez. Vous êtes compétente et vous ne m'avez jamais déçu. Nous allons avoir la presse sur le dos et il faudra surveiller nos arrières. Il ne faut pas que ce type puisse invoquer le vice de procédure parce qu'on a loupé quelque chose. Le détachement spécial s'occupe de réunir des informations dans tous les Etats par lesquels il est passé. S'il est bien celui que nous pensons, il s'en donne à cœur joie depuis deux ans. Son mode opératoire est toujours le même ou quasiment. Pour commencer, ses victimes disparaissent, puis on retrouve les corps, sans pouvoir faire le lien avec lui. Nous avons découvert deux cadavres, la semaine dernière, et nous avons eu de la chance. McAvoy est entré dans sa chambre d'hôtel, où il

24

a prélevé sur le tapis un peu de boue provenant de ses bottes. L'un des échantillons comporte du sang séché. Nous attendons les résultats de l'analyse d'ADN. C'est un début. Nous avons deux autres victimes, assassinées exactement de la même façon. Elles ont été étranglées pendant le viol. Elles étaient toutes les deux dans l'East River et deux cheveux trouvés sur son tapis concordent avec les leurs. Cela nous fait quatre meurtres. En bref, vous allez avoir du pain sur la planche, tous les deux. J'ai chargé Jack de l'enquête et c'est vous qui représenterez le ministère public, Alexa. L'audience préliminaire aura lieu à 16 heures.

— On ferait bien de s'y mettre, dit Alexa avec impatience.

Elle avait hâte de sortir du bureau pour étudier le dossier. Elle voulait savoir combien de chefs d'inculpation ils pourraient réunir dans la journée. Bien entendu, il serait possible d'en ajouter d'autres par la suite, quand les enquêteurs lui fourniraient des informations supplémentaires et que le service médico-légal aurait procédé à des analyses d'ADN concluantes. Il était également possible qu'on découvre de nouvelles victimes en examinant certaines affaires non résolues. Tout ce qu'elle voulait, désormais, c'était mettre Luke Quentin sous les verrous. Les contribuables la payaient pour cela et elle aimait son travail.

Au bout de quelques minutes, Alexa et Jack quittèrent le bureau du procureur, qui leur souhaita bonne chance. Jack demanda à Charlie de se rendre au laboratoire médico-légal pour voir où en étaient les investigations. Ils se retrouveraient plus tard. Hochant la tête, Charlie disparut aussitôt.

— Il n'est pas du genre bavard, remarqua Alexa.

Jack éprouva l'envie de partager certaines informations avec elle.

— C'est un bon policier, assura-t-il. Cette affaire le touche de près.

— Pourquoi ?

— Si nous tenons bien notre homme, c'est lui qui a tué la sœur de Charlie dans l'Iowa, il y a un an. Charlie a obtenu de faire partie du détachement spécial. Il a dû beaucoup parlementer pour qu'on le lui accorde alors qu'il était impliqué personnellement. Comme c'est un excellent élément, ils ont fini par céder.

— Ce n'est pas forcément une bonne chose, remarqua Alexa, le visage soucieux. S'il veut nous aider, il devra garder la tête froide. Je ne veux pas qu'il interprète mal une information ou qu'il pèche par excès de zèle parce qu'il veut voir Quentin en prison. Il pourrait tout gâcher.

Elle n'appréciait pas ce qu'elle venait d'apprendre. Le dossier devait être impeccable pour que le verdict de culpabilité qu'elle comptait obtenir ne puisse pas être remis en cause. Elle savait qu'elle le décrocherait. Lorsqu'il s'agissait de poursuivre des criminels, elle se montrait méticuleuse et inflexible. Elle avait tout appris de sa mère, qui était magistrate elle aussi, et très compétente. Alexa n'avait commencé ses études de droit qu'après son divorce. Dès sa sortie de l'université, elle avait tout de suite épousé le premier et le seul homme qu'elle eût jamais aimé. Elle était follement amoureuse de lui. Tom Beaumont était originaire du sud des Etats-Unis. Diplômé de l'université de Virginie, il travaillait dans la banque de son père, à Charleston. Dans cette ville, l'esprit de la Confédération était toujours vivant, en partie grâce aux Filles de la Confédération. La mère de Tom était présidente de la section locale. Tom était divorcé et il avait deux adorables petits garçons, âgés respectivement de sept et huit ans à l'époque. Alexa était immédiatement tombée sous leur charme, tout comme elle s'était éprise de Tom et du Sud dans son ensemble. Tom, qui avait six ans de plus qu'elle, était l'homme le plus séduisant qu'elle eût jamais rencontré. A sa grande joie, elle avait conçu un enfant dès leur nuit de noce... ou peut-être la précédente. Pendant sept ans, ils avaient mené une vie idyllique. Alexa avait été la femme la plus heureuse du monde et une compagne parfaite... jusqu'au retour de Luisa, l'ex-épouse de Tom. Quand l'homme pour lequel elle l'avait quitté était mort dans un accident de voiture à Dallas, elle était revenue. La guerre de Sécession avait de nouveau été déclarée, mais, cette fois, le Nord avait perdu et Luisa avait gagné. La mère de Tom s'était révélée son alliée la plus puissante. En face d'elles, Alexa n'avait aucune chance. Tom était retombé sous la coupe de celle qui l'avait ébloui lorsqu'ils étaient étudiants. Il avait trompé Alexa et l'affaire avait été conclue quand Luisa avait annoncé qu'elle était enceinte. La mère de Tom avait expliqué à son fils quel était son devoir, non seulement vis-à-vis de la Confédération, mais aussi de celle qui portait son enfant, la mère de ses fils. Déchiré entre deux femmes, Tom s'était mis à boire plus que de raison tout en s'efforçant de résoudre le dilemme. Luisa était la mère de trois de ses enfants, alors qu'Alexa n'en avait qu'un. Sa mère, qui ne cessait de le lui rappeler, l'avait convaincu qu'Alexa ne s'était jamais vraiment adaptée à leur mode de vie.

Les événements s'étaient succédé comme dans un très mauvais film.... En ville, tout le monde ne parlait plus que de la liaison de Tom avec son ex-femme. Il avait expliqué à Alexa qu'ils devaient divorcer pour qu'il puisse épouser Luisa. Il ne pouvait pas accepter que son dernier enfant fût illégitime. Il lui avait promis de trouver une solution dès que Luisa aurait eu son bébé. Mais, après l'accouchement, Alexa avait repris le cours de sa vie, et tout le monde, y compris Tom, semblait avoir oublié qu'il avait eu une autre femme et un autre enfant. Lorsqu'ils étaient encore mariés, Alexa avait fait tout son possible pour lui démontrer qu'il commettait une affreuse erreur, mais elle n'avait pas pu lutter contre le courant. Bien décidé à aller jusqu'au bout, Tom lui répétait que sa seule solution, pour le bien de l'enfant, était qu'il épouse Luisa. En tout cas, il n'en voyait pas d'autre.

En quittant Charleston, Alexa avait le sentiment qu'on lui arrachait le cœur. Pendant qu'elle faisait ses valises, Luisa s'installait déjà dans la maison. Emportant Savannah et son cœur blessé, Alexa était retournée à New York et avait vécu chez sa mère pendant un an. Au terme de cette période, le divorce avait été prononcé. Tom pensait qu'il valait mieux laisser les choses en l'état. C'était la meilleure solution pour lui, pour Luisa, sa mère et la petite fille qui était née. Bannies, Alexa et Savannah, les Yankees, n'avaient plus qu'à rester dans le Nord d'où elles venaient.

Luisa interdit à Tom d'inviter Savannah à Charleston, même pour de simples visites. Elle maîtrisait de nouveau la situation. Tom venait voir sa fille à New York plusieurs fois par an, en général lorsqu'il était en déplacement pour affaires. Alexa, qui s'inquiétait pour ses beaux-fils, âgés de quatorze et quinze ans au moment de son départ, leur écrivit pendant un certain temps. Mais ils n'étaient pas ses fils et elle devinait au ton de leurs lettres combien ils étaient déchirés entre leur mère et elle. Au bout de six mois, voyant que leurs missives se raréfiaient, elle abandonna la partie. Elle entamait des études de droit et s'efforça de les chasser tous de son cœur. Tous, sauf sa fille. C'était difficile, mais elle s'efforça de ne pas montrer sa colère à Savannah. Elle avait beau n'avoir que six ans, la fillette sentait combien sa mère était meurtrie. Chaque fois qu'il venait la voir, son père lui apparaissait comme un beau prince, et il lui envoyait de superbes cadeaux. Elle devinait qu'elle n'était pas la bienvenue dans sa vie, mais elle ne lui en voulait pas, même si cette idée l'attristait parfois. Elle adorait passer du temps avec lui. C'était tellement amusant ! La faiblesse fatale qui l'avait fait tomber dans le piège de Luisa ne se voyait pas lorsqu'il rendait visite à sa fille à New York. Il était juste beau, drôle, bien élevé et charmant. Il était le type même du gentleman sudiste, avec des airs de star de cinéma. Tout comme sa mère avant elle, Savannah était sous le charme.

« Malheureusement, il n'a rien dans le ventre, disait Alexa à sa mère quand Savannah n'était pas dans les parages. "L'Homme sans courage", ce serait un beau titre de film. »

Sa mère était désolée pour elle, mais elle lui rappelait que l'amertume ne la soulagerait pas, et risquerait de blesser sa fille.

« Elle n'a pas de père ! se lamentait Alexa.

— Tu n'en as pas eu non plus », répliquait sa mère avec bon sens.

Le père d'Alexa était mort d'une crise cardiaque sur un court de tennis quand elle avait cinq ans. Il présentait une anomalie congénitale que personne n'avait jamais soupçonnée. Sa mère s'était montrée très courageuse et elle avait entrepris des études de droit, tout comme Alexa plus tard. Mais le succès de ses études ne compensait pas l'union parfaite qu'Alexa avait crue à tort être la sienne.

« Tu t'en es bien sortie », lui répétait souvent sa mère.

Muriel Hamilton était fière de sa fille, qui avait tiré le meilleur d'une situation catastrophique. Mais l'effort qu'Alexa avait fourni avait un prix, sa mère le savait aussi. La jeune femme s'était forgé une armure que personne ne pouvait percer, sauf sa fille et sa mère. Elle n'était sortie qu'avec quelques hommes depuis son divorce : un autre assistant du procureur, l'un de ses enquêteurs et le frère d'une amie de faculté. Cela n'avait jamais duré longtemps. La plupart du temps, elle repoussait les avances masculines, préférant se focaliser sur Savannah. En dehors de cela, rien n'avait d'importance, sauf son travail, qui la passionnait.

En quittant Charleston, Alexa avait fait un vœu : personne ne lui briserait une seconde fois le cœur car nul ne saurait où elle le cachait. Elle l'avait enfermé dans un coffre-fort inaccessible à tous, hormis à sa fille. Aucun homme ne pourrait l'atteindre et lui faire du mal. Une muraille infranchissable protégeait Alexa. Il y avait bien une porte, mais Savannah était la seule à en détenir la clé.

Tout le monde le savait, sa fille était la lumière de sa vie. Son bureau était rempli de photos d'elle et elle lui consacrait tous ses week-ends, ainsi que tous ses moments de loisir. Chaque soir, elle rentrait à la maison pour la retrouver. Le plus dur était à venir, quand Savannah rejoindrait son université, en automne. Alexa avait fait des allusions discrètes à l'Université de New York ou à Barnard, mais les choix de Savannah s'étaient portés sur des facultés lointaines. Il ne leur restait donc que neuf mois à vivre ensemble et à profiter l'une de l'autre. Alexa s'efforçait de ne pas penser à ce qui se passerait ensuite. Sa vie serait un désert. Savannah était son seul trésor et le seul qu'elle souhaitât.

La jeune femme étudia soigneusement les dossiers mis à sa disposition par Jack : le casier judiciaire de Quentin et la liste de ses victimes présumées, communiquée par d'autres Etats. On le surveillait depuis des mois, quand un policier de l'Ohio avait réussi à le relier à l'un des meurtres. Ce n'était pas suffisant pour l'arrêter, mais assez concluant pour qu'on s'en inquiétât. On n'avait aucune preuve, mais il s'était trouvé sur les lieux du crime à l'époque où celui-ci avait été commis. Depuis, on avait fait la même constatation à plusieurs reprises. Ce meurtre de l'Ohio avait été le premier à confirmer les enquêteurs dans l'idée que Quentin était bien leur homme. Il en fallait malheureusement davantage pour justifier une arrestation. On l'avait interrogé dans les locaux de la police, tout comme on l'avait fait par la suite en Pennsylvanie, mais cela n'avait rien donné. Il leur avait ri au nez. Ces deux dernières semaines, Charlie McAvoy avait acquis la certitude que c'était bien lui, lorsqu'ils avaient découvert les corps de deux jeunes femmes. On en avait repêché ensuite deux autres dans le fleuve. Elles correspondaient exactement au type de femmes que Quentin appréciait et elles étaient toutes mortes de la même façon : violées et étranglées. Ils n'avaient constaté aucune autre marque de violence. Il ne les poignardait pas, il ne les battait pas à mort, mais il les tuait au moment même où il les violait. En dehors des meurtrissures causées par la strangulation, elles ne présentaient que des écorchures et des coupures post-mortem. Leur agresseur les leur avait infligées en les traînant sur le sol. Ces blessures avaient fourni aux experts scientifiques les échantillons de sang dont ils avaient besoin pour les analyses d'ADN.

Alexa parcourut également les dossiers qui avaient été envoyés par les autres Etats depuis l'arrestation de Quentin, la veille. Les enquêteurs s'efforçaient de le relier à une douzaine d'autres meurtres. Les photographies des victimes étaient à fendre le cœur. Elles ressemblaient étrangement à la sœur de Charlie, dont Alexa trouva aussi une photo. Agées de dix-huit à vingt-cinq ans, elles étaient pour la plupart blondes et présentaient de nombreuses similitudes physiques. C'étaient des jeunes filles normales et saines. Elles avaient toutes été sexuellement agressées avant de mourir... les marques, sur leur cou, prouvaient qu'elles avaient été privées de respiration, asphyxiées pendant que leur agresseur les violait. Cela correspondait bien avec le souhait supposé de Quentin de reproduire des « snuff-movies » en assassinant des femmes pendant l'amour. Toutes ces jeunes filles avaient des parents et des amis qui les avaient aimées, des frères, des sœurs, des petits amis et des fiancés dont la vie avait été à jamais bouleversée par leur mort. On n'avait pas retrouvé tous les corps. Certaines d'entre elles avaient tout bonnement disparu et personne ne pouvait affirmer avec certitude qu'elles étaient mortes, mais l'ordinateur les avait désignées comme des victimes potentielles parce qu'elles ressemblaient aux autres. En tout, si l'on incluait celles qui n'avaient pas été retrouvées, il y en avait dix-neuf. Douze dont les restes avaient été identifiés et sept qui semblaient s'être évaporées dans la nature.

S'il était coupable, Luke Quentin avait une nette préférence pour un certain type de femmes. Et si ce n'était pas lui, on pouvait en dire autant du meurtrier, qui préférait les belles jeunes femmes blondes, grandes et minces. Plusieurs d'entre elles avaient été mannequins ou reines de beauté. Elles faisaient l'orgueil de leurs proches et, jusqu'à ce qu'elles le rencontrent, une vie heureuse et réussie s'ouvrait devant elles. Il ne ramassait pas des femmes de mauvaise vie dans les bars, il ne tuait pas des prostituées... Non ! Poussé par une frénésie meurtrière, il recherchait de jeunes Américaines typiques et tout à fait ordinaires. Il laissait dans son sillage des parents au cœur brisé, complètement anéantis. Jack, Charlie et les autres membres du détachement spécial étaient convaincus que Luke Quentin était le tueur qu'ils cherchaient. Il ne restait plus qu'à le prouver. Le sang séché et les cheveux incrustés sous la semelle de ses bottes constituaient une première étape et leur premier coup de chance, mais c'était tout ce qu'il leur fallait. Il suffisait parfois que le tueur commette une erreur minime, qu'il oublie un tout petit détail, pour que le château de cartes s'effondre et qu'ils lui mettent la main au collet.

On avait du mal à croire qu'un seul homme avait pu assassiner autant de femmes, mais cela arrivait. Le monde était plein de malades. C'était le travail de Jack de les trouver et celui d'Alexa de les expédier en prison. En regardant les photos, elle acquit la certitude qu'elle y parviendrait, s'il était coupable. En ce cas, elle se montrerait impitoyable et ne reculerait devant rien pour le faire condamner.

Ce serait une piètre consolation pour les parents qui avaient perdu leurs filles. Souvent, ils se montraient étonnamment cléments, ils parlaient avec les meurtriers et leur accordaient leur pardon. Alexa ne comprenait pas cette attitude, bien qu'elle l'eût constatée à plusieurs reprises. S'il était arrivé quelque chose à Savannah, elle n'aurait jamais pu trouver d'excuses au coupable. Elle en était incapable. Cette seule perspective la faisait trembler.

Jack et elle se présentèrent au tribunal à 15 h 30. Alexa avait lu tous les dossiers et elle connaissait les antécédents de Quentin. Il fut introduit dans la salle, menotté et vêtu d'une combinaison-pantalon orange. Il portait aux pieds les chaussures de toile qu'on distribuait aux détenus, puisque ses bottes étaient désormais des pièces à conviction. Les experts scientifiques analysaient tous les échantillons qu'ils avaient pu trouver dessus.

Alexa l'observa pendant qu'il traversait la salle. Malgré sa haute taille et sa stature imposante, il n'était pas dénué d'une certaine grâce. Il se déplaçait avec une arrogance qui la frappa dès qu'elle le vit. Sans qu'elle sût pourquoi, il émanait de lui quelque chose d'éminemment sensuel. On comprenait pourquoi les jeunes filles étaient attirées par lui et se laissaient entraîner dans des endroits tranquilles, soi-disant pour discuter. Il n'était pas inquiétant, mais sexy, beau et séduisant... du moins jusqu'à ce que vous plongiez dans ses yeux froids. C'étaient ceux d'un homme qui ne reculait devant rien. En tant que procureur, Alexa en avait déjà vu de semblables. L'air décontracté, Quentin bavardait avec l'avocate qui lui avait été commise d'office. Il riait, sans paraître s'inquiéter des raisons de sa présence en ce lieu. Il était pourtant accusé d'avoir commis quatre viols assortis de meurtres. Des meurtres au premier degré, prémédités, avec intention de donner la mort. Il serait sévèrement puni pour ses crimes et, s'il était déclaré coupable, Alexa demanderait au juge que chacun de ses meurtres fît l'objet d'une condamnation séparée. S'il ne tenait qu'à elle, il serait envoyé en prison pour les cent prochaines années. Ce serait un procès d'assises long et compliqué, du moins s'il ne plaidait pas coupable. D'ordinaire, les individus comme lui ne le faisaient pas. N'ayant rien à perdre, ils fanfaronnaient. Ils avaient tout leur temps, pourvu que ce soit aux frais du contribuable. Parfois, ils se réjouissaient de la couverture médiatique qui entourait leur procès. Luke Quentin ne semblait nullement inquiet et, tandis qu'ils attendaient le juge, il se tourna lentement vers Alexa et la fixa. Ses mains étaient menottées, ses pieds entravés, un policier se tenait près de lui, pourtant elle eut l'impression que son regard la transperçait de part en part, à la façon d'un rayon X. Un long frisson lui parcourut le dos. Regarder cet homme dans les yeux était une expérience terrifiante. Au bout d'un moment, elle se détourna pour adresser quelques mots à Jack, qui hocha la tête. Soudain, il était facile de croire que Luke Quentin avait tué dix-neuf femmes, peut-être davantage. Assis dans la salle, Charlie McAvoy brûlait d'envie de le tuer. Il avait vu le corps de sa sœur et il savait ce que le tueur lui avait fait. Tout ce qu'il voulait, maintenant, c'était que justice soit rendue. Pour lui, aucune peine ne serait jamais assez lourde.

Le juge sortit alors de son bureau. Au nom du peuple des États-Unis, Alexa énonça les charges qui pesaient contre l'accusé. En l'écoutant, le juge hochait la tête. Ensuite, l'avocate prit la parole, déclarant que son client plaidait non coupable pour chacune des charges, ce qui était la procédure habituelle. Cela signifiait qu'il refusait pour l'instant d'admettre sa culpabilité et n'envisageait pas de négocier avec le bureau du procureur. Personne ne le lui avait d'ailleurs proposé. C'était trop tôt. On ne fixa pas de caution, pas pour quatre présomptions de viol assorti de meurtre. Alexa annonça qu'elle allait demander au grand jury d'établir l'acte d'accusation. Quelques minutes plus tard, Quentin fut conduit à la porte par laquelle on introduisait les prisonniers et qu'un autre policier venait d'ouvrir. Juste avant de sortir, il se tourna pour fixer Alexa une seconde fois, un sourire bizarre aux lèvres. Elle eut le sentiment qu'il la déshabillait du regard. Elle était son aînée de quelques années et avait deux fois l'âge de ses victimes, mais il lui signifiait clairement qu'il pouvait l'avoir s'il le voulait. Elle pensa que, face à cet homme, aucune femme n'était en sécurité. Doté d'un culot scandaleux, il incarnait très exactement ce qu'on appelait une « menace pour la société ». Rien en lui ne laissait présumer qu'il éprouvait des remords, de la peur ou même de l'inquiétude. On aurait dit un bel homme bien bâti, qui avait le monde à ses pieds et pouvait agir à sa guise. C'était du moins l'impression qu'il donnait.

Comme il n'y avait pas encore eu de déclaration publique, aucun journaliste n'était présent dans la salle. Alexa savait pourtant que la presse allait couvrir le procès. Lorsqu'elle quitta le tribunal, elle était mal à l'aise. Il lui semblait que Quentin avait passé les mains sur son corps et elle avait envie de le frapper. Une heure plus tard, lorsqu'elle posa son manteau dans son bureau et gagna un autre tribunal, elle ressentait toujours la même gêne. Le juge qui siégeait était une femme. Elle admonestait un homme qui ne versait pas sa pension alimentaire à son ex-épouse depuis six mois. Lorsqu'elle le menaça d'une peine de prison, il promit de régler sur-le-champ les arriérés. C'était le tribunal des affaires familiales et, comme d'habitude, une dizaine de drames s'y déroulaient.

Alexa attendit la fin de la séance, puis elle suivit la juge, qui regagnait son bureau. Après avoir frappé à la porte, elle entra dans la pièce. La juge était en train de retirer sa robe. C'était une femme séduisante d'une soixantaine d'années, qui portait un chemisier noir et un pull rouge. Elle sourit à Alexa, puis elle l'embrassa.

— Bonjour, ma chérie. Qu'est-ce que tu fais ici ?

Alexa n'en savait rien, mais elle en avait éprouvé le besoin après les moments dérangeants qu'elle venait de vivre à observer Luke Quentin.

— Je sors d'une audience préliminaire... On vient de me confier une grosse affaire. Le type est effrayant, il m'a vraiment fait flipper.

— Quel genre d'affaire ? demanda la juge avec intérêt.

— Un tueur en série, violeur de surcroît. Il semble s'en prendre à des jeunes femmes de dix-huit à vingt-cinq ans. Nous cherchons à l'inculper de dix-neuf meurtres, dont quatre auraient été commis ici, à New York. J'espère que nous parviendrons à le coincer aussi pour les autres, mais pour l'instant, rien n'est sûr.

La juge fit la grimace. La plaque qui se trouvait sur sa table indiquait qu'elle s'appelait Muriel Hamilton. C'était la mère d'Alexa et le juge aux affaires familiales.

— Seigneur ! s'exclama-t-elle. Je suis bien contente de ne pas avoir à traiter des cas comme celui-ci. J'en serais malade. C'est déjà assez pénible de faire comparaître des types qui ne paient pas leur pension alimentaire alors qu'ils s'achètent une nouvelle Porsche. Celui-ci, je lui ai fait vendre sa voiture pour donner son dû à son ex-épouse. Parfois, les hommes sont quand même de sacrés imbéciles ! Mais ce que tu me racontes a l'air vraiment ignoble.

Et Muriel n'aimait pas cela du tout.

— Il me suffit de regarder ce type et de savoir que je dois entreprendre des poursuites contre lui pour être terrifiée, admit Alexa.

Elle ne l'aurait jamais avoué à une autre personne que sa mère. D'ordinaire, elle n'avait pas ce genre de réaction, mais les regards impudents et indiscrets de Quentin lui avaient donné la chair de poule.

— Sois prudente, recommanda sa mère.

— Je ne serai pas seule avec lui, maman, la rassura Alexa avec un sourire.

Elle appréciait qu'elles puissent parler de leur travail, entre autres choses. A son retour de Charleston, sa mère lui avait sauvé la vie. C'était elle qui lui avait conseillé d'entreprendre des études de droit et, comme d'habitude, elle avait eu raison.

— Il vient au tribunal menotté et entravé, ajouta-t-elle pour tranquilliser sa mère.

Mais celle-ci paraissait toujours inquiète.

— Il arrive que ces individus aient des amis. En tant que procureur, tu vas devenir la cible de sa colère si tu engages des poursuites contre lui et le forces à affronter un procès. A ses yeux, tu seras l'unique responsable de son emprisonnement. Sans compter que la presse va te manger toute crue, lors d'un procès comme celui-ci.

Alexa savait que sa mère avait raison.

— Il se comporte comme si son incarcération ne le dérangeait pas. D'ailleurs, le type qui a perdu sa Porsche doit t'en vouloir aussi.

Une ou deux fois, on avait dû placer un policier devant la maison de Muriel pour assurer sa protection. Tandis que sa mère riait de sa remarque, Alexa eut une idée.

— Tu ne veux pas venir dîner à la maison, demain soir ?

— Je suis prise, malheureusement, répliqua sa mère d'un air gêné.

— Comme Savannah ! Je ne peux rivaliser avec aucune de vous deux.

— Non, et tu n'essaies même pas. Quand es-tu sortie pour la dernière fois avec un homme ?

— Cela remonte à l'âge de pierre. A l'époque, les gens étaient vêtus de peaux de bêtes et brandissaient des massues.

Elle jeta un regard désabusé à sa mère, qui remettait toujours cette question sur le tapis.

— Ce n'est pas drôle, riposta cette dernière. Tu as besoin de te distraire davantage et tu pourrais au moins dîner avec des amis de temps à autre.

Sachant que sa fille rentrait directement chez elle après le travail, Muriel se faisait du souci pour elle.

— Avec ce procès, je n'aurai certainement pas le temps de m'amuser.

— Tu te trouves toujours des excuses, la gronda Muriel. Je déteste que tu traites des affaires comme celle-ci ! Pourquoi est-ce que tu n'exerces pas un métier décent ? Tu pourrais faire du droit fiscal, gérer des biens ou défendre les droits des animaux. Je n'aime pas penser que tu poursuis des tueurs en série.

— Tout va bien se passer, dit Alexa.

Elle n'avait pas besoin de demander à sa mère avec qui elle dînait le lendemain. Muriel et le juge Schwartzman avaient une liaison depuis qu'Alexa était étudiante. Auparavant, sa mère ne sortait pas souvent. Elle était bien trop occupée à exercer son métier et à élever sa fille. Maintenant, Stanley Schwartzman et elle allaient au restaurant ou au cinéma et s'esquivaient pour des week-ends en amoureux. Alexa savait que le samedi soir, il dormait chez sa mère. Comme ils ne souhaitaient ni l'un ni l'autre se marier, cet arrangement leur convenait depuis des années. Stanley était un homme charmant qui avait cinq ans de plus que sa mère et approchait de la retraite, mais il était en excellente forme. Il avait deux filles et un fils plus âgés qu'Alexa et, parfois, ils prenaient leurs vacances tous ensemble.

Après que sa mère eut enfilé son manteau, elles sortirent ensemble du tribunal. La neige commençait à tomber. Elles prirent un taxi qui les mena dans les quartiers résidentiels. Une fois sa mère déposée devant chez elle, Alexa donna au chauffeur l'adresse de son appartement. Après cette longue journée, elle espérait retrouver Savannah et fut déçue de rentrer dans un appartement vide. L'espace de quelques secondes, elle frissonna en pensant que des hommes comme Luke Quentin étaient en liberté. A son âge, Savannah était encore bien innocente. Pour chasser cette horrible pensée de son esprit, elle alluma les lumières. En regardant autour d'elle, elle prit conscience qu'en automne elle regagnerait chaque soir un logement sombre et désert. Le moins qu'elle pût dire, c'était qu'elle n'était pas pressée... Elle était en proie à des pensées moroses, quand Savannah appela pour lui dire qu'elle ne tarderait pas à rentrer et qu'elle amenait des amis avec elle. Réconfortée, Alexa songea que tout allait bien. Luke Quentin était à sa place, sous les verrous, et Savannah faisait encore partie de sa vie chaque jour. Poussant un soupir de soulagement, elle s'installa sur le canapé et alluma la télévision. Et justement, il était question de Luke Quentin aux informations. Alexa avait été prise en photo au moment où elle sortait du tribunal, après l'audience préliminaire. Elle n'avait même pas vu le journaliste qui l'avait photographiée. Le présentateur disait qu'elle était l'assistante du procureur et qu'elle avait obtenu un grand nombre de condamnations dans des procès importants. Mais tout ce qu'Alexa constata, en fixant l'écran, ce fut qu'elle était très mal coiffée. Ce n'était pas étonnant qu'aucun homme ne l'ait invitée à sortir depuis un an, songea-t-elle. Eclatant d'un rire sonore, elle passa sur d'autres chaînes qui diffusaient le même instantané.

Le cirque médiatique était déclenché.

3

Assise dans une petite pièce sombre, Alexa regardait Luke Quentin à travers une glace sans tain. De l'autre côté, on introduisait le prisonnier dans une salle plus spacieuse. Installés derrière une longue table, Jack Jones et Charlie McAvoy s'apprêtaient à le questionner. Bill Neeley, un autre policier qui avait procédé à l'arrestation, assistait aussi à l'interrogatoire. Il y avait encore deux autres inspecteurs qu'Alexa connaissait seulement de vue. Tous les enquêteurs chargés de l'affaire étaient réunis. Quelques membres du détachement spécial qui allait continuer de travailler avec eux se trouvaient là. En ce lundi matin, après un week-end de repos, ils semblaient tous frais et dispos.

Comme au tribunal, Quentin était menotté. Dès qu'il fut assis, le shérif adjoint qui l'accompagnait le libéra. Luke balaya du regard les hommes qui lui faisaient face.

— Personne n'aurait une cigarette ? demanda-t-il avec nonchalance.

Normalement, il était interdit de fumer dans les salles d'interrogatoire, mais Jack pensa que cela faciliterait peut-être les choses. Hochant la tête, il poussa vers lui un paquet de cigarettes et une boîte d'allumettes. Avec l'ongle de son pouce, Quentin enflamma l'extrémité d'une allumette. Dans l'obscurité, Alexa, un peu crispée, observait la scène avec attention. Elle voulait que l'interrogatoire se passe bien. Quentin tira sur sa cigarette avant de rejeter une longue volute de fumée, après quoi il se tourna vers la vitre et fixa le point précis où elle se trouvait comme s'il sentait sa présence. A travers la glace sans tain, ses yeux glacés croisèrent ceux de la jeune femme. Quasiment certain qu'elle était là, il lui adressa un petit sourire mauvais. Le mot qui vint à l'esprit d'Alexa était « impudent ». Elle ne savait pas très bien si ce regard se voulait caresse ou gifle, mais elle l'avait reçu comme s'il était les deux à la fois. Se redressant sur son siège, elle tendit sans réfléchir la main vers son sac pour y prendre un paquet de cigarettes. Elle ne fumait qu'occasionnellement, mais personne ne pouvait la voir. Tout en aspirant la fumée, elle ne lâchait pas Quentin du regard.

— Dites-nous où vous étiez, ces deux dernières années, demanda Jack, le visage impassible. Citez les villes et les Etats.

Ils savaient précisément où il se trouvait les six derniers mois, mais Jack voulait savoir si le suspect leur dirait la vérité. C'est ce qu'il fit. Il leur débita à toute allure la liste des villes et des Etats par lesquels il était passé et qu'ils connaissaient déjà.

— Qu'est-ce que vous y faisiez ?

— Je travaillais, je rendais visite à des types que j'ai connus en prison, répliqua-t-il sans se laisser décontenancer.

Jack acquiesça d'un signe de tête. Ils savaient qu'il avait été manœuvre, manutentionnaire et même ouvrier agricole. Grâce à sa taille et à sa corpulence, il trouvait toujours du travail. Mais sa force physique avait aussi coûté la vie à ses victimes. Quentin était arrogant, mais son comportement n'indiquait pas qu'il pût se montrer violent. En prison, et même avant ses condamnations, on ne trouvait dans son dossier aucune preuve de brutalité. Luke était décrit comme un homme paisible, qui ne se laissait pas faire si on l'attaquait. Une fois, il avait reçu un coup de couteau alors qu'il tentait de s'interposer entre deux bandes rivales. En revanche, il n'appartenait lui-même à aucun gang et se tenait à l'écart des autres.

En prison, on savait que Quentin était un joggeur. Il participait à des courses et s'entraînait chaque jour dans la cour. Une fois sorti, il avait continué. Plusieurs fois, ils l'avaient observé dans des parcs, souvent ceux où on avait trouvé les victimes. Pourtant, on n'était jamais parvenu à établir un lien entre elles et lui. Il n'y avait aucun témoin et le fait qu'il avait couru dans ces parcs n'impliquait pas qu'il fût le meurtrier. On n'avait jamais prélevé une seule goutte de sperme sur aucune des femmes. Soit il avait utilisé un préservatif, soit il était atteint d'une anomalie quelconque. C'était peut-être même ce qui le poussait au viol. En tout cas, si c'était lui, il était extrêmement astucieux.

Quentin était arrogant, mais pas fanfaron. Il attendait leurs questions et ne leur offrait rien d'autre que des réponses brèves. Il soutenait leurs regards et, de temps en temps, il jetait un coup d'œil en direction de la vitre derrière laquelle Alexa l'observait, le visage grave. Sans s'en apercevoir, elle avait fumé une demi-douzaine de cigarettes.

— Vous savez que je n'ai rien fait, dit Quentin au bout d'un moment.

Fixant Jack droit dans les yeux, il se mit à rire. Il avait à peine regardé Charlie, qu'il considérait visiblement comme une quantité négligeable.

— Vous cherchez un bouc émissaire pour améliorer votre réputation auprès de la presse, continua-t-il.

Décidant qu'il était inutile de discuter avec le prévenu sur ce point, Jack plongea dans ses prunelles claires. Il n'y trouva rien, ni culpabilité ni crainte, pas même de l'inquiétude. Il ne pouvait y lire que du mépris. Luke se moquait d'eux, il les prenait pour des imbéciles. Il ne transpirait même pas, contrairement à de nombreux suspects. Les projecteurs diffusaient une certaine chaleur. Tous les policiers présents suaient à grosses gouttes, mais Quentin restait frais et dispos. Certes, les enquêteurs portaient tous des gilets pare-balles sous leurs costumes de ville, alors que Quentin n'était vêtu que d'une mince combinaison.

— On a trouvé du sang, sous vos semelles, remarqua calmement Jack.

— Et alors ? répliqua Quentin avec indifférence. Je cours tous les jours, et je ne regarde pas le sol. Chaque jour, je mets les pieds dans la boue, les crottes de chien et les excréments humains. J'ai pu courir sur du sang, cela n'implique pas que j'en aie sur les mains.

Il n'y en avait pas non plus sur ses vêtements. Ils avaient déjà examiné toutes ses affaires et ils n'avaient que cette boue mêlée de sang, sous ses bottes. Et il pouvait dire la vérité, même si c'était peu vraisemblable.

— Vous ne pourrez pas me retenir très longtemps, reprit-il. Et si c'est tout ce que vous avez, les charges ne seront pas suffisantes. Vous le savez aussi bien que moi. Vous allez devoir faire mieux que ça. Vous ne dites que des conneries et ça aussi, vous le savez. Cette arrestation n'est pas valable.

— Nous verrons. A votre place, je ne compterais pas trop là-dessus, répliqua Jack avec une assurance qu'il n'éprouvait pas totalement.

Ils auraient besoin de davantage de preuves pour le procès. Pour l'instant, ils en avaient assez pour l'arrêter, mais pas suffisamment pour le faire condamner. Il fallait espérer que cela viendrait, avec quelques coups de chance supplémentaires. L'équipe comportait d'excellents enquêteurs. Un autre mouchard se manifesterait peut-être, même si Quentin n'était pas le genre d'homme à se confier. Il était bien trop intelligent pour cela. Les expertises scientifiques qu'ils attendaient leur permettraient peut-être aussi de le coincer.

L'interrogatoire dura pendant plusieurs heures. Les questions étaient toujours les mêmes : où il était, ce qu'il avait fait, qui il connaissait, qui il avait rencontré, avec quelles femmes il était sorti, dans quels hôtels il avait séjourné. Il en ressortait qu'il s'était trouvé dans les villes où les femmes avaient été tuées, mais jusque-là rien ne permettait réellement d'établir un lien entre les autres filles et lui. Pour l'instant, l'accusation ne tenait qu'à un fil, mais ils devaient s'en contenter en attendant que le laboratoire leur fournisse les résultats des analyses d'ADN.

— Il vous faudra un peu plus que la preuve que je courais dans le même parc, répéta Quentin.

Pour l'instant, le sang et les cheveux constituaient une première étape. Même Luke Quentin le savait.

Pendant l'interrogatoire, ils ne firent pas une seule fois allusion à sa passion pour les « snuff-movies ». Pour l'heure, il était inutile d'abattre cet atout. On lui avait proposé de se faire assister par son avocate, mais Quentin avait dit qu'il s'en moquait. Les policiers ne lui faisaient pas peur et de toute façon, selon lui, les avocats commis d'office étaient des « rigolos ». Ils étaient tous jeunes et innocents et la plupart de leurs clients étaient condamnés. A ses yeux, le fait qu'ils étaient coupables n'était qu'un détail sans importance. L'avocate qu'on lui avait attribuée ne trouvait pas davantage grâce à ses yeux. Elle n'exerçait son métier que depuis un an, mais il ne s'en souciait guère, puisqu'il pensait ne pas aller jusqu'au procès. Les policiers seraient bien obligés de le relâcher, faute de preuves concluantes. Jamais ils ne pourraient établir sa culpabilité et le sang sur ses semelles ne suffirait pas.

Ce sang provenait des écorchures infligées aux quatre victimes quand le meurtrier les avait traînées sur le sol. L'une d'entre elles avait une coupure au bras, mais les saignements n'avaient pas causé leur mort. Lorsqu'il les violait et les tuait, elles étaient nues, et c'était ainsi qu'on les retrouvait. Ne se souciant pas de les rhabiller après leur mort, il emportait les vêtements. Les deux premières filles avaient été découvertes dans une fosse peu profonde, creusée dans le parc. C'était un chien qui les avait déterrées. Les deux autres avaient été jetées dans le fleuve, ce qui rendait la manœuvre plus délicate, mais le tueur avait trouvé le moyen de ne pas se faire remarquer.

Dans les autres Etats, les corps avaient été dissimulés avec la même insouciance. Les disparues étaient presque certainement décédées. Souvent, elles faisaient leur jogging de bon matin ou dans la soirée, dans des parcs, et elles n'étaient jamais revenues.

Apparemment, le tueur appréciait les lieux champêtres pour commettre ses méfaits. Dans le Middle West, une fille avait disparu d'une ferme. Elle venait d'avoir dix-huit ans et ses parents déploraient sa détestable habitude de faire de l'auto-stop, mais ils connaissaient tout le monde dans un rayon de plusieurs kilomètres. Cette fois, il était clair qu'un étranger l'avait fait monter dans sa voiture. Pendant des mois, ils avaient espéré qu'elle s'était seulement enfuie avec un beau garçon de son âge et qu'ils finiraient par avoir des nouvelles. C'était une belle fille, un peu rebelle. On ne l'avait jamais revue, mais des mois plus tard, on avait découvert son corps dans un terrain où un bulldozer déplaçait de la terre. Comme les autres, elle avait été violée et étranglée.

Après l'interrogatoire, ils renvoyèrent Quentin dans sa cellule. Il sortit nonchalamment de la salle, sans un regard en arrière ni un coup d'œil en direction d'Alexa. Celle-ci était aussi fatiguée que les policiers et les enquêteurs, lorsqu'ils se retrouvèrent dans son bureau pour discuter de ce qu'ils avaient entendu. Quentin n'avait rien livré, sauf ce qu'ils savaient déjà sur les lieux où il s'était rendu. Il leur avait aussi une fourni une liste de noms qui ne les mènerait nulle part. C'étaient des gens qu'il avait rencontrés sur sa route. Il avait dîné avec eux, était allé dans les bars avec eux ou bien avait travaillé pour eux. Il s'arrangeait pour ne pas être mêlé à des affaires louches, du moins en apparence. Il avait consommé de la marijuana en prison, mais en dehors de cela, son dossier ne mentionnait pas de problèmes de drogue. Il appréciait la tequila et le vin de mauvaise qualité, mais on pouvait en dire autant de tous les étudiants. Ils ne violaient pas les femmes et ne les étranglaient pas pour autant. Boire du mauvais alcool n'était pas un crime et ceux qui le connaissaient disaient qu'il résistait bien à la boisson. Ce n'était pas un ivrogne débraillé qui cherchait la bagarre dans les bars. Il était froid, calculateur, secret et il se surveillait en permanence. C'était d'ailleurs ce qu'il avait fait pendant l'interrogatoire.

— On n'a pas obtenu grand-chose, fit remarquer l'un des policiers avec découragement.

— Je m'y attendais, dit calmement Jack. Il est bien trop intelligent pour nous livrer un indice ou la piste que nous attendons. Pour instruire cette affaire, nous devrons utiliser chaque brindille, chaque brique, chaque caillou et jusqu'au moindre grain de sable, à la façon des trois petits cochons, lorsqu'ils construisaient leurs maisons. Il ne va pas nous rendre la tâche plus facile. Il va nous falloir travailler dur et nous défoncer, si nous voulons le coincer.

Alexa avait aimé la métaphore et lorsque les autres quittèrent son bureau, elle souriait.

— Qu'en pensez-vous ? demanda-t-elle sans détours à Jack dès que la porte fut refermée.

Ils savaient qu'auparavant Quentin n'avait jamais été condamné pour des meurtres ou des voies de fait. Mais après sa dernière incarcération, il avait vraisemblablement changé son mode opératoire. Tout comme les membres du détachement spécial qui l'avaient pisté et observé pendant des mois, Alexa était convaincue de sa culpabilité.

— Honnêtement ? Je pense que c'est lui. Mon instinct me dit qu'il les a toutes tuées, qu'il y a même peut-être davantage de victimes que nous ne le supposons. Mais je suis tout aussi convaincu que nous aurons du mal à l'épingler. Il est coupable, c'est certain. Il ne nous reste plus qu'à le prouver et ensuite vous pourrez faire votre travail.

Alexa hocha la tête. Elle était bien d'accord avec lui : ce n'était pas gagné ! Mais s'il était l'assassin, ce dont elle était persuadée, elle voulait plus que tout le faire condamner. Son intuition était la même que Jack, mais

Quentin était aussi glissant qu'une anguille et il ne serait pas aisé de le coincer. Il présentait toutes les caractéristiques d'un psychopathe, un homme capable de commettre des crimes atroces, avec une indifférence et un flegme remarquables. Il était évident qu'il n'éprouvait ni crainte ni remords, mais cela changerait peut-être.

— Vous voulez qu'on déjeune ensemble ? suggéra Jack. Nous pourrons parler de notre affaire, si vous en avez envie. J'ai besoin d'assimiler tout ce qu'il nous a dit ce matin. Parfois, un détail me revient plus tard, en y réfléchissant. Au début, ce n'est rien, puis cela devient le fil conducteur qui me mène à autre chose.

C'était ce qui faisait de lui un excellent policier. Il avait le don de se focaliser sur un détail, ce qui se révélait finalement payant. Alexa l'avait constaté chaque fois qu'ils avaient travaillé ensemble. Jack était leur meilleur élément, tout comme elle était la meilleure assistante du procureur.

— Très volontiers. A 14 heures, j'ai une réunion, ensuite il faudra que je me prépare pour la comparution devant le grand jury.

Cette comparution, à laquelle Jack devait également assister, était fixée au surlendemain. En l'absence de preuves vraiment concluantes et si elle voulait que le procès ait lieu, Alexa devait affûter ses arguments pour convaincre le grand jury d'établir l'acte d'accusation. Pour l'instant, elle ne pouvait rien prouver, mais elle avait autant de talent que Jack.

Ils traversèrent ensemble la rue et gagnèrent la gargote qu'ils détestaient tous mais fréquentaient quotidiennement. Lorsqu'elle y pensait, Alexa apportait de quoi manger, mais, le plus souvent, elle était trop pressée pour s'en occuper. Elle était donc condamnée à jeûner toute la journée, à prendre une confiserie au distributeur ou à massacrer son système digestif en prenant ses repas chez le traiteur le plus proche de l'immeuble où ils travaillaient. Ils étaient tous d'accord pour penser qu'ils avaient le choix entre mourir de faim ou se suicider en y déjeunant. La nourriture était lourde et grasse, trop cuite ou dangereusement crue. D'habitude, Alexa s'efforçait de s'en sortir avec une salade, le risque minimum selon elle. Jack, dont l'appétit masculin avait ses exigences, commandait le plat du jour, qui était fatal.

Il choisit un pain de viande et de la purée et elle, une salade César, qui lui parut flasque et humide.

— Seigneur ! marmonna-t-elle, je déteste ce qu'on nous sert ici.

— Moi aussi, répliqua-t-il avec un sourire. C'est sûrement pour cela que j'y mange au moins deux fois par jour, parfois trois. Je n'ai jamais le temps d'aller ailleurs.

Depuis son divorce, bien des années auparavant, il passait la plupart de ses heures libres à travailler, même les week-ends. N'ayant rien d'autre à faire, il prétendait que le travail le détournait de ses soucis. De son côté, Alexa faisait à peu près le même raisonnement.

— Nous travaillons trop, tous les deux, remarqua-t-elle.

Elle fit la grimace en contemplant la laitue imbibée d'eau qui semblait vieille de plusieurs semaines.

— Quoi de neuf ? lui demanda Jack. Où en est votre vie amoureuse ?

Il l'avait toujours appréciée. Elle était intelligente et c'était un bourreau de travail. Inflexible lorsqu'il le fallait, elle pouvait même se montrer impitoyable, mais elle était toujours juste. Par ailleurs, il la considérait comme quelqu'un de vraiment bien, sans compter qu'elle était jolie. Il avait du mal à lui trouver des défauts, sauf qu'elle était un peu trop mince à son goût et qu'elle aurait dû se coiffer un peu mieux. Elle nouait toujours ses cheveux en chignon, mais il soupçonnait qu'ils devaient être longs et épais, une fois dénoués... au lit. Il s'efforça de ne pas y penser et de se rappeler qu'elle était l'un des « types » de sa vie. C'était ainsi qu'elle se comportait et la seule relation qu'elle souhaitait, avec lui ou n'importe qui d'autre. Son mariage et la trahison de son mari l'avaient échaudée.

Un jour, elle lui avait raconté son histoire, qu'il avait trouvée pire que la sienne.

— Vous plaisantez, je suppose ? demanda-t-elle en souriant. Qui a le temps de mener une vie amoureuse ? J'ai un enfant et un emploi à plein temps. C'est largement suffisant.

— Certaines personnes parviennent à cumuler les fonctions. Elles sortent avec des spécimens du sexe opposé, tombent amoureuses et se marient. C'est du moins ce qu'on m'a raconté.

— Ils agissent certainement sous l'empire de la drogue, affirma Alexa en repoussant sa salade. Dites-moi plutôt ce que vous pensez de notre affaire. Vous croyez qu'on arrivera à le coincer ?

— Je l'espère. En tout cas, on va faire le maximum pour cela. Ce type est un animal à sang froid. Je pense qu'il est capable de tuer n'importe qui, pourvu qu'il ait une chance de s'en tirer.

Cette appréciation intrigua Alexa, qui avait toujours eu confiance dans les jugements de Jack. Il se trompait rarement et sans doute avait-il raison cette fois-ci aussi. Elle décida pourtant de jouer l'avocat du diable :

— Qu'est-ce qui vous fait dire cela ? Il n'a aucun antécédent de brutalités et il n'a jamais tué personne avant ce massacre. Ou du moins, pas que nous le sachions.

— Cela signifie simplement qu'il excelle dans sa partie. J'ignore d'où me vient cette certitude, mais j'ai déjà vu des types comme lui, et vous aussi. Ils sont froids comme la glace et morts à l'intérieur. Ce sont des machines, pas des êtres humains. Quentin est un psychopathe tout ce qu'il y a de classique. Ils sont habituellement intelligents et il n'y a pas d'êtres plus dangereux sur terre. Ils n'éprouvent pas plus de scrupules à vous tuer qu'à vous serrer la main. Quentin n'a peut-être jamais assassiné personne dans sa jeunesse, mais je suis convaincu qu'il en est capable aujourd'hui. Quelque chose l'a peut-être fait basculer lors de sa dernière incarcération. Selon moi, c'est un fils de pute malade et tordu, qui va nous en donner pour notre argent. Jusqu'à maintenant, il a plutôt bien effacé ses traces. J'ignore pourquoi nous avons eu la chance de trouver ce sang sous ses bottes. D'ordinaire, les sociopathes ne commettent pas des erreurs aussi grossières. C'est peut-être sa prétention qui l'a perdu. Il ne savait certainement pas que nous le surveillions de près.

Ils s'en étaient aperçus pendant l'interrogatoire et, bien entendu, ils ne lui en avaient rien dit. Ils s'étaient contentés de le faire parler.

— Bon sang, j'espère qu'on va l'avoir ! s'exclama Alexa avec ferveur.

Son seul souhait était de l'expédier derrière les barreaux.

— Moi aussi, se contenta de répliquer Jack.

— J'en suis malade, quand je regarde le visage de ces filles. Elles sont toutes si jeunes et si jolies ! Elles ressemblent à ma fille.

A ces mots, un frisson lui parcourut de nouveau le dos. Jusque-là, cette idée ne lui était pas venue, mais toutes ces victimes présentaient effectivement de nombreuses similitudes avec Savannah, qui correspondait exactement au type du meurtrier. Par bonheur, il était enfermé entre quatre murs. Pour l'instant, du moins.

Jack préféra changer de sujet.

— Où est-elle, à propos ?

Il avait l'impression de connaître la fille d'Alexa, dont il avait vu de nombreuses photos dans son bureau. Par ailleurs, il l'avait croisée une ou deux fois. C'était une jolie fille, tout comme sa mère.

— Elle remplit ses dossiers d'inscription pour la fac. Elle espère être acceptée à Princeton... Au moins, c'est dans le New Jersey. Je redoute qu'elle aille à Stanford, qui est à tous les diables. Ma vie sera un désert, après son départ.

Le visage d'Alexa s'était assombri. Jack hocha la tête, songeant qu'elle était trop jeune pour consacrer toute sa vie à un enfant.

— Vous devriez peut-être y réfléchir, suggéra-t-il. Vous avez encore le temps de rectifier le cours de votre vie.

— Pardon ? Le conseil m'étonne, venant de la part d'un homme qui travaille autant que moi. Mon dernier rendez-vous remonte peut-être à l'âge de pierre, mais quelque chose me dit que le vôtre se situe environ un millénaire plus tôt.

Jack éclata de rire pour toute réponse.

— C'est pourquoi vous pouvez en croire ma vieille expérience, c'est une erreur. Mais pour moi, il est trop tard, maintenant. A mon âge, je pourrais avoir une liaison avec des jeunes femmes qui voudraient des enfants, et ce serait hors de question, ou alors avec des femmes de mon âge, amères, en colère et détestant les hommes.

— Il n'y a rien entre les deux ?

Alexa se demanda s'il n'y avait pas une part de vérité dans les propos de Jack. Elle-même était amère, elle en voulait à Tom et aux hommes en général. Elle s'était juré de ne plus jamais leur faire confiance. Elle avait tenu sa promesse, y compris envers les rares individus avec qui elle avait accepté de sortir.

— Non, confirma Jack. Il reste les prostituées. Mais je suis trop radin pour avoir recours à elles.

La boutade les fit rire tous les deux. Il régla l'addition, ce dont Alexa le remercia.

— Ne me dites pas que je ne vous emmène pas dans les meilleurs établissements, plaisanta-t-il. Si la théorie selon laquelle les hommes invitent les femmes à déjeuner pour obtenir leurs faveurs est vraie, vous devriez sans doute me décocher un bon coup de pied dans le tibia. Comment vous sentez-vous, après cette salade ? Pas d'aigreurs d'estomac ?

— Pas encore. Elles ne surviennent en général qu'au bout d'une demi-heure.

Les plaisanteries sur la gargote étaient légion, mais la nourriture était vraiment aussi mauvaise qu'on le prétendait, et pire encore. Tous les policiers juraient qu'on mangeait mieux en prison, ce qui était sans doute exact.

Ils entrèrent ensemble dans l'immeuble. Jack promit à Alexa de la tenir au courant des derniers développements concernant Quentin. La presse s'intéressait déjà de très près à lui et ils allaient devoir faire extrêmement attention à ce qu'ils diraient. Les journalistes avaient tenté de questionner Alexa, qui avait refusé de leur répondre. Elle laissait ce soin au procureur.

Elle passa le reste de l'après-midi en réunions, travailla sur son dossier pour le grand jury et quitta le bureau plus tôt que d'habitude, à 18 heures. Elle avait invité sa mère et le juge Schwartzman à dîner et, lorsqu'elle rentra, Savannah venait de mettre le poulet au four. Elle avait fait du volley-ball, cet après-midi-là, et elle était plus fraîche et plus jolie que jamais. Elle était ravie parce que son équipe avait vaincu celle du lycée adverse. Chaque fois qu'elle le pouvait, Alexa assistait à ses matchs, mais pas aussi souvent qu'elle l'aurait voulu. De nouveau, la ressemblance entre sa fille et les victimes de Luke Quentin la frappa. Du coup, la mort de ces jeunes filles lui semblait encore plus cruelle.

— Comment va ton tueur en série ? lui demanda Savannah dans la cuisine.

Elles venaient de mettre les pommes de terre dans le micro-ondes et Alexa préparait la salade. Sa mère et le juge Schwartzman devaient arriver une demi-heure plus tard. En attendant que le dîner soit prêt, ils bavarderaient selon leur habitude.

— L'affaire suit son cours, répondit-elle. Dans deux jours, j'exposerai les charges au grand jury. Et comment vont tes dossiers d'inscription ? Tu as avancé ? Je voudrais les voir avant que tu les expédies, rappela-t-elle à sa fille.

Savannah, qui était très bonne en dissertation, obtenait d'excellentes notes. Grâce à ses bulletins, elle serait sans doute acceptée dans toutes les universités de son choix. Alexa pouvait être fière : elle avait une fille brillante.

— J'ai terminé Princeton et Brown, mais j'ai encore

Stanford et Harvard. De toute façon, je ne pense pas qu'ils me prendront. Le niveau est bien trop élevé. L'université George Washington me plairait bien, aussi, ainsi que Duke.

La perspective de ses études lui semblait presque irréelle, comme un rêve, mais elle était très excitante. Savannah avait hâte d'en parler avec son père pendant leur séjour dans le Vermont.

Alexa et sa fille papotèrent dans la cuisine, puis en mettant la table et en terminant les préparatifs du dîner. La sonnerie de la porte d'entrée retentit enfin. Leurs visiteurs étaient arrivés. Stanley était un bel homme distingué et enthousiaste, qui correspondait exactement à l'image qu'on peut se faire d'un juge. Il était sérieux, attaché aux valeurs traditionnelles, mais il avait le sens de l'humour et des yeux pétillants de malice.

Le poulet était délicieux et les convives feignirent de ne pas remarquer que les pommes de terre étaient trop cuites. La conversation fut animée, ce qui permit aux trois générations de femmes de passer ensemble un bon moment. Stanley appréciait leur compagnie. Alexa lui rappelait ses propres filles et Savannah sa petite-fille préférée. Cette dernière avait le même âge que Savannah et vivait à Boulder, où elle se plaisait beaucoup. Ils parlèrent des dossiers de Savannah et d'une affaire amusante que Stanley avait récemment eu à traiter. Un homme avait intenté un procès à un collègue qui lui éternuait constamment dessus et le rendait malade. En l'absence d'intentions malveillantes ou de dommages évidents, le plaignant avait été débouté.

— De temps en temps, on se demande si les gens ne sont pas tous fous, conclut-il en terminant sa glace. Sur quoi travaillez-vous ces temps-ci, Alexa ?

— Elle est chargée de poursuivre le tueur en série dont toute la presse parle, dit Muriel.

— Ces affaires sont pénibles. Elles vous troublent sur le plan émotionnel. Pour ma part, elles me hantent pendant des mois, remarqua-t-il.

Alexa acquiesça d'un signe de tête. Elle commençait

déjà à éprouver le malaise dont il parlait. Elle connaissait dans leurs moindres détails les visages des filles que Quentin avait tuées, ainsi que leur passé. Pour l'instant, c'était sur l'accusé qu'elle en savait le moins. Elle ignorait comment il s'y était pris, quand et où il avait commis ces crimes et surtout pourquoi. Mais elle le saurait. Elle parvenait toujours à ses fins.

— Je déteste qu'Alexa s'occupe de ce genre d'affaires, se plaignit Muriel en débarrassant.

Elle aimait dîner chez sa fille. Les soirées qu'elles passaient ensemble étaient toujours détendues et agréables. Stanley l'accompagnait avec plaisir. Ils s'entendaient très bien, tous les deux, et avaient bon nombre de goûts communs. Ce n'était pas assez pour qu'ils souhaitent se marier, à cette étape de leur vie, mais suffisamment agréable pour qu'ils se consacrent mutuellement du temps et se téléphonent chaque jour. Parfois, ils déjeunaient dans le bureau de Stanley ou celui de Muriel.

— J'ai toujours peur que l'accusé soit extrêmement dangereux ou qu'il ait des amis redoutables à l'extérieur, conclut celle-ci.

Stanley tourna vers Alexa un visage soucieux.

— Pas d'inquiétude de ce côté ?

— Non. Tout va bien.

La soirée ne se prolongea pas très longtemps. Quand la mère et la fille eurent regagné leurs chambres, Savannah passa un bon moment au téléphone à bavarder avec ses amis, pendant qu'Alexa relisait ses dossiers. Elle finit par s'endormir tout habillée sur son lit. Quand Savannah vint lui souhaiter une bonne nuit, elle retira doucement les papiers des mains de sa mère, tira une couverture sur elle et éteignit la lumière. Ce n'était pas la première fois que cela arrivait. Lorsqu'elle travaillait sur un procès, Alexa s'endormait souvent de cette façon. Elle ne bougea pas quand sa fille l'embrassa. Percevant un très léger ronflement, Savannah sourit et referma la porte.

4

Le lendemain, Alexa reçut de bonnes nouvelles. Le dernier rapport des experts scientifiques établissait définitivement que le sang retrouvé sous les semelles de Luke Quentin correspondait à l'ADN de deux victimes. Quant aux cheveux, ils appartenaient aux deux autres. C'était un vrai cadeau puisque, désormais, on pouvait relier Quentin aux quatre femmes. Restait à trouver comment ce sang et ces cheveux étaient arrivés là, mais c'étaient des éléments solides qui arrivaient à point nommé, puisque la comparution devant le grand jury devait avoir lieu le lendemain. Quand Jack appela Alexa pour la prévenir, elle rayonnait. Il faudrait encore procéder à d'autres analyses, de façon à écarter toute incertitude, mais ils pouvaient d'ores et déjà s'appuyer sur des informations sérieuses. Luke Quentin allait avoir de sacrés ennuis. Comme il se devait, Alexa appela son avocate, Judy Dunning, qui ne fut pas ravie par ce qu'elle lui apprenait.

— Vous pensez vraiment que cela suffira pour le faire inculper ? demanda-t-elle.

Alexa connaissait et appréciait cette jeune femme, bien qu'elle fût encore inexpérimentée et naïve.

— Bien sûr, assura-t-elle fermement.

— Le dossier est maigre.

— Peut-être, mais nous avons quatre femmes assassinées et un prévenu qui a déjà fait de la prison, récidiviste de surcroît. N'oubliez pas qu'on a trouvé du sang et des cheveux des victimes sous ses bottes. Ces preuves ne sont pas arrivées sous ses semelles pendant qu'il déjeunait au McDo. Il prétend qu'il peut avoir couru dans le parc où elles ont été assassinées. Il n'a tout de même pas arpenté les quatre scènes de crime ! Nous allons nous appuyer sur ces faits. Prévenez-moi s'il veut plaider coupable.

— Je ne pense pas qu'il le fera.

L'avocate paraissait plutôt abattue. Elle n'était pas pressée d'affronter ce procès. Le meurtrier de quatre jeunes femmes aurait l'opinion publique contre lui. Pour autant qu'elle pût en juger jusque-là, son client ne manifestait aucun remords et il était extrêmement sûr de lui. Dès qu'ils le verraient, les jurés allaient le prendre en grippe. Elle ferait de son mieux, mais Alexa et elle savaient qu'il y avait de fortes chances pour qu'elle perde la partie. Pourtant, Quentin n'avait pas la moindre envie de négocier avec le bureau du procureur. Il avait tout son temps et beaucoup à perdre. S'il était reconnu coupable, il passerait le reste de sa vie enfermé et il n'allait sûrement pas faire ce cadeau à l'accusation. Pour obtenir sa condamnation, il faudrait travailler dur.

— Merci de m'avoir tenue au courant, dit-elle à Alexa.

Sur ces mots, elles raccrochèrent et retournèrent à leurs tâches respectives.

Le lendemain, Alexa était prête à se présenter devant le grand jury. L'audience devait se tenir au tribunal, à Manhattan, juste à côté de son bureau. Le matin, Jack passa la chercher chez elle au volant d'une voiture banalisée et la conduisit dans le centre-ville. L'audience devait se tenir à huis clos et la comparution était entourée du plus grand secret. Ne devait y assister qu'un nombre limité de personnes : il y aurait les grands jurés, Alexa, qui représentait le bureau du procureur, Jack, qui avait dirigé l'enquête, l'accusé et son avocate. Le grand jury déterminerait si les preuves étaient suffisantes pour inculper le prévenu et mener l'affaire devant un tribunal. Alexa savait que dix-huit des vingt-deux membres du grand jury seraient présents... deux de plus qu'il n'en fallait pour établir l'acte d'accusation. Il faudrait que douze d'entre eux votent dans ce sens et elle espérait bien qu'ils le feraient. Pendant le trajet, Jack et elle échangèrent à peine quelques mots. Il était tôt. Quentin entrerait dans la salle d'audience escorté par quatre gardiens afin de prévenir toute tentative d'évasion. Il y retrouverait son avocate. Cette dernière n'avait pas demandé l'annulation de l'audience, comme elle en aurait eu le droit. Au vu des charges qui pesaient sur son client, la requête n'aurait pas été défendable.

Ils prirent place à la table attribuée au ministère public, pendant que l'avocate s'asseyait à la sienne, de l'autre côté de l'allée centrale, après quoi Luke Quentin fut introduit dans la salle. A la grande surprise d'Alexa, il portait un costume. Elle ignorait où son avocate avait bien pu le lui dégoter, mais il était à son avantage. Peut-être était-ce le sien, tout simplement, mais cela paraissait peu probable. Il lui jeta un coup d'œil, mais cette fois il ne souriait pas. Elle eut le sentiment que ses yeux la transperçaient de part en part, creusant un trou dans son crâne à la façon d'un foret chauffé à blanc. Son regard, lorsqu'il croisa celui d'Alexa, exprimait une haine absolue. Sans doute avait-il la même expression quand il violait et tuait des jeunes filles, songea Alexa. Pour elle, la culpabilité de cet homme ne faisait aucun doute.

Le grand jury se réunit rapidement et prit acte des preuves présentées par Alexa et Jack. Elles étaient suffisantes pour justifier une mise en accusation, d'autant qu'il n'y avait aucun témoin pour les réfuter. Sans dévoiler ses atouts secrets, Jack expliqua que des enquêtes étaient en cours dans d'autres Etats et qu'il y avait quinze autres victimes potentielles. On pouvait donc s'attendre à ce que le dossier soit encore alourdi, mais pour l'instant, on pouvait déjà affirmer que l'accusé avait assassiné quatre jeunes femmes. Les grands jurés parlèrent brièvement avec le prévenu, ils lui posèrent quelques questions sur son logement, ainsi que sur les preuves analysées par les experts scientifiques, qui jouaient contre lui. Ils remercièrent ensuite chacun des protagonistes d'être venu. Ils annonceraient leur décision un peu plus tard dans la journée, après avoir voté. Comme tout le monde, Alexa comprit à leurs visages qu'ils allaient établir l'acte d'accusation. Avec quatre victimes et du sang sous les semelles de Quentin, ils n'avaient pas d'autre choix.

— Voilà une bonne chose de faite, déclara Jack lorsqu'ils regagnèrent leurs bureaux. Et maintenant, au boulot !

Alexa acquiesça. Ils se séparèrent ensuite sans un mot, chacun pensant au travail qui l'attendait. La balle était dans le camp des enquêteurs, qui devaient donner à Alexa les preuves dont elle avait besoin pour remporter la victoire. Sur ce plan, elle avait parfaitement confiance en Jack.

En fin d'après-midi, elle reçut un appel du grand jury. Ses membres avaient décidé d'inculper Luke Quentin, accusé d'avoir commis quatre viols et quatre meurtres au premier degré. Il n'y avait plus qu'à se dépêcher. Prévoyant que durant les mois à venir la tension allait s'exacerber, Alexa appela le procureur pour lui demander s'il serait d'accord pour que le procès ait lieu le plus tôt possible. Tout comme elle, Joe McCarthy estima que, dans l'intérêt de tous, il était préférable que l'accusé fût très vite reconnu coupable, après quoi on en serait débarrassé. L'avocate de Quentin, quant à elle, n'était pas pressée d'affronter le tribunal. Finalement, ils convinrent que l'affaire serait plaidée en mai, ce qui leur laissait quatre mois pour se préparer. Le vendredi soir, après avoir mis de l'ordre dans ses dossiers et rangé son bureau, Alexa était épuisée.

Savannah et elle commandèrent des pizzas pour le dîner. Ensuite, la jeune fille sortit avec des amis pendant que sa mère vidait sa mallette et se mettait au travail. Maintenant que la date du procès avait été fixée, elle savait qu'elle n'aurait plus de vie sociale durant les mois à venir, mais de toute façon cela ne changerait pas grand-chose.

Comme Savannah avait projeté de consacrer tout son week-end à ses amis, elle put travailler sans trop de remords. Le dimanche soir, la mère et la fille examinèrent ensemble les dossiers d'inscription en faculté qui étaient maintenant tous remplis.

Quand elle eut terminé, Alexa adressa à sa fille un sourire empreint de fierté. Comme d'habitude, Savannah avait respecté les délais.

— Cela me semble parfait, dit-elle. Il ne nous reste plus qu'à les mettre dans des enveloppes et à les envoyer.

Elles se répartirent les enveloppes, les timbrèrent et les adressèrent aux divers services d'admission. Alexa, qui n'était pas sortie depuis le vendredi soir, ressentit le besoin de prendre l'air. Elle décida donc de les porter sur-le-champ à la poste.

Au moment de sortir, elle vit une enveloppe glissée sous la porte. Lorsqu'elle l'eut ramassée, l'écriture lui sembla maladroite et gauche, presque enfantine.

— Qu'est-ce que c'est ? se demanda-t-elle à mi-voix.

La lettre, déposée par un mystérieux inconnu, était adressée à Savannah. Alexa rejoignit sa fille dans sa chambre et la lui remit.

— On dirait que tu reçois des messages d'amour d'un tout jeune prétendant, plaisanta-t-elle.

Sur le point de quitter la pièce, elle remarqua l'expression troublée de Savannah, qui venait de sortir la missive de son enveloppe. La lettre avait été rédigée sur un ordinateur et imprimée. Si l'expéditeur était un enfant, il en possédait un, mais cela n'avait rien de très étonnant.

L'air légèrement énervée, la jeune fille la tendit à sa mère sans commentaire.

— « Je t'aime et j'ai envie de toi », lut Alexa à voix haute. Eh bien... le message a le mérite d'être clair. Tu ne vois pas qui est le garçon qui peut bien t'avoir écrit ça ?

Il n'y avait en effet aucune signature. Savannah secoua la tête.

— C'est bizarre, maman. Ça me donne la chair de poule... On dirait un voyeur.

— Ou un admirateur secret. Je me demande s'il habite dans notre immeuble, puisque la lettre n'est pas passée par la poste. Fais seulement attention en rentrant et en sortant. Et ne prends pas l'ascenseur seule avec un homme que tu ne connais pas.

— Pourquoi on m'envoie ce genre de message ?

— Parce que le monde comporte un certain nombre de dingues et que tu es une très jolie fille. Sois prudente, fais preuve d'un peu de jugeote et tout ira bien.

S'étant efforcée de traiter l'événement avec légèreté, Alexa partit pour la poste. Elle n'avait pas voulu admettre devant sa fille qu'elle était quelque peu troublée elle-même. Elle se rappelait que sa mère lui avait recommandé d'être particulièrement sur ses gardes pendant tout le temps des poursuites contre Luke Quentin. Il avait beau être sous les verrous, il avait des amis à l'extérieur. D'un autre côté, il n'était pas le genre d'homme à en avoir énormément, peut-être même ne connaissait-il personne à New York. Ses codétenus avaient déclaré aux enquêteurs que c'était un loup solitaire.

Alexa interrogea le portier pour savoir si quelqu'un lui avait remis une lettre pour Savannah, mais l'homme affirma n'avoir vu personne. Alexa se demanda comment l'expéditeur s'y était pris pour la glisser sous leur porte, mais le plus important était de savoir qui avait écrit ce message et dans quel but. En regagnant l'appartement, un peu plus tard, elle tâcha de masquer son inquiétude, mais elle devait bien admettre qu'elle était soucieuse. Elle avait d'ailleurs discrètement mis l'enveloppe dans une pochette de plastique, avant de se rendre à la poste. Mais ce fut Savannah qui en reparla pendant qu'elles partageaient les plats chinois livrés par le traiteur.

— J'ai repensé à cette lettre, maman. Je la trouve vraiment glauque et, à mon avis, ce n'est vraiment pas le genre de choses que peut écrire un enfant ou un adolescent.

— Cela reste possible, à condition qu'il soit très refoulé. C'est peut-être un garçon qui t'admire de loin en silence. En ce cas, il a déguisé son écriture pour ne pas être reconnu. De toute façon, ce n'est pas bien grave. Tu devras faire attention, mais je ne vois rien de menaçant là-dedans.

Réprimant ses propres craintes, Alexa s'était exprimée très calmement. Hochant la tête, Savannah termina son rouleau de printemps.

— Tu as sûrement raison... N'empêche que cela me donne la chair de poule.

— Je comprends... Je n'aime pas cela non plus. Je dois t'avouer que je suis horriblement vexée. J'habite ici, moi aussi, et personne ne me déclare son amour ou son désir.

Savannah se mit à rire, mais en vérité Alexa n'appréciait pas du tout l'idée qu'un inconnu adresse un tel message à sa fille. Elle était beaucoup plus contrariée qu'elle ne le laissait paraître.

Sans le dire à Savannah, elle glissa la pochette de plastique dans son sac et, le lendemain, elle l'apporta au laboratoire médico-légal. Son technicien préféré était un jeune Asiatique qui lui livrait toujours les résultats qu'elle attendait très rapidement. Par ailleurs, il lui fournissait invariablement des comptes rendus d'analyse minutieusement détaillés.

— Qui a écrit ça ? demanda-t-elle sans ambages.

Lorsqu'elle lui tendit la pochette de plastique, il ne put s'empêcher de rire.

— Vous voulez connaître sa couleur de cheveux et sa pointure, ou seulement la marque de son jean ?

— Je veux savoir si c'est un homme, une femme ou un gamin.

Elle craignait que le message n'eût pas été rédigé par un jeune garçon malade d'amour ni même par un vieillard libidineux. Elle avait le sentiment que ce texte était destiné à lui faire perdre son sang-froid.

Les yeux plissés, le jeune technicien ôta l'enveloppe de la pochette plastique. La tenant dans sa main gantée, il l'examina puis sourit à Alexa.

— Accordez-moi quelques minutes. Je dois terminer quelque chose, sinon le gars des stups va me tuer. Je vous appelle dans une heure. Je suppose que vous souhaitez que je vérifie si l'expéditeur n'a pas laissé d'empreintes ?

Alexa hocha la tête en signe d'assentiment.

— Merci.

Après lui avoir rendu son sourire, elle regagna son bureau. Comme promis, le jeune homme l'appela une heure plus tard.

Selon son habitude, Jason Yu alla droit au but.

— Vous êtes prête ? Alors, on y va. Adulte mâle, main ferme, probablement entre vingt et trente ans. Américain. Il est possible qu'il ait fait ses études dans une école catholique... c'est peut-être un prêtre, conclut-il en riant.

— Très drôle.

— L'écriture a été déguisée. Elle est volontairement maladroite, de façon à faire croire à celle d'un enfant, mais ce n'est pas le cas. Il n'y a pas d'empreintes, il a donc utilisé des gants. On vous a menacée de mort ? demanda-t-il avec curiosité.

Cela arrivait relativement souvent aux policiers, aux assistants du procureur et même aux avocats commis d'office. Les gens qu'on envoyait en prison en voulaient aux avocats, aux juges et aux policiers qui les avaient arrêtés. Cela faisait partie des risques du métier.

— Non, rien de ce genre. L'enveloppe contenait une espèce de lettre d'amour adressée à ma fille.

— Et vous voulez connaître l'identité de son petit ami ?

— Elle n'en a pas. Il s'agit d'une lettre anonyme écrite par un type qui prétend avoir envie d'elle. Depuis que je travaille sur le dossier de Quentin, je suis légèrement nerveuse, lorsqu'il s'agit d'hommes qui apprécient les très jeunes filles. Je me fais sans doute des idées et il ne s'agit certainement que d'un gamin qui habite dans notre immeuble.

— Il n'y a pas de mal à vérifier, la rassura Jason. Je travaille sur vos échantillons d'ADN, en ce moment. Dès que j'ai quelque chose de nouveau pour vous, je vous préviens.

— Merci, Jason, dit Alexa avant de raccrocher.

Il n'avait pas résolu l'énigme constituée par l'admirateur inconnu de Savannah, mais du moins elle savait dorénavant qu'il s'agissait d'un homme et non d'un gamin. Comme Savannah l'avait dit, cela donnait la chair de poule. Alexa n'était pas certaine que Quentin fût derrière tout cela, d'ailleurs il n'avait aucun moyen de savoir qu'elle avait un enfant. Pourtant, quelqu'un avait écrit cette lettre. Quentin avait pu se renseigner à son sujet. Il lui avait suffi pour ce faire de se rendre sur Google, s'il était autorisé à utiliser un ordinateur doté d'une connexion Internet en prison. En admettant qu'il ait découvert qu'elle avait une fille, il disposait de l'information dont il avait besoin. Il connaissait peut-être quelqu'un qui avait écrit cette lettre à Savannah pour l'effrayer. Cet inconnu avait pu la suivre et apprendre du même coup l'existence de Savannah. Alexa ignorait comment il s'était arrangé, en revanche elle était certaine que la décision du grand jury avait pris Quentin de court. Inévitablement, c'était à elle qu'il en voulait. Les quelques regards qu'il lui avait lancés lorsqu'elle l'avait vu étaient destinés à la déstabiliser, à lui faire comprendre qui était le patron. Elle devait savoir que, pour lui, elle n'était qu'un morceau de viande, comme toutes les autres femmes. En même temps que son arrogance, qu'on ne pouvait manquer de remarquer, il émanait de lui quelque chose d'éminemment sensuel. Et Alexa n'aimait pas cela. Pas du tout... surtout quand sa fille était visée. S'il était à l'origine de ce message, il avait voulu effrayer Alexa, et rien d'autre. Il voulait lui montrer à quel point il avait le bras long et qu'il pouvait l'atteindre, fût-il en prison.

En entrant dans son bureau, Jack fut frappé par son expression.

— Que se passe-t-il ?

— Pourquoi cette question ?

— Vous avez une lueur meurtrière dans les yeux.

— Non… Je laisse ça à notre accusé. Je suis seulement soucieuse.

— A quel propos ? demanda Jack en s'asseyant en face d'elle.

— Savannah. Nous avons reçu une lettre anonyme, ce week-end, de la part d'un type qui prétend la désirer. Je suis sans doute paranoïaque, mais je me demande si c'est Luke Quentin qui la lui a fait envoyer. Est-ce que vous pourriez consulter le registre des visites, pour savoir si quelqu'un est venu le voir ? Je suppose qu'en ce cas, on aura vérifié l'identité de son visiteur.

— Bien entendu. Mais ce n'est probablement pas lui. Il n'est pas idiot à ce point. Durant les deux heures que j'ai passées avec lui, il m'est apparu comme un gars très intelligent. A quoi lui servirait-il de convoiter votre fille ou de lui envoyer des messages dans le seul but de vous taper sur les nerfs ? Pour l'instant, il est sous les verrous et la dernière chose qu'il veuille, c'est vous poursuivre jusque chez vous et vous mettre en colère. Vous êtes un adversaire redoutable et c'est vous qui avez l'avantage. A mon avis, ce n'est pas lui l'expéditeur. Savannah est une jolie fille et n'importe qui peut lui avoir adressé cette lettre.

— Vous avez sans doute raison. Je suis juste un peu nerveuse et je n'apprécie pas que des gens rôdent autour de ma fille.

En prononçant ces mots, Alexa avait pris l'expression farouche d'une lionne protégeant son petit. Jack ne put s'empêcher de sourire.

— Elle a eu peur ?

— Pas vraiment, mais nous sommes toutes les deux contrariées.

— L'expéditeur est probablement un gamin à qui elle plaît. A cet âge, les garçons sont parfois stupides. A bien y réfléchir, d'ailleurs, cela arrive à tout âge.

— Jason Yu dit que ce type doit avoir entre vingt et trente ans.

Jack parut surpris. Le recours au laboratoire médico-légal lui semblait une mesure un peu extrême.

— Vous le lui avez demandé ? J'en déduis que vous êtes vraiment inquiète.

Alexa hocha la tête.

— Je voulais simplement avoir une certitude. Maintenant, je sais à qui j'ai affaire. C'est un homme, pas un enfant, mais ce n'est pas grave pour autant.

— Je vais consulter le registre des visites et si cela se reproduit, tenez-moi au courant.

Jack lui rapporta alors l'interrogatoire de la matinée. Il n'y avait rien de nouveau, mais ils allaient envoyer des échantillons de l'ADN de Quentin aux autres Etats, pour vérifier s'il y avait des concordances. En fin d'après-midi, il appela Alexa pour l'informer que Quentin n'avait pas reçu de visites, il était donc peu probable qu'il fût à l'origine de la lettre anonyme. Alexa n'en ressentit aucun soulagement... Si ce n'était pas lui, qui était-ce ?

Deux jours plus tard, Jack entra de nouveau dans son bureau. La journée avait mal commencé pour Alexa. Tout était allé de travers et elle venait de renverser sa tasse de café sur son bureau. Ses papiers étaient trempés et sa nouvelle jupe irrémédiablement tachée.

— Merde ! marmonna-t-elle lorsqu'il franchit le seuil de la pièce, un large sourire aux lèvres.

— Des ennuis ? demanda-t-il.

— Non. Je viens juste de renverser mon café, répondit-elle en tentant de sauver son travail. Quoi de neuf ?

ajouta-t-elle en posant un dossier sur la partie sèche de son bureau.

— Bingo !

— Bingo ? A quel sujet ?

La matinée avait été chargée et son esprit partait dans un million de directions à la fois.

— Nous avons des concordances dans l'Iowa et l'Illinois. On a trouvé des cheveux de Quentin sous les ongles de trois victimes. Ce qui porte leur nombre à sept. Et je pense que ce n'est qu'un début.

Les enquêteurs avaient obtenu ces résultats grâce aux kits de viol qui avaient été soigneusement conservés.

— Bon sang !

Jack et Alexa étaient partagés entre l'euphorie et la tristesse. Ils étaient désolés pour les familles des victimes, mais ravis d'avoir mis le délinquant sous les verrous.

— Est-ce que les autres Etats vont nous permettre d'intégrer ces crimes dans notre acte d'accusation, ou bien réclameront-ils son extradition pour lui intenter d'autres procès, après le nôtre ?

La pire crainte d'Alexa était que le FBI s'empare de l'affaire. C'était une éventualité, puisque Quentin avait commis ces viols et ces meurtres dans plusieurs Etats. Tout comme Jack et le procureur, elle souhaitait conserver le dossier.

— Je ne le leur ai pas demandé.

En tout cas, ils pouvaient désormais prouver que Quentin s'était livré à une véritable hécatombe dans trois Etats. Tout serait plus compliqué, à l'avenir. Il faudrait prendre en compte des considérations d'ordre légal, concernant la suprématie des Etats.

Le visage de Jack s'assombrit.

— L'une des victimes était la sœur de Charlie. C'est d'ailleurs pour cette raison qu'il s'est engagé dans cette course-poursuite, au départ. Ce ne sera pas facile pour lui lorsqu'il saura avec certitude que Quentin est bien l'assassin de sa sœur.

— Il ne le sait pas encore ?

— Non, mais je vais le mettre au courant. Je songe à le retirer de l'enquête en raison du conflit d'intérêts. C'est lui qui lui a passé les menottes, ce qui n'est déjà pas mal.

— Je crois que vous devriez l'écarter, en effet. Je ne veux pas qu'il perde la tête au tribunal et compromette toutes nos chances. Il risque aussi de tuer le prévenu dans un moment de folie. Nous avons suffisamment de problèmes sans ajouter celui-là.

— C'est un bon policier. Il ne perdra pas les pédales, mais je ne voudrais pas qu'il soit encore plus perturbé qu'il ne l'est déjà.

Alexa en convint. L'espace d'une minute, ils se réjouirent ensemble de pouvoir rendre justice à trois victimes supplémentaires pendant le procès. C'était désormais tout ce qu'ils pouvaient faire pour ces malheureuses jeunes femmes et leurs familles.

Mais quand Jack parla avec Charlie, dans l'après-midi, le jeune homme refusa obstinément d'être écarté et il supplia Jack de n'en rien faire. Il avait participé à l'enquête depuis le début et il avait apporté une aide précieuse au détachement spécial qui traquait le criminel. Il fut blessé que Jack et l'assistante du procureur le croient capable de perdre son sang-froid pendant le procès. Lorsqu'il avait rejoint le détachement, il n'avait rien caché et dit toute la vérité à propos de sa sœur. On l'avait observé de près, mais jusqu'à maintenant il n'avait pas commis le moindre faux pas.

— Quel genre de policier penses-tu que je sois ? Un taré ? Je ne vais pas tuer ce fils de pute, même si rien ne me ferait plus plaisir. Pendant toute l'année, je me suis défoncé pour le traîner devant la justice. J'ai été l'un des premiers à le soupçonner. Par chance, nous avons pu le coincer ici, dans notre juridiction. Jack, tu ne peux pas m'écarter.

Des larmes de frustration lui montaient aux yeux. Pour sa sœur, il voulait aller jusqu'au bout. Jusqu'à ce qu'il voie la date de naissance de la jeune fille sur les documents que lui avaient envoyé les policiers de l'Iowa, Jack n'avait pas compris qu'ils étaient jumeaux. Bien qu'il fût installé à New York depuis plusieurs années, Charlie était en effet originaire de cet Etat.

— Très bien, très bien. Mais si cela devient trop dur pour toi, je te retirerai de l'affaire. Ou bien fais-le toi-même si tu sens que la tension est trop forte.

— Je ne suis pas tendu, répliqua calmement Charlie. Je n'ai jamais autant détesté quelqu'un de toute ma vie, c'est différent.

Jack hocha la tête, espérant ne pas se tromper. Il revoyait Charlie plaquant le visage de Quentin sur le sol et lui brisant le nez, la nuit de son arrestation.

— C'est d'accord, mais je ne veux pas que tu restes seul avec lui pendant les interrogatoires. Pas de face à face, tu m'entends ? C'est un peu trop pour tes nerfs comme pour les miens... Compris ?

— Compris, dit Charlie.

Un instant plus tard, le jeune homme quittait le bureau. Il avait besoin de digérer l'information. Il s'en doutait depuis des mois, sans en être totalement certain... Il savait maintenant que Luke Quentin avait violé et assassiné sa sœur. Il attendit d'être rentré chez lui pour fondre en larmes, allongé sur son lit. On n'en était qu'au début et il leur restait un long chemin à parcourir. D'une façon ou d'une autre, cette affaire pesait lourdement sur leurs vies à tous et cela ne ferait qu'empirer.

5

Le mois de janvier passa très vite. Alexa ne quittait plus son bureau. En Pennsylvanie, on avait trouvé l'ADN de Quentin sur cinq victimes, ainsi que sur une autre dans le Kentucky. En comptant les jeunes femmes de l'Iowa et de l'Illinois, cela faisait treize meurtres. Grâce à un accord passé entre les Etats, ces nouvelles charges seraient intégrées dans l'acte d'accusation. D'ores et déjà, la presse ne parlait que de cela dans tout le pays.

Hormis une déclaration très brève, Alexa s'était refusée à tout commentaire. Elle ne voulait pas faire ou dire quelque chose qui pût nuire au bon déroulement du procès. C'était trop important ! Désormais, les policiers enquêtaient sur une douzaine d'autres meurtres commis dans toutes les régions que Quentin avait traversées. Cela devenait une affaire nationale et Alexa rencontrait constamment les enquêteurs des autres Etats. Jack rassemblait les informations pendant qu'elle préparait le procès. Au début du mois de février, elle trouva enfin le temps de dîner avec sa mère après le travail. Cette dernière l'observa avec inquiétude.

— Tu as l'air fatiguée.

— Cela ne va faire qu'empirer. Il ne reste que trois mois avant le procès.

Chaque nuit, elle lisait les comptes rendus d'autres procès et prenait des notes jusqu'à 3 heures du matin.

— Essaie quand même de ne pas t'épuiser. Comment va Savannah ? Elle a reçu des réponses des universités ?

— Nous n'en aurons pas avant mars ou avril, soupira Alexa. La semaine prochaine, elle part au ski avec son père... du moins s'il tient parole. La plupart du temps, il lui pose un lapin. C'est probablement ce qui va se produire, conclut-elle avec irritation.

Elle détestait que Tom déçoive Savannah, qui le lui pardonnait toujours. Elle ne voulait pas qu'il blesse leur fille comme il l'avait blessée.

— Peut-être cela n'arrivera-t-il pas, cette fois, dit doucement Muriel. Je l'espère, en tout cas.

— Pourquoi ? demanda Alexa avec exaspération.

Elle haïssait son ex-mari, tout comme ce qu'il représentait et ce qu'il leur avait fait subir, à Savannah et elle. Par pure faiblesse, il les avait chassées de sa vie. Il lui avait été plus facile de céder à sa mère et à son ex-femme que de les soutenir. Elle exécrait le minable qu'il avait été à cette occasion.

— Pourquoi espères-tu qu'il tienne parole ? demanda-t-elle, soudain furieuse contre sa mère.

— Parce qu'il est bon pour elle de voir son père, au moins de temps en temps. Elle l'aime. Je comprends que tu le détestes et je ne l'apprécie pas non plus, à cause de ce qu'il t'a fait. Mais il reste son père, Allie. La réalité, avec toutes ses faiblesses et ses défaillances, vaut mieux que la représentation idéale qu'elle pourrait se faire de lui.

Alexa ne put s'empêcher de sourire. Sa mère ne l'avait pas appelée « Allie » depuis des années. Mais Alexa était toujours une enfant pour elle, tout comme Savannah le serait toujours pour Alexa.

— Tu as peut-être raison, mais j'ai grandi sans père, et je n'en suis pas morte. Et Tom est vraiment un pauvre type !

— Elle s'en apercevra toute seule. Laisse-lui le temps.

— Je pense qu'elle le sait déjà, mais elle l'aime quand même.

— Ne t'y oppose pas. Elle en a besoin, du moins pour le moment.

— Elle est toujours contrariée que je refuse de le rencontrer. Je ne l'ai pas vu depuis dix ans et j'espère bien ne jamais le revoir.

— Il assistera à la remise des diplômes, en juin ?

— J'ai demandé à Savannah de ne pas l'inviter, dit Alexa d'un air coupable. Elle m'a dit qu'elle m'accordait quatre ans de préavis, mais qu'il serait là pour la cérémonie suivante, à l'université. Je crois que je n'ai pas le choix... Jusqu'à maintenant, elle n'a pas fait d'histoires et j'essaie de ne pas trop me lâcher devant elle, mais elle sait ce que j'éprouve à son égard. Ce n'est pas un secret.

— Il faut que tu en finisses avec tout cela, affirma tranquillement Muriel.

Alexa lui jeta un regard surpris.

— Pourquoi ? Qu'est-ce que ça peut bien faire, si je le déteste ?

— Il le faut parce que cela t'empoisonne l'existence. Tu n'auras jamais une relation correcte avec un homme si tu n'oublies pas le passé et si tu persistes à le haïr.

L'espace de quelques secondes, le visage crispé d'Alexa sembla taillé dans la pierre.

— Reparlons-en dans trente ou quarante ans. J'aurai peut-être la maladie d'Alzheimer, à ce moment-là.

Muriel n'insista pas. Un peu plus tard, en rentrant chez elle, Alexa trouva Savannah en train de regarder la télévision, étendue sur son lit.

— Comment va grand-mère ? demanda-t-elle d'une voix ensommeillée.

Après avoir terminé ses devoirs, elle avait passé une soirée tranquille à la maison.

— Très bien. Elle m'a dit de t'embrasser pour elle.

Lorsqu'elle mit son manteau sur un cintre, dans la penderie de l'entrée, Alexa aperçut sous la porte une enveloppe qu'elle n'avait pas vue en arrivant. Elle se pencha pour la saisir délicatement par un coin. Comme la première fois, l'écriture était enfantine. Sans rien dire à

Savannah, elle l'ouvrit après avoir enfilé une paire de gants en caoutchouc.

« Je sais où tu es à chaque minute de la journée, disait le message. Tu ne peux pas me voir, mais je te trouve très belle. »

La lettre ne contenait aucune menace explicite, mais celui qui l'avait écrite voulait lui faire savoir qu'elle était observée par un homme qui la convoitait. Terrifiée, Alexa glissa de nouveau l'enveloppe dans une pochette de plastique.

Sans dire un mot, elle s'enferma dans sa chambre, puis elle appela Jack sur son téléphone portable. Il décrocha immédiatement et elle lui rapporta ce qui venait de se passer.

— Je ne sais même pas s'il y a vraiment de quoi s'inquiéter. C'est peut-être quelqu'un qui veut faire le malin ou effrayer Savannah. Quoi qu'il en soit, je n'aime pas la savoir suivie en permanence par un inconnu.

Il y eut un long silence à l'autre bout du fil. Enfin, Jack admit qu'il n'appréciait pas non plus cette idée.

— Pourquoi ne pas la faire escorter par un policier ? Il pourrait l'accompagner au lycée.

Alexa appréhendait de faire peur à sa fille, mais elle n'avait pas le choix. Lorsqu'elle avait accepté de poursuivre Quentin, elle savait qu'elle pourrait être l'objet de menaces, mais elle n'avait pas prévu que ce serait Savannah qui en serait la cible. Ces intimidations avaient beau ne pas être explicites, elles n'en existaient pas moins. Et si elles étaient orchestrées par Luke Quentin, c'était encore plus effrayant car cela impliquait qu'un criminel déjà condamné suivait Savannah. Alexa ne pouvait pas le prouver, mais cette seule éventualité suffisait à la rendre malade.

— Je ne lui ai pas encore parlé de cette lettre, mais je suppose que c'est inévitable. Merci, Jack, je veux bien que vous nous envoyiez un policier.

Elle ne redoutait rien pour elle-même, mais elle s'inquiétait pour sa fille.

— Pas de problème. Essayez de ne pas trop vous en faire. Cela n'a sans doute rien à voir avec Quentin, mais mieux vaut prévenir que guérir. Qui sait combien de voyous il compte parmi ses relations !

Tous ceux qu'il avait côtoyés en prison, par exemple...

Pour ne pas effrayer sa fille inutilement, Alexa ne lui parla de la lettre que le lendemain, pendant le petit déjeuner. Savannah fit la grimace.

— C'est vraiment glauque, maman. Ce type est un malade.

— C'est vrai. J'en ai parlé avec Jack Jones au téléphone, hier soir. Il va t'envoyer un policier en civil pour t'accompagner au lycée, par mesure de sécurité, au cas où quelqu'un te suivrait vraiment. Ce n'est peut-être qu'une plaisanterie de mauvais goût, mais je ne veux pas prendre de risques.

L'affaire qu'elle traitait lui rappelait constamment combien certains hommes pouvaient être dangereux.

Savannah prit un air affolé.

— Je vais être ridicule, maman ! Combien de temps je devrai le supporter ?

— On va voir si tu reçois d'autres lettres. Mais cela pourrait durer jusqu'au procès.

Tant qu'elle ne saurait pas si ces messages venaient de Quentin, elle voulait que sa fille soit protégée et hors de portée de ce criminel.

— Mais ça fera trois mois ! s'écria Savannah. Peut-être même quatre !

Elle connaissait suffisamment le travail de sa mère pour savoir que le tribunal pouvait siéger pendant un mois. Avec treize victimes à la clé et peut-être davantage, ce serait un gros procès.

— Je préfère manquer les cours et rester à la maison plutôt que de voir cet idiot de flic tous les jours.

— Tu sais très bien que c'est impossible.

En réalité, Alexa était plutôt soulagée que sa fille s'inquiète davantage du policier que du danger potentiel. L'adolescente fulminait et ronchonnait encore, cinq minutes plus tard, quand la sonnerie de la porte d'entrée retentit. Un jeune homme aux cheveux sombres et aux grands yeux bruns se tenait sur le seuil de l'appartement. Une casquette de base-ball sur la tête, il leur souriait. Il leur apprit qu'il était policier et s'appelait Thad Lewicki. Constatant que sa fille le dévisageait sans un mot, Alexa réprima un sourire. Il était clair que Savannah le trouvait mignon et elle n'avait pas tort. On lui aurait donné seize ans et sans doute n'avait-il que quelques années de plus qu'elle. Elle s'était imaginé que Jack leur enverrait un vieux bonhomme en uniforme. Thad était tout sauf cela.

— Tu es prête pour le lycée ? demanda gentiment Alexa.

Tandis que l'adolescente enfilait son manteau, Thad s'empara du sac qui contenait ses livres.

— Euh… oui, dit-elle.

— Nous pourrions peut-être dire que je suis votre cousin de Californie et que je suis là pour quelques mois, suggéra Thad avec un sourire juvénile. Ils vont me voir tous les jours.

— Oui… c'est une idée, répondit Savannah en ouvrant la porte.

— Je dois vous prévenir que je suis nul en histoire et en maths. C'est dû à des difficultés d'apprentissage, ce genre de trucs. Mais je suis bon en espagnol, si vous avez besoin d'aide.

— Merci.

Un lent sourire étira les lèvres de Savannah, qui jeta un coup d'œil prudent à sa mère. Celle-ci se contenta de hocher la tête.

— Bonne journée, lança-t-elle quand la porte se referma.

Elle appela le lycée afin d'expliquer la situation à l'administration, puis elle téléphona à Jack pour le remercier et lui dire qu'il avait fait le bon choix.

— J'aimerais bien savoir pourquoi vous ne m'envoyez pas ce genre de garçons, à moi aussi ? La dernière fois que j'ai eu besoin d'une protection, j'ai eu droit à un vieux dur à cuire qui pesait dans les deux cents kilos. Ce gosse est vraiment adorable.

Jack se mit à rire.

— Je me disais bien qu'il vous plairait. Qu'en pense Savannah ?

— Elle n'a pas eu le temps de me faire part de son opinion, mais en partant, elle avait quasiment oublié mon existence. Il lui a proposé de l'aider en espagnol et il lui a porté son sac. Elle va le présenter comme son cousin de Californie. On lui donnerait seize ans.

— Il en a vingt et un et c'est vraiment un chouette gamin. Il est l'aîné d'une fratrie de neuf enfants. Son père, son grand-père et son frère cadet sont policiers, eux aussi. Une famille d'origine polonaise originaire du New Jersey. Eh ! Peut-être vont-ils se marier ! Elle pourrait faire pire, vous savez !

— Je vois que vous avez tout prévu : la protection *et* un beau-fils réunis en une seule et même personne. Vous vous chargez aussi des travaux d'intérieur ?

— A vos ordres, m'dame. Je ferai tout pour vous complaire.

Il plaisantait, mais lorsqu'il ne parlait pas du travail avec elle, il y avait toujours un soupçon de badinage amoureux dans son ton. Pour rien au monde il ne serait allé plus loin, cependant. Elle aurait pris ses jambes à son cou et il aurait perdu une amie.

— De toute façon, le problème est résolu, conclut-il.

Il se réjouissait d'avoir soulagé Alexa de ce souci. Elle en avait déjà suffisamment pour qu'on n'en rajoute pas.

Ce soir-là, en quittant le bureau, Alexa était heureuse de savoir sa fille bien protégée. Au bout de huit jours, Thad prenait le petit déjeuner avec elles avant de partir avec Savannah. L'adolescente avait dit à sa mère qu'il était très sympathique. Il avait une petite amie avec qui il

75

sortait depuis sept ans, puisque leur idylle avait commencé au lycée. C'était un garçon solide, fiable et, d'après Jack, un bon policier. Alexa avait l'impression que Savannah et lui devenaient amis, bien qu'il conservât envers elle une attitude respectueuse. Pour le moment, il n'y avait plus de lettres et tout allait bien. Alexa espérait qu'il n'y en aurait plus, quel que fût l'expéditeur. Dieu sait qu'elle n'avait pas besoin de cela ! Après qu'elle la lui avait apportée, Jason Yu avait examiné la lettre pour y trouver d'éventuelles empreintes, mais l'expéditeur devait porter des gants, puisque les analyses n'avaient rien donné.

A la fin de la semaine suivante, Alexa assista à un autre interrogatoire de Luke Quentin, mais cette fois elle était dans la pièce. Elle ne posa aucune question et se contenta d'observer, mais il ne la quitta pas un instant des yeux. Elle eut l'impression qu'il ne cessait de la déshabiller du regard, mais elle resta impassible, froide et parfaitement professionnelle. Pourtant, lorsqu'elle sortit de la salle, elle tremblait d'énervement.

Alarmé par sa pâleur, Jack lui demanda dans le couloir :

— Ça va ?

— Très bien, mais je déteste ce salaud, répliqua-t-elle en s'efforçant de recouvrer son calme.

Ils venaient d'établir un lien entre Quentin et deux meurtres supplémentaires. Le nombre de victimes s'élevait maintenant à quinze.

— Ne vous en faites pas, il vous exècre tout autant. S'il vous fixe de cette manière, c'est justement pour vous faire sortir de vos gonds. Ne vous laissez pas atteindre, parce que c'est ce qu'il veut. Il passera le reste de sa vie en prison et il ne peut rien contre vous.

— Il se comporte comme s'il pouvait avoir n'importe quelle femme.

— Il est plutôt beau gosse, dans son genre, et je suppose qu'il doit en séduire plus d'une.

A un moment, se rappela Alexa, il l'avait regardée droit dans les yeux en se passant discrètement la langue sur les lèvres. Ce souvenir suffisait à lui donner envie de vomir.

— Ses victimes l'ont payé cher, remarqua-t-elle sèchement.

Dès qu'elle eut quitté Jack, elle regagna son bureau. Elle avait énormément de travail. Le lendemain, Savannah partait avec son père pour le Vermont, où elle ferait du ski pendant une semaine. Tom devait passer la prendre après le lycée, avant le retour d'Alexa. Leurs chemins ne se croiseraient donc pas, ce qui l'arrangeait.

Ce soir-là, Alexa et Savannah partagèrent un bon repas et le lendemain matin, elles se dirent au revoir. Thad attendait l'adolescente, son sac à la main. Ses valises étaient faites et posées dans l'entrée. La veille, Alexa avait aidé sa fille à tout préparer.

— Amuse-toi bien avec papa, lui dit-elle affectueusement.

Thad, qui était libéré pour une semaine de ses obligations envers elles, devait reprendre son service pendant huit jours. Alexa n'avait pas besoin de lui, puisque les lettres ne lui avaient pas été adressées.

Avant de partir, Savannah embrassa sa mère une dernière fois.

— Je t'appellerai depuis le Vermont, promit-elle.

Alexa était un peu triste. Sa fille allait lui manquer, mais elle savait qu'elle allait passer de bons moments avec son père. Tom, qui avait remporté des compétitions dans sa jeunesse, était un skieur fabuleux. Dès l'âge de trois ans, Savannah s'y était mise à son tour sous son égide. Sans doute à cause des souvenirs qu'elle partageait avec lui, le ski était resté le sport préféré de la jeune fille.

Alexa travailla tard et ne rentra qu'après 19 heures. Elle s'était armée de courage pour affronter un appartement vide, mais elle eut la surprise de voir Savannah assise dans la salle de séjour, le visage maussade. Alexa se crispa immédiatement à la pensée que Tom avait une fois de plus manqué à sa parole. Malgré tout, elle ne souhaitait pas bouleverser davantage sa fille en lui montrant son mécontentement.

— Qu'est-ce qui est arrivé à ton père ? demanda-t-elle gentiment.

— Il est en retard. Son vol a été différé au départ de Charleston. Il n'arrivera pas avant 21 heures, mais il a dit qu'on partirait quand même ce soir.

Laissant échapper un soupir, la jeune fille sourit à sa mère, qui se demandait s'il viendrait vraiment. Tout en préparant le dîner, elle prit soudain conscience qu'elle serait dans la maison au moment de son arrivée. Pendant le repas, elle avertit Savannah qu'elle resterait dans sa chambre tant qu'il serait là. Elle ne l'avait pas vu depuis dix ans. Elle n'était pas prête... et elle ne le serait pas durant les cent prochaines années, quoi que sa mère pût en dire. Sûrement pas ! Et qu'il aille au diable !

— Allez, maman, sois sympa...

Savannah ne dévoila pas le fond de sa pensée. Si ses parents se revoyaient et si la rencontre ne tournait pas à l'affrontement, elle espérait que son père pourrait assister à la remise des diplômes, en juin. Elle ne voulait pas trahir sa mère, après tout ce qu'elle avait fait pour elle, mais elle souhaitait secrètement la présence de son père. Il lui avait dit qu'il ne viendrait que si sa mère était d'accord. Il respectait les sentiments de son ex-femme à son égard. Connaissant ses raisons, il ne pouvait lui donner tort. Il s'était conduit comme un goujat.

— Je suis sympa, dit Alexa en déposant les assiettes dans le lave-vaisselle, mais cela n'implique pas que je doive rencontrer ton père. Pas ce soir.

Et pas de sitôt... Peut-être jamais.

— Tout ce que tu as à lui dire, c'est « bonjour » et « bonsoir ».

Alexa s'abstint de répondre qu'elle envisageait des formules plus expéditives, dans le genre « va te faire voir ».

— Je ne crois pas que ce soit possible, ma chérie. Je veux que tu passes une bonne semaine avec lui et nous t'aimons tous les deux, mais nous ne sommes pas obligés d'être amis.

— Non, mais vous pourriez au moins être polis. Tu ne lui parles même pas au téléphone. Il dit qu'il le ferait volontiers, mais il comprend que tu ne veuilles pas.

— C'est vraiment très généreux de sa part ! Au moins, sa mémoire est intacte.

Sur ces mots, Alexa quitta la pièce. Savannah savait que son père s'était remarié avec sa première épouse, après avoir quitté sa mère, et qu'ils avaient eu un autre enfant qu'elle ne connaissait pas. Elle n'avait jamais rencontré non plus la femme de son père, pas plus qu'elle n'avait revu ses demi-frères en dix ans. Pourtant, elle se souvenait d'eux. Elle ne connaissait pas les détails ou les raisons du divorce, car sa mère refusait d'en parler avec elle. Alexa pensait qu'il aurait été mal de lui expliquer ce qui s'était passé. Elle avait beau haïr Tom, il était le père de Savannah. La jeune fille se rappelait vaguement sa grand-mère paternelle, qui lui apparaissait comme légèrement effrayante. Pendant toutes ces années, elle n'avait jamais eu de ses nouvelles, pas même une carte d'anniversaire. Un abîme s'était creusé entre ses familles maternelle et paternelle et elle n'avait de contact avec son père que lorsqu'il venait la voir. Il lui téléphonait rarement et, plusieurs années auparavant, il lui avait dit qu'elle devrait toujours l'appeler au bureau, jamais à la maison. En fait, elle ne le faisait jamais. Elle avait vite compris que s'il pouvait lui rendre visite, elle ne devait pas interférer dans la vie qu'il menait à Charleston. C'était un pacte silencieux, entre eux, le genre de choses qu'un enfant sait sans qu'on ait besoin de le lui expliquer.

A 21 h 30, Alexa et Savannah regardaient la télévision ensemble quand la sonnerie de la porte d'entrée retentit. Dès qu'elle l'entendit, Alexa se leva d'un bond. Tout en se dirigeant vers sa chambre, elle demanda à sa fille de

79

passer lui dire au revoir avant de partir. A cet instant, Savannah ouvrit la porte et ce fut le choc... Il était là, sur le seuil de son appartement. Tandis qu'ils se fixaient mutuellement, Alexa se sentit l'âme d'une biche, piégée par les phares d'une voiture. Dix années fondirent en quelques secondes comme neige au soleil. Ni l'un ni l'autre ne savaient que dire. Vu qu'elle n'était jamais là lorsqu'il passait prendre Savannah, il ne s'était pas attendu à la voir. Quant à Alexa, elle songeait qu'il n'avait absolument pas changé. Il portait un jean, une parka noire, des chaussures de marche et il était aussi beau qu'autrefois. Ses quelques mèches grises se perdaient dans l'épaisseur de ses cheveux blonds, un brin trop longs, ses yeux étaient toujours aussi bleus, son corps aussi athlétique et la même fossette creusait son menton. Tom Beaumont était resté semblable à lui-même.

— Bonjour, Alexa, dit-il doucement, comme s'il craignait de l'approcher.

Elle paraissait au bord de la panique. On aurait dit qu'elle allait brusquement tourner les talons, se précipiter hors de la pièce et fuir le plus loin possible de lui. Il avait la même voix grave et rauque qu'autrefois, teintée de l'accent du Sud.

— Bonjour, Tom, répondit-elle poliment.

Elle se tenait très raide devant lui, toujours vêtue de sa tenue de travail, un tailleur bleu marine. Elle avait retiré ses chaussures, mais pas son collant ni son strict chemisier blanc, et ses cheveux étaient toujours réunis en chignon. Contrairement à lui, elle ne ressemblait pas à la femme heureuse et insouciante qu'elle était dix ans auparavant. Elle était sérieuse, professionnelle et visiblement très mal à l'aise. Pourtant, Savannah lui était déjà très reconnaissante d'avoir parlé à son père. C'était une première et elle se réjouissait que l'avion eût été retardé. En revanche, Alexa le regrettait amèrement.

— Eh bien, je vais vous laisser vous préparer...
Savannah va te faire à manger, si tu n'as pas dîné, ajouta-
t-elle à l'intention de Tom.

— Je m'achèterai quelque chose en route, dit-il gentiment.

Ce qui le choquait le plus, c'était l'affliction qu'il lisait
dans ses yeux. Tout ce qu'il lui avait fait était encore là...
Cela lui donnait envie de pleurer. Mais il était bien trop
tard pour avoir des remords.

— On part tout de suite, dit-il à Alexa, comme pour lui
assurer qu'il serait bientôt sorti de son espace et de sa vue.

Le visage sombre, elle acquiesça d'un signe de tête,
puis elle gagna sa chambre et referma la porte derrière
elle. Tom se tourna vers sa fille sans rien dire. Savannah
semblait heureuse, comme si un événement merveilleux
venait de se produire. Il se demanda si elle était habituée
à voir cette tristesse infinie dans les yeux de sa mère. Cela
aurait pu être pire... Alexa semblait en bonne santé, mais
elle continuait de payer le prix de sa trahison.

Quelques minutes plus tard, ils étaient prêts à partir.
Savannah portait un pantalon de ski noir et une parka
blanche. Lorsqu'elle entra dans la chambre de sa mère
pour l'embrasser et lui dire au revoir, Alexa la trouva absolument ravissante. Savannah allait lui manquer, mais elle
avait une tonne de travail devant elle. Elle tirerait le
meilleur parti de cette solitude temporaire, sans se sentir
coupable de ne pas passer davantage de temps avec sa
fille. Par ailleurs, elle ne savait que trop bien combien
l'adolescente se faisait une joie de ce voyage avec son père.

— Je t'aime, dit Alexa en la serrant contre son cœur.
Amuse-toi bien.

— Je t'aime aussi, maman.

Elle hésita un instant sur le seuil de la chambre avant
de demander :

— Tu ne veux pas lui dire au revoir ?

Incapable d'émettre un son, Alexa secoua négativement
la tête.

81

— Ce n'est pas grave, maman. Merci d'avoir été si sympa quand il est arrivé.

Alexa sourit et Savannah disparut.

Un instant plus tard, elle entendit la porte se fermer. Elle resta étendue sur son lit, à se repasser le film des événements. Elle ne s'était pas attendue à le voir, ni à être si secouée par sa vue. Ce qui l'avait surprise, c'est qu'il n'avait absolument pas changé. Il ressemblait exactement à celui qui avait été son mari et, l'espace d'un instant, elle avait dû se rappeler qu'il ne l'était plus. C'était comme si son cœur et son corps avaient retenu tous les souvenirs qu'elle s'était efforcée d'effacer. Son âme, sa peau, son cœur se souvenaient et, maintenant, elle se rappelait aussi combien elle l'avait aimé et combien elle avait souffert de leur séparation. Allongée dans le noir, elle se demanda si certaines personnes vous inspiraient toujours les mêmes sentiments et éveillaient à jamais les mêmes souvenirs. Quelle que fût la haine que vous aviez éprouvée à leur égard et malgré tous les changements de votre vie, il y avait toujours une petite part de vous-même qui conservait le souvenir du bonheur d'autrefois. Pour comble, elle savait que si elle l'avait rencontré pour la première fois ce soir-là, elle aurait été aussi attirée et éblouie qu'elle l'avait été jadis par sa prestance et sa beauté. Il était difficile de lui résister. Et puis, peu à peu, elle évoqua les moments affreux qu'elle avait vécus et la souffrance qu'il lui avait infligée, elle se rappela combien il avait été faible et méprisable.

Pourtant, l'espace de quelques secondes, elle s'était souvenue des jours heureux et Tom lui avait inspiré les mêmes sentiments qu'autrefois. D'abord mécontente de l'avoir rencontré, elle finit par décider que c'était une bonne chose puisque cela lui avait remis en mémoire toutes ses raisons de le haïr.

6

En milieu de semaine, Alexa se réjouit que Savannah soit avec son père. Ses journées devenaient démentielles. On avait découvert une nouvelle victime, une jeune fille de dix-neuf ans, qu'on pouvait relier à Quentin. On savait désormais qu'il avait assassiné seize jeunes femmes et le laboratoire médico-légal faisait des heures supplémentaires pour analyser les échantillons d'ADN. L'effectif du détachement spécial augmentait, sous le contrôle du FBI, puisque plusieurs Etats étaient impliqués. Une douzaine d'enquêteurs travaillaient à plein temps sous les ordres de Jack.

Il restait trois mois avant le procès.

Le jeudi, Alexa rencontra l'avocate de la défense, Judy Dunning, avec qui elle souhaitait discuter des dernières découvertes. Alexa devait lui fournir les preuves dont elle disposait, qui étaient toutes accablantes. Elle essaya de convaincre Judy que son client aurait intérêt à plaider coupable. A sa grande stupéfaction, Judy lui expliqua que, selon elle, il s'agissait d'un coup monté par un ennemi de Quentin. C'était sans doute quelqu'un avec qui il avait eu des problèmes en prison et qui avait juré de se venger de lui. Elle-même était persuadée qu'il était innocent. Le nombre des victimes devenait ridiculement élevé : soudain, on l'accusait d'avoir tué toutes les filles assassinées dans une douzaine d'Etats ! Quentin était un homme extrêmement sensible, en réalité, et bien entendu il se refusait à plaider coupable, puisqu'il n'avait pas commis tous ces crimes.

Alexa la fixa comme si elle avait perdu la raison, mais elle comprenait parfaitement ce qui avait dû se passer. Quentin avait exercé son charme sur Judy, il avait effectué sa danse de la séduction et elle était en train de tomber amoureuse de lui avec une innocence effrayante. C'était ainsi qu'il procédait et probablement était-ce de cette façon qu'il avait séduit toutes ses victimes. Il faisait en sorte qu'elles aient l'impression d'être uniques... du moins pendant quelques minutes, jusqu'à ce qu'il les tue. Evidemment, Judy Dunning ne subirait pas le même sort, mais il s'était arrangé pour qu'elle refuse d'admettre la vérité. Peut-être en avait-elle besoin pour pouvoir le défendre, mais Alexa sortit de l'entretien navrée pour la jeune femme.

— Où étiez-vous ? lui demanda Jack lorsqu'il la rencontra dans le couloir.

— A bord d'un ovni, en train de manger des gâteaux à la crème.

— Je vois qu'on s'adonne à la drogue, madame le substitut.

— Non, mais l'avocate de la défense en consomme certainement. Elle vient de passer une demi-heure à essayer de me convaincre que Quentin est innocent. Le pire, c'est qu'elle y croit. Il lui a certainement jeté un sort.

— Parfait. Elle pourra toujours lui rendre visite en prison. C'est fréquent, vous savez. Des femmes tombent amoureuses des détenus, quelle que soit l'atrocité de leurs crimes. Elles viennent les voir en taule pendant des années. Nous en sommes à la dix-septième victime. Le nombre croît chaque jour.

Bien qu'elle en eût déjà bu plusieurs gobelets dans la journée, Alexa s'arrêta devant la machine à café.

— J'ai l'impression de suivre une campagne présidentielle. Combien d'Etats sont impliqués, maintenant ?

— Neuf, répliqua Jack, le visage sombre. Ce type est incroyable et je ne crois pas que nous soyons encore parvenus au bout.

— Vous êtes sûr que nous n'exagérons pas ?

Pour rien au monde elle n'aurait voulu, par négligence, lui attribuer des meurtres qu'il n'avait pas commis, ce qui aurait mis tout son dossier par terre. Elle devait éviter que le jury ne conclût au « doute raisonnable ».

— Je pense au contraire que nous sommes encore loin du compte. Mais jusqu'à maintenant, tout concorde. Nous avons son ADN sur chacune des victimes.

Alexa acquiesça d'un signe avant de regagner son bureau. Comme tous les autres soirs de la semaine, elle y resta jusqu'à 21 heures. Le samedi, profitant de l'absence de sa fille, elle alla au bureau après le déjeuner. Elle ne le quitta qu'à 22 h 30, après avoir étudié tous les rapports que lui avaient envoyés les experts des divers Etats. Le dossier semblait solide. La seule chose qui la surprenait encore, c'était que Quentin refuse toujours de plaider coupable. Il continuait à clamer son innocence et, le plus incroyable, c'était que son avocate le croyait. Mais elle était bien la seule, et le jury ne la suivrait certainement pas. La balance penchait nettement en faveur d'Alexa.

Ce soir-là, en rentrant chez elle, portant sa lourde mallette, elle était épuisée. Il était près de 23 heures et elle avait discuté au téléphone avec Savannah en fin d'après-midi. La jeune fille, qui avait passé une excellente semaine avec son père, revenait le lendemain.

Alexa jeta un coup d'œil à son courrier avant de le déposer sans l'ouvrir sur la table de l'entrée. C'est alors que ses yeux tombèrent sur une enveloppe familière. Elle se pencha pour la ramasser, l'ouvrit aussitôt et en sortit la feuille de papier d'une main tremblante.

Comme les autres fois, les mots avaient été saisis sur un ordinateur en caractères gras : « Maintenant, je vais venir te voir et tu m'appartiendras. Dis au revoir à ta maman. »

Toujours vêtue de son manteau, Alexa se tenait au milieu de la pièce, tremblant de tous ses membres. Elle relut plusieurs fois le message. Que savait-il d'elles ? Pourquoi écrivait-il à Savannah ? Etait-ce une farce, ou Luke Quentin se plaisait-il à les torturer ? Elle n'avait aucun moyen de le savoir, pas plus qu'elle ne pouvait remonter jusqu'à l'expéditeur. Elle appela le portier, qui affirma que personne n'était passé déposer une lettre pour elle. Quelle que fût son identité, il pénétrait dans l'immeuble et glissait ses enveloppes sous la porte. Il y avait de quoi être terrorisée. Et si Thad Lewicki ne suffisait pas à assurer la protection de Savannah ? Et si cet inconnu réussissait finalement à l'approcher ?

Elle sortit son téléphone portable de son sac, s'assit sur le canapé et appela Muriel. Elle s'en voulait de l'inquiéter, mais sa mère avait la tête sur les épaules. Alexa lui lut la lettre, puis elle lui demanda ce qu'elle en pensait. La panique qui l'envahissait était-elle justifiée ? Pour l'instant, elle était trop effrayée pour pouvoir réfléchir calmement.

— A mon avis, il ne faut pas prendre ce message à la légère, dit tristement Muriel. Si Quentin est aux commandes, il n'a rien à perdre et il veut t'atteindre. Tu ne peux pas courir ce risque.

Des larmes silencieuses coulaient le long des joues d'Alexa.

— Qu'est-ce que je vais faire ? Tu crois que je devrais laisser tomber cette affaire ? La seule chose qui me tienne à cœur, c'est la sécurité de Savannah.

Si ce dossier mettait en péril son enfant, ce procès tournait au cauchemar.

— Il est trop tard, affirma sa mère. Si tu transmets le dossier à quelqu'un d'autre, cela ne changera rien. A cause de toi, le ciel lui est déjà tombé sur la tête. S'il est reconnu coupable, il sera condamné à une centaine d'années de prison. C'est après toi qu'il en a, et il veut se venger. En admettant que Quentin soit à l'origine de ces lettres, il est possible que son acolyte cherche seulement à te faire peur et ne s'en prenne jamais à Savannah. Pour autant, tu ne peux pas te cantonner à cette hypothèse.

— Qu'est-ce que je dois faire, alors ?

Bouleversée, terrifiée, Alexa était en proie à la plus grande confusion. Elle ne s'attendait pas à un tel coup du sort. Pour sa part, elle voulait seulement que justice soit rendue. Mais en poursuivant son but, elle compromettait la vie de son enfant.

— Eloigne-la de New York.

— Tu es sérieuse ? demanda Alexa d'une voix tremblante.

— Je n'ai jamais été aussi sérieuse de ma vie. Et demande à être protégée toi, au moins jusqu'à la fin du procès. Ensuite, cela devrait se calmer. C'est ce qui arrive la plupart du temps. Tu ne seras vraisemblablement plus la cible de Quentin. Mais pour l'instant, vous êtes en danger, Savannah et toi. Si c'est ce que tu veux, tu peux rester ici et continuer d'instruire cette affaire, mais il faut que Savannah quitte la ville.

— Pour aller où ?

Elles étaient tout l'une pour l'autre et Alexa se refusait à soumettre sa fille à un programme de protection de témoins. Cela impliquait qu'elle serait toute seule et cachée Dieu seul saurait où, avec des gens qu'elle ne connaissait pas. D'un autre côté, elle souhaitait continuer de réunir les charges contre Luke Quentin, mais sans pour autant exposer Savannah à un danger quelconque. Elle ne s'inquiétait pas pour elle-même. D'ailleurs, personne ne la menaçait.

— Envoie-la à Charleston avec Tom, dit tranquillement Muriel.

A l'autre bout du fil, elle devina que sa fille cessait brusquement de respirer.

D'une main rageuse, Alexa essuya les larmes qui coulaient sur ses joues. La suggestion l'emplissait d'effroi et elle devait fournir un effort pour se concentrer.

— Je ne peux pas faire ça, répondit-elle d'une voix enrouée. Luisa ne le permettrait pas et il n'aura pas le courage de lui imposer sa volonté. Il nous a chassées de sa vie il y a dix ans. Il ne veut pas de sa fille chez lui.

— Tu n'as pas le choix, répliqua fermement sa mère. Lui non plus, d'ailleurs, si la vie de votre fille est en jeu. Il ne s'agit peut-être que d'un canular destiné à te faire peur, pour que tu lâches l'affaire. Mais vous ne pouvez ni l'un ni l'autre prendre cette menace à la légère. Tu dois absolument l'éloigner. Ce sera intenable pour elle, ici. La pression sera trop forte, autant pour elle que pour toi, qui t'inquiéteras sans cesse à son sujet. Personnellement, je préférerais que tu renonces à ce procès, mais pour être honnête, je crois qu'il est trop tard. Pour Savannah, c'est autre chose, puisqu'elle est totalement étrangère à cette histoire. D'ailleurs, tu seras malade d'anxiété, si elle reste.

C'était vrai... Elle l'était déjà. Le message était gravé dans sa mémoire : *dis au revoir à ta maman.*

— Elle est encore dans le Vermont ? demanda Muriel.

— Oui. Tom la ramène demain soir.

— Dis-lui de l'emmener à Charleston avec lui. Il a peut-être des parents chez qui elle pourrait habiter, dans le Sud. Cela me chagrine énormément de devoir le dire, mais il vaut mieux qu'elle parte avec lui. La seule chose dont je sois sûre, c'est qu'elle ne peut pas revenir ici. Pas maintenant. Avec un peu de chance, les choses se tasseront après le procès. Appelle Tom, Alexa, tu n'as pas d'autre choix.

— Merde !

C'était la dernière chose au monde qu'elle avait envie de faire. Elle ne voulait pas que Savannah quitte la ville, et encore moins pour aller chez son père. Mais sa mère avait raison : si quelque chose arrivait à sa fille, elle ne se le pardonnerait jamais.

— Il est trop tard pour l'appeler ce soir, dit-elle seulement, et je ne veux pas lui parler avec Savannah dans les parages.

— En ce cas, fais-le demain matin. Dis-lui surtout de ne pas la ramener chez toi.

Alexa laissa échapper un long soupir. C'était un lourd tribut à payer pour envoyer un tueur en série sous les verrous. Mais les craintes de sa mère étaient fondées, elle le savait bien. Elle avait fait ses propres choix, en accord avec la carrière qu'elle avait choisie, et elle en assumait pleinement la responsabilité. Elle tenait à expédier Luke Quentin derrière les barreaux, mais plus encore, elle voulait protéger Savannah.

— Je l'appellerai demain, dit-elle avec une tristesse empreinte de résignation.

Elle savait combien sa fille allait lui manquer, mais pour l'instant, elle ignorait si Tom accepterait de la recevoir chez lui. Peut-être refuserait-il, à cause de Luisa, à qui il devrait rendre des comptes.

— Très bien. Et téléphone à Jack dès ce soir. Dis-lui de poster un policier devant la porte de ton appartement.

— Je ne risque rien, maman. J'ai mis la chaîne de sécurité et je ne compte aller nulle part.

Mais, après avoir raccroché, Alexa appela Jack pour lui raconter ce qui s'était passé. Après l'avoir écoutée, il fut du même avis que Muriel.

— Je commence à penser que Quentin est bien à l'origine de ces lettres. Au point où il en est, je ne crois pas qu'il aura l'audace de pousser le bouchon plus loin. Je ne suis d'ailleurs pas certain qu'il ait suffisamment d'autorité sur ses comparses pour que l'un d'entre eux s'en prenne à Savannah. Il n'appartient à aucun gang. Ce n'est qu'un ex-détenu et un psychopathe. Ce qui lui arrive est son problème, celui de personne d'autre. Il a sans doute contacté quelqu'un qu'il connaît indirectement et il tente de vous ébranler, mais il n'y a rien derrière. Il n'a pas eu de visiteurs, en prison, mais il s'est sans doute arrangé pour faire passer le mot par quelqu'un d'autre. Ce n'est qu'un jeu de malade, mais de là à impliquer votre enfant, il y a une marge. Si c'est possible, je vous conseille de l'éloigner. Deux de mes hommes vont assurer votre protection. Je suis désolé, Alexa. Je sais à quel point c'est dur pour vous.

Les joues ruisselantes de larmes, Alexa acquiesça. Savannah était toute sa vie et elle ne voulait pas qu'il lui arrive le moindre mal. Si Quentin était à l'origine de ces lettres, elle espérait qu'il voulait seulement l'effrayer, ainsi que Jack le pensait. Mais si ce n'était pas lui, cela restait inquiétant. Jack lui promit que dans la demi-heure qui allait suivre, il y aurait un policier devant sa porte. Sur ce point aussi, il était d'accord avec sa mère. Alexa, en revanche, ne s'inquiétait pas outre mesure pour elle-même. Il fallait avoir un sacré cran pour tenter d'assassiner un procureur, et cela n'entrait pas dans le mode opératoire de Quentin. En revanche, Savannah correspondait tout à fait au profil de ses victimes. Mais Jack avait aussi raison à ce sujet : celui qui déposait les lettres n'aurait sans doute pas l'audace de s'en prendre à la jeune fille. Cependant, on ne pouvait préjuger de rien et, si elles devaient s'inquiéter jour et nuit, ce serait invivable. Savannah serait mieux ailleurs, même si elle n'allait pas être contente de l'apprendre. Elle ne voudrait pas quitter ses amis, sa mère et son lycée, surtout pour les derniers mois de terminale. Ce n'était tout simplement pas juste.

Alexa ne parvint pas à s'endormir avant le milieu de la nuit. Elle céda finalement à un sommeil agité, puis elle s'éveilla et appela Tom à 7 heures. Elle reconnut cette voix grave qu'il avait toujours le matin. Lorsqu'elle lui demanda où se trouvait leur fille, il précisa que Savannah était dans la pièce voisine. Ils allaient prendre leur petit déjeuner dans une demi-heure et espéraient faire encore quelques descentes avant de partir, à midi. En principe, il la ramenait vers 19 heures et reprenait l'avion pour Charleston à 21 heures.

— C'est pour cela que je t'appelle, dit Alexa. Tu ne peux pas la ramener à la maison.

Lorsqu'elle lui eut rapporté les derniers événements, il fut aussi inquiet qu'elle. Elle s'efforça de le rassurer, mais la situation était délicate et on pouvait difficilement prédire ce qui allait se passer.

— Et toi, Lexie ? Tu es en sécurité ?

Il ne l'avait pas appelée ainsi depuis leur séparation, même pas dans ses mails.

— Je veux simplement faire condamner ce salaud. Je dois à toutes ces familles de l'expédier en prison au moins pour les cent prochaines années. Mais ce n'est pas une raison pour exposer ma propre enfant.

— Tu as raison, répliqua-t-il gravement. Tu es sûre de ne pas vouloir renoncer à poursuivre ce criminel ?

— Tout va bien se passer. D'ailleurs, ce sera bientôt terminé. Le procès a lieu en mai… Jusque-là, Savannah devra rester avec toi, ajouta-t-elle d'une voix sans timbre.

— Je comprends. Si cela doit durer plus longtemps pour des raisons de sécurité, il n'y aura pas de problème.

C'était leur première conversation depuis dix ans, mais il se montrait plus compréhensif qu'elle ne s'y attendait. Il paraissait même bouleversé et soucieux pour elles deux.

— Tu peux vraiment accueillir Savannah chez toi ?

Elle ne voulait pas nommer Luisa, mais ils savaient tous les deux à quoi elle pensait.

— Je m'arrangerai, assura-t-il. Tu veux annoncer toi-même la nouvelle à Savannah, ou tu préfères que je m'en charge ? Ce sera peut-être plus facile pour elle que de l'apprendre par téléphone.

Malgré elle, Alexa admit qu'il avait raison.

— Je pense que nous allons partir plus tôt, continua-t-il. L'avion que je devais prendre, à 21 heures, n'atterrit qu'à 23 heures. Je préfère avancer notre vol.

Il était clair que s'il débarquait chez lui avec sa fille à une heure du matin, ce ne serait pas du goût de Luisa. Il valait mieux qu'il arrive plus tôt, pour installer Savannah. La maison, où il avait autrefois vécu avec Alexa, et avant elle avec Luisa, était immense. La jeune fille occuperait

91

sans doute l'une des nombreuses chambres d'amis. Rien que d'y penser, Alexa en avait la nausée, mais pour rien au monde elle n'aurait voulu que sa fille revienne maintenant dans leur appartement de New York. C'était la meilleure des décisions qu'ils pouvaient prendre.

— Tu penses pouvoir l'inscrire au lycée ? demanda-t-elle.

— Je m'en occuperai cette semaine. Je te rappelle un peu plus tard, pour te dire à quelle heure nous prendrons l'avion.

— Je vous retrouverai à l'aéroport et j'apporterai ses affaires. C'est là que je lui ferai mes adieux.

Cela allait être aussi dur pour l'une que pour l'autre et quand Alexa raccrocha, ses yeux étaient remplis de larmes. Elle était soulagée que Tom accepte de l'aider et de protéger leur fille, mais son cœur saignait à l'idée de ce que Savannah devrait endurer. Privée de sa présence, elle allait elle-même connaître une grande solitude.

Une demi-heure plus tard, Savannah l'appela.

— Je ne peux pas partir, maman, dit-elle en pleurant. Je ne peux pas ! Je veux terminer mon année de terminale chez nous... et je ne veux pas te quitter.

Ses sanglots déchirèrent le cœur d'Alexa.

— Il le faut, ma chérie. Tu ne peux pas non plus vivre ici, à t'inquiéter des lettres effrayantes que t'envoie un détraqué. Je sais que ce n'est pas facile pour nous deux, mais je préfère te savoir en sécurité.

— Je ne veux pas aller à Charleston, souffla Savannah.

Elle ne souhaitait pas non plus blesser son père, qui s'était efforcé de la réconforter avec beaucoup de gentillesse. La situation était pénible pour eux tous.

— Je viendrai te voir, c'est promis.

Alexa tâchait de s'exprimer en adulte, mais elle avait le sentiment d'être elle-même une petite fille apeurée et le chagrin de Savannah lui fendait le cœur. C'était la jeune fille qui subissait la pire des épreuves. Sans préavis, elle était déracinée et expédiée dans un endroit dont elle n'avait aucun souvenir, avec un père qu'elle connaissait à peine.

— Ce n'est pas vrai ! sanglota Savannah. Tu détestes le Sud, tu m'as dit que tu n'y retournerais jamais.

— Bien sûr que si, nigaude, si je sais que tu y es ! Tu n'y resteras pas longtemps et ce sera peut-être amusant. Tu pourras aller au lycée.

— Mais c'est à New York que je souhaite finir ma terminale !

La jeune fille comprit rapidement qu'il était inutile de discuter. Pour la première fois depuis dix ans, ses parents avaient pris une décision ensemble et faisaient front commun. Savannah devait s'éloigner de New York jusqu'à la fin du procès, point à la ligne. Pendant cinq minutes, l'adolescente continua de pleurer tandis que sa mère tentait de la réconforter. Elle lui annonça enfin qu'elle viendrait à l'aéroport pour lui dire au revoir.

— Que dois-je mettre dans ta valise ? demanda-t-elle.

Savannah lui donna ses instructions. Elle pleurait encore, mais moins fort qu'auparavant.

— Je vais te donner mes deux pulls roses, dit Alexa en souriant à travers ses larmes.

— Et tes nouvelles chaussures noires à talons hauts ? demanda Savannah avec une ébauche de sourire.

Mais elle était sous le choc. Ils l'étaient tous. La situation avait évolué avec une rapidité sidérante.

Si cela pouvait l'aider, Alexa était prête à lui céder ses chaussures.

— D'accord, d'accord. Je vais te les donner aussi, mais tu es dure en affaires.

— Qu'est-ce que je vais devenir, si sa femme me déteste ? Je ne la connais même pas ! Elle ne sera sûrement pas contente de me voir débarquer ! s'exclama Savannah, prise d'une panique soudaine.

C'était un euphémisme, songea Alexa. Luisa était une véritable garce, c'était en tout cas ce qu'Alexa avait répété devant sa fille pendant des années.

— Ton père va s'en occuper, et de toute façon, tu ne resteras pas là-bas éternellement. Ce n'est que pour trois mois. J'essaierai de venir la semaine prochaine.

— Tu as intérêt, sinon je fugue et je rentre à la maison.

— Ne t'avise pas de faire une chose pareille, dit sévèrement Alexa.

Mais elle savait que Savannah était trop raisonnable pour mettre sa menace à exécution, même si la situation était pénible.

— Je ferais mieux de me mettre à ta valise. A tout à l'heure, ma chérie.

Dix minutes plus tard, Tom la rappela. Il avait réservé deux places sur le vol de 18 heures, qui atterrissait à Charleston à 20 heures. En partant tout de suite, il espérait arriver à l'aéroport de New York à 16 ou 17 heures.

— J'y serai à 16 heures avec les bagages, dit Alexa. Appelle-moi sur mon portable dès que vous serez arrivés.

Elle lui donna son numéro, ce qu'elle n'avait jamais fait auparavant. Jusqu'alors, ils communiquaient par mails, mais dorénavant ils allaient devoir collaborer.

— Je serai devant le terminal de l'United Airlines, conclut-elle.

— Je vais faire le plus vite possible, pour que vous puissiez passer un peu de temps ensemble. Savannah est bouleversée.

Au son de sa voix, il devinait qu'Alexa l'était aussi. Mais aucun d'entre eux ne le fut autant que Luisa, lorsqu'elle apprit la nouvelle par téléphone.

— Tu es fou ? Tu l'amènes *ici* ? C'est impossible ! Daisy ignore son existence !

Daisy était leur fille de dix ans, conçue à dessein par Luisa pour briser son union avec Alexa et récupérer son ex-mari. Elle ne s'était pas souciée de ses fils pendant tout le temps qu'il avait été marié avec Alexa... pendant sept ans, elle les avait abandonnés. Elle avait quitté Tom pour un roi du pétrole du Texas et laissé ses fils avec leur père mais, au décès de son deuxième mari, elle était revenue au grand galop. Pour le reprendre, elle s'était fait faire un bébé et il était bêtement tombé dans le piège. Par la suite, il l'avait amèrement regretté, mais aujourd'hui, il était trop tard pour y remédier. Tout ce qu'il pouvait faire, c'était soutenir Alexa en prenant soin de Savannah. Il lui devait au moins cela... et Savannah était aussi sa fille.

— Eh bien, il va falloir que tu lui en parles, répliqua-t-il froidement.

Daisy était en âge de savoir qu'elle avait une sœur et que son père avait été marié avec une autre femme que sa mère.

— Nous arrivons ce soir, continua-t-il, et je ne demanderai certainement pas à Savannah de faire semblant d'être quelqu'un d'autre. C'est déjà assez dur pour elle.

— Dur pour *elle* ? Est-ce que tu as pensé à Daisy et à moi ? A moins que tu aies couché avec la mère ? C'est cela ?

— J'ai vu Alexa pour la première fois depuis dix ans. La vie de notre fille est menacée, là-bas, et c'est pour cela que je la ramène à la maison, Luisa, que cela te plaise ou non.

— Espèce de salaud ! J'ai toujours su que tu retournerais avec Alexa un jour ou l'autre.

Elle savait que Tom ne l'aimait pas, mais elle s'en moquait éperdument. Lorsqu'elle avait voulu récupérer son ancienne vie et son ex-mari, elle n'avait vu que son propre intérêt. Luisa ne pensait d'abord et toujours qu'à elle.

— Elle refuse de m'approcher à moins de trois mètres et elle a parfaitement raison, répliqua Tom. Je l'ai anéantie, il y a dix ans. Si elle me parle de nouveau, c'est uniquement parce qu'elle a besoin d'un endroit où envoyer Savannah. Quelqu'un menace notre fille. C'est sans doute lié au procès que sa mère prépare. Je *dois* amener Savannah à la maison, parce que sa vie est peut-être en danger.

Il n'aurait même pas dû avoir à la convaincre et cette discussion le rendait malade. Luisa n'avait pas en elle une once de bonté ou de compassion. Elle n'aurait jamais fait ce qu'Alexa avait accompli pour les garçons. Par une sorte

95

d'ironie du sort, c'était au tour de Luisa, aujourd'hui, d'accueillir la fille d'Alexa, qui s'était acquittée à sa place de son devoir de mère pendant des années.

— Très bien, mais ne t'attends pas à ce que je fasse quoi que ce soit pour elle, dit Luisa d'une voix furieuse.

— J'attends de toi que tu sois polie et que tu rendes son séjour le plus agréable possible.

— Est-ce que sa mère viendra la voir ? s'enquit Luisa d'un ton soupçonneux.

— Probablement. Nous n'en avons pas encore parlé. Je ne suis au courant que depuis une demi-heure. Hier soir, elle a reçu une autre lettre de menace destinée à Savannah.

— En tout cas, arrange-toi pour qu'elle ne m'approche pas, Tom. Et je ne plaisante pas ! Qu'elle reste hors de ma vue !

Il méprisait tout ce que Luisa était, tout ce qu'elle représentait. Ce qu'il vivait maintenant avec elle était son châtiment pour ce qu'il avait fait subir à Alexa. Les dix dernières années avaient été longues et pénibles. Mais il n'avait pas l'énergie ou le courage de demander une nouvelle fois le divorce. Il s'était donc résigné à son sort, mais il en payait le prix… un prix très élevé.

Savannah et lui quittèrent l'hôtel quelques minutes plus tard. Pendant presque tout le trajet, la jeune fille regarda tristement le paysage défiler. Il tenta de lui dire qu'elle allait aimer Charleston et combien il était heureux de l'avoir avec lui, mais elle n'était visiblement pas d'humeur à bavarder. Au bout d'un moment, il cessa de lui parler et la laissa à ses pensées. Déjà en proie au mal du pays, elle regrettait New York, sa mère et ses amis.

Alexa passa une grande partie de la journée à faire les valises. Elle emballa les vêtements préférés de Savannah, ses affaires d'école et ce qu'il lui faudrait pour les week-ends. Elle prit dans sa propre garde-robe tout ce que Savannah convoitait. Elle y ajouta les manuels scolaires, ses CD et deux ours en peluche dont elle ne se souciait plus depuis longtemps mais qui pourraient la réconforter en ces circonstances difficiles. Si elle l'avait pu, Alexa aurait volontiers fait elle-même partie des bagages. Le départ de sa fille la mettait au supplice, mais il n'y avait pas d'autre solution.

La jeune femme appela sa mère pour la mettre au courant des derniers événements. Elle devait admettre qu'en l'occurrence Tom se comportait honorablement. Quoi qu'elle pût penser de lui, elle lui reconnaissait ce mérite.

Elle eut juste le temps de s'habiller et de partir pour l'aéroport. A 16 heures, elle était parvenue à destination avec trois valises de belle taille. Une demi-heure plus tard, Tom l'appela sur son téléphone portable pour lui dire qu'ils seraient là dans dix minutes. Dès qu'ils arrivèrent, Savannah jaillit de la voiture pour se précipiter dans les bras de sa mère en sanglotant. Alexa passa le plus clair du temps qui leur était imparti à la calmer. Caressant les cheveux de sa fille, qui ressemblaient tant aux siens, elle la serra contre elle et la réconforta du mieux qu'elle le pouvait. Elle lui promit de la rejoindre très vite à Charleston. De toute façon, assura-t-elle, Savannah aurait à peine le temps de s'installer chez son père qu'il serait déjà temps de rentrer à la maison. Alexa n'eut que très peu le loisir de parler à Tom, qui s'était discrètement écarté pour les laisser seules. Puis le moment vint de se quitter. Tom avait acheté le billet de Savannah, mais Alexa voulut absolument payer pour l'excédent de bagages. La mère et la fille pleurèrent de nouveau quand Alexa dut les quitter, devant la porte d'embarquement.

— Je t'aime, répétait-elle encore et encore tandis que Savannah s'accrochait à elle comme une enfant.

Finalement, Tom passa un bras autour des épaules de sa fille et la sépara doucement de sa mère.

— Prends soin de toi, dit-il à Alexa. Je te promets de bien m'occuper d'elle mais, de ton côté, veille à ta sécurité.

Alexa hocha la tête et le remercia. Un instant plus tard, après avoir passé le contrôle, ils disparurent. Alexa pleurait encore lorsqu'elle héla un taxi, qui la reconduisit en ville. En arrivant devant sa porte, elle vit qu'elle était surveillée par le policier que Jack lui avait promis. Epuisée, elle rentra dans son appartement et appela sa mère.

Celle-ci, qui n'avait cessé de penser à sa fille et sa petite-fille, lui demanda avec inquiétude comment s'était passé le départ de Savannah.

— C'était affreux, mais Tom a été parfait. J'essaierai de descendre dans le Sud la semaine prochaine, dit tristement Alexa.

Elle ne parvenait même pas à imaginer sa vie sans sa fille durant les prochains mois. En automne, Savannah partirait pour l'université. L'existence qu'elles avaient menée jusqu'alors tirait à sa fin, si elle n'était pas déjà terminée.

Ce qui était en train de leur arriver, ce que ce procès avait fait à leur vie indignait Muriel.

— Je l'appellerai ce soir, promit-elle. Tu veux venir dîner chez moi ? suggéra-t-elle gentiment.

Mais Alexa n'avait pas la tête à cela. Les larmes de Savannah, à l'aéroport, l'avaient profondément ébranlée.

— Non. Je veux juste me coucher et pleurer tout mon soûl.

— Je me sens terriblement mal, moi aussi. J'ai peut-être eu tort de te conseiller de l'envoyer à Charleston, mais je crois qu'il vaut mieux être prudent. Viens dîner à la maison quand tu voudras.

Elle savait combien Alexa allait se sentir seule.

— Merci, maman, répondit Alexa d'une voix triste.

Après avoir raccroché, elle fit exactement ce qu'elle avait dit. Elle se mit au lit, tira les couvertures au-dessus de sa tête et pleura.

7

Le vol jusqu'à Charleston ne dura que deux heures. Savannah regardait par le hublot tandis que des larmes silencieuses coulaient le long de ses joues. Epuisée par les émotions, elle finit par somnoler quelques minutes. Sa mère et elle n'avaient jamais envisagé que le procès aurait de telles conséquences sur leur vie. Tom la contempla un instant, puis il posa sur elle une couverture. Il savait qu'il avait été singulièrement absent dans l'existence de sa fille. Sa défection, dix ans auparavant, avait renforcé son lien avec sa mère d'une façon exceptionnelle. Savannah n'avait qu'Alexa et, soudain, elle se retrouvait catapultée dans un nouveau monde, sans elle. Plus dur encore, c'était un monde et une vie où elle n'était pas la bienvenue, où on la considérait comme une menace. La réaction de Luisa l'inquiétait. La bonté, la chaleur humaine et la compassion n'étaient pas des qualités qu'on lui reconnaissait. Il savait qu'en amenant Savannah à la maison, il allait déclencher un terrible combat. Le conflit était déjà engagé, d'ailleurs. Luisa lui avait déclaré la guerre le matin même, et elle pesait ses mots. La connaissant, le pire était à venir.

A l'atterrissage, il y eut un choc sourd qui réveilla Savannah. Elle fixa son père avec surprise. L'espace d'un instant, elle avait oublié qui il était et où elle allait. En voyant le visage de Tom, la mémoire lui revint d'un coup.

— On est arrivés, ma chérie. Je suis content que tu aies un peu dormi. Tu en avais besoin.

Hochant la tête, elle ralluma son téléphone portable et lut un message de sa mère qui disait seulement : « Je t'aime. A très bientôt. »

Plus que jamais, son père lui apparut comme un homme du Sud. Il était chez lui, dans son élément, alors qu'elle était très loin de son foyer et se sentait comme une âme en peine.

Elle le suivit hors de l'avion, puis ils récupérèrent leurs bagages, constitués de ses trois grosses valises et du sac plus modeste de Tom, ainsi que de ses skis. Sa mère avait rapporté ceux de Savannah à l'appartement. Après les avoir chargés sur un chariot, un porteur les accompagna à l'extérieur de l'aéroport, où Tom héla un taxi. Assise auprès de lui, elle regarda dehors pendant tout le trajet. Son père avait indiqué son adresse, à Mount Pleasant, le quartier de Charleston où il habitait.

— Est-ce que tu as conservé des souvenirs du temps où tu vivais à Charleston ? lui demanda-t-il gentiment.

La jeune fille secoua négativement la tête. Toujours vêtue d'un pantalon de ski et d'un gros pull, sa parka sur les genoux, elle était ravissante. Ses cheveux ruisselaient dans son dos comme des fils d'or et ses yeux étincelants avaient la couleur des bleuets. Luisa s'apercevrait immédiatement qu'elle était l'exacte réplique de sa mère lorsqu'il avait fait sa connaissance. Savannah n'avait que quatre ans de moins qu'Alexa lorsque Tom était tombé amoureux d'elle, après que son épouse les avait abandonnés pour un autre homme, les garçons et lui. A l'époque, il était complètement anéanti, mais il avait trouvé auprès d'Alexa un bonheur qu'il n'aurait jamais osé espérer. Sept ans plus tard, il s'était comporté comme un parfait idiot quand Luisa avait tissé sa toile pour le prendre au piège. Chaque fois qu'il y repensait, il se répétait qu'après cela, il n'avait eu que ce qu'il méritait. Mais en revoyant Alexa, à New York, il avait pris conscience qu'elle payait encore le prix de sa bêtise, elle aussi. Il en éprouvait une terrible culpabilité. Il avait espéré que le passé était loin derrière elle. Au lieu de cela, il avait lu dans ses yeux qu'elle était encore en proie à une effroyable souffrance. Il espérait pouvoir l'aider en prenant soin de leur enfant et en faisant tout ce qu'il pourrait pour elle. Cette fois, il ne laisserait pas Luisa lui dicter sa loi, comme elle l'avait fait tant de fois auparavant sans qu'il lui oppose la moindre résistance. Savannah était aussi sa fille et il avait bien l'intention de s'occuper d'elle.

— Je crois que je me souviens de l'école, dit-elle doucement, et peut-être de la maison ou du jardin... et aussi d'Henry et de Travis.

Ses demi-frères, avec qui elle n'avait pas eu de contact depuis dix ans.

Dehors, le fond de l'air était tiède. On se serait cru davantage au printemps qu'en hiver et, pendant le court trajet, Savannah eut très chaud dans son gros pull. Un quart d'heure plus tard, lorsqu'ils atteignirent Charleston, elle put voir les flèches des églises jaillir vers le ciel. Elle regarda avec curiosité les vieilles demeures devant lesquelles ils passaient, peintes dans des couleurs qui rappelaient les nuances des sorbets glacés, aux portails en fer forgé et aux façades ornées de balcons. L'architecture était complexe et ancienne et il y avait de jolis ponts par lesquels on accédait à des îles minuscules. Elle entrevit un port impressionnant, rempli de bateaux, pour la plupart des voiliers. Tom lui montra le Fort Sumter, où la guerre de Sécession avait officiellement commencé. Charleston était une ville magnifique, auréolée d'histoire et de grâce. Avant de la prendre en haine, Alexa avait toujours dit que c'était la ville la plus grandiose du Sud, peut-être même du monde. Les grands arbres aux troncs recouverts de mousse étaient toujours verts, bien qu'on fût en février. Tom expliqua à sa fille qu'il s'agissait de chênes.

— Demain, je te ferai visiter la région, lui promit-il en lui prenant la main.

Elle acquiesça, un sourire courageux aux lèvres. Tout était si nouveau et singulier qu'elle avait le sentiment d'avoir été propulsée sur une autre planète.

Ici, la culture était différente, ainsi que le mode de vie. Savannah avait l'impression de flotter dans l'espace, bien que tout fût très beau. La ville semblait entièrement dédiée au passé et à la beauté. Elle savait que les gens qui vivaient dans le Sud étaient très fiers de leur histoire. Des années auparavant, lorsqu'elle avait questionné son père à propos de la guerre de Sécession, qu'elle étudiait à l'école, il avait immédiatement rectifié :

« Il faut l'appeler la "guerre entre les Etats" ! Rien à voir avec une guerre civile. »

De par sa naissance et ses ancêtres, son père était un homme du Sud jusqu'au bout des ongles, et fier de l'être. Il incarnait le parfait gentleman sudiste, mais quand Savannah le lui avait répété au fil des années, Alexa avait toujours quitté la pièce sans un mot. Il était clair qu'il ne s'était pas comporté en gentleman envers elle, mais ses manières étaient parfaitement courtoises. Cela ne changeait rien à ce qu'il lui avait fait, mais cela rendait sa compagnie très agréable.

Le vieux chauffeur de taxi noir avait un accent prononcé et sympathique que Savannah adorait entendre. Chaque fois qu'elle rencontrait quelqu'un qui venait de cette région, elle précisait que son père était originaire de Caroline du Sud. Elle revendiquait ses origines mais, tout comme sa mère, elle était une véritable New-Yorkaise, de par ses manières, ses vêtements et sa culture. En d'autres termes, Savannah était une Yankee.

Les maisons que son père lui avait montrées en ville étaient antérieures à la guerre de Sécession. Le taxi cahota le long de plusieurs rues pavées. Tom lui dit qu'il lui ferait visiter le quartier français. Il y avait deux rivières, la Cooper et l'Ashley. Son père précisa que sur les îles de Palms et de Sullivan, les plages étaient superbes. Dès qu'il ferait plus chaud, elle pourrait s'y rendre. La ville n'était pas grande, mais elle offrait de nombreuses activités. Elle comportait aussi des universités, des cafés fréquentés par les étudiants et de magnifiques magasins où elle pourrait faire du shopping. Se tournant vers elle, il lui demanda si elle avait appris à conduire. Il était gêné de ne pas être au courant, mais elle allait le lui dire, maintenant. Il se demanda si, finalement, cet exil n'allait pas se révéler une bénédiction pour eux deux. Sans cette menace, elle ne serait jamais venue avec lui à Charleston. Luisa ne le lui aurait pas permis, pas plus qu'elle ne l'avait accepté ces dix dernières années. Savannah avait été bannie de cette ville. Il en avait honte, car il savait qu'il aurait dû accueillir sa fille bien avant. La situation n'aurait pas été confortable, mais cela n'aurait pas dû l'empêcher de défier sa femme.

— J'ai mon permis, répondit Savannah d'une voix hésitante. J'ai pris des cours il y a un an et j'ai obtenu le permis le jour de mon anniversaire, mais je ne m'en sers pas. Maman n'a pas de voiture, elle en loue une si nous partons en week-end. En ville, cela pose trop de problèmes et, pour en louer une, il faut avoir vingt-cinq ans. Je n'ai donc pas eu beaucoup d'occasions de pratiquer.

— La conduite est plus facile, à Charleston, une fois que tu sais t'y repérer. Tu vas pouvoir t'exercer, ici. Je te prêterai une de nos voitures. Nous en avons deux vieilles.

Il n'ajouta pas « pour les domestiques », mais Savannah le devina. De toute façon, c'était gentil de sa part de le lui proposer.

— Tu pourras aller au lycée en voiture, ajouta-t-il.

Cette perspective l'effrayait. Elle allait se trouver parmi de nouveaux visages, elle se sentirait très différente de ses camarades. Toute à ses pensées, elle se tut. Ils passèrent sur un très beau pont et parvinrent à Mount Pleasant, le quartier élégant où habitait Tom, à l'est de la rivière Cooper. D'impressionnantes demeures se succédèrent, toutes entourées de plusieurs hectares de terrain. De hauts chênes bordaient les rues et les propriétés. Son père lui rappela qu'ils n'étaient qu'à dix minutes de la plage.

De type colonial, les maisons comportaient de hautes colonnes blanches et de longues allées menaient jusqu'aux portes d'entrée. C'était visiblement la partie la plus résidentielle de la ville, ce qui ne la surprit pas. Tandis qu'elle regardait par la fenêtre, rien ne lui semblait familier jusqu'à ce que, soudain, le taxi ralentisse pour s'engager dans une allée. Celle-ci lui parut sans fin et le parc immense. Les yeux écarquillés, Savannah se tourna vers son père. Jusqu'alors, elle n'avait rien reconnu et, tout à coup, quelque chose venait de changer.

— Je me souviens de cette allée.

Il lui sourit, l'air content. Sur l'une des colonnes de brique qui flanquaient le portail, il y avait une plaque de cuivre sur laquelle était gravé le nom de la propriété : « Les Mille Chênes ». Tom lui raconta qu'autrefois, avant la guerre, on lui avait dit que des milliers de chênes bordaient le domaine. Il ne les avait jamais comptés et doutait qu'il y en eût autant aujourd'hui. Les terres ne faisaient plus que cinq hectares, ce qui représentait encore une belle superficie. La propriété s'étendait d'ailleurs bien au-delà de la maison. Savannah se rappelait maintenant qu'il y avait un court de tennis et une piscine où elle nageait avec sa mère et ses frères. Tom l'avait fait creuser pour eux, ce qui les avait tous enthousiasmés. Déjà à l'époque, elle nageait comme un poisson. Au lycée, elle faisait partie de l'équipe de natation et de celle de volley-ball. Tout cela allait lui manquer.

Lorsqu'ils remontèrent l'allée, Savannah put contempler la maison. Elle était immense et très impressionnante. Elle aurait pu servir de décor dans un film, songea l'adolescente. Savannah la reconnaissait, mais elle était beaucoup plus grande que dans ses souvenirs. Les jardins qui l'entouraient étaient superbes et ils le seraient davantage au printemps. Ravi, son père s'amusa de son air stupéfait. Il espérait de tout son cœur qu'elle s'y plairait, ce qui la consolerait peut-être de l'absence de sa mère.

Dotée de hautes colonnes, la maison était blanche. Un énorme heurtoir de cuivre ressortait sur le noir étincelant de la porte d'entrée. Construite au dix-huitième siècle, cette grande demeure datait de la première plantation. Il n'en restait rien aujourd'hui, sauf ce bâtiment et le gigantesque parc qui l'entourait. Les anciens quartiers des esclaves, complètement en ruine, se trouvaient au fond de la propriété. On y entreposait les outils et le matériel de jardinage. Il était difficile de croire que des gens avaient vécu dans ces pièces minuscules, souvent à douze ou treize. La mère de Tom se plaisait à répéter que les Beaumont avaient toujours été extrêmement bons envers leurs esclaves, mais ce n'était pas un passé dont Tom était fier. Des années auparavant, quand Savannah le questionnait à ce sujet, il détournait aussitôt la conversation. Selon lui, l'esclavage était une question trop grave pour se prêter au bavardage.

Le chauffeur du taxi sortit les bagages du coffre. A cet instant, deux Noirs surgirent comme par magie et accueillirent Tom avec chaleur. L'un était un étudiant qui travaillait pour la famille à temps partiel, l'autre un homme plus âgé et d'une grande dignité, qui semblait très gentil et courtois. Jed servait les Beaumont depuis des années. Il était là du temps d'Alexa, aussi n'eut-il aucune difficulté à identifier la ravissante jeune fille blonde qui sortait de la voiture, bien qu'on ne l'eût pas prévenu de son arrivée. Elle ressemblait comme deux gouttes d'eau à sa mère et il sourit largement à sa vue.

— Bonsoir, miss Savannah. Je suis ravi de vous revoir.

Il s'exprimait comme si sa visite avait été prévue et attendue avec impatience. Elle ne se souvenait pas de lui, mais elle fut touchée par son accueil et Tom lui lança un regard reconnaissant. La famille de Jed travaillait pour les Beaumont depuis des générations. D'abord esclaves, ses membres étaient restés à leur service après leur libération.

Jed se sentait lié à eux et à la maison par une sorte de parenté. A la naissance de Tom, il travaillait pour sa mère. Aujourd'hui, il occupait les fonctions de gardien, d'homme à tout faire, occasionnellement de serveur ou de chauffeur. Pour Tom, il était presque un père.

Ce dernier présenta Jed et Forrest, le jeune étudiant, à sa fille. Les deux hommes portèrent les bagages à l'intérieur, pendant que Tom payait la course. Le visage anxieux, Savannah demeura au côté de son père. Tom leur avait dit de déposer ses valises dans la chambre d'amis bleue, la plus spacieuse et la plus luxueuse des quatre. Ce serait pour la jeune fille un refuge accueillant durant les mois à venir. Dès qu'elle serait au lycée, elle aurait suffisamment de place pour s'y amuser avec ses amis.

Savannah le suivit à l'intérieur de la maison. Le plafond du hall était d'une hauteur impressionnante et comportait en son centre un lustre gigantesque que les premiers propriétaires avaient acheté à Paris. L'escalier imposant aurait pu figurer dans un film. Savannah se rappela l'avoir dévalé avec sa mère, lorsqu'elles étaient pressées. A l'époque, sa chambre était proche de celle de ses parents. En revanche, ses frères se trouvaient à l'autre bout du couloir. C'était une jolie pièce rose et ensoleillée, aux murs recouverts de toile imprimée de motifs fleuris, remplie de peluches et de jouets. Rien à voir avec la chambre que sa mère avait décorée pour elle à New York, qui était simple, moderne et peinte d'un blanc austère. Elle n'en avait pas changé depuis leur installation. D'une certaine façon, cette pièce représentait bien l'état d'esprit glacial et aride dans lequel sa mère se trouvait lorsqu'elles avaient emménagé. A l'époque, sa vie était une page blanche et Savannah trouvait que leur appartement donnait toujours cette impression. Alexa était quelqu'un de chaleureux, mais leur foyer ne l'était pas. Quant à la maison des Mille Chênes, elle reflétait le sens des traditions, avec ses meubles anciens, ses objets précieux transmis de génération en génération et sa magnificence. Pendant sept ans,

Alexa y avait mené une existence très agréable et Savannah y avait été heureuse, elle aussi.

Son père la conduisit dans la salle de séjour, tout aussi luxueuse et remplie d'objets anciens. Un autre lustre magnifique était suspendu au plafond et les meubles étaient tapissés de brocarts délicats. Des portraits de famille étaient accrochés aux murs et les vases étaient remplis de fleurs. Tout en respirant le parfum suave qui flottait dans la pièce, Savannah remarqua que tous les abat-jour et les rideaux étaient ornés de franges soyeuses. Ce décor lui rappelait la France. Tout était impeccable et parfaitement rangé, mais désert. Luisa brillait par son absence, ainsi que la seconde fille de Tom. La maison était plongée dans le silence.

Ils entrèrent dans l'immense salle à manger, dont les murs disparaissaient derrière des tableaux représentant des généraux confédérés, ancêtres des Beaumont. Tom guida l'adolescente jusqu'à la cuisine, qui était spacieuse, étincelante de propreté et moderne. Il lui recommanda de se servir elle-même chaque fois qu'elle en aurait envie. Les repas étaient préparés par une cuisinière et deux assistantes, mais elles n'étaient pas là non plus. La maison semblait vide.

Tom la conduisit alors dans sa chambre, située au premier étage. En entrant, Savannah retint son souffle. C'était une chambre de princesse ou de reine. Ses valises étaient déjà là et elle n'avait plus qu'à ranger ses affaires. Mais Luisa ne se montrait toujours pas.

Tom quitta un instant sa fille pour se rendre dans sa propre chambre, à l'autre bout du couloir. Il trouva Luisa étendue sous le dais de leur immense lit à baldaquin, un linge humide sur le front et les yeux fermés. Lorsqu'elle entendit son pas, elle ne prononça pas un mot.

— Nous sommes là, dit-il simplement.

Il n'approcha pas d'elle. De temps à autre, il dormait dans son bureau, lorsqu'elle était « souffrante », ce qui signifiait qu'ils ne se parlaient plus. Pour expliquer ces arrangements nocturnes à Daisy, ils invoquaient les migraines de sa mère, Tom étant censé ne pas vouloir la déranger. Ils tentaient de lui cacher que leur union battait de l'aile. Elle était trop jeune pour comprendre, du moins c'était ce qu'ils pensaient.

— Luisa ? dit-il plus fort.

Il savait qu'elle ne dormait pas. Ses mâchoires étaient serrées et elle était tout habillée. Elle portait un tailleur Chanel rose et un chemisier à ruches de la même couleur. Ses chaussures Chanel rose et noir semblaient avoir été abandonnées en hâte à côté du lit. Tom soupçonna qu'elle s'était empressée d'organiser cette mise en scène lorsqu'elle les avait entendus arriver. Elle n'avait pas l'intention d'accueillir Savannah. Aux yeux de Luisa, la jeune fille n'avait rien à faire dans la maison et elle n'était pas la bienvenue.

— J'ai la migraine, dit-elle d'une voix forte qui suggérait le contraire.

Tout comme lui, elle parlait avec un accent du Sud prononcé. La famille de Tom vivait à Charleston depuis plusieurs centaines d'années et celle de Luisa était originaire de La Nouvelle-Orléans, mais s'était installée à Charleston avant la guerre de Sécession. Leur histoire, leurs racines et leurs traditions étaient étroitement liées au Sud. Il ne leur serait jamais venu à l'esprit de vivre ailleurs. Les sept années que Luisa avait passées à Dallas après avoir quitté Tom avaient été un calvaire pour elle. Elle considérait les Texans comme des êtres barbares, grossiers et vulgaires. En revanche, ils étaient riches... du moins ceux qu'elle fréquentait avec son mari. Selon Luisa, c'était leur seule qualité. Ils avaient de l'argent, mais pas de manières, aimait-elle à répéter. Luisa était une snob pour qui seul comptait le raffinement du Sud. A l'entendre, on ne rencontrait que des nouveaux riches au Texas. Rien à voir avec l'histoire et la dignité de Charleston.

— J'aimerais que tu viennes saluer Savannah, dit-il fermement. Elle est dans la chambre bleue.

La prétendue migraine de sa femme ne lui inspirait pas la moindre compassion, d'autant qu'il n'y croyait pas un instant.

— Elle doit immédiatement en sortir, dit Luisa, les yeux toujours fermés. Cette chambre est réservée aux gens importants qui nous rendent visite, pas à une enfant. Installe-la dans une chambre du deuxième étage. C'est là que je veux qu'elle soit.

En dehors de la bouche, son visage était parfaitement immobile. La pièce mansardée dont elle parlait était une chambre de bonne. Tom bouillait intérieurement de colère, mais il n'était pas étonné. Le matin même, Luisa leur avait déclaré la guerre, à Savannah et à lui.

— Elle restera dans la chambre bleue, répliqua-t-il froidement. Où est Daisy ?

— Elle dort.

Jetant un coup d'œil à sa montre, Tom constata qu'il était 21 h 30.

— Si tôt ? Qu'est-ce que tu lui as fait ? Tu l'as droguée ? D'ordinaire, elle ne se couche qu'à 22 heures.

— Elle était fatiguée.

Ouvrant finalement les yeux, Luisa le regarda sans bouger d'un pouce.

— Qu'est-ce que tu lui as dit ?

Maintenant, c'était à son tour de serrer les dents. Etant tout à fait conscient que Luisa était capable de tout, il n'ignorait pas que ce n'était qu'un début. Quand elle le voulait, elle pouvait se conduire comme une véritable garce. Il en était désolé pour Savannah. Lui-même était habitué aux procédés venimeux de Luisa, mais Savannah ne l'était pas et n'avait aucune idée de ce qui l'attendait. Il l'avait néanmoins amenée ici, car il la voulait près de lui pour la protéger des dangers qui la menaçaient à New York. Il ferait tout ce qu'il pourrait pour assurer sa sécurité. Mais Luisa était incontrôlable et il le savait.

Luisa fixait sur lui un regard vide.

— A quel propos ?

— Tu le sais très bien. Qu'as-tu dit à Daisy au sujet de Savannah ?

Il observait sa femme. Elle était aussi blonde que Savannah et Alexa, mais dans son cas, c'était totalement artificiel. Ses cheveux étaient lâchés sur ses épaules, comme lorsqu'elle avait seize ans. Elle se rendait trois fois par semaine chez le coiffeur, pour entretenir son brushing à grand renfort de laque. Elle était toujours tirée à quatre épingles, mais ses tenues manquaient de simplicité et elle était trop maquillée au goût de Tom. Elle arborait en outre bien trop de bijoux. Certains lui venaient de sa mère et les autres lui avaient été offerts par son défunt mari.

— Je lui ai dit qu'elle était le résultat d'une erreur de jeunesse, mais que nous n'avions jamais souhaité lui en parler.

Tom fut horrifié à l'idée qu'elle avait présenté Savannah comme le fruit d'une liaison illégitime... si c'était bien ce qu'elle avait dit.

— Tu as précisé que j'avais été marié avec sa mère ?

— Il me suffisait de spécifier que je ne voulais pas en discuter. Je lui ai dit qu'elle ne venait chez nous que parce que sa mère avait des ennuis et que pour ma part j'espérais qu'elle resterait le moins longtemps possible.

Tom était consterné, mais guère surpris.

— Pour l'amour du ciel, Luisa, tu as laissé entendre à Daisy que la mère de Savannah est en prison ou en cure de désintoxication !

— Daisy est trop jeune pour savoir que des criminels menacent la vie de Savannah. Cela pourrait la traumatiser.

Tout comme les mensonges de sa mère, songea Tom. Mais il était difficile de les juguler ou de réduire la portée des fables dont Luisa agrémentait ses récits... toujours en sa faveur, bien entendu.

Luisa incarnait tout ce que l'on disait de pire sur les femmes du Sud, à savoir qu'elles dissimulaient leur hypocrisie et leur malhonnêteté sous une douceur et un charme feints. Beaucoup d'hommes et de femmes du Sud n'avaient pas recours à leurs bonnes manières pour masquer leurs mensonges et ils étaient sincères, mais Luisa n'en faisait pas partie. Tous ses actes lui étaient dictés par une arrière-pensée ou une intrigue quelconque. Pour l'instant, elle projetait de gâcher du mieux qu'elle le pourrait la vie de Savannah et celle de Tom.

— Je veux que tu viennes saluer Savannah, répéta-t-il sur un ton plus dur qu'il n'en avait l'habitude.

Luisa n'apprécia pas du tout cela. Se dressant sur le lit, elle posa les pieds par terre et plissa les yeux.

— N'essaie pas de m'impliquer là-dedans, je ne veux pas d'elle ici.

— C'est clair, mais il se trouve qu'elle est là pour une raison très importante. Je te demande seulement d'être polie.

— Je le serai quand je la verrai. Ne me demande pas davantage.

Comprenant qu'il ne parviendrait pas à lui faire rencontrer Savannah ce soir-là, Tom abandonna le combat. Il avait l'intention de parler avec Daisy, mais il rejoignit d'abord Savannah dans sa chambre.

— Luisa ne se sent pas très bien, annonça-t-il. Elle est couchée.

Savannah devina qu'il mentait, mais elle n'insista pas, soulagée de ne pas faire tout de suite la connaissance de sa « belle-mère ».

— Tu veux manger quelque chose ? lui demanda-t-il.

— Non, merci, papa. Je n'ai pas faim. Je vais ranger mes affaires.

Acquiesçant d'un signe de tête, il se rendit dans son bureau pour parcourir son courrier. Il était si fâché contre Luisa qu'il préféra ne pas aller voir Daisy. De fort mauvaise humeur, il décida aussi de dormir dans son bureau plutôt que de passer la nuit à se disputer avec sa femme. Il en aurait tout le temps le lendemain, ainsi que pendant les trois prochains mois. Il referma doucement sa porte, tandis que Savannah en faisait autant de son côté.

Après s'être assise sur une chaise confortable, elle regarda autour d'elle. Le satin et la soie bleu pâle dominaient. Les lourdes tentures qui encadraient la fenêtre étaient retenues par des cordons bleus, il y avait une belle coiffeuse ancienne et un espace de lecture comprenant une bibliothèque et deux petits divans. Les lampes diffusaient une lumière chaude et la décoration était de bon goût, bien que très sophistiquée. Le lit à baldaquin était pourvu de lourds rideaux de soie. C'était sans nul doute une très belle chambre, bien qu'elle ne s'y sentît pas chez elle. Elle savait que son père était riche, mais elle n'avait pas conscience qu'il vivait sur un tel pied. C'était ce qui l'avait le plus surprise en entrant dans la maison. Tout ce luxe l'intimidait. Ce n'était pas le genre de maison où l'on pouvait évoluer en jean et pieds nus, ou bien vêtue d'une vieille chemise de nuit trouée. Ici, il fallait s'habiller correctement et s'asseoir bien droite sur des chaises recouvertes de soie, ne jamais se détendre ou lâcher ses cheveux. Elle avait du mal à imaginer qu'on pût se sentir à l'aise dans un tel environnement. Il était encore plus difficile de croire qu'une enfant vivait ici, elle ne l'avait d'ailleurs pas encore vue. Tout comme sa mère, sa demi-sœur de dix ans était invisible et la maison mortellement silencieuse. Savannah fixa ses valises, s'efforçant de trouver le courage de défaire ses bagages. A la place, elle appela sa mère. Il n'était que 22 heures, à Charleston comme à New York, et elle savait qu'elle serait encore debout. A sa grande surprise, Alexa dormait. Elle avait cédé au sommeil après avoir pleuré pendant des heures, mais elle ne le dit pas à sa fille.

— Comment ça va, mon cœur ? demanda-t-elle très vite.

— C'est bizarre, soupira Savannah. La maison est extraordinaire et papa très gentil. Je suis installée dans une chambre incroyable, toute tapissée de bleu.

Alexa la connaissait bien, puisque de son temps aussi on l'appelait la chambre bleue. C'était là qu'elle dormait lorsqu'elle venait en visite, avant son mariage avec Tom. Maintenant, c'était au tour de Savannah. Alexa visualisait parfaitement la scène.

— C'est tellement raffiné qu'on se croirait dans un musée, poursuivit la jeune fille.

— Cette maison a une longue histoire et ton père en est très fier. Ta grand-mère habite dans une maison encore plus grande, tout près. En tout cas, elle y vivait de mon temps. C'est une ancienne plantation que son grand-père a achetée lorsqu'il s'est marié.

C'était plus d'informations que Savannah ne pouvait en absorber. Pour l'instant, sa mère lui manquait, ainsi que sa chambre et son existence antérieure. C'était tout ce dont elle se souciait, non de l'élégance et de l'histoire du Sud.

— Tu me manques, maman, dit-elle d'une petite voix. Tu me manques beaucoup.

La mère et la fille retinrent leurs larmes.

— Toi aussi, ma chérie, mais je te promets que cela ne durera pas longtemps. Et je viendrai te voir dès que possible.

Elle ne tenait pas à se rendre dans le Sud, mais elle serait allée en enfer pour voir sa fille. En ce qui la concernait, Charleston et tout ce qu'elle y avait subi correspondaient bien à la représentation qu'elle se faisait de l'enfer.

— Comment va Luisa ?

Après avoir posé cette question, Alexa retint son souffle. Elle savait de quoi Luisa était capable et elle détestait l'idée que Savannah se trouve maintenant en première ligne.

— Je ne l'ai pas vue. Papa m'a dit qu'elle était au lit avec une migraine. Il paraît que Daisy est couchée, elle aussi. On dirait que tout le monde dort de bonne heure, ici.

Contrairement à New York, qui restait animée toute la nuit. Alexa s'abstint de tout commentaire, mais elle n'en pensait pas moins.

— Papa a dit qu'il me donnerait une voiture, ajouta Savannah.

— Sois prudente, surtout, tu n'as pas encore beaucoup d'expérience.

Mais la ville était petite et la circulation plutôt fluide. C'était gentil de la part de Tom de lui faire ce cadeau. De cette façon, Savannah se sentirait plus libre, surtout quand elle serait inscrite au lycée.

— J'ai hâte de te voir, constata-t-elle tristement.

— Moi aussi. Je vais ranger mes affaires, maintenant. Demain, papa me fera visiter la ville.

— Tu verras, c'est un autre monde. La Confédération est toujours bien vivante. Pour eux, la « guerre entre les Etats » n'est pas terminée. Ils nous détestent toujours et s'accrochent à chaque lambeau de leur histoire. Ils n'ont confiance que dans les natifs du Sud. Mais tu verras de très belles choses et Charleston est une ville magnifique. Je l'aimais, quand j'y vivais, et j'y serais toujours restée, si... Eh bien, tu connais la suite. Je pense qu'elle va te plaire. Tu y trouveras tout : la beauté, l'histoire, une architecture superbe, des plages ravissantes, un temps agréable et des gens amicaux. Il est difficile de faire mieux.

Quel que fût son ressentiment actuel, elle avait aimé cette région, autrefois.

— Peut-être, mais je préférerais être à la maison avec toi, répondit Savannah.

Les aspects pittoresques et historiques de Charleston la laissaient froide, le lycée aussi. Elle voulait retrouver ses anciens amis de New York et finir sa terminale là-bas. Et maintenant, c'était impossible à cause de ces lettres stupides, écrites par un cinglé. Ce n'était pas juste.

— Bon, je vais m'y mettre... Tu as pensé à ma musique ?

— Bien sûr.

Il n'y avait pas de chaîne dans la chambre, mais sa mère lui dit qu'elle avait mis dans ses bagages son baladeur et son iPod. Ainsi, elle ne dérangerait personne.

Après avoir raccroché, Savannah ouvrit lentement ses valises et entreprit de suspendre ses affaires. Tout y était : ses vêtements préférés et ceux de sa mère. Ses yeux s'emplirent de larmes lorsqu'elle vit les deux pulls roses, les chaussures noires à hauts talons toutes neuves de sa mère et un pull léopard qu'elle n'avait pas demandé, mais qu'elle adorait. Elle déposa en souriant les deux ours en peluche sur son lit. Pour la première fois depuis des années, elle était contente de les voir. Ils ressemblaient à de vieux amis, les seuls qui lui restaient pour l'instant. Elle plaça sa pile de CD sur la table de nuit, ainsi que le baladeur et l'iPod. Comme elle retournait à sa valise, elle devina une présence dans la pièce et faillit faire un bond en apercevant une petite fille en chemise de nuit qui se tenait près du lit et la regardait. Elle avait de longs cheveux blonds et d'immenses yeux verts. Son visage était grave, au-dessus de la chemise de nuit imprimée d'oursons. On aurait dit une petite poupée.

— Salut ! dit la fillette. Je sais qui tu es, ajouta-t-elle sur un ton solennel.

Savannah était encore sous le choc, mais elle ne voulait pas l'effrayer.

— Bonjour, dit-elle doucement. Tu es ma sœur.

Le formuler à voix haute lui fit une impression bizarre.

— Jusqu'à aujourd'hui, je ne savais pas que tu existais. Ma maman m'a dit que mon papa s'était marié avec la tienne il y a longtemps, mais que ça n'avait duré que quelques mois, ou quelque chose comme ça, jusqu'à ce que tu naisses.

Se sentant obligée de défendre son histoire et son territoire, Savannah eut l'impression de n'avoir que dix ans elle-même.

— Ils sont restés ensemble sept ans, protesta-t-elle.

— Ma maman raconte des mensonges, dit simplement Daisy. Elle en dit beaucoup et d'ailleurs elle ne m'a jamais parlé de toi. Elle prétend que papa était trop gêné pour le faire. Et aussi que tu es ici parce que ta maman a des ennuis avec la justice.

Elle rapportait les propos exacts de Luisa. Savannah éclata de rire. Cette façon de présenter les faits était scandaleuse, mais elle lui donnait une assez bonne idée de la personnalité de sa belle-mère.

— Ta maman est en prison? s'enquit innocemment Daisy.

Riant encore, Savannah s'assit sur son lit qu'elle tapota pour inviter Daisy à prendre place auprès d'elle.

— Ma maman est procureur et elle essaye de mettre quelqu'un en prison... quelqu'un de très méchant.

— Est-ce que « procureur » est un gros mot ?

L'air soucieux de la fillette déclencha de nouveau l'hilarité de Savannah. Elle devinait que Daisy le croyait vraiment et elle n'aurait pas été surprise d'apprendre que Luisa l'en avait persuadée.

— Non... Un procureur est là pour défendre les droits des gens et demander la justice. En fait, elle est assistante du procureur et c'est elle qui envoie les criminels en prison. C'est ce qu'elle compte faire au cours du procès qu'elle est en train de préparer. Le criminel en question est vraiment très méchant et il a fait des choses affreuses.

Pour rien au monde elle n'aurait fait peur à sa demi-sœur en lui révélant qu'il avait certainement assassiné dix-sept personnes, voire davantage.

— C'est sans doute l'un de ses amis qui m'a envoyé des lettres qui donnent la chair de poule, alors ma maman a préféré m'éloigner jusqu'à ce que le procès soit terminé, pour qu'il ne puisse plus m'écrire.

— Il sait que tu es ici? demanda la fillette avec inquiétude.

116

— Non, et il ne pourra pas le savoir. C'est pour cette raison que papa m'a amenée chez lui, pour que personne ne l'apprenne.

— Est-ce que ta maman le sait ?

Daisy était visiblement intéressée par tout ce qui concernait Savannah. Elle la croyait. Aussi triste que cela fût, elle était bien trop avisée pour gober les mensonges de sa mère. Elle lui mentait au sujet de gens qu'elle n'appréciait pas, ou pour se présenter sous son meilleur jour. Elle avait licencié une nounou que Daisy aimait parce qu'elle estimait justement qu'elle lui était trop attachée. Elle avait dit ensuite à Daisy que cette femme avait démissionné et s'était enfuie sans demander son reste parce qu'elle ne l'aimait pas. Par bonheur, la cuisinière lui avait dit la vérité, mais Daisy n'avait plus jamais eu de nouvelles de sa nounou.

— Ma maman et mon papa ont tous les deux estimé que je devais venir ici, précisa Savannah.

Daisy braqua sur elle des yeux immenses.

— Je crois que ma maman n'est pas très contente.

— Tu as raison.

— Je l'ai entendue crier sur papa. Elle le fait souvent. Ils se disputent.

A sa façon de le dire, on aurait pu croire qu'il s'agissait d'un sport. Dès les cinq premières minutes, la petite fille lui avait fait un compte rendu exact de la situation. Mais rien de tout cela n'étonnait Savannah, qui savait très bien à quoi s'attendre. Pour l'instant, c'était parfaitement conforme à ce qu'elle prévoyait, puisque Luisa n'avait pas pris la peine de lui souhaiter la bienvenue.

— Elle peut être drôlement méchante, quand elle pète un plomb, l'avertit Daisy. Tu as intérêt à faire attention… Tes ours me plaisent bien, ajouta-t-elle en regardant les peluches. J'en ai un, moi aussi. Je dors avec lui.

En disant cela, elle souriait timidement à sa sœur.

— Tu veux écouter de la musique, pendant que je défais mes bagages ? suggéra Savannah.

117

Comme Daisy acquiesçait, l'adolescente prit son iPod et lui mit les écouteurs avant de l'allumer. Un large sourire aux lèvres, Daisy commença à chanter, puis elle baissa le ton pour ne pas être entendue. Elle ne voulait pas que sa mère sache où elle se trouvait. Elle se plaisait bien en la compagnie de cette nouvelle sœur. Elle écoutait toujours les enregistrements de Savannah quand celle-ci termina ses rangements. La penderie était gigantesque et lui offrait bien plus de place qu'il ne lui en fallait. Elle comportait même des étagères pour ses chaussures.

Toujours assise sur le lit, Daisy coupa le son pour pouvoir de nouveau discuter avec sa sœur.

— J'aime bien ta musique, elle est cool.

Elle avait le même accent que son père. Chez elle, c'était particulièrement charmant.

— Tu es contente que ta maman soit procureur ? La mienne ne fait rien. Elle joue au bridge, elle déjeune avec ses copines ou elle fait les magasins.

— Ma mère et moi, on aime bien ça aussi, admit Savannah, mais elle travaille dur. Son métier est vraiment très intéressant, sauf quand il se passe quelque chose d'idiot, comme ces lettres. Ce n'était jamais arrivé auparavant. Ma grand-mère est magistrate, elle aussi. Elle est juge.

— Je croyais que les juges étaient des hommes.

— Pas forcément. Il y a des femmes, parmi eux. Elle s'occupe des affaires familiales, comme les divorces, la garde des enfants et toutes sortes de problèmes les concernant.

— Elle doit être drôlement intelligente.

— Oui. Et elle est très gentille, aussi. Je l'adore.

— Ma grand-mère est la présidente des Filles de la Confédération.

Daisy n'avait pas conscience que sa grand-mère était aussi celle de Savannah.

— J'ai aussi deux frères, Henry et Travis, ajouta-t-elle.

— Moi aussi, dit Savannah en riant.

118

— C'est bizarre…

— Ce sont les mêmes frères, puisque nous avons le même père, expliqua Savannah.

— C'est vraiment bizarre ! répéta Daisy. J'ai toujours voulu avoir une sœur.

— Moi aussi.

— Tu savais que j'existais ? demanda Daisy en s'étendant sur le lit, les yeux fixés sur Savannah.

— Oui, dit gentiment celle-ci. Ma maman me l'a dit il y a longtemps. Est-ce que tu aurais envie de dormir ici, avec moi ? proposa-t-elle, cédant à une impulsion subite.

Il y avait suffisamment de place pour deux, dans ce lit immense, et Savannah pensait que cela pourrait renforcer le lien qui était déjà en train de se former entre elles.

Daisy réfléchit un instant avant de hocher la tête.

— Tu veux aller chercher ton ours ? suggéra Savannah.

— Il vaut mieux pas ! Si maman m'entend, elle ne me permettra pas de revenir. Je préfère dormir avec l'un des tiens.

Elle était futée et elle avait raison.

Savannah tira les couvertures pour elle. Daisy se glissa immédiatement sous les draps, une petite grimace malicieuse aux lèvres. Savannah disparut un instant pour enfiler sa chemise de nuit et revint quelques minutes plus tard. Daisy l'attendait, bien éveillée. Savannah éteignit la lumière avant de la rejoindre.

— Est-ce que tu as peur d'être ici ? souffla Daisy.

Elles étaient toutes les deux étendues dans le noir, le visage tourné vers le dais bleu. Savannah pensa à sa mère, qui lui manquait tellement. Sa présence dans la maison de son père lui paraissait complètement incongrue.

— Un peu, murmura-t-elle. C'est pour ça que je t'ai demandé de dormir avec moi ce soir.

Daisy glissa sa petite main dans celle de Savannah et la serra très fort.

— Tout va bien se passer, la rassura-t-elle. Papa va te protéger, le vilain homme ne t'écrira plus et ta maman

119

va l'envoyer en prison. Et maintenant, nous sommes ensemble, ajouta-t-elle avec la douce innocence de l'enfance.

Ses propos, ainsi que le contact de leurs deux paumes, firent monter les larmes aux yeux de Savannah.

— Merci, dit-elle doucement.

Elle se tourna pour embrasser Daisy sur la joue. Elle avait la peau fine et douce d'un bébé. Daisy sourit et ferma les yeux, sans lâcher pour autant la main de sa sœur. Peu à peu, son visage se détendit et elles s'endormirent côte à côte.

Leur père frappa doucement à la porte peu après minuit. N'obtenant aucune réponse, il l'entrouvrit pour regarder dans la chambre. Devinant que Savannah était couchée, il s'approcha du lit sur la pointe des pieds, dans l'obscurité. C'est alors qu'il remarqua les deux formes, à la lueur de la lune. Il vit les deux sœurs endormies main dans la main. Durant une minute, il les observa, un sourire attendri aux lèvres, les joues ruisselantes de larmes. Enfin, il sortit de la chambre aussi silencieusement qu'il y était entré et referma la porte.

8

Quand Savannah se réveilla, le lendemain matin, les rayons du soleil se déversaient dans la pièce et Daisy avait disparu. Elle constata avec surprise qu'il était 10 heures du matin et qu'elle avait dormi d'un sommeil profond. Elle n'avait pas entendu Daisy se glisser hors de sa chambre, à l'aube. Il ne subsistait d'ailleurs aucune trace de son passage. Si sa mère avait su qu'elle avait dormi dans le lit de Savannah, elle le lui aurait fait payer cher.

La jeune fille fit sa toilette et s'habilla, puis elle se rendit dans la cuisine, où elle trouva deux femmes assises à la table. Tout en se demandant où était sa belle-mère, elle les salua poliment.

— Bonjour.

— Nous attendions que vous vous leviez. Nous n'avons pas voulu vous réveiller, expliqua l'une des femmes. M. Beaumont a dit qu'il reviendrait vous chercher à 11 heures, mais qu'il devait d'abord passer à son bureau. Mme Beaumont est chez le coiffeur, et ensuite elle déjeune en ville.

Cela voulait dire que son père serait de retour dans une demi-heure et qu'ils allaient visiter la ville ensemble, ainsi qu'il le lui avait promis. Les deux femmes se présentè-rent : elles s'appelaient Tallulah et Jane. Tallulah était la femme de Jed et Jane était originaire de Memphis. L'accent de cette dernière était d'ailleurs légèrement dif-férent, songea Savannah, charmée par leurs intonations.

121

Comme elles lui demandaient ce qu'elle voulait pour son petit déjeuner, elle répondit qu'elle prenait d'ordinaire des céréales, mais qu'elle pouvait très bien se débrouiller toute seule. Elles insistèrent pour la servir. On plaça devant elle un bol en porcelaine décoré de motifs fleuris, posé sur un set de table en lin délicatement brodé. Tout était raffiné, dans cette maison. Rien n'était simple, ordinaire ou fonctionnel, comme chez elle. Il lui semblait qu'elle perdait pied, dans ce monde qui lui était totalement étranger. Sa mère et elle menaient une existence agréable, mais cela n'avait rien à voir, même de loin, avec tout ce luxe. C'était vraiment un autre univers. Sa mère avait sans nul doute subi un terrible choc lorsqu'elle en avait été bannie et contrainte d'y renoncer. Telle Cendrillon, elle avait vu son carrosse se transformer en citrouille et ses cochers en souris. Dans son cas, le prince charmant s'était même mué en rat... Savannah en était désolée pour elle.

Elle venait de terminer son bol de céréales, quand son père fit irruption dans la cuisine. Vêtu d'une veste de tweed bien coupée et d'un pantalon gris, il était plus beau que jamais.

— Bonjour, ma chérie, dit-il gaiement. Tu as bien dormi ?

— Comme un bébé.

— Tu es prête pour le grand circuit touristique ?

Elle hocha la tête, remercia les deux femmes dont les uniformes blancs étaient agrémentés de tabliers en dentelle amidonnés, puis elle suivit son père dans l'entrée. Dehors, il ne faisait pas froid, mais la brise qui venait de l'océan rafraîchissait l'atmosphère. En été, cette brise chargeait l'air d'une humidité accablante. Savannah monta dans sa chambre pour y prendre une veste et son sac. Cinq minutes plus tard, ils étaient dans la Jaguar de Tom et se dirigeaient vers le cœur de la ville.

Il commença par l'emmener au Fort Sumter, pour une leçon d'histoire locale. C'était là que le premier coup de feu de la guerre entre les Etats avait été tiré. Pendant la visite, Savannah fut fascinée par le parti pris sudiste du guide et de toutes les brochures qu'il lui fut donné de parcourir. Le passé n'était rapporté que du point de vue des Confédérés. C'était comme si le Nord n'existait pas, sauf en tant qu'ennemi haï cent cinquante ans auparavant. D'une certaine façon, cette haine subsistait chez certains autochtones.

Ils se rendirent ensuite dans le quartier français, qu'ils visitèrent avant de déjeuner dans un restaurant pittoresque disposant d'un jardin à l'arrière du bâtiment. On leur servit des mets locaux : du potage au crabe, du pain au crabe, des crevettes et du riz, le tout accompagné de sauces délicates parfumées aux épices. Tout en dégustant ce délicieux repas, ils bavardèrent et rirent beaucoup. Ensuite, Tom la fit grimper dans une calèche tirée par des chevaux et ils parcoururent les rues pavées dans cet équipage. Il lui montra plusieurs cafés fréquentés par la jeunesse de Charleston.

Lorsqu'ils passèrent devant les magasins, il dit à sa fille qu'elle apprécierait sans doute d'y faire du shopping. Enfin, ils longèrent les plages splendides de l'île Sullivan sur le trajet du retour.

Ils rentrèrent à 16 h 30, au terme d'une merveilleuse journée. Pendant le déjeuner, Tom avait prévenu Savannah qu'elle était attendue dès le lendemain au lycée, où elle était la bienvenue. Tout était arrangé. Elle finirait la classe de terminale avec les autres lycéens, mais son diplôme officiel lui serait attribué par son établissement d'origine. Quand on lui avait faxé ses bulletins, le proviseur de Charleston avait été extrêmement impressionné par l'excellence de ses notes. Pour cette première journée, Tom comptait l'accompagner le matin et venir la rechercher en fin d'après-midi. Ensuite, elle pourrait faire le trajet seule. Il avait fait réviser la voiture pour elle. Savannah fut touchée qu'il ait pensé au moindre détail et se soit occupé de tout.

Ils bavardaient et riaient encore en rentrant dans la maison. Tous deux se figèrent à la vue de Luisa, qui venait de rentrer de son déjeuner. Elle portait un tailleur bleu roi aux revers satinés et des saphirs étincelaient à ses oreilles. Ses cheveux laqués formaient une sorte de casque d'où ne s'échappait pas la plus petite mèche. Ses mains étaient parfaitement manucurées et ses yeux transpercèrent Savannah comme des poignards.

— Je te présente Savannah, dit calmement Tom. Savannah, voici Luisa, ta belle-mère.

Il sut immédiatement qu'il avait commis une erreur, car son épouse posa sur lui un regard méchant.

Ignorant l'adolescente, elle martela :

— Je ne suis pas sa belle-mère. Elle est peut-être ta fille, mais elle n'est pas la mienne, sous quelque forme que ce soit. Et n'oublie pas qui est ta vraie fille, dans cette maison.

— Elles sont toutes les deux mes vraies filles, dit fermement Tom.

Savannah aurait voulu disparaître sous terre. Ce n'était pas drôle. Daisy avait raison. Sa présence rendait Luisa furieuse et elle ne faisait rien pour le cacher. Elle voulait lui faire savoir à quel point elle n'était pas la bienvenue.

— Je suis navrée que tu voies les choses de cette façon, dit Luisa.

Tournant les talons, elle disparut pour donner ses ordres à la cuisinière. Savannah se demanda si elle serait autorisée à dîner à la table familiale. C'était peu probable mais, dans le cas contraire, elle mourrait de peur.

Haussant les épaules, son père lui jeta un regard désolé.

— Elle finira par se calmer... Ce n'est pas facile, pour elle, argua-t-il maladroitement.

Très gêné, il était dans l'incapacité d'expliquer le comportement épouvantable de sa femme. Savannah s'efforçait de le rassurer quand Daisy dévala l'escalier et jeta ses bras autour de la taille de sa sœur. Elle la serrait encore très fort au moment où Luisa revint dans le hall. Lorsque celle-ci les vit enlacées, elle faillit avoir une attaque.

— Est-ce que vous avez perdu l'esprit, tous les deux ? s'exclama-t-elle. Cette fille est une étrangère. Elle n'est qu'une invitée amenée par ton père, Daisy. Elle ne fait pas partie de la famille, en tout cas sûrement pas de la mienne. J'aimerais que vous vous en souveniez et que vous gardiez à l'esprit qui je suis, ici. Je suis ton épouse, Tom. Et je suis ta mère, Daisy. Quelles que soient les erreurs que ton père a commises dans le passé, cela ne me regarde pas et ce n'est ni mon problème ni le tien.

Elle fixait Daisy, qui s'écarta de Savannah pour ne pas énerver sa mère davantage.

— Nous supporterons sa présence dans la maison, puisqu'il le faut, continua Luisa, mais ce n'est pas une raison pour te conduire comme si tu avais retrouvé une parente perdue de vue depuis longtemps. C'est notre maison, ici, pas la sienne. Et elle n'est pas plus ma parente que la tienne.

Sur ces mots, elle se tourna vers son mari, qu'elle foudroya du regard, puis elle gravit l'escalier d'un pas lourd, en ignorant Savannah. Un instant plus tard, elle claquait bruyamment la porte de sa chambre, comme pour se venger. Tom, Daisy et Savannah échangèrent des regards embarrassés et troublés. Tom jeta un coup d'œil implorant à sa fille aînée, qui semblait au bord des larmes. Après les avoir frappés de plein fouet avec la force d'une tornade, Luisa les avait laissés dans son sillage complètement abattus.

— Je devrais peut-être m'en aller, papa, murmura Savannah. Tout ira très bien, à New York. Maman s'est un peu trop inquiétée. Je ne veux pas causer d'ennuis, ici.

Pas plus qu'elle ne souhaitait être traitée en paria ou maltraitée par une femme qui la détestait.

— Tu n'iras nulle part, dit fermement son père en la serrant dans ses bras. Je suis désolé... Luisa a très mauvais caractère, mais elle finira par se calmer.

Il jeta un coup d'œil à Daisy, qui paraissait découragée.

— Tu vas partir ? demanda-t-elle à sa sœur.

— Je ne sais pas. Je crois que ce serait préférable, parce que je ne veux pas contrarier ta maman.

— Elle est méchante ! s'indigna la fillette. J'aime bien que tu sois ici. Je veux une sœur. Ne pars pas ! conclut-elle d'une voix suppliante.

De nouveau, elle encercla la taille de sa sœur de ses petits bras. Il était difficile de lui résister. Se plaçant entre ses deux filles, Tom les prit toutes les deux par les épaules et les accompagna au premier étage. Lui aussi, il aimait avoir Savannah auprès de lui. Il l'avait toujours souhaité, mais Luisa ne l'aurait jamais permis. Il se réjouissait que le sort en ait décidé autrement et, tout comme Daisy, il ne voulait pas que Savannah les quitte.

Il dit à Daisy d'aller faire ses devoirs, puis il laissa Savannah dans sa chambre, lui conseillant de se détendre. Elle le remercia pour la bonne journée qu'ils avaient passée ensemble, mais son regard était inquiet et elle appela sa mère sitôt qu'il eut quitté la pièce, pour lui dire ce qui venait de se passer.

— Quelle garce ! s'écria Alexa avec exaspération.

— Je ne sais pas quoi faire, maman. Je pense que je devrais partir. Elle me fait plus peur que le type qui a écrit les lettres. Il y a une minute, j'aurais juré qu'elle voulait me tuer.

— Elle en a certainement envie, mais elle ne le fera pas, tandis que le type en question en est peut-être capable. Je ne veux pas que tu reviennes ici. J'ai horreur de t'imposer ça, mais tu dois t'accrocher. Arrange-toi pour ne pas croiser son chemin, dans la mesure du possible. Est-ce que ton père a réussi à la faire taire ?

— Il a essayé, mais elle lui a crié dessus.

— C'est sa méthode, la même que la mère de Tom. Elles sont très fortes à ce jeu, et il ne fait pas le poids. Je lui suis très reconnaissante de ce qu'il fait pour toi en ce

126

moment, mais c'est un faible. Luisa l'a châtré il y a des années.

Elle regretta ces derniers mots sitôt qu'elle les eut prononcés. Savannah n'appréciait pas qu'elle tienne de tels propos sur Tom. Mais il avait beau être son père, c'était vrai. Alexa en était la preuve vivante.

— Je suis désolée d'avoir dit ça, s'excusa-t-elle très vite. Reste dans ta chambre, ou bien sors, écoute de la musique, mais je ne veux pas que tu reviennes à New York avant la fin du procès.

Elle avait beau se trouver dans un environnement luxueux, il semblait à Savannah qu'on l'avait condamnée aux travaux forcés ou à la prison. Elle détestait cet endroit et Luisa la détestait. Ces trois mois allaient être un véritable cauchemar et sa mère avait raison : son père ne faisait pas le poids face à Luisa. Elle venait de le constater.

— Je vais essayer, dit-elle.

Elle s'engagea à faire son possible pour supporter la situation mais, intérieurement, elle se promit de tenir jusqu'à la visite de sa mère. Si les choses ne s'étaient pas arrangées à ce moment-là, elle retournerait à New York avec elle ou elle ferait une fugue. Personne ne la forcerait à vivre ainsi pendant trois mois...

— Je suis désolée, ma chérie, mais je ne peux pas venir le week-end prochain. Ce sera pour le suivant, je te le promets. Contente-toi de faire profil bas et ignore-la.

— D'accord.

En raccrochant, Savannah était fâchée contre sa mère, qui l'avait envoyée vivre avec cette sorcière. Elle était pire que n'importe quelle marâtre de conte de fées. Comparée à ce qu'elle était obligée de subir, l'existence de Cendrillon était idyllique. A cet instant, Daisy se glissa dans sa chambre, l'air soucieuse.

— Tu vas bien ?

Malgré son découragement, Savannah lui sourit gentiment.

— A peu près. Je ne suis pas habituée à ce genre de traitement… Je voudrais bien être chez moi, dit-elle franchement.

— Je sais. Elle peut être vraiment méchante. Elle est souvent comme ça, avec papa.

Savannah lança un regard compatissant à la petite fille.

— Ça ne doit pas être facile pour toi.

Daisy haussa les épaules.

— Mon papa est toujours gentil avec moi et avec mes frères. J'espère que tu resteras, ajouta-t-elle en entourant la taille de sa sœur de ses bras.

— On verra bien comment ça se passe, répondit vaguement Savannah.

Mais elle savait qu'elle ne supporterait pas cette situation pendant trois mois… quatre, si le procès durait plus longtemps, ce qui serait sans doute le cas, car l'affaire semblait compliquée.

Pendant que les deux filles discutaient paisiblement dans la chambre de Savannah, Tom et Luisa se disputaient dans la leur.

— Comment as-tu pu proférer de telles horreurs en présence de Daisy et de Savannah ? ragea-t-il. Je ne comprends pas que tu puisses te sentir menacée par une adolescente de dix-sept ans !

— Elle est le produit de l'une de tes erreurs ! cria Luisa. Je ne veux pas la voir, je ne veux pas d'elle dans ma maison !

Tom la fixa avec stupéfaction. Elle s'exprimait en épouse outragée, comme si elle n'avait rien à se reprocher.

— Tu es devenue folle ? Tu ne peux pas récrire l'histoire, Luisa. Je n'ai pas bougé d'ici. C'est toi qui m'as plaqué, toi qui as abandonné tes fils pour épouser un type plus riche que moi. Quand je me suis marié avec Alexa, tu dépensais allègrement son fric, à Dallas, et tu te fichais pas mal de ce qui pouvait nous arriver, aux garçons et à moi. Quand ton mari est mort, tu as décidé que tu voulais récupérer ton ancienne vie, Dieu sait pourquoi. Tu te sentais seule, sans doute, parce que tu n'avais sûrement pas besoin d'argent. Tu as manœuvré pour que j'aie une liaison avec toi et j'ai été assez bête pour tomber dans ton piège. Tu as fait en sorte d'être enceinte, ensuite tu es allée crier misère auprès de ma mère. Tu lui as dit que je ne pouvais pas permettre que tu mettes au monde un enfant illégitime. J'ai eu pitié de toi et j'ai quitté la femme que j'aimais. Savannah est le fruit d'une union respectable avec une femme fantastique, qui s'est merveilleusement bien occupée de nos fils. Comme un imbécile, je l'ai quittée pour « faire mon devoir ». Ce n'était qu'une sombre supercherie, tout comme notre mariage. Pour te complaire, j'ai écarté Savannah de ma vie pendant dix ans, j'ai repoussé ma propre fille ! C'est un miracle, si elle accepte de m'adresser la parole. Aujourd'hui, sa vie est en danger, c'est pourquoi j'ai décidé de l'accueillir dans ma maison pendant trois mois. Et toi, tu te montres grossière envers elle, tu te comportes comme si je t'avais trompée, comme si je l'avais eue avec une prostituée ! C'est toi qui es partie, Luisa, et je n'abandonnerai pas ma fille une fois de plus pour te faire plaisir. Je me suis déjà montré suffisamment odieux envers sa mère.

— Si tu es si désolé pour elle, tu n'as qu'à te remettre avec elle, dit froidement Luisa.

— Là n'est pas la question. J'ai peut-être fait mon devoir envers toi, mais je me suis très mal conduit envers elle. Nous le savons tous les deux, alors laisse tomber et sois polie avec Savannah, ou tu auras de sérieux ennuis avec moi.

Sans laisser à Luisa le temps de lui répondre, Tom quitta la pièce, non sans claquer la porte derrière lui. Les deux filles entendirent le bruit mais s'abstinrent de tout commentaire. Elles devinaient cependant son origine et sa raison. C'était la première fois depuis longtemps que Tom résistait à Luisa de cette façon. Elle était furieuse, mais elle ne chercha pas à poursuivre la discussion et resta dans sa chambre.

De retour dans son bureau, Tom appela son fils aîné et l'invita à dîner le soir même, ainsi que sa fiancée, Scarlette. Le matin, à la banque, il avait prévenu Travis que Savannah était arrivée. Ses explications avaient surpris le jeune homme. Connaissant sa mère, il se doutait qu'elle ne devait pas être contente. Pendant dix ans, il n'avait pas eu le droit de faire allusion à Alexa ou à Savannah et il s'était toujours senti coupable de ne pas être resté en contact avec elles. Au début, il avait essayé, puis il y avait renoncé. Tout comme son frère, d'ailleurs. Luisa lui avait dit clairement que le moindre contact serait considéré comme une trahison envers sa *vraie* mère. Quand Alexa était partie, Travis avait quinze ans. Bien qu'il l'eût sincèrement aimée, il était trop jeune pour résister à une telle pression. Il se sentait d'autant plus fautif qu'Alexa avait été parfaite avec lui. Aujourd'hui, il avait vingt-cinq ans, il travaillait dans la banque de son père et il projetait de se marier en juin avec une jeune fille issue de la bonne société de Charleston. Les ancêtres de sa fiancée étaient encore plus liés à la Confédération que les siens. On comptait davantage de généraux dans sa famille que de chênes dans la propriété des Beaumont. Il était profondément amoureux de cette merveilleuse et douce jeune fille, qui exerçait le métier d'infirmière. Travis appréciait particulièrement qu'elle travaille et soit sans prétention, malgré le statut social et la fortune de sa famille. Elle comptait exercer son métier jusqu'à ce qu'ils aient des enfants. Luisa trouvait cela ridicule. Elle estimait qu'il ne convenait pas à l'épouse d'un Beaumont d'être infirmière, mais Travis approuvait la décision de sa future femme.

Lorsqu'il l'appela pour les inviter à dîner, Scarlette et lui, la voix de son père lui parut tendue.

— La situation n'est pas facile, ici, avoua franchement Tom. La présence de Savannah met ta mère dans tous ses états... Tu sais comment elle est.

Travis ne connaissait que trop bien ses crises de colère. Tous les prétextes étaient bons, mais il devait admettre qu'en l'occurrence, son père avait frappé fort. Il n'aurait rien pu faire de pire, sauf peut-être inviter Alexa au lieu de sa fille. Devinant facilement combien l'atmosphère devait être pesante à la maison, le jeune homme le plaignait sincèrement.

— Je me suis dit que si vous veniez dîner, cela pourrait la distraire et alléger un peu l'atmosphère.

— Bien sûr, papa. Je vais voir si Scarlette est libre. Elle est rentrée du travail il y a une heure. Je te rappelle dès que j'en sais davantage.

Un instant plus tard, il donnait son accord à Tom. Après avoir remercié son fils, ce dernier prévint la cuisinière. Un peu plus tard, en entrant dans la chambre de Savannah, il mit au courant de l'invitation ses deux filles, qu'il trouva en train de bavarder. Daisy se montra ravie de voir son frère et sa future belle-sœur.

— Elle va te plaire, assura-t-elle à Savannah. Elle est vraiment gentille, et j'adore Travis.

Savannah se souvenait à peine de lui, puisqu'elle n'avait que six ans lorsqu'elle l'avait vu pour la dernière fois.

A 19 h 30, les deux filles descendirent ensemble pour le dîner, au moment précis où Travis et sa fiancée arrivaient. Scarlette était une jolie jeune fille au visage fin et aux longs cheveux noirs. Travis était la copie conforme de son père, en plus jeune et encore plus beau. Le jeune couple portait des jeans et de jolis pulls. Vêtue d'une jupe, d'un pull et en talons hauts, Savannah faisait très comme il faut. Ses cheveux blonds brillaient, grâce à un brossage intensif. Daisy avait gardé son uniforme d'école, mais elle avait mis des chaussons. Tom avait retiré sa veste et relevé les manches de sa chemise. Chez les Beaumont, le dîner était donc moins cérémonieux que Savannah le craignait.

Quand Tom les eut présentés l'un à l'autre, Savannah et Travis se sourirent timidement. La dernière fois qu'ils s'étaient vus, dit-il, elle n'était qu'une petite puce. Comme tous ceux qui la rencontraient, il remarqua sa ressemblance avec sa mère, mais il n'y fit pas allusion.

En attendant le dîner, Scarlette et Savannah bavardè-rent amicalement. Scarlette confia à l'adolescente com-bien les préparatifs du mariage absorbaient sa mère. La réception allait être grandiose, puisque huit cents per-sonnes étaient invitées, c'est-à-dire les trois quarts de la bonne société.

Quand Luisa pénétra dans la salle à manger, elle fut surprise d'y découvrir son fils et sa fiancée. Elle craignit aussitôt que son mari n'ait organisé une soirée de bien-venue en l'honneur de Savannah.

— Que se passe-t-il ? demanda-t-elle froidement.

— Travis m'a téléphoné pour me demander s'il pour-rait venir dîner, répondit très vite Tom. J'ai pensé que tu n'y verrais aucun inconvénient et, comme tu te reposais, je n'ai pas voulu te déranger.

Luisa eut du mal à le croire. Ils savaient d'ailleurs tous les deux qu'elle ne se reposait pas, mais qu'ils ne s'adres-saient plus la parole… sauf en public, bien entendu. En privé, ils étaient toujours furieux l'un contre l'autre.

—Je suis contente de voir Travis et Scarlette, bien sûr ! s'exclama Luisa en se précipitant vers le jeune couple.

Ses yeux brillaient toujours de colère, mais elle souriait largement. Ignorant Savannah, qui en fut soulagée, elle embrassa les deux jeunes gens et se mit à bavarder avec eux.

Lorsqu'ils passèrent à table, Luisa s'assit entre son mari et son fils. Elle plaça Scarlette près de Travis et Daisy à côté de son père, histoire de rappeler qui était sa « vraie » fille. Pour finir, elle fit signe à Savannah de s'asseoir entre Scarlette et Daisy, sans lui adresser la parole. Il était clair que si elle avait pu l'envoyer dîner dans le garage ou chez des voisins, elle l'aurait fait. Cela n'empêcha pas l'adoles-cente de passer une bonne soirée à bavarder avec ses voi-sines. Ainsi que Daisy l'avait prédit, Scarlette lui plaisait beaucoup. Elle était chaleureuse, gentille, compatissante et dénuée de toute prétention. Elle travaillait dans un service de cancérologie et disait aimer son métier. Très fier d'elle,

Travis semblait heureux. Pendant le repas, ils parlèrent beaucoup du mariage. Cette perspective ravissait visiblement Luisa. La veille de la cérémonie, les deux familles recevraient trois cents personnes à leur club. Scarlette avait déjà commandé sa robe chez Badgley Mischka, et celles de ses demoiselles d'honneur, dont Daisy faisait partie, étaient conçues par Vera Wang. La mère de la mariée avait choisi un bel ensemble de satin brun chez Oscar de la Renta. Luisa n'avait encore révélé à personne ce qu'elle comptait porter, mais Daisy le savait parce qu'elle avait regardé dans sa penderie. Sa mère serait toute de rouge vêtue.

Finalement, Tom avait eu une bonne idée en invitant son fils et sa future belle-fille, car tout le monde semblait détendu. A la fin du repas, Luisa était plus décontractée et paraissait moins en colère. Après le départ des jeunes gens, elle n'adressa pas la parole à Tom mais du moins ne fit-elle aucune remarque venimeuse. Lorsqu'elle rentra dans sa chambre, elle ne claqua pas la porte derrière elle. Après avoir souhaité bonne nuit aux filles, Tom gagna son bureau, où il avait installé ses affaires. Daisy alla faire ses devoirs, mais elle murmura à Savannah qu'elle la rejoindrait plus tard, pour qu'elle n'ait pas peur. Une fois dans sa chambre, la jeune fille se laissa tomber sur son lit en poussant un gémissement. Ici, la vie n'était vraiment pas de tout repos… Et le lendemain, elle reprenait les cours.

Elle appela sa mère pour lui raconter qu'elle avait rencontré Travis et Scarlette, précisant combien elle les avait trouvés sympathiques. Elles bavardèrent un instant. Avant de raccrocher, Alexa confia à sa fille qu'elle était submergée de travail. Comme promis, Daisy se montra à 22 heures et se glissa aussitôt dans le lit de sa sœur. Il n'y avait plus aucun danger, puisque sa mère lui avait dit bonsoir.

De nouveau, elles discutèrent pendant quelques minutes, main dans la main. Cette fois, elles s'endormirent encore plus vite que la nuit précédente.

9

Le lendemain, Savannah était plutôt nerveuse. Quand elle quitta la maison avec son père pour se rendre au lycée Bishop, Daisy avait déjà pris le car de ramassage scolaire et Luisa était dans sa chambre. Comme à New York, Savannah avait rapidement avalé un bol de céréales et elle était prête à 8 heures.

Tandis qu'ils roulaient sur l'autoroute Mark Clark, la jeune fille prononça à peine quelques mots. Malgré les efforts de son père pour la rassurer, elle était visiblement inquiète. Lorsqu'ils eurent atteint Daniel Island et l'immense campus, sur Seven Farm Drive, il gara sa Jaguar dans le parking. Un instant plus tard, le proviseur lui souhaitait la bienvenue, non sans la féliciter pour les excellents résultats obtenus à New York. Son adjoint lui remit un emploi du temps qui paraissait raisonnable, puis il offrit de l'accompagner jusqu'à sa première salle de classe. Savannah embrassa rapidement son père avant de le quitter.

Bien plus spacieux que celui qu'elle fréquentait à New York, le lycée lui fit penser aux établissements scolaires qu'elle avait vus dans les films, avec des milliers de casiers alignés contre les murs des couloirs. Leurs livres sous le bras, les lycéens s'attroupaient pour rire et bavarder avant de se hâter vers leurs salles de cours. Quelques garçons jetèrent des regards intéressés à la silhouette élancée et aux longs cheveux blonds de Savannah. L'adolescente portait un jean, des baskets et une chemise écossaise, ainsi qu'un sweat-shirt aux couleurs de son équipe de volley-ball. Elle savait qu'il était trop tard pour faire partie de l'équipe locale, mais elle espérait pouvoir disputer des compétitions internes à l'établissement.

Sa journée commença par un cours de français. A New York, elle excellait dans cette matière et avait même pris des cours de perfectionnement. Quand Savannah se glissa à sa place, l'enseignante était en train de lire un paragraphe dans un livre. Apparemment agacée par l'interruption, elle lui adressa un signe de tête et poursuivit sa lecture. Les trente lycéens qui se trouvaient là semblaient pour la plupart s'ennuyer mortellement. Au bout de cinquante-deux minutes, la sonnerie retentit. Après que le professeur eut donné des devoirs, tout le monde se précipita vers la porte. Savannah suivit les autres dans le couloir. On lui avait donné un plan de l'établissement, mais elle avait du mal à s'y retrouver. Elle retournait la carte dans tous les sens, quand une fille l'aborda en souriant. Elle avait des cheveux roux réunis en queue de cheval et le visage parsemé de taches de rousseur.

— On dirait que tu es perdue. Je peux t'aider ?

Comme tous les autres, elle avait l'accent typique du Sud.

— Je crois que j'ai histoire, maintenant. Merci beaucoup, répondit Savannah en lui tendant son plan.

— C'est à l'étage supérieur, exactement au-dessus de nos têtes. Tu verras, M. Armstrong est un vrai casse-pied. Il donne plein de devoirs et il a mauvaise haleine.

Savannah lui sourit avec reconnaissance. Personne n'avait proposé de l'aider, même si plusieurs garçons l'observaient depuis leurs casiers. Elle les trouvait mignons. Depuis la fin de sa première, elle n'avait plus de petit ami et se contentait de sortir avec des copains. Si elle en avait eu un, son départ de New York aurait d'ailleurs été encore plus pénible.

— Je suis née ici, mais j'ai vécu à New York pendant dix ans.

— Bienvenue chez toi, alors, dit la jeune fille en lui souriant. Je vais t'accompagner, puisque je dois monter aussi, de toute façon. J'ai chimie… ma pire matière ! J'ai hâte d'en finir avec le lycée, parce que j'ai l'intention de prendre une année sabbatique.

Côte à côte, elles gravirent l'escalier en courant. La lycéenne portait un jean et un sweat-shirt, tout comme la plupart des garçons. Finalement, ce n'était pas très différent de New York, même si Savannah avait un peu l'impression d'être une extraterrestre. C'était comme si elle avait eu une pancarte autour du cou disant « Je suis nouvelle ».

— Pourquoi es-tu revenue ici ? lui demanda la jeune fille.

— Je vais habiter chez mon père jusqu'à la fin de l'année scolaire. Normalement, je vis avec ma mère, à New York.

Elle ne souhaitait pas révéler qu'elle était là parce que sa vie était peut-être menacée. Ce n'était pas le genre de confidence qu'elle pouvait faire à une inconnue.

— Si c'est parce que tu te disputes avec ta mère, j'en connais un rayon là-dessus, moi aussi. Moi et ma mère, on est comme chien et chat, mais je l'adore, Dieu la bénisse ! Je m'entends assez bien avec papa, mais maman est une garce.

Savannah ne put s'empêcher de rire.

— La tienne aussi ? demanda l'adolescente.

— Non. La mienne est plutôt cool. Elle est même fantastique. Nous avons juste pensé que ce serait une bonne idée si je passais un peu de temps avec mon père.

Ce n'était pas très convaincant, mais elle ne trouvait rien de mieux.

— Comment tu t'appelles, à propos ?

Cette New-Yorkaise intriguait la jeune fille rousse. Elle avait beau être en jean et sweat-shirt, elle avait de la classe et une expression intéressante.

— Savannah Beaumont. Et toi ?

— Julianne Pettigrew. Mon grand-père était général, ou quelque chose comme ça. Aucun intérêt, si tu vois ce que je veux dire. J'en ai marre, de toutes ces conneries. Ma grand-mère fait partie des Filles de la Confédération et elle n'arrête pas de prendre le thé à droite et à gauche.

Elle en avait marre, mais elle l'avait dit quand même. Du coup, Savannah songea à sa propre grand-mère.

Julianne laissa Savannah à la porte et lui promit de la retrouver à la cafétéria pour le déjeuner.

— Merci de m'avoir aidée et à bientôt, dit-elle à sa nouvelle amie avant d'entrer dans sa salle de cours.

Il y avait deux fois plus de lycéens en histoire qu'en français. Savannah s'assit au dernier rang, derrière un rempart de garçons qui se passaient des messages et ignoraient complètement le professeur. Conforme à la description de Julianne, ce dernier leur donna bien trop de devoirs.

Ensuite, elle avait encore deux cours : expression écrite et sciences sociales. Puis il y eut une pause et ce fut l'heure du déjeuner. Savannah trouva le chemin de la cafétéria, mais elle ne vit pas sa nouvelle amie. Deux garçons lui proposèrent de s'asseoir à leur table, mais elle déclina leur invitation. Elle choisissait un yaourt et une salade de fruits accompagnés d'un jus d'orange, quand Julianne la rejoignit.

Savannah fut heureuse de la revoir. Dans cette foule, retrouver quelqu'un tenait de l'exploit. La salle grouillait de centaines de jeunes gens assis autour de tables aux dimensions variées. Le vacarme était effroyable.

— Tu avais raison, lui dit-elle. Armstrong donne trop de travail.

— Je te l'avais dit. De mon côté, j'ai encore eu un D en chimie. Ma mère va me tuer. Elle n'est jamais allée à la fac, mais elle attache une énorme importance aux notes. Elle se contente de déjeuner avec ses copines et de jouer au bridge. Pas besoin de poursuivre des études universitaires pour ça.

Savannah hocha la tête, sans préciser que sa propre mère était magistrate. Elle craignait de paraître prétentieuse.

— Mon père est pédiatre, continuait Julianne.

Dès qu'elles eurent trouvé une table libre, une troupe de garçons et de filles se joignit à elles. Apparemment, Julianne était populaire et semblait connaître tout le monde. Au milieu du repas, elle avoua à Savannah qu'elle avait un petit ami, le capitaine de l'équipe de football américain en personne.

Autour de la table, les bavardages allaient bon train. On faisait des projets pour le week-end, on discutait du match de volley qui devait avoir lieu le vendredi suivant, on demandait des nouvelles des amis et on échangeait des ragots. Un peu étrangère à toute cette animation, Savannah se contentait d'écouter. A New York, elle était pleine d'assurance, mais dans ce contexte inconnu, dans un si grand lycée peuplé de tant de visages nouveaux, elle se sentait un peu dépassée par les événements.

Quand son père passa la prendre, à 15 heures, elle était légèrement étourdie. Julianne et deux autres filles lui avaient donné leur numéro de téléphone, ce qui était un bon début, mais elle était trop timide pour les appeler.

— Comment était-ce ? demanda Tom dès qu'elle monta dans la voiture.

Il trouvait qu'elle avait l'air fatiguée et mal à l'aise.

— Je suis un peu submergée, mais dans l'ensemble ça a été. J'ai rencontré des gens sympas. Le problème, c'est qu'ils sont nombreux. Tout est nouveau, ici... Les cours, les profs. Sur le fond, les matières sont les mêmes qu'à New York, sauf l'instruction civique, qui n'aborde l'histoire que du point de vue sudiste. La Confédération est bien vivante, à Charleston. En bref, ce n'était pas trop mal, pour un premier jour, conclut-elle avec impartialité.

— Tu as beaucoup de devoirs ? s'enquit Tom avec intérêt.

Savannah était touchée par la sollicitude qu'il lui manifestait.

— A peu près autant qu'à la maison. Au dernier trimestre, les jeux sont faits et on attend tous des nouvelles de nos inscriptions en fac, ici comme à New York.

Tom se mit à rire.

— Les administrateurs seraient ravis de t'entendre.

— Ils le savent. Nous n'avons même pas d'examen, à la fin de la terminale. On a seulement le contrôle continu.

Savannah savait qu'elle n'aurait aucune réponse des universités avant la fin du mois de mars, voire en avril, aussi ne s'inquiétait-elle pas à ce sujet.

Cinq minutes plus tard, son père la déposait devant la maison avant de repartir pour la banque. La jeune fille se rendit dans la cuisine, où elle ne trouva personne. Les deux domestiques qui s'y tenaient d'habitude avaient laissé un mot disant qu'elles étaient parties faire les courses. Daisy et Luisa n'étaient pas visibles non plus. Savannah monta dans sa chambre, une pomme dans une main et une canette de Coca dans l'autre. Elle parvenait sur le palier quand Daisy se précipita vers elle, un large sourire aux lèvres. Sachant sa mère absente, elle n'hésita pas à se jeter au cou de Savannah.

Sa petite sœur sur les talons, Savannah entra dans sa chambre. Elle posa ses livres et mordit dans sa pomme.

— Comment c'était, au lycée ? demanda Daisy.

Il était plus facile de se confier à elle qu'à leur père.

— Toutes ces têtes nouvelles... j'avais plutôt la trouille, admit-elle.

Daisy se jeta sur le lit.

— Les profs sont méchants ? demanda-t-elle avec sympathie.

— Non... Simplement, c'est différent.

Elle se rappela alors ce qu'elle avait eu l'intention de demander à Daisy, devenue sa conseillère en coutumes locales.

— Ici, les gens n'arrêtent pas de dire « Dieu la ou le bénisse ». Qu'est-ce que ça veut dire, exactement ?

Daisy éclata de rire.

— Ça veut dire qu'ils détestent la personne dont ils parlent. D'abord, tu dis quelque chose de vraiment méchant sur quelqu'un et ensuite tu ajoutes « Dieu le ou la bénisse » juste derrière. Maman et ma grand-mère font ça tout le temps.

Se rappelant que Julianne l'avait dit à propos de sa mère, Savannah rit à son tour.

— Quand tu dis en face à quelqu'un « Dieu vous bénisse », continuait Daisy, c'est encore pire. Ça veut dire que tu hais vraiment cette personne. Maman le fait aussi.

Maintenant qu'elle connaissait un peu Luisa, Savannah n'en doutait pas.

A cet instant, la porte d'entrée claqua. Aussitôt, Daisy se précipita dans sa chambre. En aucun cas sa mère ne devait les surprendre ensemble. Un instant plus tard, Savannah entendit Luisa entrer dans sa chambre. Elle se réjouit que Daisy ait réagi aussi rapidement. Luisa aurait fait une crise cardiaque si elle avait su qu'elles étaient devenues amies au point de dormir ensemble la nuit.

Peu après, Alexa appela sa fille pour lui demander comment s'était passée sa première journée au lycée. Savannah lui raconta qu'elle s'était fait une nouvelle amie. Lorsqu'elle lui eut dit son nom, il y eut un silence, à l'autre bout du fil.

— C'est étrange, dit finalement Alexa.

Savannah, qui la connaissait bien, devina qu'elle devait froncer les sourcils ou faire la moue.

— Qu'est-ce qui est étrange ? demanda-t-elle.

— Il doit y avoir des milliers d'élèves, dans ce lycée, et tu tombes sur la fille de celle qui a été ma meilleure amie pendant toutes les années que j'ai passées à Charleston. Elle a fait la même chose avec moi. Dès que je suis arrivée, elle a recherché ma compagnie, elle m'a aidée de toutes les façons possibles et elle m'a fourni tous les codes qui me manquaient. Nous étions comme deux sœurs.

La voix d'Alexa se réduisit à un murmure, mais Savannah comprit que l'histoire n'était pas terminée.

— Et alors ?

— Quand ton père a demandé le divorce, elle m'a juré une fidélité éternelle, assurant que nous resterions toujours amies. Mais après mon départ, je n'ai plus jamais eu de ses nouvelles. Elle a cessé de m'écrire et elle ne m'a jamais rappelée. Plus tard, j'ai appris que Luisa et elle étaient devenues les meilleures amies du monde. Typique du Sud... Prends garde à ce qu'on ne te brise pas le cœur, à toi aussi. Toutes ces promesses ne sont que du vent.

— Ne parle pas comme ça, maman. A New York aussi, on rencontre des hypocrites. Ici comme ailleurs, il y a des gens sincères et amicaux.

Elle pensa à Luisa, qui se montrait carrément hostile à son égard et semblait totalement dénuée de la légendaire hospitalité du Sud.

— Où que tu ailles, continua-t-elle, tu rencontreras des personnes authentiques et des fourbes. Ce n'est pas spécifique du Sud.

Elle avait raison, mais Alexa ne voulait pas le savoir.

— Pendant sept ans, j'avais cru m'être fait de vrais amis, pourtant aucun d'entre eux ne m'a contactée, après mon départ pour New York. Je n'ai rien gardé de mon passage à Charleston, en dehors de toi, ajouta Alexa en souriant tristement. Et tu me manques horriblement ! Tu n'es partie que depuis deux jours, et c'est à peine si je peux le supporter.

— C'est pareil pour moi. J'ai l'impression que je vais devoir rester là une éternité. Quand est-ce que tu viens ?

— Pas ce week-end, malheureusement, comme je te l'ai dit, mais le suivant. Je ne peux pas faire mieux. Cette affaire est d'une difficulté incroyable. Comment étaient tes cours ?

Savannah devina que sa mère était épuisée.

— Mortellement ennuyeux, mais ça ira, ne t'inquiète pas.

Sa mère était visiblement stressée. Savannah savait qu'elle redoutait de venir à Charleston, mais elle serait allée en enfer, pour sa fille. Savannah était folle de joie à l'idée de la voir.

Avant le dîner, Julianne l'appela sur son portable. Comme Savannah, elle avait découvert que leurs mères avaient été amies.

— Maman m'a dit de transmettre à la tienne toute son affection, que Dieu la bénisse.

Savannah réprima un fou rire. Elle aurait voulu dire qu'elle savait ce que cela signifiait : la mère de Julianne détestait la sienne. Mais Alexa aurait dit la même chose si cette expression avait fait partie de son vocabulaire. A New York, on était plus direct et elle avait traité la mère de Julianne d'hypocrite.

Les deux adolescentes discutèrent pendant quelques minutes, promettant de se revoir au lycée le lendemain. Après avoir raccroché, Savannah fit ses devoirs d'histoire. Elle venait de terminer quand il fut l'heure de dîner.

Sans Scarlette et Travis, les sujets de conversation étaient maigres. Ignorant ostensiblement son mari et Savannah, Luisa bavarda avec sa fille. Tom leur parla à toutes, Daisy uniquement à ses parents et Savannah ouvrit à peine la bouche... C'était plus sûr.

Dans la soirée, son père passa la voir dans sa chambre. Ses livres ouverts sur la table, elle travaillait sur son ordinateur et envoyait des mails à ses amis new-yorkais. Elle leur parlait de Charleston mais, sur les conseils de sa mère, elle n'avait révélé à personne les raisons de son départ. Elle se contenta donc de leur dire qu'ils lui manquaient et qu'elle serait de retour bientôt, après avoir rendu visite à son père. Elle ne précisait pas qu'elle avait changé de lycée. Elle se réjouissait d'ailleurs d'être parmi eux lors de la remise des diplômes. Au moins, elle pourrait leur faire ses adieux avant de partir pour l'université.

En ce qui la concernait, sa terminale à New York était terminée, mais ses amis l'ignoraient.

— Ça avance ? demanda Tom en entrant dans la pièce.

— J'ai presque fini.

Elle avait eu une idée, dans l'après-midi, et elle voulait lui en parler, mais elle ne souhaitait pas aborder la question pendant le repas en présence de Luisa, que Dieu la bénisse ! Cette pensée la fit sourire intérieurement.

— Je me demandais si je pourrais rendre visite à ma grand-mère.

— Tu en as envie ? s'étonna-t-il.

— Je trouve que ce serait sympa.

Tom acquiesça d'un signe de tête. Savannah était arrivée à Charleston si soudainement que cette pensée ne lui avait pas effleuré l'esprit. Il trouvait cependant l'idée charmante et touchante. Sa fille était vraiment quelqu'un de bien.

— Je vais lui en parler, mais elle est très fragile.

Savannah était pour sa mère et pour Luisa un sujet sensible et il craignait qu'une visite de la jeune fille ne provoque une nouvelle explosion.

— Elle est malade ? demanda Savannah.

— Non, juste âgée. Elle a quatre-vingt-sept ans, maintenant.

A la naissance de Tom, elle en avait quarante-deux, et son arrivée avait causé une grande surprise à ses parents. En vingt-deux ans de mariage, ils n'avaient pas réussi à concevoir un enfant et soudain, il était là. Encore maintenant, sa mère en parlait comme d'un prodige. Enfant, elle l'appelait « mon petit miracle », ce qu'il détestait.

— Si elle veut bien me recevoir, j'aimerais la connaître, dit Savannah.

Elle était très proche de sa grand-mère new-yorkaise mais, par loyauté envers Luisa, celle de Charleston avait été totalement absente de sa vie. Sous prétexte qu'Alexa n'était pas originaire du Sud, qu'elle était une « étrangère », elle avait refermé la porte derrière elles lorsqu'elles étaient parties et ne l'avait plus jamais ouverte. Alexa en avait gardé une certaine amertume et Savannah ne savait pas comment sa mère prendrait cette visite à la grand-mère Beaumont, mais c'était une démarche qu'elle souhaitait faire. La vieille dame faisait aussi partie de sa famille, mais si elle avait dit cela à sa mère, elle aurait eu le sentiment de la trahir.

Le lendemain, Tom profita d'un moment de liberté pour aller voir sa mère. Eugenie de Beauregard Beaumont vivait à dix minutes de chez lui. Située au milieu d'un vaste terrain quelque peu laissé à l'abandon, sa demeure de type colonial était entourée de chênes. Le quartier des esclaves, quoique déserté, se trouvait toujours au fond de la propriété. Deux servantes vivaient dans la maison avec elle et un homme venait dans l'après-midi pour les travaux pénibles. Etant tous les trois presque aussi âgés qu'elle, ils ne pouvaient entretenir correctement cette immense propriété. C'était là que Tom avait grandi, et son père avant lui.

Tom avait plusieurs fois tenté de convaincre sa mère de la vendre, mais elle s'y refusait. Cette maison avait fait son orgueil et sa joie pendant près de soixante-dix ans.

Lorsqu'il arriva, elle était assise sur la véranda et lisait, enveloppée dans un lourd châle de laine. Une tasse de thé à la menthe posée près d'elle, elle tenait son livre dans ses vieilles mains noueuses. Elle était frêle et se déplaçait en s'appuyant sur une canne, mais elle était en bonne santé. Comme toujours, ses cheveux blancs étaient réunis en chignon. Elle était la présidente générale des Filles de la Confédération. Ce titre était dû au fait que son père avait été lui-même un général illustre, comme un grand nombre de ses ancêtres. Elle se plaisait à répéter que sa famille avait été l'orgueil du Sud. Quand Tom avait épousé une Yankee, elle avait été atterrée. Pendant toute la durée de leur union, Alexa s'était montrée adorable envers elle, mais aux yeux d'Eugenie elle restait une fille du Nord, un pis-aller. Le retour de Luisa l'avait enchantée et elle avait fait tout son possible pour convaincre son fils de se remarier avec elle. La décision avait été prise quand Luisa s'était habilement arrangée pour tomber enceinte. Aujourd'hui, Tom savait qu'il ne s'agissait pas d'un accident, mais d'un plan mûrement réfléchi et réalisé à l'instigation de sa mère. Une réussite.

— Mère ? dit-il doucement en la rejoignant sur la véranda.

Son ouïe et sa vision étaient parfaites. Ses genoux pouvaient parfois la trahir, mais son esprit était plus acéré que jamais, tout comme sa langue. Il n'avait pas voulu la surprendre mais, lorsqu'elle leva les yeux, elle sourit à sa vue et posa son livre.

— Quelle bonne surprise ! Qu'est-ce que tu fais ici au beau milieu de la journée ? Pourquoi n'es-tu pas au travail ?

— J'avais quelques instants libres, alors j'ai pensé que je pourrais vous rendre une petite visite. Je ne vous ai pas vue depuis la semaine dernière.

Il s'efforçait de lui rendre visite deux ou trois fois par semaine, et Luisa au moins une fois. Tom lui était d'ailleurs reconnaissant de témoigner autant d'égards à sa mère. De temps à autre, elle amenait Daisy avec elle, mais la fillette s'ennuyait toujours. Il n'y avait aucune distraction pour elle dans cette maison.

— Qu'avez-vous fait de beau ? demanda-t-il en s'asseyant auprès d'elle. Vous avez eu des visites ?

La cuisinière lui proposa une tasse de thé, qu'il refusa.

— Hier, je suis allée chez le coiffeur, répondit sa mère tout en se balançant doucement dans son fauteuil à bascule. Le révérend Forbush est passé me voir dimanche. Il s'inquiétait que je ne sois pas venue à l'église. Je suis restée à la maison parce que mon genou me faisait souffrir.

— Comment allez-vous, maintenant ? s'inquiéta Tom.

Il redoutait toujours qu'elle ne tombât. A son âge, une fracture de la hanche aurait été une catastrophe. Elle insistait pour monter seule l'escalier, bien qu'elle fût un peu vacillante.

— Mieux. Mais le temps était humide, dimanche, avant qu'il ne pleuve.

Elle sourit à son fils unique. C'était un bon garçon et elle était fière de lui, tout comme son père, décédé trois ans auparavant, à l'âge de quatre-vingt-quatorze ans. Depuis, la mère de Tom menait une existence solitaire. Ç'avait été un vieil homme plein d'entrain, doté d'un solide sens de l'humour. Il n'avait jamais apprécié Luisa mais, contrairement à sa femme, il ne s'était jamais mêlé des affaires de Tom. Sa mère avait un avis sur tout, et elle exerçait une forte influence sur son fils. Il la vénérait, peut-être davantage que son père, plus distant et réservé.

— Luisa m'a dit que tu étais allé dans le Nord.

— C'est exact. J'ai fait du ski dans le Vermont.

— Elle ne m'en a pas parlé. Je pensais que tu étais à New York pour affaires.

— Pas cette fois.

Il décida alors de lui dire la vérité. Elle savait qu'il voyait Savannah deux ou trois fois par an, mais elle ne l'avait jamais questionné à ce sujet et il ne lui en parlait pas. Aux yeux de sa mère, ce chapitre de sa vie était clos.

— J'ai ramené Savannah avec moi...

Eugenie ne releva pas l'information.

— Comment va Daisy ?

En détournant ainsi la conversation, elle lui faisait savoir qu'elle ne souhaitait pas qu'il s'engage sur ce terrain.

— Elle va bien. Elle s'amuse beaucoup, à l'école.

Dans un accès de bravoure inhabituel, Tom décida d'affronter sa mère au lieu de tourner autour du pot.

— Mère, Savannah est ici.

L'espace d'un instant, elle ne dit rien, puis elle le fixa droit dans les yeux. Il soutint son regard.

— Qu'est-ce que tu entends par « ici » ? A Charleston ?

Comme il hochait la tête, elle eut une moue désapprobatrice.

146

— Quel affront pour Luisa ! Comment as-tu pu lui faire ça ?

— Je n'avais pas le choix. La mère de Savannah est procureur. Elle poursuit un criminel qui a menacé Savannah. Alexa, qui craignait pour sa vie, a souhaité l'éloigner. Nous n'avions nulle part ailleurs où l'envoyer.

Il y eut un long silence, durant lequel sa mère digéra la nouvelle.

— Pourquoi s'occupe-t-elle d'affaires comme celle-ci ? Ce n'est pas un travail pour une femme.

Elle savait que la mère d'Alexa était magistrate, elle aussi. D'abord avocate, elle s'était occupée de divorces avant de devenir juge au tribunal des affaires familiales. Elle ne poursuivait pas des meurtriers et ne mettait pas sa famille en danger.

— Après notre séparation, elle a fait des études de droit et elle travaille au bureau du procureur. C'est un emploi très respectable.

— Pas pour une femme, affirma sèchement Eugenie.

Elle serra les lèvres et Tom ne put s'empêcher de penser qu'elle ressemblait à un casse-noix. Elle avait été ravissante, dans sa jeunesse, mais sa beauté avait disparu depuis longtemps. Aujourd'hui, elle était trop maigre et, avec ses paupières lourdes et son nez recourbé, elle avait le profil d'un faucon. Ses lèvres ne formaient plus qu'une ligne étroite, ce qui signifiait qu'elle était mécontente. Comme elle demeurait silencieuse, Tom se demanda s'il devait s'en aller. Si elle ne souhaitait pas voir Savannah, il n'insisterait pas. Sa mère ne faisait que ce qu'elle voulait. Il en avait toujours été ainsi.

— Combien de temps reste-t-elle ? demanda-t-elle finalement, en le scrutant attentivement.

— Jusqu'en mai ou en juin, c'est-à-dire quand le procès sera terminé.

— Luisa doit être dans tous ses états.

Sa belle-fille ne lui en avait pas encore parlé, mais elles ne s'étaient pas vues depuis plusieurs jours.

— C'est un euphémisme. Elle m'en veut à mort. Mais Savannah est une gamine adorable... C'est ma fille. Je ne peux pas la traiter comme si je ne lui devais rien. Ce serait injuste. Je n'aurais jamais dû céder à Luisa quand elle m'a contraint à la bannir de Charleston et à ne la voir qu'à New York. Elle fait partie de ma vie, ou du moins elle aurait dû en faire partie, or ce n'est pas le cas depuis plus de dix ans.

— Je trouve que c'est très contrariant pour Luisa.

Pas plus que Luisa Eugenie n'avait voulu qu'il conserve des liens avec Alexa. Elle savait combien Tom l'avait aimée et elle ne voulait pas qu'il revienne en arrière. Luisa était son épouse. Après sa « petite erreur », comme disait Eugenie, elle était revenue. La vieille dame souhaitait que rien ne change. Luisa était une pure fille du Sud, née à Charleston. Alexa était une étrangère, issue d'un monde totalement différent. Sa place n'était pas ici et ce n'était pas non plus celle de sa fille. Mais bien qu'Eugenie se refusât à l'admettre, elle était aussi la fille de Tom.

— Luisa devra s'y faire jusqu'à la fin du procès, dit fermement Tom. Elle le doit bien à Alexa, qui s'est occupée de ses fils pendant sept ans, quand elle était au Texas. Trois mois ne la tueront pas.

En revanche, Luisa était tout à fait capable de le tuer, lui. En tout cas, elle en avait l'air.

— A quoi ressemble-t-elle ? demanda Eugenie. Quel âge a-t-elle, maintenant ?

Il lui semblait qu'une centaine d'années s'était écoulée depuis le divorce de son fils.

— Elle a dix-sept ans, elle est belle, adorable, polie, douce, gentille et intelligente. Elle ressemble à sa mère.

De nouveau, les lèvres d'Eugenie ne formèrent plus qu'une ligne étroite. Il décida d'abandonner la partie.

— Vous n'êtes pas obligée de la voir, mère. Je n'aurais pas dû vous le demander, connaissant vos sentiments. Mais Savannah me l'a suggéré hier et j'ai pensé que je devais vous en parler. Je lui dirai que vous ne recevez aucun visiteur.

Comme sa mère ne répondait pas, il se leva et lui caressa doucement les cheveux. Tom était un fils aimant, il s'était toujours montré loyal, respectueux et soumis. Lorsqu'il se pencha pour l'embrasser, elle posa sur lui son regard inflexible.

— Amène-la dimanche, pour le thé, dit-elle.

Sur ce, elle prit son livre et se remit à lire. Sans un mot, Tom quitta tranquillement la véranda. Un instant plus tard, il s'éloignait au volant de sa voiture. Savannah allait réaliser son souhait et Luisa ferait une nouvelle attaque. La présence de sa fille lui rendait quelque chose qu'il avait perdu depuis longtemps : le courage.

10

Le lendemain, en arrivant au bureau, Alexa trouva un message du procureur qui lui demandait de venir le voir sur-le-champ. Apparemment, c'était urgent. Un instant plus tard, la secrétaire de Joe McCarthy la faisait entrer. Joe était assis, Jack en face de lui. A leur expression soucieuse, la jeune femme devina qu'il s'était passé quelque chose.

— On a un problème ? demanda-t-elle en s'asseyant à son tour.

Joe alla droit au but.

— Le FBI veut reprendre l'affaire, grommela-t-il.

— Quelle affaire ? Luke Quentin ?

En réalité, elle n'était pas vraiment surprise. Depuis qu'on avait découvert des victimes dans d'autres Etats, la police fédérale progressait dans ce sens. Dès que les frontières des Etats étaient franchies, le FBI entrait toujours dans la danse. Tout le monde le savait.

Joe répéta ce qu'il venait de dire à Jack.

— C'est tout simple : ils veulent tirer les marrons du feu et s'attribuer tout le mérite de l'enquête et de la condamnation.

— C'est impossible. S'ils le souhaitent, ils peuvent nous aider dans l'enquête. Ils l'ont déjà fait, d'ailleurs. Mais il y a d'autres policiers impliqués, sans compter le détachement spécial. Je dois admettre qu'ils ont rejoint les troupes, récemment, mais les quatre premiers corps ont été trouvés à New York et c'est nous qui avons engagé les poursuites. L'affaire est à nous.

Elle ne cherchait pas la gloire ou les honneurs de la presse, mais ils avaient travaillé dur sur ce dossier, en particulier Jack. Elle n'avait pas non plus ménagé sa peine et elle ne voulait pas abandonner maintenant. En outre, elle était bien décidée à expédier Quentin sous les verrous.

— S'ils s'en emparent, continua-t-elle, ce sera la curée. Tous les Etats se le disputeront. Nous avions besoin de joindre leurs charges aux nôtres et c'est ce que nous avons fait. Aujourd'hui, le dossier est quasiment bouclé. Nous poursuivons Quentin pour chacun des crimes qu'il a commis. Je ne vois pas pourquoi le FBI ne s'en contenterait pas. Nous ne leur cachons rien et leur aide est la bienvenue. En revanche, cela va coûter très cher aux contribuables si nous le traînons dans huit Etats. Ce n'est sûrement pas ce que souhaite le FBI. En bref, il est à nous.

Joe lui sourit.

— J'aime qu'une femme sache ce qu'elle veut, dit-il, l'air plus détendu. Ce procès ne vous fait pas peur, Alexa ? Vous avez déjà un policier devant la porte de votre appartement et on m'a dit que vous aviez dû éloigner votre fille. Vous ne préféreriez pas abandonner ?

— Certainement pas, affirma-t-elle calmement. Je veux terminer ce que j'ai commencé. Luke Quentin est un psychopathe, un assassin sans pitié et je veux le faire condamner. Je n'ai pas peur de lui. Ma fille est bien là où elle est. Elle me manque, mais de toute façon j'ai bien trop de travail pour me consacrer à elle. Ne nous laissons pas faire ! Le FBI veut reprendre l'enquête pour s'en attribuer toute la gloire, pas nous. En revanche, nous travaillons comme des brutes. Laissons-les nous aider, s'ils le veulent, mais c'est nous qui mènerons ce procès à bien. Légalement, nous en avons le droit, puisque nous avons trouvé les quatre premiers corps.

Elle avait raison, mais les patrons du FBI avaient le bras long et le procès pouvait fort bien leur échapper quand même.

— Je vais voir ce que je peux faire. Où en est l'enquête ?

Depuis quelques jours, Joe avait été bien trop occupé à discuter avec le directeur du FBI pour poser la question.

— Les analyses d'ADN sont concluantes sur presque toutes les victimes. Il nous en manque deux et nous attendons les résultats de l'Illinois.

— Et il ne veut toujours pas plaider coupable ? s'étonna Joe.

— Non, répondit Alexa.

— Que dit son avocate ?

— Qu'il est innocent et que quelqu'un l'a piégé, expliqua-t-elle avec un sourire quelque peu méprisant.

— Avec dix-sept victimes et des résultats probants ? Qu'est-ce qu'elle fume ?

— La moquette, sans doute. Il est très séduisant et je crois qu'elle est tombée sous son charme. Elle est jeune et il sait s'y prendre. C'est un psychopathe parfait.

— Il a été vu par un psychiatre ?

— Par deux. Les conclusions sont les mêmes : psychopathe sur toute la ligne.

— Elle le sait ?

— Nous lui avons transmis tout ce que nous avions.

— Ça va être affreux. Le jury sera sans pitié et le juge le condamnera à mille ans de prison.

— Je le pense aussi, soupira Alexa.

Malgré sa fatigue, elle faisait du bon travail, comme toujours, et les deux hommes le savaient. Elle était incroyablement minutieuse et le procureur ne voulait pas lui retirer le dossier. Il comptait bien batailler ferme pour le conserver. Elle l'avait convaincu. Elle était la personne qu'il fallait pour mener à bien cette affaire. Aucun procureur fédéral n'aurait mieux fait qu'elle.

— Quentin tient à son procès, remarqua-t-elle très justement. Je crois qu'il apprécie la couverture médiatique.

— Et moi, je déteste ça ! s'exclama le procureur.

Mais on ne pouvait plus stopper la machine. Aujourd'hui, Luke Quentin faisait la une des journaux... et Alexa aussi. Elle s'était pourtant montrée extrêmement discrète, car elle ne voulait pas gâcher ses chances de l'emporter en tenant des propos imprudents devant les journalistes. Le procureur appréciait qu'elle ne se livre pas à ce genre de bavardage.

Il rassura ses deux collaborateurs, leur promettant de se battre pour conserver le dossier. Le cas échéant, il ferait jouer ses relations. En quittant son bureau, Alexa et Jack n'en étaient pas moins inquiets.

— Bon sang, j'espère que nous n'allons pas être obligés de lâcher l'affaire ! s'exclama Alexa.

Ils s'étaient arrêtés devant la machine à café. La jeune femme ne survivait que grâce à la caféine et aux barres de céréales, puisqu'elle restait à son bureau jusqu'à minuit chaque soir.

— Espérons qu'il usera de son influence, dit Jack. Je dois avouer que Quentin ne nous laisse pas une seconde de répit.

Il était tellement occupé lui-même que c'était à peine s'il la voyait, ces derniers temps. La veille, il était rentré de Pittsburgh. Il s'y était rendu pour faire avancer l'enquête et échanger des informations avec ses collègues.

— C'est notre boulot, répondit Alexa avec un sourire.

En s'asseyant derrière son bureau, il lui sembla qu'elle habitait dans cette pièce où elle passait le plus clair de son temps.

L'air fatigué, Jack sirotait son café.

— Vous n'en avez pas assez, parfois ?

— Cela m'arrive, mais pas cette fois. Ce sont les voleurs à l'étalage et autres balivernes qui m'épuisent. Au moins, dans une affaire comme celle-ci, j'ai l'impression d'être utile. Je protège la société et les jeunes femmes. C'est certainement plus gratifiant que de mettre sur la sellette des voleurs de sous-vêtements.

Elle avait traité des cas plus importants, bien sûr, mais la plupart ne l'était pas.

— Comment va Savannah, à propos ?

— Très bien. Elle est avec son père, à Charleston. Elle n'est pas très contente, mais elle fait bonne figure. Elle me manque.

Jack savait combien Alexa devait se sentir seule, sans sa fille.

— Si le FBI prenait le relais, vous pourriez la faire revenir, remarqua-t-il.

— Je ne veux pas qu'elle rentre à la maison avant la fin du procès, quelle que soit la personne qui s'en chargera. Il pourrait encore la harceler pour l'action que j'ai menée jusqu'à maintenant, je suis même certaine qu'il le ferait. Je crois qu'il abandonnera une fois qu'il aura été condamné et se retrouvera en prison. Tout sera réglé, alors, et il le sait parfaitement. Pour l'instant, il se prend pour le maître du monde.

Jack acquiesça. Quentin adorait visiblement être sous les feux des projecteurs. Lors de leurs dernières rencontres, Jack avait constaté qu'il était de plus en plus arrogant, comme ivre d'excitation. L'innocence aveugle et l'admiration de son avocate ne faisaient que l'exalter davantage. Il était persuadé d'avoir dupé le monde entier, mais il se trompait. Apparemment, il souffrait de mégalomanie et croyait que rien ne pouvait l'atteindre. Les jurés se chargeraient de le détromper.

— Je crois que vous avez raison de la tenir éloignée, dit honnêtement Jack.

— Je l'espère. A dire vrai, je crains un peu qu'elle ne tombe amoureuse du Sud comme moi autrefois. C'est une région très attrayante, surtout une ville aussi jolie que Charleston. Les gens sont amicaux et charmants. Tout est magnifique. C'est un monde différent, une vie différente. Ceux qui disent que le Sud est enchanteur ne mentent pas. Je l'ai aimé quand j'y vivais. Mais dès que la situation s'est retournée contre moi, toute cette gentillesse et cette amabi-

lité se sont révélées n'être que des foutaises. Ils se serrent les coudes entre eux. Ils préfèrent avoir parmi eux un mauvais Confédéré plutôt qu'un bon Yankee. J'ai été dupée par tous ceux que je croyais être mes amis.

Et elle en éprouvait toujours la même amertume...

— Ils ne peuvent pas être tous comme ça, avança Jack.

— Peut-être, mais c'est l'impression que j'en garde. Savannah n'en est encore qu'à la lune de miel. Elle découvre toute la beauté du Sud... Les désagréments viennent plus tard.

Jack se mit à rire.

— Vous en parlez comme d'un mariage. Remarquez, je ne suis pas sûr que ce soit très différent.

— Le Sud est particulier. On se croirait transporté dans un autre siècle et j'ai adoré y vivre. Je ne veux pas que Savannah y reste, ou même qu'elle en ait envie. J'espère la faire revenir avant qu'elle soit accrochée. Heureusement, sa méchante belle-mère se charge de la dégoûter. Son père a épousé une vraie garce.

— Apparemment, il n'a que ce qu'il mérite.

Alexa hocha la tête, puis elle se replongea dans les dossiers volumineux qui concernaient tous Luke Quentin. Ils travaillèrent jusqu'à 15 heures, ils mangèrent ensuite un sandwich, après quoi Jack regagna son propre bureau. Une fois de plus, Alexa resta dans le sien jusqu'à minuit.

Sachant qu'elle en serait contrariée, Savannah ne dit pas à sa mère qu'elle allait rencontrer sa grand-mère paternelle. Alexa avait suffisamment de soucis pour ne pas en rajouter. Considérant que cela ne la regardait pas, Tom n'en parla pas non plus à Luisa.

Le dimanche après-midi, il la conduisit donc chez sa mère. A sa grande surprise, cette dernière se tenait dans le salon et non sur la véranda. Le plateau du thé était posé sur la table. En entrant dans la pièce, Savannah fut surprise par sa vétusté. Elle ne se souvenait que très vaguement des lieux. A une certaine époque, la maison avait été splendide, mais elle était désormais en proie à la décrépitude.

La mère de Tom les attendait, assise dans un grand fauteuil. Pas une mèche ne dépassait de son chignon et elle les observait de son regard acéré. Devinant immédiatement que Tom était très protecteur envers sa fille et qu'il lui était attaché, elle le déplora. A ses yeux, Savannah ne le méritait pas. Eugenie avait tenté d'effacer Alexa et Savannah de la vie de son fils et elle considérait qu'en aimant sa fille, il trahissait Luisa. Pourtant, elle n'avait pas non plus parlé de cette entrevue à sa belle-fille. En agissant ainsi, ils étaient complices et d'une certaine façon coupables, ce qui lui déplaisait fortement.

— Bonjour, grand-mère, dit poliment Savannah.

Elle lui tendit la main, mais la vieille dame ne la prit pas.

— Je souffre d'arthrite, expliqua-t-elle.

C'était vrai, mais cela ne l'empêchait pas de serrer la main du prêtre lorsqu'il passait la voir. Et elle aurait préféré que Savannah l'appelât « madame Beaumont ».

— Si j'ai bien compris, tu vas rester ici jusqu'en juin, dit-elle à l'adolescente.

A cet instant, la servante entra, la théière à la main. Savannah prit place sur une chaise étroite, près de sa grand-mère. Tout, dans la pièce, lui semblait fragile et poussiéreux. Elle espérait ne pas éternuer.

— C'est possible, confirma-t-elle, mais je partirai au mois de mai si le procès instruit par ma mère se termine plus rapidement. Mais c'est une grosse affaire et cela pourrait durer plus longtemps.

— Ta mère n'était pas magistrate, quand je l'ai connue, remarqua la vieille dame avec désapprobation.

Savannah hocha la tête. Il était difficile de ne pas se laisser intimider par cette vieille femme aux traits aiguisés par le temps. Elle était âgée, mais selon toute apparence coriace.

— Elle a commencé ses études de droit après le...

156

Elle allait dire « le divorce », mais elle modifia instinctivement la formulation :

— ... après notre départ pour New York. Mon autre grand-mère est magistrate, elle aussi.

— Je le sais. Je l'ai rencontrée. Une femme très sympathique, je dois l'admettre.

Elle voulait bien faire cette petite concession mais, par loyauté envers Luisa, elle ne ferait aucun compliment sur Alexa.

— Merci, dit poliment Savannah, sa tasse de thé à la main.

Vêtue d'une jupe grise et d'un pull blanc, elle faisait soignée, nette et posée. Tom était fier qu'elle ait eu le courage de faire cette démarche... Sa mère n'était pas d'un abord facile.

— Tu souhaites suivre leur exemple ? gronda cette dernière.

Tom devina qu'elle cherchait à prendre la jeune fille en défaut, mais jusque-là, elle n'avait rien trouvé. Savannah était visiblement une fille du Nord, elle manquait de la douceur du Sud, mais elle était polie et bien élevée. Il savait que cela plaisait à Eugenie.

— Non. Je pense être journaliste, mais je n'en suis pas encore sûre. Je viens seulement d'envoyer mes formulaires d'inscription aux universités, et j'aurai deux ans pour choisir ma spécialité.

Sa grand-mère lui demanda quelles universités elle briguait et fut impressionnée par la liste. C'étaient tous des établissements prestigieux, y compris Duke.

— Tu dois être une excellente élève, admit-elle. De mon temps, les jeunes filles ne faisaient pas d'études supérieures. Elles se mariaient et elles avaient des enfants, mais c'est différent, maintenant. L'un de mes petits-fils a fréquenté l'Université de Virginie, comme son père. L'autre s'est inscrit à Duke, précisa-t-elle comme si Savannah l'ignorait.

— L'Université de Virginie est très réputée, dit Savannah.

Mais sa mère lui avait conseillé de ne pas y envoyer sa candidature. Dans la mesure où elle n'était pas originaire du Sud, on la traiterait toujours comme une paria, lui avait-elle dit. Savannah connaissait les préjugés de sa mère envers le Sud, mais elle avait décidé de suivre son conseil. Souriant gentiment à sa grand-mère, elle lui prit sa tasse vide des mains, la posa, puis elle lui tendit l'assiette de biscuits. Eugenie en grignota un, tout en observant sa petite-fille.

— Tu ressembles à ta mère comme deux gouttes d'eau.

Il aurait été difficile de dire s'il s'agissait d'un compliment ou d'une insulte. Un regret, peut-être. Elle ne voulait pas qu'on lui rappelât Alexa, ou combien elle l'avait appréciée, au début. Mais quand Luisa était revenue, sa loyauté s'était immédiatement reportée sur sa première belle-fille. Savannah jugea plus sage de ne pas répondre.

— Est-ce que tu connais les Filles de la Confédération ? demanda Eugenie.

Savannah hocha la tête. Elle trouvait cela un peu ridicule, mais elle s'abstint évidemment de le préciser.

— J'en suis la présidente générale. Les membres m'ont donné ce titre parce que mon grand-père était un général de l'armée confédérée.

Elle irradiait d'un tel orgueil que Savannah ne put s'empêcher de lui sourire. En dépit de sa dureté, elle percevait chez sa grand-mère une fragilité et une vulnérabilité qui la touchaient. Elle n'était qu'une vieille dame dont la vie était loin derrière elle. Elle vivait toute seule dans une vieille maison poussiéreuse, fière d'une armée qui avait été vaincue cent cinquante ans auparavant, comme ces soldats japonais cachés dans des caves, qui ignoraient que la guerre était finie depuis des années.

Eugenie adressa un petit signe de la tête à son fils. Il comprit le signal. Elle était fatiguée et il était temps pour eux de se retirer. Il se leva et dit à Savannah qu'ils devaient partir.

— Merci de m'avoir autorisée à vous rendre visite, grand-mère, dit poliment la jeune fille en se levant à son tour.

— Tu es inscrite au lycée ? lui demanda Eugenie.

Finalement, cette adolescente brillante suscitait sa curiosité. A y regarder de plus près, elle ressemblait aussi à son père, pas seulement à Alexa. Elle avait aussi des gènes du Sud en elle, après tout.

— Oui. J'ai repris les cours cette semaine.

— Tu t'y plais ?

— Jusqu'à maintenant, oui. Tout le monde a été très gentil et Charleston est une très belle ville. Papa me l'a fait visiter la veille de ma rentrée au lycée.

— Je te souhaite un bon séjour parmi nous.

Eugenie lui signifiait poliment qu'elle ne voulait pas la revoir. Savannah lui sourit avec chaleur.

— Merci.

Pendant le trajet du retour, la jeune fille resta silencieuse, pensant à sa grand-mère. Au lieu du dragon qu'elle redoutait, elle avait rencontré une femme âgée et fragile. L'entretien avait été beaucoup plus facile qu'elle ne s'y attendait.

Lorsqu'ils rentrèrent, Luisa les attendait de pied ferme. Comme d'habitude, elle ignora Savannah et s'adressa directement à son mari.

— Si j'ai bien compris, tu es allée voir ta mère avec elle.

Pour désigner l'adolescente, elle n'utilisait que le pronom « elle », jamais son prénom.

— C'est exact. J'ai pensé que Savannah aimerait faire sa connaissance. Elle est sa grand-mère, après tout. Elle t'a appelée pour te le dire ?

Il en était surpris, mais sa mère avait peut-être ressenti le besoin de se confesser à Luisa.

— Quelqu'un vous a vus, quand vous vous êtes engagés dans l'allée. Pourquoi ne me l'as-tu pas dit ?

Luisa avait des espions partout et elle était au courant des moindres faits et gestes de son mari.

— Je ne voulais pas te contrarier, répondit-il franchement tandis que Savannah se glissait discrètement hors de la pièce.

— C'est un véritable affront, pour moi, et tu le sais parfaitement.

— Savannah a le droit de la voir.

— Elle n'a aucun droit, ici. C'est ma maison et ce sont nos enfants. Elle n'a pas sa place parmi nous, et elle ne l'aura jamais. C'est déjà suffisamment blessant que tu l'aies installée ici, tu n'as pas à m'humilier davantage en l'emmenant chez ta mère pour le thé.

— Je suis navré que tu voies les choses de cette façon. Savannah n'est pas une ennemie, Luisa, mais seulement une enfant. Mon enfant. Sa présence ici n'est pas destinée à te blesser ou à affaiblir ta position.

Luisa quitta à son tour la pièce sans répondre.

Il n'y eut pas d'autre discussion à ce propos, jusqu'à ce qu'il rendît visite à sa mère, deux jours plus tard. Il avait décidé de ne pas lui parler de Savannah, sauf si elle le faisait elle-même. A la fin de sa visite, ce fut sa mère qui aborda la question. Il fut très surpris d'apprendre que Luisa avait appelé sa belle-mère pour lui exprimer sa contrariété.

— Elle m'a dit qu'elle préférerait que je ne la voie plus, dit calmement Eugenie. Après mûre réflexion, j'ai pourtant décidé de revoir Savannah, qui m'a fait très bonne impression. J'ai trouvé sa démarche à mon égard très délicate.

Ebahi par la décision de sa mère, Tom resta sans voix. Il était clair que Savannah lui plaisait.

— J'ai dit à Luisa de ne pas se mêler de mes affaires, poursuivit la vieille dame. Il n'y a aucune raison pour que je ne revoie pas ta fille si j'en ai envie. Personne n'a le droit de me dicter ma conduite.

160

C'était la première fois depuis des années qu'elle ne prenait pas le parti de Luisa. Tom lui sourit avec chaleur.

— Je suis d'accord avec vous, mère, et je vous fais confiance. Vous saurez remettre à sa place quiconque tentera de le faire. Je suis content que Savannah vous plaise.

— Elle est intelligente, polie, et elle te ressemble beaucoup.

Il ne discuta pas avec elle, mais en vérité, la jeune fille était le portrait craché de sa mère. Elle était bien plus courageuse que lui. Des années auparavant, il avait vendu son âme au diable en permettant à sa mère et à Luisa de l'influencer. Cédant à leur pression, il avait trahi celle qu'il aimait et abandonné sa propre enfant. Il n'y avait pas de quoi pavoiser.

Comme souvent, sa mère devina ses pensées. Elle lisait en lui mieux que personne et utilisait parfois ce don contre lui, mais pas cette fois.

— Tu as fait ce qu'il fallait, affirma-t-elle.

— C'est faux.

— En tout cas, c'est ce qu'il semblait à l'époque.

Il se demanda si elle le regrettait, elle aussi, mais il ne posa pas la question.

— Elles ont toutes les deux souffert de ma stupidité et de ma faiblesse, dit-il avec lucidité. Il n'y a rien de juste ou de bon là-dedans.

Luisa avait remporté la partie, mais elle ne le méritait pas. Tous les autres étaient les perdants, y compris lui, mais il était le seul responsable.

— Cela te fera peut-être du bien d'avoir ta fille auprès de toi... à condition que Luisa ne fasse pas de ta vie un enfer, dit sa mère avec un petit sourire malicieux. La présence de cette enfant la contrarie énormément.

Tom ne put s'empêcher de rire.

— C'est le moins qu'on puisse dire ! Et elle ne facilite pas non plus la vie de Savannah.

— D'après ce que j'ai pu constater, elle est de taille à se défendre. Comment est-elle, avec Daisy ?

161

Décidément, cette petite excitait sa curiosité. Depuis qu'elle l'avait vue, elle était avide d'informations.

— Très gentille. Daisy l'adore.

— Amène-la-moi encore. Il n'y a pas que deux femmes magistrates de New York, dans sa vie. Elle doit en apprendre davantage sur son histoire et notre famille.

En voulant transmettre à Savannah cet héritage culturel, Eugenie la reconnaissait comme sa petite-fille. Tom s'en étonnait encore en rentrant chez lui. Ce soir-là, lorsqu'il transmit à la jeune fille l'invitation de sa grand-mère, elle parut s'en réjouir.

— Elle me plaît bien, affirma-t-elle. Elle pourra peut-être me parler des Filles de la Confédération et des généraux de la famille.

— C'est exactement ce qu'elle souhaite faire, dit Tom en embrassant sa fille avant de quitter la pièce.

Ce soir-là, il retourna dans sa chambre, avec Luisa. Elle était toujours furieuse contre son mari, mais tout comme elle, il était chez lui. Il n'avait pas l'intention de dormir toujours sur le canapé de son bureau sous prétexte que sa fille lui rendait visite. Le même soir, il emmena Daisy et Savannah au cinéma et invita Luisa. Elle refusa de les accompagner, mais il le lui avait proposé. Les filles et lui passèrent une excellente soirée.

Lorsqu'il se coucha, après leur retour, Luisa lui tourna ostensiblement le dos ; cependant elle ne s'était pas installée dans l'une des chambres d'amis comme elle aurait pu le faire. Elle refusait de lui adresser la parole, mais il avait reconquis son territoire et il se sentait de nouveau un homme, pour la première fois en dix ans. Luisa ne le mènerait plus à la baguette. Réprimant l'envie de pousser un cri de victoire, il se contenta de lui tourner le dos à son tour et s'endormit.

11

La semaine suivante se révéla aussi démentielle que la précédente pour Alexa. Grâce aux efforts de Joe McCarthy, le FBI avait renoncé à s'emparer du dossier, mais à la moindre anicroche il reviendrait à la charge. Jusque-là, ce n'était pas le cas, mais Alexa restait constamment sur ses gardes. On venait d'établir un lien entre Quentin et un autre meurtre qui aurait eu lieu cette fois dans un Etat où il n'était pas censé avoir séjourné. Finalement, la police scientifique put déterminer qu'il n'y était pour rien. Alexa tenait à s'assurer qu'on n'allait pas lui mettre sur le dos tout et n'importe quoi. Elle devait être certaine qu'il avait bien commis les crimes dont on l'accusait et que toutes les analyses concordaient, de façon que l'avocate ne plaide pas le doute raisonnable. Pour gagner ce procès, il fallait que chaque accusation soit fondée. Si les polices des autres Etats ne lui fournissaient pas des preuves solides, elle n'ajouterait pas leurs charges aux siennes. Jusqu'à présent, c'était justement ce perfectionnisme qui avait convaincu le directeur du FBI de lui laisser le dossier. Il ne pensait pas que quelqu'un d'autre aurait fait du meilleur travail et Joe était bien d'accord avec lui. Tous ces éléments augmentaient encore la pression à laquelle était soumise Alexa. N'ayant pas droit à l'erreur, elle se sentait et était effectivement épuisée. Le procès devait avoir lieu dix semaines plus tard. Pendant ce temps, Quentin continuait de parader pour une presse avide d'informations. Alexa se refusait au moindre commentaire, ce que le FBI appréciait aussi. Elle saisissait la moindre occasion de remercier le Bureau fédéral d'investigation pour son aide et, chaque fois que l'enquête avançait grâce à lui, elle lui en attribuait le mérite. Elle lui était d'ailleurs reconnaissante d'avoir mis en place les moyens énormes qui lui permettaient d'instruire son dossier.

On avait trouvé une nouvelle victime en Pennsylvanie. Malgré les réticences de la famille, le corps avait été exhumé. Jack avait fait lui-même le déplacement pour convaincre les parents de coopérer. Malgré leur douleur et leurs larmes, ils avaient fini par accepter. Les analyses avaient établi le lien avec Quentin, ce qui portait le nombre des victimes à dix-huit. Alexa avait la conviction qu'ils les avaient toutes trouvées. Elle ne savait d'où lui venait cette certitude, mais ils avaient passé au peigne fin tous les Etats où Quentin était passé après sa sortie de prison. Ils avaient confronté son ADN à chaque cas de disparition, de viol et de meurtre. Rien n'avait été laissé au hasard. La jeune étudiante en médecine de vingt-deux ans était la dernière. Dix-huit belles jeunes femmes étaient mortes par sa faute. C'était inconcevable, surtout pour les parents, mais cela arrivait quotidiennement. Chaque jour, Alexa se réjouissait d'avoir éloigné Savannah. Depuis son départ, il n'y avait plus eu de lettres anonymes. Alexa avait décidé qu'elles profiteraient des vacances d'été pour se rendre en Europe. Ensuite, Savannah partirait pour l'université et l'expéditeur aurait du mal à la retrouver. Quentin lui avait volé ses derniers mois avec sa fille, mais elle était en sécurité et il avait fait bien pire aux autres en leur dérobant la vie. Lorsqu'elle avait parlé aux parents des victimes, Alexa en avait eu le cœur brisé.

Pendant ce temps, l'avocate continuait d'affirmer qu'ils faisaient fausse route, en dépit des preuves, des victimes, des analyses d'ADN et de maintenant trois rapports de psychiatres qui concluaient tous que Quentin était un

psychopathe. Alexa avait presque pitié de cette pauvre fille, tombée sous le charme d'un assassin. Elle aurait sans doute été une nouvelle victime s'ils s'étaient rencontrés à l'extérieur. Quentin était un malade et, chaque fois qu'Alexa le rencontrait, il la déshabillait des yeux, comme s'il la défiait de l'en empêcher. C'était un homme terrifiant, aussi lisse que la soie. Jamais Alexa n'avait autant souhaité remporter une victoire que maintenant.

Cet après-midi-là, ils l'interrogèrent de nouveau à propos de la victime trouvée en Pennsylvanie. Il arborait son arrogance habituelle. N'ayant rien d'autre à faire, il s'adonnait au culturisme dans sa cellule et ses muscles exagérément développés roulaient sous sa combinaison de prisonnier. De son regard froid et désormais familier, il observait tous ceux qui se trouvaient dans la pièce. Cette fois encore, Alexa avait décidé de ne pas se retrancher derrière le miroir sans tain, dans la salle d'observation. Elle était assise en face de lui, parmi les policiers. Il régnait dans la petite pièce mal aérée une odeur de sueur masculine peu agréable, mais elle n'y prêtait guère attention. Judy Dunning, l'avocate de la défense, était présente, elle aussi. Quand on avait amené le prisonnier, elle lui avait adressé un sourire compatissant. Les lèvres étirées par une petite grimace, Luke Quentin balaya l'assistance du regard, comme pour la prendre à témoin de son pouvoir sur les femmes. Il avait complètement retourné cette pauvre fille, il lui avait fait perdre tout bon sens. Deux agents spéciaux du FBI se trouvaient dans la pièce : Sam Lawrence et un autre dont elle ignorait le nom. Il y avait aussi deux membres de l'équipe de Jack, Charlie McAvoy et Bill Neeley. La pièce était pleine, l'interrogatoire commença.

On questionna d'abord Quentin à propos de la victime. Comme il prétendait ne pas la connaître, on lui montra une photographie. Apparemment, elle avait été agressée dans une rue sombre proche de son appartement. Elle rentrait tard, après avoir étudié à la bibliothèque de son école de médecine. Comme les autres, elle avait été violée et étranglée pendant l'acte sexuel. Son corps avait été trouvé dans un trou peu profond, creusé dans un parc. Comme la mort datait de quatre mois, l'état de décomposition était déjà avancé. A ce moment-là, Quentin était déjà à New York. Après avoir jeté un coup d'œil à la photographie, il haussa les épaules et la jeta sur la table. Son regard croisa celui d'Alexa et le retint un long moment. Elle pouvait se tromper, mais il lui sembla qu'il lui disait silencieusement : « Prends garde... ça pourrait être toi... ou ta gosse. » Mais elle soutint son regard. Entre eux, cela devenait une affaire personnelle. En aucun cas elle ne se laisserait intimider ou duper par lui.

— D'où sortez-vous toutes ces filles, les gars ? gouailla-t-il. Ma queue serait tombée depuis longtemps, si je les avais toutes baisées.

L'officier de police qui menait l'interrogatoire ne sourcilla pas. Alexa remarqua que Charlie McAvoy se raidissait sur son siège. Il participait toujours à l'enquête et faisait du bon travail. Il avait traité le dossier de sa sœur, ainsi que plusieurs autres, et il faisait souvent des heures supplémentaires. Comme tous les autres, il paraissait épuisé. L'accusé était le seul à sembler reposé, en pleine forme et de bonne humeur. Etant le centre de l'attention, il se comportait en star. Tandis que l'interrogatoire se poursuivait, il jeta plusieurs coups d'œil en direction de son avocate, qui lui adressait des sourires encourageants.

Alexa avait récemment demandé qu'il soit examiné par un médecin. Elle voulait savoir s'il parvenait ou non à éjaculer. Parfois des hommes atteints de sévères affections des reins et ayant subi de longs traitements n'expulsaient pas de sperme. En ce qui concernait Quentin, qui avait refusé les examens comme il en avait le droit, on n'en avait aucune preuve. Il avait d'ailleurs menacé les médecins de leur éjaculer au visage.

Tout le monde, lui y compris, était las de cet interrogatoire qui n'en finissait pas. Complètement dépourvu de remords, il prétendait n'avoir jamais rencontré aucune des victimes et niait évidemment les avoir violées ou tuées. Il avait l'air de s'ennuyer mortellement. Au passage, il remarqua que toutes les femmes qu'il avait rencontrées dans l'Iowa étaient des chiennes, des filles faciles ou des putes de bas étage. Lorsqu'il tint ces propos, Alexa sentit que Charlie se crispait encore davantage. Elle espéra qu'il ne réagirait pas. Quentin savait-il que sa sœur faisait partie des victimes et voulait-il le provoquer ? En tout cas, il affirma qu'il n'aurait jamais trempé sa queue dans une fille de l'Iowa, pas plus que dans la plupart des Etats où il était passé.

Charlie était épuisé, après une nuit de veille. Il avait rencontré les parents de plusieurs victimes, pour tenter d'obtenir d'eux des informations supplémentaires. Cette semaine, cela faisait exactement un an que sa sœur était morte et ses propres parents étaient toujours anéantis, tout comme il l'était lui-même. Mais Quentin persistait... Il continuait de parler de « chiennes », de « filles faciles », de « putes » et de tout ce qu'il leur ferait ou ne leur ferait pas s'il en avait l'occasion. Sans laisser à quiconque le temps de le stopper dans son élan, Charlie jaillit de son siège. Il vola littéralement par-dessus la table et saisit Quentin à la gorge. Bien que ce dernier fît de l'exercice, le jeune homme était en meilleure forme physique que lui. Tandis que les deux hommes tentaient de s'étrangler mutuellement, tous les policiers présents et même Alexa se précipitèrent pour les séparer.

Quelqu'un déclencha une alarme. L'espace de quelques instants, il régna un chaos infernal dans la pièce. On criait, on s'agrippait, on piétinait... Il était presque impossible d'arracher Quentin des mains de Charlie, mais deux hommes y parvinrent enfin. Jack transpirait abondamment. Au cours de l'échauffourée, sa chemise avait été déchirée. Quentin fut menotté et emmené pendant que Charlie, agenouillé sur le sol, cherchait à reprendre sa respiration.

Jack ne dit pas un mot à Quentin, mais il vociféra contre son équipier.

— Qu'est-ce qui t'a pris, bon sang ? Tu as perdu la tête ? Tu es exclu de l'enquête. *Immédiatement !*

— Je vais porter plainte ! glapit Quentin derrière la porte close.

Il n'avait pas eu le temps de jeter des regards concupiscents à son avocate ou menaçants à Alexa. Charlie venait de commettre une faute stupide, qui lui vaudrait sans doute un an de suspension. Il avait besoin d'un congé et Jack s'en voulait terriblement de ne pas l'avoir écarté plus tôt de cette affaire. Il en discuta calmement avec Sam Lawrence et l'autre agent spécial du FBI, qui l'avaient aidé à séparer les deux belligérants. Lorsqu'il leur expliqua que la sœur de Charlie faisait partie des victimes, ils hochèrent la tête avec compréhension.

Finalement, l'un des deux hommes se mit à rire.

— Détendez-vous ! J'ai trois sœurs. J'aurais aimé lui casser la gueule moi-même, mais je n'ai pas eu les tripes pour le faire.

Malgré tout, il leur incombait de veiller sur Quentin, non de le tuer de leurs propres mains...

— Je n'ai pas l'intention de faire un rapport, dit enfin Sam. Ce salaud l'a bien mérité. De votre côté, faites comme vous l'entendez.

Jack, lui, était obligé de faire un rapport. Une demi-heure plus tard, dans son bureau, il annonça à Charlie qu'il était suspendu de ses fonctions pour un an et il le renvoya chez lui. Jusque-là, le jeune homme avait fait du bon boulot, mais la pression avait été trop forte. Avant de s'en aller, Charlie se répandit en excuses, promettant de prendre l'avion pour l'Iowa le soir même. En revanche, il comptait assister au procès avec sa famille.

Après son départ, Jack rejoignit Alexa dans son bureau. Il paraissait épuisé.

— Nous n'avions vraiment pas besoin de ça ! s'exclama-t-il. Par bonheur, les types du FBI ont été plutôt sympas.

McCarthy va me lyncher, quand il le saura. J'aurais dû écarter Charlie dès que j'ai su que sa sœur était l'une des victimes. Je ne sais pas à quoi je pensais ! Je dois avoir de la bouillie en guise de cerveau.

Alexa estimait que Charlie avait commis une erreur fatale en ne se contrôlant plus. Par sa faute, ils avaient tous vécu quelques minutes très pénibles. Cependant, elle voulut rassurer Jack.

— Vous êtes humain, comme tout un chacun. Cette affaire nous mine tous.

Pour la distraire, il lui demanda de nouveau des nouvelles de Savannah. Une fois de plus, elle lui confia ses inquiétudes.

— Elle a rendu visite à sa grand-mère. Elle est en train de s'adapter, et c'est bien ce qui me chagrine. Je ne veux pas qu'elle tombe amoureuse de Charleston au point de vouloir y vivre.

C'était son souci majeur, mais il était hors de question de la faire revenir à New York avant la fin du procès.

— Je n'ai pas eu d'enfants, mais pour autant que je le sache, ils n'en font qu'à leur tête, répondit Jack. D'ordinaire, c'est exactement le contraire de ce que leurs parents voudraient pour eux. Je ne crois pas que vous soyez en mesure d'influencer sa décision. Mais même si Charleston est une jolie ville, ce n'est pas New York. Elle est habituée à évoluer dans un monde plus vaste et, de toute façon, elle va partir pour l'université.

Il avait marqué un point. Un peu réconfortée, Alexa discuta de nouveau de leur affaire avec lui. Le week-end suivant, elle partait à son tour pour Charleston. Malgré sa hâte de revoir sa fille, elle redoutait de réveiller des souvenirs cruels, même si certains d'entre eux étaient doux-amers.

En fin de compte, l'explosion de Charlie n'eut pas de conséquences. Sa suspension et le fait qu'il était déjà parti suffirent à satisfaire le procureur et le FBI. Il avait des circonstances atténuantes, puisque sa sœur jumelle faisait

169

partie des victimes. Dans la mesure où on l'avait écarté, cela ne risquait pas de se reproduire, mais on l'avait échappé belle. Personne ne savait ce qui se serait passé si les autres hommes n'avaient pas été là pour retenir Charlie. D'une certaine façon, le problème aurait été résolu, mais il y en aurait eu d'autres encore pires. Personne n'aurait déploré la mort de Quentin, en dehors de Judy Dunning, qu'Alexa surnommait maintenant « l'idiote ».

A 17 heures, le vendredi, quand Alexa dut partir pour l'aéroport, elle fourra ses dossiers dans un sac. Elle comptait les parcourir dans l'avion, mais en dehors de cela, elle consacrerait tout son temps à Savannah. L'esprit en déroute, elle ne se sentait pas prête à affronter son ancien univers. Dans la semaine, elle avait parlé à sa mère de Charlie McAvoy. Estimant que, décidément, cette affaire soulevait beaucoup d'émotions, Muriel lui avait dit que ce séjour dans le Sud lui ferait du bien. Alexa en était moins sûre...

— Qu'est-ce qui te fait peur, exactement ? lui demanda sa mère quand elle l'appela sur le chemin de l'aéroport.

Elle se trouvait encore dans son cabinet. La journée avait été bonne, pour elle. Son existence était bien plus simple que celle de sa fille. Elle n'aurait pas pu vivre comme elle, travailler aussi dur, bien qu'elle l'eût fait dans sa jeunesse. Aujourd'hui, c'était bien fini. Elle était occupée, mais elle n'était pas emportée dans un tourbillon continuel. Alexa vivait à cent à l'heure et Muriel déplorait que cette affaire lui imposât un tel stress.

— Je ne sais pas, maman, répondit franchement la jeune femme. J'ai certainement peur qu'elle veuille rester là-bas, que Tom soit si gentil, Charleston si séduisante qu'elle finisse par céder au charme et à la beauté du Sud. Pour ma part, j'ai bien gobé l'hameçon, la ligne et le plomb. Pourquoi pas elle ? Que ferai-je, si elle ne veut plus jamais rentrer à la maison ou vivre à New York ?

— Il se peut qu'elle soit séduite par ce qu'elle voit et souhaite y retourner en visite. Mais je serais très surprise qu'elle veuille vivre aussi loin de toi. Pour l'instant, elle projette surtout de poursuivre des études universitaires, pas de retrouver ses racines. Elle était en droit de le faire et je suis persuadée que c'est bon pour elle. J'ai toujours pensé que la vérité valait mieux que tous les fantasmes. Mais de toute façon, Savannah ne se préoccupe actuellement que de son inscription en fac. Toi, tu avais quitté l'université et tu étais amoureuse d'un homme plus âgé que toi. C'est une vie que ta fille n'imagine même pas, dont elle ne voudrait pas. Si tu lui poses la question, je pense qu'elle te dira la même chose. Le Sud suscite sa curiosité, rien de plus. Lorsqu'elle y sera restée trois mois, elle aura les réponses qu'elle cherchait.

Les propos de sa mère étaient sensés, mais ils ne soulagèrent que très peu Alexa.

— J'aimerais en être sûre.

— Demande-toi si tu t'inquiètes pour Savannah ou pour toi-même...

Bingo ! Sa mère avait mis le doigt là où cela faisait mal. Comme toujours, elle avait immédiatement trouvé le nœud du problème. Avec son honnêteté coutumière, Alexa chercha ce qui l'effrayait le plus, dans ce voyage, mais elle aurait eu du mal à le préciser.

— C'est possible... J'ai été tellement heureuse, dans le Sud. J'ai aimé Tom à la folie, j'ai adoré ses fils. Je lui faisais parfaitement confiance et je croyais que nous resterions ensemble jusqu'à la mort. Je sais aujourd'hui que tout cela n'était qu'illusion. Il est marié avec une autre et il vit dans la même maison.

Elle l'avait haï à cause de cela pendant des années. Il lui avait volé tous ses rêves, détruit sa confiance. Depuis, elle n'avait pas pu construire une nouvelle vie avec un autre homme. Il avait laissé derrière lui une terre brûlée et aride.

— J'aurais préféré ne jamais y retourner.

— Pour guérir, nous devons parfois affronter ce qui nous a fait le plus mal. Tes blessures ne sont pas encore cicatrisées.

Elles savaient toutes les deux que c'était vrai.

— Tu ne progresseras pas tant que tu n'auras pas enterré le passé, continua Muriel. Pour l'instant, tu souffres toujours le martyre. Peut-être ce voyage te fera-t-il du bien.

Quand le taxi s'arrêta devant le terminal, Alexa dut interrompre la conversation, mais les propos de sa mère continuèrent de résonner en elle. Elle savait qu'elle avait raison : la douleur l'habitait toujours. La déception, la souffrance causée par la trahison de Tom ne s'étaient pas atténuées en dix ans. Elles avaient même empiré, si c'était possible. Elle ne pouvait pas avoir d'homme dans sa vie parce qu'elle n'avait pas réussi à pardonner à celui qui l'avait le plus blessée, pas plus qu'elle ne parvenait à l'oublier. Elle ne pardonnait pas non plus à la mère de Tom et à sa femme, qui l'avaient poussé à la trahir de multiples façons. Même si cela paraissait difficile à croire, il y avait eu une véritable cabale contre elle parce qu'elle n'était pas une des leurs. C'était absolument dément... et pourtant véridique. Luisa avait remporté la partie pour des raisons géographiques et culturelles et, comme Ashley dans *Autant en emporte le vent*, Tom avait été faible. Aujourd'hui encore, Alexa ne réussissait pas à lui trouver des excuses. Ces dix années de ressentiment l'avaient empoisonnée comme si une substance radioactive absorbée il y a bien longtemps coulait encore dans ses veines et la brûlait de l'intérieur, lui causant une souffrance intolérable. Elle aurait préféré que Savannah n'approche pas ces gens, mais elle n'avait pas eu le choix.

Elle attrapa l'avion de justesse. Pour rien au monde elle n'aurait voulu le manquer et décevoir sa fille. Il décollait à 18 heures et atterrissait à 20 heures. Son cœur cessa de battre lorsqu'elle vit l'aéroport. Elle avait dit à Savannah qu'elle l'appellerait en arrivant et qu'elles se retrouveraient à l'hôtel. Dès qu'elle eut récupéré sa valise, elle prit un taxi et prévint sa fille, qui attendait son coup de fil dans sa chambre

Le trajet à travers la ville fut bref et familier. Le cœur d'Alexa saigna à la vue des ponts et des églises qu'elle avait aimés. Savannah avait été baptisée dans l'une d'entre elles. Telle une prune trop mûre, prête à éclater, la ville était remplie de souvenirs. Elle se força à les chasser de son esprit. Lorsqu'elle parvint à l'hôtel, il était près de 21 heures. Sachant qu'Alexa préférait que sa fille ne prenne pas le volant en ville, Tom avait décidé de l'accompagner. Luisa jouait au bridge, ce soir-là, mais il avait refusé de l'escorter. Ils avaient beau dormir dans la même chambre, entre eux, l'atmosphère demeurait très tendue.

Dès que sa mère l'eut appelée, Savannah prévint son père et dévala l'escalier, son petit sac à la main. Elle avait déjà dit au revoir à Daisy, qui passait la nuit chez une amie.

— Tu dois être très excitée, à l'idée de revoir ta maman, dit Tom en l'amenant au Wentworth Mansion.

Alexa s'était rappelé que c'était le meilleur hôtel de la ville. A l'origine, il s'agissait d'un hôtel particulier. C'était l'une des plus jolies maisons victoriennes de Charleston. Les chambres, dotées de tout le confort possible, étaient très agréables et joliment meublées. Il y avait des miroirs de chez Tiffany et de beaux objets anciens. Le spa allait enchanter Savannah et elles pourraient s'y détendre. L'établissement était situé au cœur de la ville, parmi les magasins et les restaurants. Depuis les fenêtres, on pouvait admirer les quartiers historiques de Charleston. Alexa souhaitait qu'elles se fassent plaisir, mais Savannah se serait accommodée d'un simple motel. Tout ce qu'elle souhaitait, c'était voir sa mère.

— Elle est ma meilleure amie, dit-elle à son père, et elle me manque énormément.

— Je le sais bien, répondit Tom.

Il aurait voulu pouvoir combler ce vide, mais même si Savannah était contente de passer du temps avec son père, il était trop tard pour cela. Par sa faute, songea-t-il, sa fille et lui étaient des relations, pas des amis. Il espérait tisser une vraie amitié pendant son séjour mais,

173

contrairement à ce que craignait sa mère, trois mois ne suffiraient pas à rattraper le temps perdu.

Le sac de Savannah à la main, Tom la suivit dans l'hôtel. Elle n'avait pas emporté grand-chose, sous prétexte qu'elle emprunterait les affaires de sa mère. Elle bondit dans le hall comme un jeune chiot et, dès qu'elle aperçut sa mère à la réception, elle se jeta dans ses bras. Elles se serrèrent si fort qu'elles parurent ne plus faire qu'un seul corps à deux têtes. Tom resta à l'écart, oublié par la mère et la fille. Comme une affamée, Alexa passa ses mains sur les cheveux, le visage et les bras de Savannah. L'adolescente s'agrippait à elle comme un petit enfant. Il leur fallut cinq minutes pour se détacher l'une de l'autre. En proie à une tristesse secrète, Tom songeait qu'il avait lui-même renforcé ce lien en les abandonnant toutes les deux. Se sentant exclu, il savait qu'il n'avait pas le droit de réclamer davantage. Il avait possédé ce trésor, autrefois, mais il l'avait réduit en miettes par sa trahison. Aujourd'hui, il vivait parmi les cendres de son bonheur passé. Alexa et Savannah étaient les rayons de soleil qui filtraient à travers les barreaux de sa prison sans pour autant dissiper l'obscurité de sa vie. C'était une prison qu'il avait construite lui-même, par sa lâcheté et sa peur.

— Eh bien ! Vous semblez vraiment heureuses de vous retrouver, leur dit-il en souriant.

Dissimulant son chagrin, il semblait se réjouir pour elles. En réalité, il était jaloux de leur complicité, qui lui paraissait coulée dans un métal aussi précieux que l'or. Dès qu'elle l'aperçut, Alexa se raidit immédiatement. Elles avaient toutes les deux oublié qu'il était là. Elle s'efforça de se montrer polie, car elle lui était reconnaissante de procurer à leur fille ce havre de sécurité. Mais il était toujours Tom, l'homme qu'elle détestait le plus au monde, celui qui l'avait tant blessée. Elle l'observa, tandis qu'il embrassait Savannah et lui disait au revoir. Il semblait sincère, mais qui pouvait savoir, avec lui ? Elle restait convaincue que tous ces gens du Sud étaient des hypocrites et des menteurs, n'attendant que l'occasion pour trahir un être aimé ou un ami. On ne la persuaderait pas du contraire. A ses yeux, ils formaient une nation à part qu'elle haïssait.

— Elle attendait impatiemment cet instant, lui dit-il gentiment.

Il ne savait que lui dire d'autre, tant elle semblait fermée, sauf lorsqu'elle regardait sa fille. Alors seulement, tout son être se détendait, s'adoucissait. C'était la nuit et le jour.

— Moi aussi, répondit-elle froidement. Merci de la garder ici, dans ta maison. Je suis sûre que ce n'est pas facile pour toi.

Elle savait par Savannah qu'il se disputait avec Luisa, mais elle n'y fit pas allusion.

— C'est notre fille, dit-il simplement, et je suis heureux de pouvoir te rendre service. Où en est ton procès ?

Elle ne souhaitait pas vraiment en discuter avec lui, mais il était difficile de résister à ses bonnes manières et à ce charme si typique du Sud. Elle le trouvait toujours aussi séduisant.

— Cela représente énormément de travail, mais nous l'aurons. Cela m'étonnerait fort qu'il ne soit pas condamné.

— Je suis persuadé que tu gagneras, assura-t-il en tendant le sac de Savannah à un employé de l'hôtel. Passe un bon week-end, ajouta-t-il à l'intention de sa fille. Je viendrai te chercher dimanche en fin de journée. Appelle-moi quand tu seras prête, ou si tu as besoin de quelque chose.

Il leur sourit à toutes les deux avant de traverser le hall à grandes enjambées. Il n'y avait aucun doute à ce sujet et Alexa elle-même ne pouvait le nier : il était très beau.

Alexa avait retenu la plus belle suite de l'hôtel. Dès qu'elle eut franchi le seuil, Savannah regarda autour d'elle avec émerveillement. Elle passa ensuite de la salle de séjour à la chambre à coucher en poussant des exclamations admiratives. Tapissée en jaune foncé, la chambre comportait des miroirs de chez Tiffany, des meubles de bois sombre et un lit à baldaquin, comme aux Mille Chênes. Savannah avait hâte de se rendre au spa. Le lendemain après-midi, elles avaient rendez-vous avec une masseuse, une manucure et une pédicure. Alexa voulait vivre avec sa fille un week-end de rêve.

Comme Savannah avait déjà dîné, Alexa se fit servir un repas léger dans la chambre. Ensuite, elles sortirent les quelques affaires de Savannah qu'Alexa avait oublié de mettre dans ses valises. Elle avait aussi acheté pour sa fille deux chemisiers et un pull. Le tout plut énormément à l'adolescente, qui promit de les mettre pour aller en cours. Elles parlèrent du lycée, des camarades qu'elle y avait rencontrés, de son entrevue avec sa grand-mère sudiste, puis de la mère d'Alexa. Elles bavardèrent de tout et de rien, s'interrompant constamment pour s'embrasser. Savannah parla à sa mère de la formule « Dieu la ou le bénisse », que les gens du coin utilisaient avant ou après leurs commentaires les plus vipérins. Eclatant d'un grand rire, Alexa confirma que c'était vrai. Revigorée par leur amour mutuel, elles se couchèrent enfin dans le grand lit à 2 heures du matin. Heureuses pour la première fois depuis des semaines, elles s'endormirent dans les bras l'une de l'autre.

Dès qu'elles s'éveillèrent, le lendemain matin, elles parlèrent de tout ce qu'elles allaient faire dans la journée. Alexa voulait emmener sa fille dans quelques jolies boutiques dont elle se souvenait, si elles existaient encore. Ensuite, elles déjeuneraient dans son restaurant préféré. De son côté, Savannah voulait lui montrer quelques-unes de ses découvertes. Elles avaient assez de projets pour s'occuper une semaine entière et, à 10 h 30, elles se promenaient dans les rues de Charleston par une belle journée ensoleillée. Le cœur d'Alexa se serrait parfois, lorsqu'elle reconnaissait certains endroits, mais elle s'efforçait de ne pas céder à l'émotion. Elle voulait consacrer ces deux jours à sa fille, pas à ruminer les déceptions qu'elle avait subies dans cette ville.

Elles entrèrent dans un magasin qui ne vendait que des pulls en cachemire. Après qu'Alexa en eut acheté un de couleur rose, elles sortirent de la boutique en riant. Savannah eut alors la surprise d'apercevoir sa camarade d'école, Julianne. Elle était avec sa mère, dont le visage s'éclaira à la vue d'Alexa comme si elle était restée sa meilleure amie. Elles ne l'étaient pourtant plus depuis qu'elle l'avait trahie comme Tom l'avait fait. C'était la première fois qu'Alexa la voyait ou l'entendait depuis dix ans.

— Oh, mon Dieu, Alexa ! Comment vas-tu, ma chérie ? Tu ne sais pas combien de fois j'ai pensé à toi... Tu m'as énormément manqué. Ta fille est vraiment ravissante ! Dieu la bénisse, elle te ressemble comme deux gouttes d'eau.

Alexa et Savannah échangèrent un rapide coup d'œil, mais elles s'efforcèrent de ne pas éclater de rire. Malgré tout, Alexa était agacée par cette hypocrisie et toutes ces démonstrations d'amitié.

— Tu restes longtemps ? lui demandait-elle.

— Jusqu'à demain. Je suis juste venue pour le week-end.

— Seigneur, il faudra que l'on se voie, la prochaine fois que tu viendras ! Appelle-moi avant... Nous pourrions déjeuner avec nos filles.

« Tu peux toujours courir », répliqua intérieurement Alexa, tout sourire.

— Nous sommes ravies que Savannah rende visite à son papa, continuait l'autre. Les filles sont déjà de très bonnes amies.

Alexa hocha la tête sans répondre, un sourire figé aux lèvres. Savannah connaissait cette expression. Sa mère la réservait aux gens qu'elle détestait ou qu'elle méprisait cordialement. La mère de Julianne en faisait partie, bien évidemment. Elle s'appelait Michelle, mais les gens la surnommaient « Shelly ».

— Qu'est-ce que tu fais, à New York ? poursuivait-elle. Tu t'es remariée ?

Alexa réprima une forte envie de la gifler. Cela ne la regardait pas. Quoi qu'elle pût prétendre, elles n'étaient plus amies et ne le redeviendraient jamais.

— Je travaille au bureau du procureur en tant qu'assistante, dit-elle calmement.

Devinant que Shelly connaissait déjà la réponse par l'intermédiaire des deux adolescentes, elle ne répondit pas à la question du mariage. Shelly avait toujours été curieuse, elle aimait les ragots et s'efforçait toujours d'obtenir le maximum d'informations de ses connaissances.

— Dieu te bénisse ! C'est un poste important, surtout pour une femme. Tu es devenue une célébrité, par ici.

Alexa la remercia avant de prendre congé. Les deux filles se promirent de s'appeler le lendemain soir, après quoi Alexa et Savannah gagnèrent en toute hâte la boutique suivante qui se trouvait sur leur liste. Dès qu'elles furent hors de portée des oreilles indiscrètes, Alexa jeta à sa fille un regard désabusé.

— J'ai compté un total de deux « Dieu te bénisse » pour toi et quatre pour moi. Elle nous déteste vraiment !

Elles éclatèrent de rire.

— Je l'ai remarqué aussi, confirma Savannah, mais j'ai cessé de compter après le deuxième. Julianne ne s'entend pas bien avec sa mère, elle non plus. Elle dit que c'est une garce.

— Je suis d'accord avec elle. Elle était à peu près aussi sincère qu'une crème glacée empoisonnée, parfumée au magnolia !

— Arrête de critiquer systématiquement le Sud, maman. Tu n'as pas eu de chance, c'est tout.

Savannah conseillait toujours à sa mère d'être plus objective, et Alexa reconnaissait intérieurement qu'elle avait raison. Mais elle haïssait trop le Sud pour modérer ses propos.

— Ouais, ouais, d'accord...

Un instant plus tard, elles entraient dans une parfumerie où elles achetèrent des lotions et des produits de maquillage. C'était un week-end « entre filles », comme elles les appréciaient à New York quand Alexa en avait le temps, ce qui était rare. Savannah avait une vie sociale bien plus riche qu'elle et Alexa ne doutait pas qu'elle se ferait rapidement des amis à Charleston.

Les massages au spa du Wentworth Mansion furent de purs délices. Lorsqu'on leur eut fait les ongles, elles retournèrent dans leur suite, des tongs aux pieds et des cotons glissés entre les orteils. Pour le dîner, Alexa avait retenu une table au Circa 1886. Le restaurant était installé dans l'ancienne remise à calèches de l'hôtel. Alexa n'y était jamais allée mais, dans la journée, elles s'étaient arrêtées dans tous ses endroits préférés. Ainsi qu'elle l'avait prévu, ce bref séjour se révélait doux-amer. C'était dans cette ville qu'elle avait été une jeune épouse comblée, puis une jeune mère. Depuis, sa vie avait changé du tout au tout. En dehors de Julianne et de sa mère, elles ne rencontrèrent aucune connaissance, mais Alexa fut surprise et touchée quand Travis l'appela. Il s'excusa de ne pas l'avoir contactée pendant si longtemps. Une autre fois, il aimerait la rencontrer, lui dit-il, mais il disputait un tournoi de tennis ce week-end. Il se plut à préciser que Savannah était une fille fantastique et qu'il était heureux de pouvoir parler à Alexa. Il était aussi poli que son père et, en l'écoutant, la jeune femme se surprit à espérer qu'il était plus sincère. Il lui parla aussi de son mariage, en juin, précisant qu'il souhaitait la présence de Savannah.

Savannah avait dit à sa mère que Scarlette lui plaisait vraiment et que Travis avait été très gentil avec elle. Elle n'avait pas encore revu Henry, mais il était censé revenir à la maison, un week-end prochain. Il habitait à La Nouvelle-Orléans, où il travaillait pour un marchand d'objets d'art. Elle n'en savait pas davantage.

Le dîner fut encore meilleur qu'on le leur avait dit. Elles portaient toutes les deux les tenues achetées dans l'après-midi. Lorsqu'elles rentrèrent à l'hôtel, elles étaient exténuées et heureuses. La seule ombre au tableau était le départ d'Alexa le lendemain, mais ni l'une ni l'autre ne voulaient y penser.

Au matin, elles décidèrent de se rendre à l'église épiscopalienne St Stephen, où Savannah avait été baptisée. L'office était traditionnel, avec une belle musique d'orgue. Elles sortirent main dans la main, apaisées. Elles venaient de saluer le prêtre, sur le parvis, quand deux bras minces encerclèrent brusquement la taille de Savannah, qui faillit tomber. Lorsqu'elle eut retrouvé son équilibre, elle se retourna et vit le petit visage rayonnant de Daisy.

— Qu'est-ce que tu fais là ? demanda Savannah avec étonnement.

Elle présenta sa demi-sœur à Alexa, tout aussi surprise. La jeune femme sourit à la fillette, qu'elle trouvait très mignonne et visiblement très attachée à Savannah. Elle n'eut pas le temps de se rappeler ce que cette enfant signifiait pour elle et comment on l'avait utilisée. Ce n'était qu'une petite fille aux cheveux nattés et au grand sourire.

— Ma maman et moi, on vient ici presque tous les dimanches, expliqua-t-elle à Savannah avant de se tourner vers Alexa avec intérêt. Savannah m'a dit que tu vas mettre un homme très, très méchant en prison.

— Je m'y efforce, en tout cas. C'est pour cette raison que Savannah est ici, pour qu'il ne lui fasse pas de mal.

— Je sais, répondit Daisy d'une voix solennelle. Elle m'en a parlé, et elle m'a aussi parlé de toi.

Conquise, Alexa regardait l'enfant, oubliant qui elle était et qui étaient ses parents. La gentillesse de Daisy éclipsait tout le reste. Il était impossible de lui résister. Les propos d'Alexa semblaient la remplir de joie.

— C'est vrai ? demanda-t-elle. Je l'aime vraiment beaucoup, dit-elle en entourant de nouveau la taille de sa sœur de ses bras.

Une voix aiguë retentit dans leur dos, les faisant sursauter.

— Daisy ! Ote immédiatement tes mains.

Savannah sut immédiatement qui s'exprimait ainsi et Alexa le devina.

— Ce n'est pas une façon de se comporter à l'église, dit sèchement Luisa.

Elle les foudroyait du regard. Apparemment, elle ignorait que son expression venimeuse ne convenait pas à un lieu saint, songea Alexa.

— L'office est terminé, maman. C'est le moment où tout le monde doit s'embrasser, insista Daisy à juste titre.

Mais, visiblement, Luisa ne venait pas à l'église dans de telles dispositions, et surtout pas envers ces deux femmes. Elle se mit à gronder sa fille comme si elles n'existaient pas. Savannah s'efforça de détourner son attention.

— Luisa, j'aimerais vous présenter ma mère, Alexa Hamilton, dit-elle poliment.

Elle avait presque adopté l'intonation du Sud, mais pas tout à fait. Luisa parut aussi offensée que si l'adolescente s'était déshabillée devant l'église ou l'avait agrippée par ses cheveux laqués.

— Nous nous sommes rencontrées, il y a de nombreuses années, siffla-t-elle entre ses dents serrées.

Sa propre fille la fixait avec résignation, se demandant pourquoi sa mère était toujours aussi méchante. La plupart du temps, elle était en colère et semblait malheureuse. Pour l'heure, elle dévisageait Alexa avec aigreur.

— Je suis ravie de vous revoir, Luisa, mentit cette dernière.

Elle aurait voulu ajouter « Dieu vous bénisse », mais elle n'osa pas. Savannah et elle n'auraient pas réussi à garder leur sérieux, et peut-être que Daisy non plus.

— Je vous remercie de recevoir ma fille chez vous, ajouta-t-elle. J'apprécie vraiment votre hospitalité, et elle aussi.

— Pas de problème.

Sur ce, Luisa prit fermement Daisy par le cou, puis elle la propulsa en direction de sa voiture sans un mot de plus. Daisy leur jeta un regard chagrin, tout en leur adressant un petit signe de la main, et les deux femmes se sentirent navrées pour elle. A bien des égards, elle était victime de la situation comme Savannah l'avait été des années auparavant. Ni l'une ni l'autre ne méritaient un tel traitement.

Alexa observait Luisa qui s'adressait sèchement à sa fille et claquait la portière avant de démarrer en trombe.

— Quelle garce ! murmura-t-elle. Que Dieu la bénisse !

— Tu as raison, dit Savannah en riant, mais je suis contente que tu aies fait la connaissance de Daisy. Elle est adorable.

Tout en s'éloignant de l'église, Alexa remarqua :

— Ton père n'a que ce qu'il mérite, avec cette femme.

— Il a l'air plutôt malheureux, la plupart du temps, confirma Savannah. Ou alors, c'est parce qu'elle est très fâchée contre lui à cause de moi. Depuis mon arrivée, c'est à peine s'ils se parlent, sauf pour se disputer.

— Quelle charmante existence !

Cette rencontre avait estomaqué Alexa, qui restait quasiment sans voix après avoir soutenu le regard assassin de Luisa. Elle était pire qu'Alexa l'avait imaginée... Bien pire !

Elles dégustèrent un brunch délicieux dans le jardin du Baker's Café, qui figurait parmi les lieux qu'Alexa avait aimés autrefois. Elle confia à Savannah que lorsqu'elle était enceinte, Tom et elle mangeaient souvent dans ce restaurant traditionnel de Charleston. Comme il faisait beau, elles se rendirent ensuite à la plage dans la voiture qu'Alexa avait louée et revinrent à l'hôtel en fin d'après-midi. Elles se refusaient à l'admettre, mais leur week-end magique tirait à sa fin, ce qui les attristait toutes les deux.

— Quand penses-tu pouvoir revenir, maman ? demanda Savannah avec une certaine inquiétude.

— Je ne sais pas... dans une semaine ou deux... J'ai passé de merveilleux moments avec toi, ma chérie. Grâce à toi, je pourrais presque retomber amoureuse de Charleston. Mais je ne veux pas que cela t'arrive ! Je veux que tu rentres à la maison le plus vite possible !

— Ne t'inquiète pas, maman. Je ne resterai pas ici. C'est amusant d'y être en visite, mais je retournerai à New York dès que tu me le permettras. Tout de suite, si tu veux.

Mais elles savaient toutes les deux que ce ne serait pas une bonne idée.

— Ne te laisse pas abattre par Cruella... Que Dieu la bénisse, bien entendu.

Le surnom donné à sa belle-mère fit rire Savannah. Un peu plus tard, Alexa refaisait sa valise, délestée de tout ce qu'elle avait apporté à sa fille ou que cette dernière lui avait emprunté. Elle devait quitter l'hôtel à 18 h 30, car son avion décollait à 20 heures. Elle refusa que Savannah l'accompagne à l'aéroport. La jeune fille serait moins malheureuse si elles se faisaient leurs adieux à l'hôtel. Elle rentrerait ensuite avec Tom au lieu de se retrouver toute seule à l'aéroport quand sa mère partirait.

Savannah appela son père juste avant qu'elles quittent la chambre et descendent à l'accueil pour régler la note. Elle était soulagée que sa mère envisage de revenir aussi vite. Une fois que le procès aurait commencé, en mai, cela deviendrait impossible, mais en mars et avril, Alexa pourrait faire des allers et retours tous les quinze jours, ou même plus souvent. Elle l'avait promis et elle tenait toujours ses promesses.

Alexa venait de payer la note quand Tom entra dans le hall de l'hôtel. Il arrivait de son club de sport et portait son short de tennis. Alexa détourna les yeux. Elle ne voulait pas voir combien ses jambes étaient musclées, et à quel point il était séduisant. Elle savait qu'il remuerait toujours quelque chose en elle. Mais que cela n'irait pas plus loin.

— Je parie que vous avez passé un très bon week-end, dit-il avec un grand sourire.

Son visage s'assombrit quelque peu lorsqu'il ajouta :

— J'ai appris que vous aviez rencontré Daisy et Luisa, à l'église.

Sa femme avait failli lui arracher la tête à cause de cela, comme si c'était sa faute. Selon Luisa, il aurait dû demander à Savannah de ne pas approcher leur église. Il avait fait quelques commentaires acides sur sa charité chrétienne, tout en imaginant combien cette entrevue avait pu être pénible pour Alexa. Loin d'éprouver des remords ou d'être désolée pour elle, Luisa semblait éprouver le besoin de la punir davantage. On aurait dit qu'elle voulait lui faire mordre la poussière. Il regarda Alexa comme s'il avait voulu s'excuser pour l'attitude de sa femme.

— Ça n'a pas d'importance, dit brusquement Alexa avant de reporter son attention sur sa fille.

En se faisant leurs adieux, elles réprimaient leurs larmes. Quand Alexa monta dans le taxi qui l'emmenait à l'aéroport, Savannah resta sur le trottoir jusqu'à ce qu'il ait disparu. Elle grimpa ensuite dans la voiture de son père et ils prirent la direction de Mount Pleasant. Cela lui faisait drôle, parfois... Elle avait tout à coup un père et elle n'y était pas habituée. Elle lui raconta son week-end et tout ce que sa mère et elle avaient fait ensemble.

Une fois dans sa chambre, elle défit son sac et rangea les cadeaux de sa mère. Daisy la rejoignit bientôt pour bavarder. Ensuite, Julianne et deux autres filles l'appelèrent, puis Travis et Scarlette vinrent dîner à la maison. Quand l'avion d'Alexa décolla, Savannah s'était installée dans sa nouvelle routine. Bizarrement, elle se sentait presque chez elle.

Le soir, Daisy lui dit que sa maman était vraiment jolie et qu'elle avait l'air gentille. Elle s'excusa pour la méchanceté de la sienne.

— Je pense que ma maman est jalouse de la tienne, dit-elle avec la sagesse des jeunes enfants.

— Peut-être, reconnut Savannah.

Eclatant de rire, elles s'écrièrent avec un bel ensemble :

— Que Dieu la bénisse !

12

Le lendemain de son retour, Alexa occupa sa journée à travailler avec les policiers et les enquêteurs. Toutes les informations lui parvenaient en même temps et elle en avait suffisamment transmis à Judy Dunning pour la noyer sous la tâche. La police scientifique avait fourni tellement de preuves et tant de rapports que la malheureuse avocate était totalement submergée. A midi, Alexa s'accorda une pause, ce qui était rare, et se rendit au tribunal des affaires familiales pour voir sa mère et déjeuner avec elle dans son cabinet. La jeune femme semblait de bonne humeur.

— Comment était-ce ? demanda Muriel tandis qu'elles mangeaient des salades achetées chez le traiteur du coin.

— C'était mieux que je le craignais, admit Alexa. Savannah était en grande forme. A la sortie de l'église, nous nous sommes retrouvées nez à nez avec Luisa… une vraie garce ! Mais, en dehors de cela, c'était vraiment bien. Charleston est plus jolie que jamais et nous y avons passé de très bons moments ensemble. J'ai aussi rencontré une ancienne amie qui m'a lâchée quand Tom a demandé le divorce. Là, pour le coup, c'était plutôt déplaisant. Mais ce sont les seules exceptions.

— Je te l'avais dit. Ce séjour est à la fois intéressant et bon pour elle, car il lui permet de connaître sa famille paternelle. Savannah est intelligente et elle saura faire le tri. Personne ne pourra lui ôter son discernement. Quant à Tom, on dirait qu'il a acheté un aller simple pour l'enfer, avec Luisa. Pourquoi reste-t-il avec elle ?

— Sans doute pour les mêmes raisons qu'il est retourné avec elle, dit sèchement Alexa. Il n'a pas de tripes. Quand il m'a quittée, il a fait ce que sa mère et Luisa lui disaient de faire, et maintenant elle le tient à la gorge... ou pire.

— A quoi ressemble-t-il ? demanda Muriel avec intérêt.

Alexa se mit à rire. Ces deux jours avec sa fille lui avaient fait énormément de bien.

— Il est beau et faible. Il reste le plus bel homme de toute la planète. Heureusement, je sais aujourd'hui ce qu'il est et qui il est. Je le trouve toujours superbe mais, grâce à Dieu, je ne suis plus amoureuse de lui.

Cela faisait des années que Muriel ne l'avait pas vue aussi sereine. Malgré les pressions qu'elle subissait depuis qu'elle instruisait le dossier de Luke Quentin, elle était moins tendue. Maintenant que le FBI ne la menaçait plus toutes les cinq minutes de reprendre l'affaire, elle aimait travailler avec la police fédérale. Il n'y avait pas un seul élément féminin parmi les policiers, mais cela ne la gênait pas d'être la seule femme dans un monde d'hommes. Elle aimait cela, au contraire. Et les agents du FBI l'appréciaient aussi.

Pendant que sa mère reprenait son travail, Savannah retournait au lycée. En plus du français, elle s'était inscrite à un cours de chinois et l'apprentissage de cette langue l'amusait. Comme elle n'en avait pas besoin pour obtenir son inscription à la faculté, ce n'était pas une pression supplémentaire. Elle commençait aussi à se faire de nombreux amis parmi ses camarades et déjeunait chaque jour avec Julianne. Elle assistait à tous les matchs de volley et de foot, et soutenait les équipes. A la suite d'une défection, elle fut même intégrée dans l'équipe de natation du lycée.

Le week-end suivant, le capitaine de l'équipe de foot lui proposa de sortir avec lui. Lorsqu'elle l'apprit, Julianne faillit avoir une attaque. Il venait de rompre avec la plus jolie fille de l'établissement.

— Tu vas accepter ? demanda Julianne, hors d'haleine.

— Peut-être. Je n'ai rien d'autre à faire, répliqua Savannah sans s'émouvoir.

Le vendredi soir, il l'emmena au cinéma et, après la séance, ils s'arrêtèrent dans un café. Il s'appelait Turner Ashby et il descendait du général du même nom, lui expliqua-t-il pendant qu'ils mangeaient leurs hamburgers et buvaient leurs milk-shakes.

— On dirait que tout le monde a un général dans sa famille, ici, remarqua Savannah.

Elle portait le pull de cachemire rose de sa mère, un jean et des talons hauts. Elle semblait différente des filles de Charleston, quand elle s'apprêtait. Elle était imprégnée de la sophistication new-yorkaise et n'abusait pas du maquillage. Turner la trouvait absolument adorable.

— C'est la grosse affaire, ici, expliqua-t-il.

— Je sais. Ma grand-mère est présidente générale des Filles de la Confédération. On lui a donné ce titre parce qu'elle a un général parmi ses ancêtres, elle aussi.

Savannah sourit. Elle ne se moquait pas des gens du Sud, mais elle trouvait cela drôle. Son cavalier était un beau garçon aux cheveux sombres et aux yeux verts. Il était l'aîné de quatre garçons.

— Dans quelle université penses-tu t'inscrire ? lui demanda-t-elle avec un intérêt sincère.

Elle avait remarqué que la plupart des lycéens auxquels elle avait posé cette question avaient choisi des universités du Sud.

— J'ai postulé pour l'Institut technologique de Géorgie, et aussi pour l'Université méthodiste du Sud, au Texas. Je préférerais Duke ou l'Université de Virginie, mais je ne pense pas avoir d'assez bons résultats pour être pris. Et toi ?

— J'aimerais bien aller à Princeton. C'est près de chez moi, ce qui serait sympa, et j'ai bien aimé l'établissement quand je l'ai visité. J'ai apprécié Brown, aussi. Harvard est trop sérieuse pour moi et je ne serai probablement pas acceptée non plus. Stanford m'a paru très bien, mais ma mère ne veut pas que j'aille aussi loin.

— Ce sont toutes des universités prestigieuses ! remarqua Turner, impressionné.

Elle était intelligente, mais pas prétentieuse, et c'était la plus jolie fille qu'il ait jamais vue.

A 22 h 30, il la ramena galamment chez elle. Elle avait apprécié le film et ils se promirent de se revoir au lycée. Le lendemain matin, Julianne l'appela de très bonne heure pour lui demander comment ça s'était passé.

— C'était marrant, dit Savannah en pouffant.

Soudain, elle riait comme si elle avait eu l'âge de Daisy.

— C'est tout ? Tu sors avec le plus beau mec du lycée et tout ce que tu trouves à dire, c'est que « c'était marrant » ? Est-ce qu'il t'a embrassée ?

Julianne voulait connaître tous les détails. Apparemment, sa mère lui avait transmis son goût pour les ragots.

— Bien sûr que non ! Nous ne nous connaissons même pas. D'ailleurs, ce serait idiot de ma part de sortir avec un garçon maintenant. Je ne suis ici que pour quelques mois, et ensuite nous partons tous pour la fac.

Elle ne recherchait pas un amoureux, juste des amis, ce qui la rendait encore plus séduisante. Elle n'était pas de ces filles, comme il y en avait tant, qui couraient après les garçons avec l'énergie du désespoir.

— Je ne vois pas en quoi ce serait idiot de sortir avec Turner Ashby. Est-ce que tu sais que son père possède toutes les plates-formes pétrolières de Biloxi ? Ma mère dit que c'est l'un des hommes les plus riches de l'Etat. En plus, insista Julianne, il est mignon. Sans compter qu'il est capitaine de l'équipe de foot. Que te faut-il de plus ?

Mais, aux yeux de Savannah, cette fonction ne suffisait pas à faire de Turner quelqu'un d'intéressant. Par ailleurs, elle se moquait bien que son père soit un roi du pétrole.

— Il t'a fixé un autre rendez-vous ? demanda Julianne.

— Ne sois pas bête. On est juste sortis ensemble hier soir, répondit Savannah avec insouciance.

— Il le fera. Les mecs adorent les filles comme toi, qui se fichent pas mal d'eux.

— Je ne dirai pas cela. Il me plaît, mais je ne grimpe pas au plafond comme toi, se moqua gentiment Savannah.

— Je parie qu'il va t'inviter le week-end prochain ! s'exclama Julianne avec excitation.

— J'espère que non. Ma mère doit venir. Elle a dit qu'elle essaierait, mais il se peut que ce soit le week-end suivant.

— Je rêve ! Avec qui préfères-tu sortir ? Turner Ashby ou ta mère ?

— Ma mère, répondit Savannah sans marquer la moindre hésitation.

— J'y crois pas !

Avant de raccrocher, Julianne lui dit qu'elle la rappellerait dans la journée pour savoir si Turner s'était manifesté.

Daisy fut la deuxième à procéder à un interrogatoire en règle.

— Qui est le garçon qui est passé te prendre, hier soir ? demanda-t-elle en dévorant ses pancakes dans la cuisine.

— Un camarade du lycée.

Daisy eut une moue déçue.

— C'est tout ? Il est amoureux de toi ?

— Non, répliqua Savannah avec un sourire. Il me connaît à peine.

— Et toi, tu es amoureuse de lui ?

— Non. Je ne le connais pas non plus.

— Alors, pourquoi tu sors avec lui ?

— Parce que nous avions tous les deux envie de manger dehors et de voir un film, alors je me suis dit que nous pouvions le faire ensemble, puisqu'il me l'a proposé.

Daisy hocha la tête, convaincue par cette logique qu'elle trouvait cependant totalement dénuée de romantisme. A cet instant, leur père entra dans la cuisine, vêtu de sa tenue de tennis.

— Est-ce que c'est avec l'un des jeunes Ashby que je t'ai vue sortir hier soir ? s'enquit-il avec un intérêt égal.

Décidément, songea Savannah, sa vie amoureuse constituait le débat du moment.

— Oui.

— Il est sympa ?

— Je crois... En tout cas, il en a l'air.

— Je joue au tennis avec son père. Ils ont vécu un drame l'année dernière. Son épouse est morte dans un accident. Un chauffard ivre a embouti sa voiture sur l'autoroute 526. Ça a été très dur pour les enfants.

— Il ne m'a rien dit à ce sujet. Nous avons juste parlé du lycée.

Hochant la tête, Tom apprit aux deux filles qu'Henry arrivait de La Nouvelle-Orléans dans l'après-midi.

— Il a hâte de te revoir, Savannah. Il dînera à la maison, ce soir, ainsi que Travis et Scarlette. Toute la famille va être réunie, conclut-il gaiement.

Luisa, qui entrait dans la cuisine, ignora son mari. Elle annonça à la cantonade qu'elle se rendait au country-club, qui proposait un spa réservé aux femmes. Elle ne rentrerait qu'en fin d'après-midi. De son côté, Tom devait prendre Henry à l'aéroport. Lorsqu'ils furent partis tous les deux, Savannah offrit à Daisy de l'emmener à l'aquarium.

Elles quittèrent la maison à 11 heures, visitèrent l'aquarium, où elles déjeunèrent, puis elles revinrent vers 15 heures. Tallulah leur apprit que leur père était déjà parti pour l'aéroport. Elles jouèrent au Risk, au Monopoly et au gin-rummy. Peu après 17 heures, Tom et Henry arrivèrent. Daisy dévala l'escalier pour accueillir son frère. D'un an plus jeune que Travis, c'était un beau jeune homme athlétique. Il avait préféré s'inscrire à Duke plutôt qu'à l'Université de Virginie, et il avait fait partie de l'équipe de football. Savannah savait qu'il s'était spécialisé en histoire de l'art et envisageait de devenir enseignant. Contrairement à son père et à son frère aîné, le monde des affaires ne l'intéressait pas. Il travaillait dans une importante galerie d'art de La Nouvelle-Orléans et il effectuait un stage dans un musée. La restauration des tableaux le passionnait aussi.

Après qu'Henry eut longuement câliné sa petite sœur, il leva les yeux vers l'escalier et vit Savannah qui lui souriait. Ainsi que Travis le lui avait dit, elle n'avait pas changé, juste grandi.

Il gravit quelques marches et la serra très fort dans ses bras.

— Je suis vraiment heureux de te voir, dit-il doucement. C'est vraiment cool que tu sois là ! Travis et Daisy m'ont beaucoup parlé de toi. Je ne suis revenu ce week-end que pour te voir.

Savannah crut en sa sincérité. Ensemble, ils descendirent l'escalier et entrèrent dans la salle de séjour. Par bonheur, Luisa n'était pas encore rentrée, car elle aurait été mécontente qu'on fît autant d'histoires à cause de Savannah. De toute façon, Henry ne s'en souciait guère. Il n'avait jamais mis ses pas dans ceux de sa mère.

Assis l'un près de l'autre, le frère et la sœur bavardèrent un moment. Il lui posa des questions intelligentes sur ce qu'elle aimait, ce qu'elle faisait, sa musique, ses livres et ses films préférés, le nom de ses amis. Il voulait tout savoir sur elle. Lorsqu'elle lui parla d'Alexa, son visage s'assombrit.

— Je n'aimais pas écrire, quand j'étais gamin, mais j'ai toujours pensé à elle et à toi.

Il prit un ton solennel, comme s'il allait partager avec elle un secret important.

— Lorsqu'elle était la femme de notre père, ta mère a fait quelque chose de très important pour moi. Je suis dyslexique et, pendant toutes ces années, elle m'a donné des cours particuliers parce qu'elle savait que je détestais le prof qui s'occupait de moi à l'époque. Je crois qu'elle a même suivi elle-même une formation pour savoir comment s'y prendre. Quoi qu'il en soit, c'est grâce à elle que j'ai pu poursuivre mes études, et je ne l'ai jamais oublié. C'est la femme la meilleure et la plus patiente que j'aie jamais connue. Elle était pétrie de compassion et d'amour.

Tom, qui se tenait sur le seuil de la pièce, entendit ces propos. Le visage peiné, il s'esquiva discrètement sans être vu des deux jeunes gens.

— Elle ne m'en a jamais parlé, dit Savannah. C'est drôlement bien que tu aies pu faire tes études à Duke.

— C'est une bonne fac, confirma-t-il.

Pendant qu'ils poursuivaient leur bavardage, Luisa revint du spa. Elle embrassa son fils avant de monter dans sa chambre pour se changer. Elle n'était pas contente de le voir parler avec Savannah, mais elle s'abstint d'en faire la remarque. Tom se trouvait déjà dans leur chambre. Il avait oublié combien il avait été reconnaissant à Alexa de l'aide qu'elle apportait à son fils. Ce souvenir le rendait malade.

Luisa remarqua immédiatement son expression malheureuse.

— Qu'est-ce que tu as ?

— Rien. Je réfléchissais... Tu as passé une bonne journée, au spa ?

— Très agréable, merci, répondit-elle froidement.

Elle n'avait pas l'intention de se réconcilier avec lui avant que Savannah rentre à New York. Pendant toute la durée de son séjour, elle voulait punir son mari, lui donner une leçon. Le message devait être clamé haut et fort, pour que cela ne se reproduise pas. Elle ne tolérerait pas une seconde fois la fille d'Alexa sous son toit mais, pour l'instant, elle ne pouvait rien y faire.

Grâce à Henry, le dîner fut gai et animé. Il raconta des blagues, se livra à des imitations hilarantes et se moqua de tout le monde, y compris de sa mère. Travis était très sympathique, lui aussi, mais beaucoup plus réservé. Scarlette adorait son futur beau-frère, bien qu'il la raillât sans merci à propos de son mariage, qu'il jugeait bien trop fastueux. D'après Scarlette, ses jeunes frères en faisaient autant. A vingt-quatre ans, Henry paraissait très jeune, mais il était plus subtil que les autres membres de la famille. Savannah se demanda s'il en avait appris davantage sur le monde en vivant dans une grande ville. Travis n'avait pas quitté le cocon de Charleston et leur père luimême y était resté toute sa vie. Henry était le seul à s'en être éloigné, même s'il habitait toujours dans une ville du Sud. Mais La Nouvelle-Orléans était plus grande et plus évoluée que Charleston. Le jeune homme semblait d'ailleurs passer beaucoup de temps à Londres et à New York. Il connaissait tous les lieux de prédilection de Savannah.

Avec Henry aux commandes de la conversation, tout le monde était de bonne humeur, même Luisa. A la fin du repas, elle lui demanda comment allait la jolie jeune fille avec laquelle il était sorti l'été précédent. Il lui jeta un regard étrange.

— Elle vient de se fiancer.

— Oh ! Je suis désolée ! s'exclama-t-elle avec sympathie.

Henry ne fit qu'en rire.

— Moi pas !

Il parla ensuite d'un certain Jeff avec qui il partageait son appartement. Il était originaire de la Caroline du Nord et ils avaient fait plusieurs voyages ensemble. Luisa ne lui posa aucune question au sujet de ce garçon.

A la fin du dîner, ils avaient tous les côtes douloureuses à force de rire. Lorsqu'ils eurent regagné la salle de séjour, Henry joua aux cartes avec les filles. Ils disputaient une dernière partie quand les parents leur souhaitèrent une bonne nuit et montèrent dans leur chambre. Travis et Scarlette étaient déjà partis car, le lendemain, la future épousée recevait des amies qui lui apporteraient des cadeaux. Elle avait dit à Savannah qu'elle ne l'invitait pas car elle s'y ennuierait à mourir. Elle omettait de préciser que Travis lui avait demandé de ne pas le faire pour ne pas fâcher sa mère. Elle s'était soumise au désir de son fiancé par docilité, mais elle se sentait coupable vis-à-vis de Savannah.

Luisa aurait bien voulu éloigner aussi Henry de la jeune fille, mais il n'y avait aucun moyen de l'exclure de la soirée. Elle savait d'ailleurs qu'Henry aurait protesté et l'aurait accusée de grossièreté. Il n'hésitait jamais à défier sa mère et, le cas échéant, il désapprouvait haut et fort sa conduite. Il n'avait pas peur d'elle. Daisy lui avait expliqué au téléphone que leur mère avait été très méchante avec Savannah, aussi s'était-il montré particulièrement gentil avec elle. Et lorsqu'il disait qu'il était venu exprès pour elle, c'était vrai.

Daisy s'endormit pendant la partie de cartes. Henry la souleva délicatement dans ses bras et la porta sur son lit pendant que Savannah regagnait sa propre chambre. Un instant plus tard, il frappait à sa porte. Vêtue de sa chemise de nuit, elle se brossait les dents lorsqu'il entra. Comme s'il avait toujours vécu avec sa sœur, il la rejoignit dans la salle de bains pour bavarder avec elle.

— Je suis content d'avoir une deuxième frangine avec qui je peux vraiment parler, dit-il en souriant à son reflet dans le miroir. Tu as été absente trop longtemps.

Ils s'assirent ensuite dans la chambre pour discuter. Il déclara qu'il souhaitait s'installer à New York dès qu'il saurait s'il voulait travailler dans une galerie, un musée ou une école. En tout cas, ce serait dans le domaine de l'art.

— Tu ne veux pas revenir ici ? s'étonna Savannah.

Si elle se basait sur ses constatations, il lui semblait que les gens du Sud privilégiaient leurs racines et s'établissaient le plus près possible de chez eux.

— Ce monde est trop étroit pour moi, dit-il simplement. Charleston est une petite ville provinciale et y affirmer mon homosexualité est trop compliqué.

Savannah le fixait avec surprise.

— Tu es homo ?

Cette idée ne lui était pas venue à l'esprit, d'autant que Luisa avait évoqué une jeune fille avec qui il sortait l'année précédente.

— Exact. Jeff est mon compagnon. A dix-huit ans, j'ai dit la vérité à mes parents. Papa n'était pas ravi, mais il n'a pas fait d'histoires. J'ai beau le lui rappeler, ma mère se comporte comme si elle l'ignorait ou l'avait oublié. Tu as vu comment elle m'a interrogé à propos de cette fille, tout à l'heure. Elle sait pourtant que je ne fréquente aucune femme. Je me suis douté que j'étais gay environ un an après le départ de ta mère, quand j'avais quinze ans. A seize, j'en étais sûr. Ce n'est pourtant pas la fin du monde, mais pour ma mère, si. Elle me parlera de mes conquêtes féminines jusqu'à ce que j'aie cent ans. Elle espère sans doute que je vais « guérir ». Cela ne faisait pas partie de ses projets. Elle est sûrement soulagée que je n'habite pas à Charleston. Ce serait trop embarrassant pour elle et trop dur pour moi. Elle continue de mentir à ses amies.

— C'est bizarre… Qu'est-ce que ça peut bien lui faire ?

— A ses yeux, ce n'est pas normal, ce n'est pas bien. Mais ça l'est pour moi.

— Cela fait partie de ce que tu es, dit Savannah en lui souriant. Comme tu dis, ce n'est pas la fin du monde. Daisy est au courant ?

— On me tuerait si je lui en parlais. Mais elle finira par le découvrir. A mon avis, Travis n'est pas enchanté non plus. Il leur ressemble bien plus que moi. C'est vraiment le petit provincial qui fera tout ce qu'il peut pour les satisfaire et se couler dans leur moule. Je me suiciderais si je devais épouser Scarlette, mais elle lui convient parfaitement. C'est une gentille fille du Sud.

— Tu t'exprimes comme un Yankee, se moqua Savannah.

— Je le suis sans doute de cœur. Ici, il y a un certain nombre d'hypocrisies que j'ai du mal à supporter, mais ce

195

n'est peut-être que la mentalité provinciale. J'ai horreur des gens qui dissimulent leurs pensées et leurs sentiments pour être polis ou dans la norme. Il y en a beaucoup, ici. Tout va bien si tu as deux généraux confédérés dans ta famille, mais un fils homo, ça fait désordre, du moins dans la nôtre. Ils le tolèrent, mais ça ne leur plaît pas. Merde !, ces généraux étaient peut-être tous homosexuels.

Cette éventualité les fit rire. Reprenant son sérieux, Henry poursuivit :

— Ta mère ne m'aurait pas stigmatisé pour autant. Jamais je n'ai rencontré une femme aussi aimante. Quand elle vivait avec nous, je ne savais pas encore que j'étais gay, mais par la suite, je me suis demandé si elle n'était pas au courant avant moi. Elle est très perspicace.

Savannah hocha la tête, fière de sa mère.

— Elle va bien ? demanda le jeune homme.

Quand la jeune fille eut fait signe que oui, il continua :

— Mes parents lui ont vraiment fait un sale coup. D'après ce que Travis m'a dit, elle ne s'est jamais remariée ?

— Non. Mais elle n'a que trente-neuf ans… Je crois qu'elle en veut encore énormément à papa. Pour exprimer les choses autrement, ses blessures ne sont pas cicatrisées.

— Je comprends ça, répliqua franchement Henry. Ma mère s'est bien jouée d'elle et notre père l'a laissée faire. Ils s'entendent d'ailleurs très mal, mais papa reste ici et maman le piétine allègrement. Elle nous a tous abandonnés lorsqu'elle l'a quitté, mais c'est comme si tout le monde avait oublié cet épisode ! C'est très commode, mais ça marche comme ça, ici.

— C'est ce que j'ai constaté. Elle est furieuse contre moi.

— Je ne vais pas la plaindre. Papa aurait dû t'amener ici depuis des années. Je m'en veux terriblement de ne pas vous avoir contactées, ta mère et toi. J'avais quatorze ans quand vous êtes parties, et j'ai détesté ce qu'ils faisaient. Ensuite, je ne sais pas… Il y a eu le lycée, la fac, la vie… Je n'ai pas bougé le petit doigt. Mais je suis ravi que tu

sois là et j'espère voir ta mère, un de ces jours. J'ai beaucoup de choses à lui raconter.

— Elle va essayer de venir me voir tous les quinze
jours. On s'est bien amusées, le week-end dernier. Elle
n'avait pas envie de revenir ici, mais elle l'a fait.

— Ce doit être dur pour elle...

Ils se turent un instant, songeant à Alexa. Finalement,
Henry se leva et embrassa sa sœur avant de gagner sa
propre chambre. Une fois couchée, Savannah réfléchit à
ce qu'Henry lui avait dit. Elle ne voyait pas en quoi son
homosexualité pouvait contrarier ses parents, mais elle
était de New York, pas de Charleston.

Tout était très différent, ici...

13

Ainsi que Julianne l'avait prédit, Turner Ashby invita de nouveau Savannah à sortir avec lui. Ils dînèrent dans un restaurant de fruits de mer et abordèrent des sujets plus personnels que la première fois. Il lui confia que sa mère était morte l'année précédente. La vie continuait, lui dit-il, mais son père et ses jeunes frères accusaient le coup. En voyant ses yeux mouillés de larmes, Savannah devina que ce n'était pas facile pour lui non plus, bien qu'il ne le précisât pas. Il ne voulait pas lui paraître faible, mais il avoua qu'il était content de partir pour l'université car la maison était trop triste sans sa mère. Savannah lui parla de son enfance sans père, ou presque. Ils étaient d'accord pour penser qu'il était bon pour elle de passer quelque temps avec lui maintenant, même si sa belle-mère lui rendait la vie dure. Lorsqu'elle lui décrivit le comportement de Luisa à son égard, il en fut choqué mais pas étonné. Elle ne lui avait jamais plu et il l'avait toujours trouvée snob. A présent, il savait qu'elle était aussi cruelle et grossière.

Turner était un garçon délicat, prévenant et respectueux. Il se comportait envers Savannah avec toute la grâce et la galanterie qui faisaient la réputation du Sud. Si elle le voulait bien, lui dit-il, il souhaitait la voir plus souvent. Savannah répondit que sa mère devait venir la voir le week-end suivant. Il lui demanda alors s'il pourrait passer chez elle de temps à autre. Savannah n'était pas contre... Cela ressemblait davantage à une cour à l'ancienne qu'à des échanges entre jeunes de terminale, mais à la fin du second rendez-vous, il l'embrassa, ce que Savannah apprécia beaucoup. Ils passaient de très bons moments ensemble et elle promit de le présenter à sa mère lors de sa prochaine visite.

Lorsqu'elle en parla à Alexa, celle-ci recommença à s'inquiéter. Que se passerait-il si Savannah tombait amoureuse ? S'ils se mariaient et s'installaient à Charleston ? Lorsqu'elle confia ses craintes à Muriel, celle-ci ne fit qu'en rire.

— Elle n'a que dix-sept ans, voyons ! Pour l'instant, ils sont bien ensemble, c'est tout.

Prenant conscience de l'inanité de ses angoisses, Alexa se calma. Ces derniers temps, elle était sur les nerfs. Le procès ayant lieu sept semaines plus tard, elle avait une foule de détails à l'esprit. On n'avait pas découvert de nouvelles victimes et elle montait son dossier avec une minutie et un soin infinis.

Le lendemain de sa sortie avec Turner, Savannah passa voir sa grand-mère de son propre chef. Comme elle avait un après-midi libre, elle s'était dit que ce serait plutôt sympa, tout en se demandant si elle n'aurait pas dû téléphoner auparavant. Elle la trouva assise dans son fauteuil à bascule, sur la véranda. Eugenie somnolait, un livre à la main, mais dès qu'elle perçut un bruit de pas, ses yeux s'ouvrirent brusquement. Elle eut la surprise de voir sa petite-fille qui la regardait, vêtue d'un jean et d'un pull jaune.

— Qu'est-ce que tu fais là ? lui demanda-t-elle sévèrement.

— Je me suis dit que vous apprécieriez peut-être une visite, alors je suis venue, répondit prudemment Savannah.

La vieille dame fronça les sourcils.

— Tu aurais pu téléphoner. Nous n'apprécions pas ces manières de Nordistes, ici, gronda-t-elle. Les Sudistes sont polis.

Légèrement refroidie par cet accueil, la jeune fille s'excusa.

— Je suis désolée. La prochaine fois, je prendrai soin de vous prévenir.

Elle esquissait déjà un mouvement de fuite, mais sa grand-mère lui désigna une chaise.

— Puisque tu es là, assieds-toi. Pourquoi es-tu venue ?

Cette adolescente à l'air effrayé l'intriguait. Quant à Savannah, elle trouvait sa grand-mère intimidante malgré son grand âge.

— J'avais envie de vous rendre visite... J'aime entendre toutes ces histoires sur la guerre, les généraux, les batailles. A New York, on n'apprend pas tout cela.

C'était exact, mais elle avait surtout voulu être gentille avec une très vieille dame.

Sa grand-mère sourit, étonnée par la requête. Du sang sudiste coulait bien dans les veines de cette gamine, finalement.

— Que veux-tu savoir ?

— Parlez-moi de ma famille. Cela fait partie de mon histoire.

— En effet.

Eugenie appréciait l'idée de partager ses connaissances avec cette jeune fille. Si on voulait conserver le souvenir des ancêtres, il fallait le transmettre de génération en génération.

Elle commença par son arrière-arrière-grand-père, arrivé de France. Elle continua avec ses descendants, de mariage en mariage, de général en général. Elle décrivit leur arrivée à Charleston, l'étendue de leurs terres, le nombre de leurs esclaves. Elle ne manifestait aucun remords à ce sujet, estimant que l'esclavage était essentiel pour la culture des champs. Dans son esprit, cela faisait d'ailleurs partie de leur richesse à cette époque. Savannah se crispa un peu. Elle n'appréciait que modérément cette théorie, qu'elle entendait pour la première fois. Elle n'approuvait pas non plus les autres peuples qui avaient fondé leur enrichissement sur la possession d'êtres humains.

Lorsqu'elles en arrivèrent à la guerre de Sécession, les yeux d'Eugenie s'illuminèrent. Elle connaissait par cœur toutes les dates, tous les détails concernant les grandes batailles du Sud, et plus particulièrement celles qui avaient eu lieu à l'intérieur et autour de Charleston. Elle savait exactement qui étaient les vainqueurs et les vaincus. Elle y ajoutait des anecdotes concernant les mariages, les veuvages et les remariages. C'était une encyclopédie vivante de la guerre de Sécession et de l'histoire de Charleston. Fascinée, Savannah l'écouta parler pendant plusieurs heures. Personne n'avait prêté à la vieille dame une attention aussi soutenue pendant aussi longtemps et, lorsqu'elle s'arrêta, il était l'heure de dîner. Ces évocations l'avaient véritablement revigorée et elle promit à Savannah de lui prêter des livres sur la question. La jeune fille accepta volontiers, car elle avait vraiment apprécié cette chronique. Elle s'étonnait d'être apparentée à certains de ces personnages évoqués par sa grand-mère. C'était un aspect de son histoire qu'elle ignorait totalement et dont elle n'aurait jamais eu connaissance sans elle.

Avant de partir, elle se répandit en remerciements, puis elle l'escorta jusqu'au petit salon où elle aimait s'asseoir le soir. Elle la laissa avec une de ses servantes après l'avoir embrassée sur la joue.

— N'oublie pas que le sang de la Caroline du Sud coule dans tes veines ! lui rappela sa grand-mère. Tu n'as pas que du sang yankee !

— Oui, grand-mère, dit Savannah en lui souriant.

Elle avait passé un merveilleux après-midi, et elle y pensait encore en regagnant les Mille Chênes au volant de sa voiture.

Quand Daisy se plaignit qu'elle rentre tard, Savannah lui expliqua tranquillement qu'elle était allée voir leur grand-mère.

— Toute seule ? s'étonna Daisy. On s'ennuie tellement, chez elle !

Daisy détestait se rendre chez la vieille dame, où elle ne trouvait rien à faire. Tous ces récits sur les généraux l'ennuyaient au plus haut point.

— Pas du tout ! protesta Savannah. Elle sait tout sur le Sud. J'ai appris beaucoup de choses.

Pour toute réponse, Daisy fit la grimace. Elle ne voyait pas de pire façon de passer un après-midi. Chaque fois que sa grand-mère voulait lui parler de ses racines, elle refusait de l'écouter, préférant largement regarder la télévision. Savannah, qui avait sept ans de plus que sa sœur, avait tout absorbé comme une éponge.

Ce soir-là, les parents de Daisy étaient invités à un dîner, ensemble pour une fois. De ce fait, Savannah n'eut pas le temps de parler à son père de sa visite. Ce fut la mère de ce dernier qui le mit au courant le lendemain, lorsqu'il passa la voir après le déjeuner.

— C'est une fille très bien, dit Eugenie en le regardant.

Tout d'abord, il crut qu'elle faisait allusion à l'une de ses servantes. Elle appelait aussi ses employés masculins ses « boys », terme assez désagréable, mais qui était de son temps.

— Qui ? demanda-t-il en posant sur elle un regard vide.

Une petite lueur qu'il ne lui avait pas vue depuis longtemps pétillait dans les yeux de sa mère.

— Ta fille.

— Daisy ?

— Savannah. Elle est venue me voir, pour prendre une leçon d'histoire sur le Sud. Elle écoute attentivement, elle retient tout. J'attribue cet intérêt au sang du Sud qui coule dans ses jolies veines. Elle voulait tout savoir sur notre famille et plus encore. Cette enfant est unique !

— Je le sais, dit-il, stupéfait. Elle est venue toute seule ?

— Evidemment ! répliqua vertement la vieille dame. Tu n'imagines pas que ta femme me l'aurait amenée ?

Luisa va me rendre folle, si elle n'arrête pas de se plaindre à propos de cette enfant.

Tom fut surpris par le ton revêche de sa mère, qui secouait la tête avec mécontentement.

— Elle t'a téléphoné à ce sujet ? demanda-t-il.

Il savait que Luisa avait appelé sa mère une fois à propos de Savannah.

— Presque tous les soirs. Elle veut que j'use de mon influence sur toi pour que tu la renvoies chez elle. Mais je ne suis pas d'accord, si la vie de cette enfant est en danger. C'est ce que tu m'as dit et je ne vois pas pourquoi tu me mentirais.

— Le danger est bien réel. Savannah a reçu des lettres très inquiétantes, provenant sans doute d'un homme qui a tué dix-huit femmes. Il est en prison, mais il a des amis à l'extérieur. L'un d'entre eux a certainement glissé les lettres sous leur porte, du moins si c'est bien lui qui est à l'origine de ces envois. En admettant que ce soit quelqu'un d'autre, c'est très inquiétant aussi. Je pense qu'Alexa a eu raison de vouloir éloigner sa fille de New York.

— Moi aussi. Il n'y a aucune raison de mettre cette enfant en danger, ou même de permettre qu'on l'effraie. Dix-huit femmes... ma parole, c'est affreux ! A quoi Alexa pense-t-elle lorsqu'elle accepte de traiter des cas comme celui-là ? conclut la vieille dame avec désapprobation.

— Elle est l'assistante du procureur, répondit tranquillement Tom, elle n'a pas le choix. Elle doit accepter les missions qu'on lui confie. C'est son travail.

— C'est très noble de sa part, mais bien trop dangereux pour une femme, dit sa mère sur un ton plus doux.

Tom constatait avec un certain amusement que sa mère défendait Alexa et Savannah, après lui avoir dit de les chasser. L'humanité était bien prompte à oublier ses perfidies et ses crimes ! songea-t-il.

— Quoi qu'il en soit, continua-t-elle, Luisa veut que Savannah s'en aille et elle espère que je parviendrai à te convaincre de la renvoyer. Il y a dix ans, elle a eu ce qu'elle voulait. Elle t'a eu, elle a Daisy, elle a récupéré les garçons et elle n'a pas besoin de faire du mal à Savannah pour terrasser l'adversaire. Nous en avons fait suffisamment à cette époque. J'ai dit à Luisa de cesser de me harceler à ce propos. Elle n'était pas contente.

Tom l'imaginait facilement. Sa belle-mère avait été sa meilleure alliée et sa complice, pendant toutes ces années.

— Vous avez des regrets, mère ? demanda-t-il franchement.

Auparavant, il n'avait jamais osé lui poser la question. Elle hésita un instant avant de répondre. Assise dans son fauteuil à bascule, enveloppée dans un châle, elle semblait très vieille et fragile. Il savait qu'elle était moins frêle qu'il n'y paraissait. Sa volonté et ses opinions étaient plus fermes que jamais, néanmoins elle paraissait tourmentée.

— Cela m'arrive... Tout dépend de la vie qu'Alexa mène aujourd'hui. Si elle est heureuse, je suppose que nous avons eu raison... je ne sais pas... Je ne voulais pas que Daisy soit une enfant illégitime, et Luisa exerçait une forte pression sur moi, mais j'étais plus jeune, à l'époque.

Il était tombé dans le piège que Luisa et sa mère lui avaient tendu. La nuit où elle l'avait attiré dans son lit, ils avaient conçu Daisy. En réalité, il était parfaitement responsable de son sort, puisqu'il la courtisait secrètement depuis des semaines. Il n'avait jamais accepté que Luisa le quitte pour un autre homme. Cette humiliation l'avait rongé pendant des années. Il aimait Alexa, mais Luisa était plus déterminée, plus séductrice et, surtout, elle était née dans le Sud. Alexa était adorable, ouverte, naïve, aimante et elle lui faisait totalement confiance. Cette idée le rendait malade chaque fois qu'il y pensait.

— Est-ce qu'elle est heureuse ? demanda sa mère.

— Je ne crois pas, soupira-t-il. Je n'ai jamais vu des yeux aussi tristes. Elle est seule avec Savannah et il n'y a pas d'homme dans sa vie. C'est une merveilleuse mère.

— Tu ne vas pas retourner avec elle et abandonner Luisa sous prétexte qu'Alexa est seule ? s'inquiéta sa mère.

— Je ne crois pas qu'elle voudrait de moi, et elle aurait raison, dit-il tristement, car cette idée lui avait traversé l'esprit.

— C'est juste, dit sa mère. Si tu l'avais aimée, tu ne l'aurais jamais quittée pour Luisa, quoi que j'aie pu dire. Tu es retourné auprès de ta première épouse comme un toutou et tu as renvoyé Alexa à New York.

Il acquiesça d'un signe de tête. Il avait voulu récupérer Luisa par orgueil, mais il aimait Alexa. Ce dont il ne voulait pas, c'était la vie qu'il menait maintenant, auprès d'une femme qu'il détestait et qui le détestait plus encore. Il avait largement mérité son sort et il le savait.

— Je souhaite seulement que Luisa cesse de m'appeler à propos de Savannah, dit Eugenie. Elle doit être correcte avec elle. Elle le doit bien à Alexa, qui s'est occupée de ses fils.

— Je le lui ai dit, mais elle ne veut rien entendre.

— Elle prétend que Savannah est une sale gosse, mais c'est faux. Ta fille est adorable. Elle est venue me voir de sa propre initiative. Elle m'a dit qu'elle reviendrait, et j'espère qu'elle le fera.

— J'en suis certain, dit gentiment Tom.

Savannah était bien du genre à rendre visite à des vieilles dames et à leur tenir compagnie. Elle avait le cœur tendre, son père et sa grand-mère le savaient tous les deux, tout comme Daisy et ses frères. Luisa s'en moquait bien, puisqu'elle-même n'avait pas de cœur. Après l'avoir manipulé pour le récupérer, elle n'avait cessé de le torturer.

— Je suis contente qu'un membre de notre famille veuille connaître notre histoire. Cela n'intéresse pas Luisa, qui a pourtant autant de généraux que nous dans sa généalogie, remarqua Eugenie d'un air froissé.

Tom réprima un rire. Comme toujours, sa mère prenait ce sujet très au sérieux. Il arrivait à Tom de décrocher, parfois. Le compte des généraux était trop fastidieux. Le récit des combats et des victoires des Confédérés l'avait assommé toute sa vie. Contrairement à sa mère, il n'était pas un mordu d'histoire.

Peu après, il quitta Eugenie et, ce soir-là, il remercia Savannah pour sa visite. Sa grand-mère en était très heureuse, lui dit-il, et elle espérait qu'elle reviendrait bientôt. Luisa les entendit et intervint brutalement pour dire que Savannah ne devait pas la déranger, car elle était âgée et fatiguée.

— Je souhaite au contraire que Savannah rende visite à ma mère, trancha Tom.

Luisa eut une moue méprisante, mais elle ne répondit pas. Quand sa belle-mère lui avait parlé, dans l'après-midi, elle lui avait dit la même chose. La chance avait tourné et Luisa n'aimait pas cela du tout.

Savannah avait raconté à sa mère sa visite à sa grand-mère et la leçon d'histoire. Elle lui avait aussi rapporté les confidences d'Henry sur son homosexualité et son compagnon. Grâce à leurs échanges téléphoniques quotidiens, elle la tenait au courant des nouvelles locales.

Ce qu'elle lui apprenait à propos d'Henry ne surprenait pas Alexa. Lorsqu'il avait atteint l'âge de la puberté, il ne s'était jamais intéressé aux filles. Evidemment, il était très jeune, à l'époque, puisqu'il n'avait que quatorze ans. Elle s'était posé la question une ou deux fois, mais elle n'avait pas osé en parler à Tom, qui était bien trop inhibé pour aborder ce genre de sujets.

— Il l'est toujours, maman, dit Savannah quand sa mère lui livra le fond de sa pensée. Ils le sont tous. Luisa fait semblant de croire qu'Henry n'est pas gay.

— J'espère qu'il est heureux, en tout cas. J'aimerais bien le voir, un de ces jours.

Elle projetait de se rendre à Charleston le week-end suivant. De nouveau, elle avait retenu une suite au Wentworth Mansion.

— Est-ce que je vais faire la connaissance de ton petit ami ? demanda-t-elle à sa fille, qui fit la grimace.

— Peut-être, s'il n'a pas d'autres occupations. Je sais qu'il doit disputer un match, ce week-end.

— Nous pourrions y assister, du moins si je ne te fais pas trop honte.

— Tu sais bien que non. Je suis très fière de toi, maman.

— Moi aussi, je suis fière de toi, mon cœur.

Une fois qu'elles eurent raccroché, Alexa retourna travailler avec Sam et Jack Jones, tandis que Savannah rejoignait Turner pour faire une petite promenade et échanger beaucoup de baisers avant le dîner.

Lorsqu'elle se glissa discrètement dans la maison, au retour, elle rencontra Daisy qui sortait de la cuisine, un casse-croûte à la main.

— Alors ? demanda la fillette.

— Alors quoi ?

— Ne fais pas l'innocente, je t'ai vue avec lui. Il est mignon ? Est-ce qu'il t'a embrassée ?

— Il est mignon, *et* il m'a embrassée.

— Beurk ! s'exclama Daisy en montant l'escalier quatre à quatre. C'est dégoûtant !

Elle se pencha ensuite par-dessus la rampe pour demander :

— C'est ton petit ami ?

— Mais non, voyons ! répliqua Savannah en souriant. C'est juste un garçon que j'aime bien.

— Ben voyons !

Sur ces mots, Daisy fila dans sa chambre en éclatant de rire.

14

Quand Alexa revint à Charleston, tout lui sembla plus facile et familier. La première fois, elle avait subi un véritable choc en retournant dans ce monde qu'elle avait aimé et perdu. Désormais, Savannah et elle avaient l'impression de rentrer chez elles en franchissant le seuil du Wentworth Mansion. Alexa parvint même à être aimable avec Tom lorsqu'il déposa Savannah à l'hôtel. Dès qu'il s'en aperçut, il trouva le courage de l'inviter à déjeuner. Elle n'en avait pas envie, car elle souhaitait consacrer tout son temps à sa fille, mais elle ne voulait pas non plus se montrer grossière envers lui. Pour protéger Savannah, il avait affronté la colère de Luisa. Alexa hésita avant de répondre, mais lorsqu'elle vit les yeux suppliants de sa fille, elle finit par céder.

— Mais ce ne sera pas long, le prévint-elle. Je suis là avant tout pour Savannah.

— Bien entendu.

Elle avait l'impression qu'il souhaitait enterrer la hache de guerre, cette fois, au lieu de la lui planter dans le dos ou dans le cœur. Pour sa part, elle n'était pas encore prête, mais elle pouvait envisager qu'ils soient amis un jour. Ils ne seraient jamais vraiment proches, mais ils seraient polis s'ils se rencontraient au mariage de Savannah ou à la remise des diplômes. Sans doute avait-il la même idée en tête. La guerre froide avait suffisamment duré.

Il lui proposa de la retrouver au Magnolia le lendemain.

Savannah leur dit qu'elle en profiterait pour assister au match de foot disputé par Turner. Tout le monde était donc content, sauf Alexa qui aurait préféré déjeuner avec sa fille. Lorsqu'elles montèrent dans leur suite, Savannah la remercia d'avoir accepté l'invitation de son père. L'appartement était aussi accueillant que la première fois et encore plus fleuri. Deux coupes de champagne les attendaient, ainsi que des fraises nappées de chocolat absolument délicieuses. D'ordinaire, Savannah ne buvait pas d'alcool, mais Alexa le lui permettait en certaines occasions. Elle-même buvait très rarement. Son rendez-vous avec Tom la rendait nerveuse. Pour l'instant, ils n'étaient pas encore amis.

— Et maintenant, parle-moi de ce garçon dont tu t'es entichée. Quand vais-je faire sa connaissance ? On pourrait boire un café ensemble, après le match.

Savannah hésita avant de hocher la tête, l'air gênée.

— Il est sympa, maman, mais il n'y a rien de sérieux entre nous. Il est capitaine de l'équipe de foot et il espère être accepté à l'Institut technologique de Géorgie ou à l'Université méthodiste du Sud.

— Un brave garçon du Sud, à ce que je vois, commenta sa mère.

Loin d'être sarcastique, elle était simplement amusée. Lorsqu'elle vivait ici, elle avait remarqué que les jeunes choisissaient rarement des universités du Nord.

— Il a trois jeunes frères. Sa mère est morte l'an dernier.

— Je suis désolée, dit doucement Alexa. Est-il gentil avec toi ? C'est tout ce qui m'importe. Ma seule exigence est qu'il te traite bien. Tu le vois souvent ?

Plus le procès approchait, plus sa vie tournait au chaos, et elle avait un peu moins prêté attention à ce que Savannah lui disait sur ce garçon.

— Il est très gentil avec moi, la rassura la jeune fille. Je le vois tous les jours, au lycée. Quelquefois, nous déjeunons ensemble à la cafétéria. Nous sortons aussi une ou deux fois par semaine pour voir un film ou dîner au restaurant.

— Est-ce que tu couches avec lui ? lui demanda carrément sa mère.

Savannah secoua négativement la tête. Il était trop tôt pour cela.

— Tu prends toujours la pilule ? insista Alexa.

L'adolescente lui sourit. Elle avait perdu sa virginité à l'âge de seize ans et, avec un certain réalisme, sa mère avait fini par se faire à cette idée. Savannah n'avait d'ailleurs eu des relations sexuelles qu'une seule fois. Alexa voulait s'assurer qu'elle serait prudente si cela devait arriver avec Turner.

— N'oublie pas les préservatifs, s'il te plaît !

Savannah leva les yeux au ciel.

— Je sais, maman, je ne suis pas complètement idiote. Mais il est trop tôt pour y penser, de toute façon. Je le connais à peine.

Mais il lui plaisait beaucoup… énormément, même. Ils s'embrassaient de plus en plus et, entre eux, l'attirance était de plus en plus forte.

— Il n'empêche que tu dois être prête à toute éventualité. Les gens se laissent emporter par la passion, parfois, même si, en ce qui me concerne, ce n'est qu'un lointain souvenir.

Elle n'aurait pas eu le temps d'avoir une liaison, de toute façon. Elle travaillait bien trop dur sur le procès.

Elles dînèrent dans un petit bistro sympathique où elles dégustèrent du crabe fraîchement pêché. Bras dessus bras dessous, elles regagnèrent ensuite l'hôtel, se sentant plus proches l'une de l'autre que jamais. Une fois arrivées, elle louèrent leur DVD préféré et, à la fin du film, elles se couchèrent dans le grand lit confortable. Au matin, elles se réveillèrent fraîches et disposes.

Après le petit déjeuner, elles firent un peu de shopping comme la fois précédente, puis Savannah alla voir le match de foot pendant qu'Alexa se rendait au Magnolia.

Tom l'attendait, l'air nerveux. Elle l'était tout autant que lui.

Assis à une table tranquille au fond du restaurant, ils consultaient les menus, quand Alexa leva les yeux vers lui.

— Je suis désolée de dire ça, mais c'est bizarre. Il fallait que je le dise à voix haute. Tu ressens peut-être la même chose.

— C'est vrai, dit-il en riant.

Elle avait toujours été directe. Une fois qu'elle avait mis le doigt sur la vérité, elle refusait de la dissimuler ou de l'arranger. C'était tout à fait contraire aux bonnes manières inculquées dans le Sud, mais il avait toujours aimé cela, chez elle. Elle n'utilisait aucun subterfuge, aucune rouerie, et elle n'avait pas changé. Si c'était possible, il la trouvait encore plus belle aujourd'hui. Elle avait affirmé son style.

— Pourquoi nous sentons-nous si bizarres ? lui demanda-t-il.

Bien entendu, Luisa ignorait où il se trouvait…

— Tu plaisantes ! Tu m'as quittée et j'ai passé les dix dernières années à te haïr. Qu'est-ce qui me prend, de déjeuner avec toi ? Et notre fille qui habite chez toi ! C'est complètement fou !

— Peut-être pas. Tu as tous les droits de me haïr et tu as l'amabilité de déjeuner avec moi, mais tu as toujours été compatissante et clémente.

— N'y compte pas trop, dit-elle franchement. Et toi, pourquoi as-tu cette impression d'étrangeté ? Est-ce que tu m'as détestée, toi aussi ?

— Je n'avais aucune raison de le faire dit-il. Je regrettais seulement ce qui était arrivé.

— Ce n'est pas « arrivé »… Tu l'as fait, avec l'aide de Luisa et de ta mère. Elles ont pris la décision pour toi. Tu t'es débarrassé de moi pour te remarier avec elle et tu t'es conformé à ce qu'elles exigeaient de toi. Je pense que c'est ce que tu voulais aussi, conclut-elle avec une mélancolie qu'il éprouvait également.

Il secoua la tête.

— Ce n'était pas aussi simple. Je ne savais pas ce que je voulais... En me quittant, Luisa avait piétiné mon orgueil, mais j'étais amoureux de toi.

— Si c'est vrai, tu t'es vraiment comporté comme un imbécile, Tom.

Cela faisait du bien de pouvoir le lui dire en face. Ensuite, elle se sentit mieux.

— C'est tout à fait exact. Et si cela peut te consoler, je n'ai jamais cessé de le regretter.

Alexa ne voulait pas qu'il aille dans cette direction. Elle ne voulait rien savoir de ses regrets.

Ils commandèrent tous les deux une terrine de crabe et de la bisque de homard, leurs mets préférés depuis toujours. Certaines choses n'avaient pas changé. Alexa songea que leurs goûts culinaires étaient sans doute tout ce qu'ils avaient gardé en commun.

Ils abordèrent ensuite d'autres sujets. Ils parlèrent de Savannah, du procès, de la banque de Tom, de Travis et d'Henry. Alexa mentionna en passant que Savannah lui avait dit qu'Henry était homosexuel. N'estimant pas elle-même que ce choix fût choquant, elle espérait que Tom se montrerait raisonnable à ce sujet. A son expression peinée, elle comprit qu'elle se trompait.

— Je suis désolée. Cela te contrarie beaucoup ?

C'était difficile à croire, au vingt et unième siècle, mais elle savait combien Tom était conservateur et vieux jeu.

— Quelquefois, oui. Je reconnais que c'est sa nature et qu'il n'y peut rien, mais ce n'est pas une vie que je souhaitais pour l'un de mes fils. J'espère seulement qu'il est heureux. Sa mère refuse d'admettre la vérité, ce qui n'arrange pas les choses.

— C'est stupide de sa part, dit carrément Alexa, qui fit immédiatement une petite grimace. Désolée... Je regrette seulement qu'Henry ne puisse pas être lui-même avec ses parents. Comment Travis réagit-il ? Pour autant que je m'en souvienne, il est aussi conservateur que toi.

Lorsqu'elle était partie, les garçons étaient des adolescents, mais elle avait beau ne pas les avoir vus pendant dix ans, elle les connaissait bien. Tout en parlant, elle continuait de trouver la situation étrange. Elle était assise dans un restaurant avec Tom et ils bavardaient comme s'ils étaient de vieux amis, alors qu'elle l'avait aimé, qu'elle avait été sa femme et qu'il l'avait rejetée pour une autre. La vie était vraiment bizarre...

— Je pense que Travis s'efforce d'être compréhensif mais, tu as raison, il est assez coincé. Depuis qu'ils sont adultes, les garçons ne sont plus aussi proches. Ils sont très différents.

— Ils l'ont toujours été, mais je regrette qu'ils se soient éloignés l'un de l'autre.

Tom avait honte de ne pas avoir mieux soutenu son fils cadet. C'était l'un de ses nombreux regrets. La liste était longue, mais Alexa se trouvait certainement tout en haut.

Un peu plus tard, ils dégustèrent une génoise chaude aux poires tout en buvant un café. Tom y avait adjoint une glace à la vanille, mais pas Alexa. L'espace d'un instant, elle put distinctement se rappeler avoir été son épouse, ce qu'elle éprouvait et combien elle l'avait aimé, surtout quand Savannah était petite. Ils étaient tellement amoureux, alors ! Pour sa part, elle l'était restée jusqu'à la fin.

— Je pensais vraiment ce que je t'ai dit tout à l'heure, commença-t-il.

— A quel propos ?

La poire chaude fondait dans sa bouche. Elle avait oublié ce qu'il lui avait dit plus tôt. A un moment, ils avaient parlé de Savannah, qu'il trouvait merveilleuse. Il lui en reconnaissait tout le mérite, ce qui n'était que justice.

— J'étais sincère, quand je t'ai dit que je regrettais chaque jour de t'avoir quittée.

En prononçant ces mots, il paraissait vraiment déprimé et abattu, mais le regard d'Alexa se durcit.

213

— Je suis navrée de l'entendre, Tom. Ta vie doit être bien difficile...

— C'est vrai.

Elle le fixa avec froideur. Il s'attendrissait sur lui-même...

— Alors tu peux imaginer ce que c'est que d'avoir été rejetée par un mari que tu aimais et en qui tu avais confiance. Et pour qui ? Pour une femme qui revenait vers lui par commodité, après l'avoir abandonné. Tu crois que tu aurais apprécié de subir une telle épreuve ?

Il hocha la tête, comprenant soudain à quel point elle avait été blessée. Elle était incapable de lui pardonner ce qu'il avait fait. Dès l'instant où il avait abordé le sujet, un mur s'était dressé entre eux.

— Je ne suggérais pas que tu pourrais me revenir, lui dit-il.

— Tant mieux, parce que ça n'arrivera pas. Même dans cent ans.

Elle voulait que ce soit bien clair, surtout s'ils devaient tenter de nouer des liens amicaux. Elle souhaitait que les limites soient nettement définies, autant pour lui que pour elle. Il était toujours très séduisant et elle l'avait aimé. Elle ne voulait pas se mettre en danger, ce qui arriverait si elle tombait de nouveau amoureuse de lui. Il lui avait déjà démontré qu'il n'était pas un homme de parole. Elle l'avait aimé passionnément, il était toujours beau et charmant, mais jamais plus elle ne lui ferait confiance.

— Je voulais juste que tu saches combien je suis navré.

— Moi aussi. Je n'ai plus jamais eu confiance en un homme depuis.

Elle lui en attribuait l'entière responsabilité.

— C'est affreux, dit-il tristement, étreint par la culpabilité.

— Peut-être, mais c'est vrai. Je craindrai toujours qu'un autre homme se conduise avec moi de la même façon. Je croyais que nous étions mariés pour la vie.

— Moi aussi. Et puis Luisa est revenue et j'ai tout fichu par terre.

Alexa acquiesça, mais elle ne souhaitait pas ressasser l'échec de leur mariage pendant tout le repas.

— Sache seulement que je regrette ce que j'ai fait et que je n'ai pas connu un seul jour de bonheur, depuis. C'est une méchante femme.

— Pourquoi ne divorces-tu pas ? Pas pour moi, mais pour toi.

— Je ne veux pas revivre cette épreuve. Notre divorce a failli me tuer.

— C'est drôle, moi aussi, dit-elle avec amertume. Désolée, ajouta-t-elle en riant d'elle-même. Je crois que je suis encore pas mal en rogne. J'ai vu un psy pendant cinq ans, mais j'ai fini par arrêter parce que j'étais toujours aussi en colère, aussi blessée, aussi amère. Il faut sans doute davantage de temps, en tout cas pour moi. Je cicatrise lentement. Une fois, je me suis cassé le bras et j'ai mis six mois à guérir, au lieu de six semaines.

— Je le sais, dit-il, au bord des larmes. J'étais avec toi.

Elle fixa un instant son assiette avant de lever les yeux vers lui.

— Ecoute, je vais être franche... Quelque part, je suis certaine de t'aimer encore. Si ce n'était pas le cas, je ne t'aurais pas détesté avec une telle virulence. A cet instant précis, je ne crois pas te haïr, je ne suis même pas en colère. Nous avons bien déjeuné et j'ai passé un moment agréable en ta compagnie. Nous avons une fille splendide et je t'ai aimé de toute mon âme. Peut-être te garderai-je toujours dans une place secrète de mon cœur. Il se peut que la formule « jusqu'à ce que la mort nous sépare » soit fondée. J'espère que non, mais c'est possible. Je regrette que tu m'aies quittée pour Luisa et que tu nous aies abandonnées, mais c'est une réalité. J'apprécie vraiment ce que tu fais pour Savannah. Tant qu'elle est avec toi, je ne me fais pas de souci pour elle, et c'est très important. Tu as ôté un lourd fardeau de mes épaules. Tu es toujours le plus bel

215

homme que je connaisse, et le plus charmant. J'ai adoré vivre avec toi, dans le Sud, jusqu'à ce que je l'abhorre parce que tu en étais originaire. Peut-être pourrons-nous être amis, maintenant, mais je ne veux pas te leurrer ou me leurrer... Rien ne se passera entre nous. Je ne ferai pas à Luisa ce qu'elle m'a fait, je ne me glisserai pas dans ta vie comme une voleuse. Je ne veux pas retomber amoureuse de toi. Ce serait mortel, pour moi, surtout si tu me faisais encore du mal. Que tu sois désolé n'y change rien, je ne t'accorderai pas une seconde chance. Je ne peux pas. C'est au-dessus de mes forces. Il m'a fallu dix ans pour guérir de toi, et je veux que ça continue. Nous pourrons peut-être devenir amis, mais rien de plus. Si tu es malheureux avec Luisa, divorce. Mais même si tu le fais, je ne serai que ton amie. Nous sommes les parents de Savannah, mieux vaut que nous soyons en bons termes. Mais je ne veux pas que tu gardes le moindre espoir qu'il pourrait se passer autre chose entre nous.

Comme toujours, elle avait été tout à fait claire et honnête envers lui. Cela faisait partie des choses qu'il aimait chez elle et avait tenté d'oublier sans y parvenir.

— J'ai compris, Alexa. Pardonne-moi de t'en avoir parlé. Je voulais juste que tu saches que je t'aime encore et que je suis désolé.

De nouveau, ces propos la mirent en colère. Il n'avait pas le droit de lui dire qu'il l'aimait. Pas maintenant, dix ans plus tard, après tout ce qu'elle avait enduré... cette souffrance, ce calvaire, ces larmes... Elle posa sur lui un regard furieux.

— Ne me dis plus jamais ça ! C'est de l'autocomplaisance. Tu es désolé maintenant, mais où étais-tu pendant les dix dernières années ? Avec Luisa ! Si tu t'abstiens de tels propos, nous pourrons être amis. Nous sommes d'accord ?

Le visage sombre, il hocha la tête, sachant qu'il avait déjà de la chance qu'elle accepte un tel rapprochement.

— C'est d'accord. Excuse-moi.

— Très bien. Rentre chez toi, auprès de ta femme, maintenant, ou fais ce que tu veux. Pour ma part, je vais rejoindre Savannah.

Il acquiesça, bouleversé par le ton qu'elle venait d'employer. Quelque part, et contre toute raison, il avait espéré qu'elle accepterait de lui revenir. Il y avait pensé, lorsqu'il l'avait vue à New York, mais il ne savait pas comment s'y prendre. Il avait escompté qu'elle éprouverait la même chose que lui, mais ce n'était pas le cas. La blessure qu'il lui avait infligée était bien trop profonde pour cela. Elle pouvait lui pardonner, rien de plus. Tom n'avait plus aucun doute à ce sujet. Elle non plus.

Après qu'il eut réglé l'addition, ils sortirent du restaurant.

— Merci, lui dit-elle en souriant. Je me sens mieux.

Au bout de dix ans, elle avait enfin eu l'occasion de lui dire ce qu'elle avait sur le cœur. C'était un véritable cadeau du ciel. Elle voyait bien qu'il ne partageait pas son soulagement, mais ce n'était plus son problème.

Après l'avoir quitté, elle s'installa au volant de sa voiture de location et se dirigea vers le stade. Lorsqu'elle arriva, Savannah quittait les gradins pour rejoindre un grand et beau garçon qui l'attendait sur le terrain. La jeune fille lui souriait, des étoiles plein les yeux. En voyant cela, Alexa eut le cœur serré. Elle se dit que si ce garçon lui faisait du mal, elle le tuerait… Enfin, pas vraiment, mais elle en aurait envie. Elle était encore secouée par ce que Tom lui avait dit pendant le déjeuner. Si elle l'avait encouragé, il aurait quitté Luisa pour elle. Peut-être… Ou bien ils auraient eu une liaison et il lui aurait de nouveau brisé le cœur. Encore faudrait-il que sa mère le laisse faire, ou qu'il ait suffisamment de courage pour cela. Et elle savait qu'il en était totalement dépourvu. Ce n'était pas loyal de prétendre qu'il l'aimait encore… mais au moins, il avait dit qu'il était désolé et il paraissait sincère. Peut-être était-ce suffisant. Elle se sentait plus légère qu'elle ne l'avait été depuis des années.

Quand sa mère eut traversé le terrain pour les rejoindre, Savannah lui présenta Turner.

— Turner, voici maman.

— Bonjour, dit Alexa, un grand sourire aux lèvres.

Il avait l'air d'un gentil garçon et il était si jeune... En le regardant, elle se rappela qu'il avait perdu sa mère et elle en fut désolée pour lui.

— Je suis ravi de faire votre connaissance, madame. Savannah ne cesse de chanter vos louanges.

Comme tous ceux qui vivaient dans cette région, il était très poli et semblait sincère.

— Moi aussi, j'ai beaucoup entendu parler de vous. Comment s'est passé le match ?

Il arbora un sourire ravi.

— On a gagné !

— C'est Turner qui a marqué le but décisif, précisa fièrement Savannah. Et même deux !

Alexa eut l'impression d'avoir cent ans, mais elle se réjouissait de leur bonheur.

Elle les emmena dans leur restaurant préféré, où ils mangèrent un hamburger et un milk-shake. Ils bavardèrent pendant une heure, après quoi Savannah et sa mère rentrèrent à l'hôtel et se firent faire les ongles. C'était un luxe dont elles raffolaient toutes les deux. Alexa déclara que Turner lui plaisait beaucoup, ce dont Savannah fut ravie.

Lorsqu'elles regagnèrent la suite après la manucure, Alexa rapporta à sa fille ce qui s'était passé pendant le déjeuner. Bien qu'Alexa assumât très sérieusement son rôle de mère, elles n'en étaient pas moins les meilleures amies du monde.

— Ton père m'a demandé de façon détournée si je pourrais renouer avec lui une relation amoureuse. Il dit qu'il m'aime encore et qu'il regrette ce qu'il a fait.

Savannah regarda sa mère dans les yeux. Jamais elle ne lui avait semblé aussi heureuse.

— Qu'est-ce que tu as répondu ?

— Je lui ai ordonné de ne plus jamais me faire une telle proposition. Ce ne sera déjà pas mal si nous parvenons à être amis. Après ce qui s'est passé, c'est un miracle ! Jamais je ne pourrai lui refaire confiance et je ne veux pas m'engager dans cette voie.

— Comment a-t-il réagi ?

— Je crois qu'il était assez secoué.

— Il était furieux ?

— Je ne crois pas. Triste, plutôt. Il n'avait pas le droit de me poser cette question, même de façon indirecte. Trop d'eau a coulé sous les ponts et il m'a fait trop de mal.

— Je comprends, maman. Je pense que tu as eu raison.

Savannah savait combien sa mère avait été blessée. Pendant des années, elle avait pleuré plusieurs heures par jour et vécu un calvaire. Son père n'avait pas le droit de revenir en arrière sous prétexte qu'il regrettait son choix. Comment pouvait-il ignorer ce qu'il avait fait subir à Alexa ?

— De toute façon, il serait incapable de quitter Luisa, reprit-elle très justement. C'est elle qui porte la culotte, et il la laisse faire.

— Il en a toujours été ainsi, alors même qu'il était encore marié avec moi. Ils se méritent mutuellement.

Bien qu'elle en fût désolée pour son père, Savannah acquiesça. Luisa était quelqu'un d'épouvantable, mais il l'avait choisie par deux fois.

Elles passèrent une merveilleuse soirée et bavardèrent jusque tard dans la nuit. Au réveil, quand Turner appela Savannah, Alexa l'invita à partager leur brunch. Travis leur téléphona aussi dans la matinée parce qu'il souhaitait rencontrer Alexa. Scarlette et lui passèrent quelques minutes à l'hôtel en sortant de l'église. Cette fois, Savannah et Alexa n'avaient pas eu l'énergie de s'y rendre, d'autant qu'elles ne souhaitaient pas croiser le chemin de Luisa. Elles se réjouirent de ne pas y être allées quand Travis leur apprit que sa fiancée et lui avaient assisté à l'office avec sa mère.

Assis près d'Alexa, il évoqua le bon vieux temps. Il s'excusa de ne pas lui avoir écrit, mais elle lui répondit qu'elle ne lui en voulait pas. Il était jeune et sa mère le lui avait interdit, même s'il ne le précisait pas par loyauté envers Luisa. Elle le trouva aussi poli et gentil que lorsqu'il était enfant. Ce fut avec une grande fierté qu'il lui présenta Scarlette, qui semblait être une gentille fille. Alexa espéra qu'ils seraient heureux ensemble. Ils parlèrent pendant quelques instants de leur mariage, dont l'organisation se révélait très stressante, puis les deux fiancés partirent. Ils devaient déjeuner chez les parents de Scarlette, afin d'établir la liste des invités.

Le reste de la journée s'écoula tranquillement. Quand il fut l'heure pour Alexa de repartir, Tom attendait Savannah dans le hall, comme il l'avait fait la première fois. De nouveau, Alexa le remercia pour le déjeuner.

— Merci d'avoir accepté mon invitation, répondit-il tristement.

Les propos d'Alexa l'avaient frappé en plein cœur. Il comprenait maintenant qu'il lui avait fallu beaucoup de courage pour lui accorder cette grande faveur. Plus que jamais, il prenait conscience du mal qu'il lui avait fait. Il s'était focalisé sur sa propre souffrance, sans jamais vraiment évaluer la profondeur de la sienne. Désormais, il savait... Il comprenait qu'il l'avait perdue à jamais au moment même où il espérait qu'elle lui revienne. Pour elle, il était juste un peu trop tard. Elle avait beau l'avoir passionnément aimé, jamais elle ne pourrait lui refaire confiance. Pour Tom, le choc était rude. La veille, tout espoir était mort en lui. Pour Alexa, il était mort dix ans plus tôt.

Après avoir embrassé sa mère, Savannah rentra avec son père. Alexa avait promis de revenir dans deux semaines. Savannah commençait à s'habituer à sa nouvelle vie. A certains égards, elle se sentait chez elle ; à d'autres, elle restait une étrangère. En son temps, Alexa avait éprouvé le même sentiment. Elle prétendait qu'on pouvait toujours adorer le Sud, si on n'y était pas né, les gens ne vous considéraient jamais comme un des leurs. Savannah le découvrait à son tour. Ici, on parlait encore des Sudistes et des Yankees. Le drapeau des Confédérés restait dans les cœurs et il flottait au fronton de nombreuses maisons.

Pendant le trajet, remarquant que son père semblait malheureux, elle lui jeta un coup d'œil inquiet.

— Ça va, papa ?

Il lui sourit, mais ses yeux étaient tristes. Elle devina que les propos de sa mère, la veille, l'avaient profondément affecté. La jeune fille ne pouvait pourtant blâmer Alexa.

Lorsqu'ils arrivèrent à la maison, Luisa l'attendait, vêtue d'un tailleur Chanel noir, très maquillée et arborant de nombreux bijoux. Elle lui reprocha son retard, car ils étaient invités à dîner chez des amis. Pour le meilleur et pour le pire, c'étaient la vie et l'épouse qu'il avait choisies. La seule qu'il eût vraiment aimée et qui l'avait aimé était partie.

15

On était au début du mois d'avril et à un mois du procès. A New York, il faisait froid. Il neigeait depuis le retour d'Alexa, une semaine auparavant. A Charleston, c'était le printemps et les jardins étaient fleuris. Il y avait des azalées, des glycines et des cerisiers en pleine floraison. Grâce aux soins d'une équipe de jardiniers, le parc des Mille Chênes était resplendissant.

Tout différenciait les deux villes. A New York, il régnait un froid glacial, il neigeait, il faisait gris et Alexa préparait le procès d'un homme qui avait assassiné dix-huit jeunes femmes. Le temps froid et sombre était parfaitement assorti à son activité.

A Charleston, la nature s'éveillait, le temps était doux et Savannah et Turner étaient en train de tomber amoureux. Daisy se moquait constamment de sa sœur à ce sujet et toutes les filles du lycée étaient jalouses. Il lui avait proposé d'être son cavalier au bal des terminales, et Tom lui avait permis d'inviter le jeune homme à dîner. Luisa ne s'était pas montrée très accueillante, mais du moins n'avait-elle pas été ouvertement grossière avec lui. Après tout, les Beaumont et le père du garçon étaient amis.

A Charleston, Savannah avait fait énormément d'expériences heureuses, comme de rencontrer Daisy, de sortir avec Turner et d'entretenir avec sa grand-mère une relation chaleureuse. En plus de tout cela, elle avait une occasion unique de passer du temps avec son père.

Ils faisaient ensemble de longues promenades, il lui montrait les endroits où il avait joué étant enfant, il l'emmena voir des plantations célèbres situées en dehors de la ville : Drayton Hall, Magnolia, Middleton Place et Boone Hall. Ils les explorèrent et se rendirent sur les plages proches de Mount Pleasant. Dorénavant, elle avait un vrai père, pas seulement un personnage de carton-pâte qui se montrait deux fois par an à New York et lui interdisait l'accès à sa vie réelle. Ils savaient tous les deux qu'il ne lui fermerait plus jamais sa porte. Il voulait que Savannah fasse partie de son existence.

Il emmena les deux filles à l'aquarium, il joua au tennis avec elles, il présenta Savannah à tous ses amis du country-club. Plus il en faisait, plus Luisa se sentait trahie, mais Tom ne s'en souciait plus. Le séjour de Savannah à Charleston et l'attitude de Luisa avaient creusé un abîme entre les deux époux. Ils s'adressaient à peine la parole. Soit elle était furieuse contre lui, soit elle était étendue sur le lit, un linge humide sur le front. Elle ne pouvait pas lui pardonner, elle n'essayait même pas. Elle n'avait pas eu un mot gentil, un seul geste d'hospitalité envers Savannah. Son père s'en excusait auprès de l'adolescente, mais il ne pouvait pas contraindre sa femme à se comporter correctement. Entre eux, la guerre était déclarée.

Quand sa grand-mère attrapa la grippe, Savannah lui rendit visite plusieurs fois pour lui tenir compagnie et la soigner. Ayant lu tous les livres que la vieille dame lui avait prêtés, elle en savait beaucoup plus sur la guerre de Sécession.

Un après-midi, elles étaient assises sur la véranda, quand Luisa passa sans s'être annoncée. Dès qu'elle aperçut l'adolescente, son expression se fit furieuse et elle lui ordonna sèchement de rentrer à la maison. Ne voulant pas causer de problèmes, Savannah se leva aussitôt.

— Assieds-toi, lui dit sévèrement sa grand-mère avant de se tourner vers sa belle-fille. Elle n'ira nulle part, Luisa. Pourquoi n'essayez-vous pas de vous détendre ?

Elle ne vous veut pas de mal. Savannah n'est qu'une enfant, elle n'attend rien de vous et sa mère ne veut pas le récupérer.

Quand Tom lui avait rapporté sa conversation avec Alexa, sa mère n'avait pas été surprise. L'attitude de la jeune femme lui inspirait du respect, car elle révélait fierté et orgueil. Elle avait dit à Tom qu'Alexa avait raison. Elle l'aimait certainement encore, mais elle ne voulait pas d'un homme qui lui avait fait autant de mal et avait attendu dix ans pour lui revenir, au moment qui l'arrangeait. Les propos de sa mère avaient bouleversé Tom.

— Je ne sais pas de quoi vous parlez, assura Luisa avec hauteur.

— Bien sûr que si ! Vous avez peur que Tom vous fasse ce qu'il a fait à Alexa. Il ne le fera pas. Elle ne voudra pas de lui. C'est vous qui l'avez, et Savannah n'a rien à voir là-dedans. Elle est coincée ici et vous n'avez aucune raison de la punir.

— Parce que je l'ai punie ? demanda Luisa sur un ton offensé. Est-ce que c'est elle qui vous l'a dit ?

Elle foudroyait Savannah du regard, mais sa belle-mère secoua la tête.

— Non. C'est Tom qui m'en a parlé. Il m'a dit que depuis son arrivée, vous étiez mesquine et grossière avec elle.

Elle avait beau être originaire du Sud, Eugenie ne mâchait pas ses mots et c'était elle qui était aux commandes. Savannah était horriblement gênée. Elle ne voulait pas défendre sa belle-mère, mais elle ne souhaitait pas non plus l'affronter ou la condamner. Luisa était une adversaire redoutable qu'il valait mieux ne pas provoquer.

— Je crois que vous devriez vous asseoir et vous détendre, pour changer, suggéra Eugenie. Il est à vous et il n'ira nulle part.

— Comment le savez-vous ?

Eugenie connaissait son fils et elle savait qu'il manquait de cran.

— Ce n'est pas son genre. Vous l'avez arraché à son épouse et je l'ai incité à la quitter. Sans notre aide, il n'aurait pas bougé. En outre, une jeune fille de dix-sept ans ne constitue pas une menace pour vous. Tout ce qu'elle fait, c'est attendre que sa mère ait terminé son procès pour rentrer chez elle.

— Pourquoi passe-t-elle autant de temps avec vous ? demanda Luisa sur un ton soupçonneux.

Elle craignait une coalition, parce que c'était le genre de chose qu'elle aurait pu imaginer elle-même. Mais Savannah ne lui ressemblait pas. Ce genre de conspiration était à mille lieues de son esprit.

— Parce que c'est une gentille fille, dit aimablement sa grand-mère.

En peu de temps, elle s'était prise d'affection pour sa petite-fille et elle appréciait les moments qu'elles passaient ensemble.

— Sans doute aussi se sent-elle seule, sans sa mère, continua-t-elle. Vous n'avez rien fait pour lui offrir un véritable foyer.

— Je... je...

— Pourquoi ne pas revenir une autre fois, quand je serai seule ?

Elle renvoyait Luisa... Savannah se leva d'un bond, gênée d'être témoin d'une conversation qui la mettait en cause comme si elle n'avait pas été là. Luisa agissait toujours comme si elle n'existait pas.

— J'ai des devoirs à faire, de toute façon, dit-elle en se penchant pour embrasser sa grand-mère.

Après avoir promis de revenir bientôt, elle partit bien vite. Luisa se retrouva seule avec cette belle-mère qui avait été autrefois son alliée et se retournait maintenant contre elle.

Elle s'assit en face d'elle, fâchée qu'Eugenie ait défendu la cause de Savannah et non la sienne. Mais pour la vieille dame, l'adolescente était nettement plus facile à aimer que sa belle-fille.

— Je pensais que vous seriez bonne avec lui, reprit Eugenie, mais ça n'a pas été le cas. Vous avez été mesquine envers mon fils. Vous l'avez gagné, comme un chien dans une foire. Il est à vous, maintenant, il l'est depuis dix ans. Il est inutile de le maltraiter. Si vous le traitez bien, vous gagnerez son affection.

Ces propos étaient justifiés, car Luisa se comportait très mal envers Tom.

— Je ne comprends vraiment pas à quoi vous faites allusion, mère.

Luisa aurait voulu dire que c'étaient là radotages de vieille femme, mais elles savaient toutes les deux qu'Eugenie avait toute sa tête et qu'elle ne disait que la vérité.

Luisa feignait d'être blessée, mais en réalité, elle était folle de rage.

— Je pense que vous devriez rentrer chez vous et réfléchir à tout cela, suggéra Eugenie.

L'après-midi tirait à sa fin et elle était fatiguée. Elle avait bien profité de la visite de sa petite-fille, qui avait duré fort longtemps, mais maintenant, elle était épuisée. En tout cas, beaucoup trop pour discuter avec Luisa.

— Si vous continuez, lui dit-elle cependant, vous le perdrez. Alexa ne le reprendra pas, mais une autre le fera. C'est encore un très bel homme.

Très abattue, Luisa s'exprima pour une fois avec sincérité :

— Je l'ai déjà perdu, répondit-elle d'une voix enrouée. Il ne m'a jamais aimée, pas depuis que je l'ai contraint à la quitter. Il n'a jamais cessé de l'aimer.

Là encore, elles savaient toutes les deux que c'était vrai. Eugenie avait bien des fois regretté d'avoir exercé sur son fils une telle pression. En grande partie par sa faute, son fils chéri était malheureux depuis dix ans. D'une certaine façon, elle payait sa dette à Savannah, envers qui elle se sentait tout aussi coupable. Luisa ne pensait qu'à elle, au fait que son mari ne l'aimait pas et qu'il était toujours amoureux d'Alexa.

Sa belle-mère en était parfaitement consciente.

— Nous avons eu tort, Luisa. Vous comme moi. Nous n'avions pas le droit d'agir de cette façon. Nous leur avons fait du mal, ainsi qu'à leur enfant. Si j'étais vous, je m'efforcerais de me réconcilier avec lui et de témoigner un peu d'hospitalité à Savannah pendant qu'elle est encore là. Je crois qu'il vous en saurait gré.

Pour une fois, Luisa resta sans voix. Hochant la tête, elle se leva, salua sa belle-mère et regagna sa voiture. Ce soir-là, elle ne changea pas d'attitude envers son mari ou Savannah, mais elle resta très silencieuse. Tom devina que quelque chose la tracassait, mais il ne chercha pas à savoir de quoi il s'agissait parce que c'était plus facile pour lui. Au lieu de dîner avec eux, elle prétexta une migraine pour monter dans sa chambre.

Quand Alexa revint à Charleston, c'était vraiment le printemps. Savannah savait que sa mère apportait deux choses très importantes, dans ses bagages : les réponses des universités... et sa grand-mère de New York. Dès qu'elle la vit, l'adolescente se jeta dans les bras de Muriel.

— Tu m'as l'air en pleine forme, Savannah, lui dit cette dernière.

Elle était ravie car elle avait craint que cet éloignement ne fût une épreuve trop pénible pour sa petite-fille. Au lieu de cela, elle paraissait heureuse, en pleine santé et plus mûre, plus posée. Elle comprit l'inquiétude d'Alexa. Savannah avait l'air tellement à son aise, à Charleston, qu'il était difficile de croire qu'elle voudrait en repartir un jour. Muriel était pourtant convaincue que c'était bien ce qu'elle ferait, finalement. Son vrai foyer était à New York, avec sa mère.

Une fois que l'adolescente eut fait à sa grand-mère les honneurs de leur suite, Alexa s'impatienta :

227

— Si on ouvrait les lettres ?

Savannah n'avait pas autorisé sa mère à lui donner les réponses par téléphone. Elles étaient toutes arrivées dans la semaine, certaines avec du retard, d'autres dans les délais prévus. Les enveloppes les plus épaisses signifiaient en général que la candidature avait été acceptée. Savannah était un peu nerveuse. Son avenir ainsi que le lieu où elle passerait les quatre prochaines années se trouvaient dans l'une d'elles. Vraisemblablement, elle aurait plusieurs choix, mais elle espérait avoir été acceptée par les universités qu'elle voulait vraiment.

Il y avait six enveloppes. Certains de ses amis avaient postulé dans une douzaine d'établissements, mais Savannah avait réduit ses demandes à six. Assises sur le canapé, Muriel et Alexa attendaient qu'elle les ouvrît, retenant leur souffle.

Elle commença par Stanford, où elle était refusée. L'espace d'un instant, elle fut découragée, mais sa mère lui rappela bien vite que, de toute façon, elle ne l'aurait pas laissée partir aussi loin. Cette précision, quoique discutable, atténua un peu le coup. Alexa lui avait d'ailleurs dit qu'elle n'accepterait cette solution qu'en dernier recours.

Elle n'était pas non plus acceptée à Harvard. Savannah n'appréciait pas vraiment cette université, qui lui avait paru immense et effrayante.

Brown l'avait mise sur une liste d'attente et la félicitait pour ses brillants résultats. La jeune fille fut un peu déçue, car c'était son deuxième choix.

Il lui restait Princeton, George Washington et Duke.

Elle commença par Duke, qui la prenait. Les trois femmes poussèrent des cris de triomphe et s'embrassèrent. Savannah souriait : elle avait été admise dans une université, et dans une bonne.

— Je ne sais pas pourquoi, remarqua Muriel, mais j'ai l'impression d'assister à la remise des oscars.

De plus en plus nerveuse, Savannah émit un petit ricanement avant d'ouvrir l'enveloppe suivante. Elle était prise à George Washington... Celle qui restait venait de Princeton, l'université qu'elle souhaitait le plus. Elle lui sembla mince, ce qui signifiait sans doute qu'elle était refusée. Comme elle la tournait et la retournait entre ses doigts, Muriel l'encouragea :

— Vas-tu te décider à l'ouvrir, pour l'amour du ciel ? Je ne supporte pas ce suspense.

— Moi non plus, avoua Alexa.

Mais c'était le jour de gloire de Savannah. Elle avait travaillé dur et attendu longtemps, puisque les formulaires d'inscription étaient partis depuis trois mois. Elle finit par ouvrir lentement la dernière enveloppe, puis elle déplia délicatement la lettre, en proie à une terrible angoisse. Après avoir fermé les yeux pendant quelques secondes, elle la lut, se leva d'un bond et poussa un hurlement.

— Je suis prise ! Je suis prise ! Oh, mon Dieu, je suis prise ! cria-t-elle en dansant tout autour de la pièce.

Sa mère et sa grand-mère pleuraient. Se levant à leur tour, elles l'embrassèrent.

— Je suis prise à Princeton ! répétait-elle.

Elle se rappela alors que Turner serait déçu qu'elle ne choisisse pas Duke, où il était accepté lui-même. Mais ils pourraient se rendre visite, et Princeton était son rêve. Elle n'y renoncerait pas pour un garçon, fût-il aussi gentil et sympathique que Turner.

Dans la pièce, l'enthousiasme était à son comble. Alexa ouvrit une bouteille de champagne pendant que Savannah appelait son père. Sachant qu'Alexa apportait les réponses, il était anxieux, lui aussi.

Il décrocha aussitôt son portable.

— Pour Harvard et Stanford, c'est non ! Brown m'a mise sur une liste d'attente et c'est oui pour George Washington, Duke et... *Princeton* ! hurla-t-elle dans le téléphone. Je vais aller à Princeton, papa !

Tom souriait, bien qu'il fût un peu déçu, lui aussi, qu'elle ne choisisse pas Duke. Mais lorsqu'il s'agissait des universités du Sud, il admettait qu'il était de parti pris, et Princeton était prestigieuse. Savannah avait visé haut et elle avait bien fait. Il était très fier d'elle.

— Toutes mes félicitations, ma chérie ! Fêtons l'événement demain soir. J'invite tout le monde au restaurant. Je suis très fier de toi !

Après l'avoir remercié, elle raccrocha et rejoignit sa mère et sa grand-mère. Elles parlèrent de ce succès pendant des heures, puis elles allèrent au restaurant préféré de Savannah. Il était accueillant, bruyant et rempli d'étudiants. La plupart de ses camarades avaient reçu leurs affectations. Fidèle à sa parole, Julianne prenait une année sabbatique, mais elle le regrettait un peu, maintenant. Sachant qu'elle se sentait exclue de la liesse générale, Savannah ne l'appela pas pour ne pas remuer le couteau dans la plaie. En revanche, elle téléphona à Turner avant de quitter l'hôtel. Il fut ravi pour elle, quoiqu'un peu désappointé qu'elle ne veuille pas aller à Duke avec lui. Mais il savait combien Princeton était importante, pour elle. Ils se promirent de se rendre visite le plus souvent possible.

Ce fut une soirée mémorable. Lorsqu'elles regagnèrent l'hôtel, Savannah rayonnait de joie. Sa grand-mère passait aussi un très bon moment. Elle avait toujours aimé Charleston, qu'elle trouvait pleine de charme. Elles bavardèrent pendant une heure avant d'aller se coucher, encore excitées par les succès de Savannah. Le lendemain matin, Travis l'appela pour la féliciter, ainsi que Daisy. La fillette voulait savoir si elle pourrait venir la voir à Princeton. Savannah la rassura sur ce point. Ensuite, ce fut au tour d'Henry de lui téléphoner. Il était ravi, lui dit-il, bien que mortifié qu'elle n'ait pas choisi la même université que lui. Il demanda ensuite à parler à Alexa, avec qui il bavarda pendant quelques minutes. La jeune femme souriait lorsqu'elle rendit son téléphone à sa fille.

Quand sa grand-mère Beaumont appela, elle dit à Savannah qu'elle aurait dû choisir une université du Sud, mais si elle devait absolument faire ses études dans le Nord, Princeton lui convenait.

— On m'a dit qu'il n'y avait que des hommes ? s'inquiéta-t-elle.

— Autrefois, confirma Savannah, mais plus maintenant.

— On se demande où va le monde, commenta Eugenie en souriant à l'autre bout du fil.

Elle déclara ensuite qu'elle aimerait prendre le thé à l'hôtel, avec Alexa et sa mère. Très étonnée, la jeune fille répondit néanmoins qu'elles en seraient ravies et elle remercia sa grand-mère de faire cet effort.

— Ton père me conduira, expliqua la vieille dame.

Après qu'elles se furent donné rendez-vous à 16 heures, Savannah raccrocha, tout en espérant que sa mère ne verrait aucune objection à cette visite.

— Je pense que c'est très gentil de sa part, répondit Alexa d'une voix quelque peu réticente.

Dix ans auparavant, Eugenie Beaumont avait orchestré sa chute et détruit sa vie, mais elle était la grand-mère de Savannah. La jeune femme était donc déterminée à se montrer aimable. Muriel fut très fière d'elle lorsqu'elle déclara que puisqu'elle avait déjeuné avec Tom, elle pouvait bien rencontrer sa mère, même si elle ne l'aimait pas beaucoup.

— Merci, maman, lui dit Savannah avec reconnaissance.

Elle savait que, de la part de sa grand-mère Beaumont, le seul fait de sortir constituait un exploit. Elle ne quittait que très rarement sa maison, étant assez âgée pour être la mère de son autre grand-mère.

Elles passèrent la journée à fêter l'événement et se rendirent au spa ensemble. Muriel apprécia la séance et, après un massage, elle se fit coiffer et manucurer. A 15 h 30, elles regagnaient la suite afin de s'habiller pour recevoir Mme Beaumont.

Elle arriva comme promis à 16 heures, escortée par Tom. Savannah était ravie de la voir. Muriel l'accueillit cordialement, mais Alexa paraissait tendue. Grand-mère Beaumont se dirigea droit sur elle. Appuyée sur sa canne, elle la regarda dans les yeux, le visage grave.

— Je vous dois des excuses, Alexa. J'ai détruit votre vie et celle de mon fils. Aucune justification ne pourra jamais me faire pardonner, mais sachez que j'en suis consciente et que j'en répondrai un jour devant mon Créateur. Vous avez une fille merveilleuse, que j'aime énormément.

Alexa la remercia et l'embrassa de bonne grâce. Ainsi qu'Eugenie l'avait dit, ces regrets ne pouvaient réparer le mal qui avait été fait. Mais du moins avait-elle eu le courage de reconnaître sa faute. Très gêné, Tom se tenait derrière sa mère et ne croisa pas le regard d'Alexa.

Ensuite, ce fut la fête ! Savannah montra à sa grand-mère Beaumont la brochure de Princeton. L'université et le campus étaient magnifiques et la jeune fille avait hâte d'y être. Dans la matinée, elle avait appelé plusieurs de ses amies new-yorkaises et envoyé des mails aux autres. Deux d'entre elles étaient acceptées à Princeton et elle comptait partager sa chambre avec l'une d'elles. Tout allait donc pour le mieux.

La mère de Tom resta une heure, puis il la ramena chez elle. C'était un gros effort pour elle, d'autant qu'elle venait d'avoir la grippe, ce qui l'avait encore affaiblie. En partant, elle embrassa Alexa et la félicita d'avoir si bien réussi sa fille.

Avant de partir, Tom leur rappela qu'il les retrouverait au restaurant à 20 heures. Daisy, Travis et Scarlette seraient avec lui. Turner était aussi invité. Ils seraient donc huit à fêter le succès de Savannah.

Après avoir déposé sa mère, Tom rentra chez lui. Une fois de plus, il proposa à Luisa de les accompagner au restaurant. Le visage de sa femme était comme taillé dans la pierre... une image familière, pour lui.

— Ne sois pas ridicule, Tom. Je ne vais pas dîner avec *elle*.

Elle faisait allusion à Alexa et il le savait.

— Je me moque pas mal de savoir dans quelle université Savannah fera ses études, poursuivit-elle. Elle n'est pas ma fille. En outre, je ne pense pas qu'Alexa souhaite me voir non plus. A sa place, ça ne me plairait pas.

— Tu as peut-être raison, admit-il, mais tu pourrais au moins manifester ta sympathie à Savannah. Depuis son arrivée, tu as fait ton possible pour l'éviter et lui signifier qu'elle n'était pas la bienvenue. Elle est pourtant ma fille.

— Mais pas la mienne, répliqua sombrement Luisa. Je ne voulais pas d'elle ici. Tu le savais, et pourtant tu l'as amenée.

— Je n'avais pas le choix. Tu n'es pas obligée de nous rendre à tous la vie aussi difficile, Luisa. Elle ne te fera pas de mal, pas plus que sa mère. Elles ne veulent rien de toi ou de moi.

— Elles l'ont déjà, dit-elle tristement. Depuis onze ans, tu appartiens à Alexa. Tu ne l'as jamais quittée, Tom.

— De quoi parles-tu ? Je l'ai abandonnée, pour Daisy et toi. Je l'ai abandonnée pour que nous puissions nous remarier. Je ne l'ai jamais revue et je ne lui ai même pas parlé jusqu'au mois de février dernier.

Luisa hocha la tête. Elle le croyait, puisqu'elle le surveillait constamment. Dans son esprit, la confiance n'excluait pas les précautions.

— Et tu n'as jamais cessé de l'aimer non plus. Je le savais chaque fois que je te regardais ou que tu me regardais. Je pensais pouvoir t'arracher à elle, te la faire oublier, mais ce n'est jamais arrivé. Tu ne m'as jamais aimée, Tom. Même quand j'étais avec Thornton, tu voulais me faire revenir parce que tu ne supportais pas que je t'aie quitté pour lui. C'était ton ego qui était blessé, pas ton cœur, qu'Alexa a toujours possédé.

233

Tom ne répondit pas. Ce qu'elle disait était vrai. Ils le savaient tous les deux, ainsi qu'Alexa, même si elle ne voulait plus de lui.

— Tu n'as jamais cessé de l'aimer, répéta Luisa. Et maintenant, tu aimes son enfant, qui est son portrait tout craché.

— Savannah est une personne à part entière, protesta-t-il.

— Tu as déjeuné avec Alexa, la dernière fois qu'elle est venue.

— C'est vrai… Nous avons une fille en commun.

— Et quoi d'autre ?

— Rien. Elle ne veut pas de moi.

Le visage de Tom s'assombrit. Ce n'était pas une conversation qu'il souhaitait avoir avec sa femme.

— Tu le lui as demandé ?

— Non, mais tu sais très bien que je ne suis pas heureux. Depuis des années, tu me traites mal. Tu as obtenu ce que tu voulais mais, pour une raison inconnue, tu me punis depuis cette victoire.

— Parce que je sais que tu l'aimes, elle, et pas moi !

— Mais je suis resté avec toi. La loyauté devrait peser dans la balance.

Mais ils avaient tous deux conscience qu'il ne s'agissait pas de loyauté. Du temps d'Alexa, il avait prouvé qu'il n'était que faible. Ce n'était pas tout à fait la même chose et Luisa n'était pas dupe. Lui non plus, d'ailleurs.

Pour la première fois depuis des années, Luisa fit preuve d'honnêteté. Peut-être cela ne lui était-il même jamais arrivé.

— Je ne sais pas pourquoi tu restes… Pour Daisy, peut-être, ou par fainéantise, ou parce que ta mère t'a dit de le faire. Elle aussi, elle s'est retournée contre moi.

Elle savait par Tom que sa belle-mère avait rendu visite à Alexa dans l'après-midi.

— En amenant Savannah ici, tu t'en es pris à moi. Tu n'as aucun respect pour moi.

— Il est difficile de respecter une femme qui est tellement en colère et si souvent mesquine, Luisa. Réfléchis-y. Tu n'es même pas gentille avec Daisy, qui est pourtant ta propre fille. Tu nous as abandonnés, les garçons et moi. J'aurais du mal à l'oublier. Alors ? Que faisons-nous, maintenant ? Allons-nous nous haïr pendant les quarante prochaines années, ou bien renoncer à nous disputer et nous supporter mutuellement ? Ce serait bien que nous puissions au moins être amis. Tu as sans doute raison de ne pas venir ce soir et tu n'es pas obligée de le faire. Nous serions tous très gênés, surtout Savannah. Elle est très protectrice envers sa mère.

— Toi aussi.

— Non, mais je me sens coupable. C'est différent. Je ne l'ai pas protégée contre toi, quand j'aurais dû le faire. Je l'ai trompée, j'ai couché avec toi et tu es tombée enceinte. Pour autant que je le sache, tu t'es arrangée pour que cela arrive.

Elle ne répondit rien à cette accusation, ce qui le confirma dans cette certitude.

— Je vous ai laissées me manipuler, toi et ma mère, continua-t-il. Mais je ne l'ai pas protégée une seconde, alors qu'elle était ma femme, à cette époque, et pas toi. C'est ainsi. Aujourd'hui, tu es mon épouse. Ce serait sympa si tu te conduisais comme telle, pour une fois, au lieu de me haïr. Nous sommes tous les deux à l'origine de cet effroyable gâchis. C'était ce que tu voulais, tu as gagné. Pourquoi ne pas tirer le meilleur parti de cette situation, ou du moins essayer ? Si nous ne le faisons pas, nous allons mener une vie bien triste et bien solitaire.

— Je me sentirai mieux quand Savannah sera partie, répondit doucement Luisa. Nous pourrons commencer à ce moment-là.

— Comme tu veux, dit-il, visiblement déçu.

Quelques minutes plus tard, il s'en allait sans la revoir. Elle resta dans sa chambre. Cette conversation les avait tous les deux secoués. Luisa ne lui avait jamais tendu la

235

main, elle n'avait même pas essayé d'être un peu gentille. Ce n'était pas dans sa nature, si bien que leur union était aussi désastreuse pour l'un que pour l'autre. Il comprenait maintenant que cela ne changerait jamais. Quand Savannah serait partie, Luisa ne modifierait pas son comportement. La punition était à la mesure de son crime.

Pour fêter le succès de sa fille, Tom les avait tous invités au restaurant FIG. Le dîner fut gai et animé. Travis, qui avait un peu abusé de la boisson, se révélait très drôle. Il racontait ses orgies paillardes, à l'Université de Virginie. Scarlette se montra adorable envers Savannah, avec qui elle parla de son mariage. Très excitée, Daisy se prit d'une grande affection pour la mère de Savannah, ainsi que pour sa grand-mère, qu'elle trouvait plus jeune et plus amusante que la sienne. Pendant tout le repas, Turner ne cessa de couver Savannah d'un regard adorateur. Assis auprès d'elle, il lui tenait la main sous la table. A un moment, Tom et Alexa échangèrent un coup d'œil et les années s'évanouirent comme par magie. Quoi qu'il fût arrivé entre eux, ils étaient fiers de leur fille et cette journée mémorable resterait gravée dans leur esprit. La soirée fut très réussie et ils furent les derniers à quitter le restaurant. Pour Savannah, la fête avait été parfaite... Tous ses rêves étaient réalisés, ceux qui l'aimaient étaient réunis et ce n'était que le début.

Personne n'avait pensé à Luisa, pas même Tom. Elle était seule à la maison, les haïssant tous.

16

Assise près de sa mère, dans l'avion, Alexa somnolait. Une ambiance de fête avait régné pendant tout le week-end, et Muriel ne regrettait pas d'être venue. L'ouverture des enveloppes, en particulier, avait été un instant mémorable. Elles n'oublieraient jamais le moment où Savannah avait appris qu'elle était acceptée à Princeton.

Mais Muriel avait aussi fait une constatation, à propos de sa fille. Sa colère et son amertume semblaient atténuées, elle paraissait même avoir trouvé une certaine forme de sérénité. Ce retour à Charleston lui avait fait du bien en la contraignant à affronter les démons du passé : Tom, Eugenie et Luisa. Avec le temps, ils avaient apparemment perdu de leur nuisance. Bien sûr, l'échec de son mariage restait toujours très douloureux pour Alexa. Mais quand on voyait qui était vraiment Tom, combien il était faible et égocentrique, peut-être le dommage n'était-il pas si important, finalement. Elle espérait qu'Alexa s'en était rendu compte et avait acquis davantage de clairvoyance. Tom était un homme égoïste et, s'il voulait renouer avec Alexa, c'était uniquement parce qu'il était malheureux avec Luisa. Si son union avait été plus heureuse, il n'aurait pas eu de regrets. Muriel estimait qu'il n'avait que ce qu'il méritait : une femme qui le respectait aussi peu qu'il se respectait lui-même. En le voyant, elle avait eu la même association d'idées que sa fille, quelque temps auparavant. Tom lui faisait penser au personnage d'Ashley dans *Autant en emporte le vent*. Ce dont sa fille avait besoin, aujourd'hui, c'était un Rhett Butler. Elle espérait seulement qu'elle finirait par le rencontrer. Après toutes ces années de solitude, elle avait droit à un peu de bonheur. Elle avait fait du beau travail, avec sa fille, mais Savannah était maintenant une jeune adulte. Désormais, elle poursuivrait son propre chemin.

Savannah rayonnait d'ailleurs de bonheur à la perspective de tout ce qui l'attendait. Muriel trouvait son petit ami très sympathique. Elle se demandait si leur idylle durerait quand Savannah partirait pour Princeton et Turner pour Duke. Ce genre de chose était difficile à prédire. Certaines amours précoces duraient, d'autres pas. Le temps le dirait.

Muriel jeta un coup d'œil à sa fille endormie. Ce weekend avait décidément été riche en émotions.

Deux événements importants attendaient Savannah dans les mois à venir. Il y aurait une première remise des diplômes à Charleston, puis une seconde à New York. Elle n'y reverrait ses anciens amis que pour leur faire ses adieux. Turner lui avait promis de venir. En revanche, Tom n'assisterait qu'à la cérémonie de Charleston. Il ne souhaitait pas s'imposer à New York, qui était le territoire réservé d'Alexa. Savannah n'y voyait aucun inconvénient. Mais, pour rentrer chez elle, il lui faudrait attendre que sa mère en ait fini avec son procès. Finalement, son séjour à Charleston avait été bénéfique. Elle y avait gagné un père, une sœur, deux frères, et elle était tombée amoureuse. Mais New York et l'appartement où elle vivait avec sa mère restaient son foyer.

Alexa ne pensait pas pouvoir retourner à Charleston avant le procès. La machine était en marche, désormais, mais Savannah le comprenait.

Le moment crucial approchait...

Le lendemain de son retour, Alexa était dans son bureau à 7 heures. Elle s'était levée à 5 heures pour relire les documents dont elle avait besoin pour préparer le procès. Elle devait aussi étudier la requête que l'avocate de la défense avait présentée au juge.

Elle formulait une demande de non-lieu tellement ridicule que c'en était risible. Aucun juge n'accepterait de le prononcer, mais elle avait quand même fait cette démarche pour la forme. S'appuyant sur la jurisprudence, elle demandait par ailleurs qu'Alexa ne soit pas autorisée à interroger Quentin sur ses précédentes condamnations. Sur ce point, elle pouvait obtenir gain de cause, mais Alexa ne s'en souciait guère. Les preuves étaient si accablantes et les crimes si atroces que les escroqueries et les vols dont Quentin s'était rendu coupable auparavant semblaient hors de propos. Ces délits n'avaient en tout cas aucun rapport avec les charges actuelles, même s'ils pouvaient fournir au jury des informations sur l'homme qu'il était.

Dans la matinée, les deux requêtes furent présentées au juge, qui les rejeta toutes les deux après avoir entendu les objections d'Alexa. En sortant du tribunal, l'avocate de la défense était morose.

— Une bonne chose de faite ! marmonna Jack.

Il suivit Alexa hors de la salle, ainsi que Sam et un profileur du FBI spécialiste des meurtres en série, qui les avait aidés à monter le dossier. Le juge avait paru agacé par la démarche de l'avocate. La cour n'éprouvait aucune sympathie pour Luke Quentin, qui pouvait encore moins compter sur la bienveillance des jurés. Grâce aux preuves et aux expertises dont disposait Alexa, les accusations étaient irréfutables.

Dans l'après-midi, elle alla voir Judy Dunning.

— Désolée, pour vos requêtes, dit-elle avec une sympathie qu'elle n'éprouvait pas.

— Je crois que le juge aurait pu me suivre, pour ce qui est de la jurisprudence, se plaignit l'avocate. Les jurés n'ont pas besoin de savoir que Quentin a été condamné pour escroquerie et pour vol.

Alexa hocha la tête sans faire de commentaire. Elle venait avant tout pour la convaincre que son client devait plaider coupable et éviter le procès.

— Je ne peux pas lui offrir un marché, dans un cas comme celui-ci, dit-elle honnêtement, mais il peut obtenir un meilleur traitement en prison s'il se montre raisonnable maintenant. Ce procès va tourner au cirque et les jurés ne pourront que le déclarer coupable. Vous devez le savoir. Il y a tellement de preuves qui pèsent contre lui que je dois en avoir vingt boîtes pleines dans mon bureau. Parlez-lui, Judy. Cette épreuve est inutile pour tout le monde.

Auparavant, l'avocate avait même tenté de contester le mandat délivré par le procureur, autorisant Jack et Charlie à fouiller la chambre d'hôtel de Quentin. Sa demande ayant été jugée irrecevable, les preuves qu'ils y avaient trouvées seraient présentées au tribunal.

L'avocate pinça les lèvres.

— Il a droit à un procès.

C'était comme de s'adresser à un mur. Contrariée, Alexa regagna son bureau. Le procès allait être un cirque médiatique et il allait durer un siècle ! Tant pis... Elle avait du pain sur la planche : des réunions avec les agents fédéraux pendant toute la semaine, les experts scientifiques issus de neuf Etats à convoquer, les témoignages à organiser et, pour terminer, elle devait préparer son exposé préliminaire. Il ne lui restait que quelques semaines pour régler mille détails. Le nombre des enquêteurs était tellement important qu'elle ne les connaissait pas tous par leur nom, et les agents du FBI assistaient à chaque réunion pour s'assurer que la procédure était respectée. Tout le monde redoutait le vice de procédure qui les aurait contraints à tout recommencer. On avait envisagé de changer le lieu du procès, pour y renoncer finalement puisque Quentin était maintenant célèbre dans le pays tout entier. L'affaire faisait la une des journaux. Et le juge qui devait siéger au tribunal était connu pour se montrer inflexible envers la presse, ce qui était positif. A partir de maintenant et pendant toute sa durée, Alexa allait être obsédée par le procès.

Chaque jour, elle appelait Savannah depuis son bureau, mais elle ne pouvait jamais lui accorder beaucoup de temps. Le soir, quand elle rentrait, il était trop tard pour téléphoner. Savannah comprenait d'autant mieux sa mère qu'elle-même était très occupée, entre le lycée, ses camarades et son petit ami.

Un soir, deux semaines avant le procès, Tom regardait les informations à la télévision, dans son bureau, quand une conférence de presse commença. A sa grande surprise, il reconnut Alexa. Il appela Savannah, qui arriva très vite, suivie de Daisy. Alexa s'exprimait avec éloquence à propos du procès pour meurtre qui allait s'ouvrir, impliquant dix-huit victimes. La jeune femme était entourée par un essaim de policiers et d'agents fédéraux, mais tous les micros étaient tendus vers l'assistante du procureur. Elle donnait des réponses prudentes, cohérentes et intelligentes aux questions qui lui étaient posées. Elle paraissait calme et compétente. Souhaitant connaître la raison de toute cette agitation, Luisa entra à son tour dans le bureau. Les lèvres pincées, elle fixa un instant l'écran avant de s'en aller.

Quand la conférence de presse fut terminée, Tom complimenta sa fille aînée à propos de sa mère.

— Elle était excellente. C'est une énorme affaire à gérer, pour elle, et la presse s'en donne déjà à cœur joie ! Je l'ai trouvée très impressionnante, pas toi ?

Fière de sa mère, Savannah tomba d'accord avec lui, ainsi que Daisy, qui était pleine d'enthousiasme. Auparavant, elle n'avait jamais vu quelqu'un qu'elle connaissait à la télévision.

Levant un visage rayonnant vers sa sœur, elle s'exclama :

— On aurait dit une star de cinéma !

L'adolescente lui souriait avec affection, quand Luisa entra dans la pièce pour annoncer qu'il était l'heure de dîner. Elle ne fit aucune allusion au reportage télévisé, qui l'avait pourtant manifestement irritée. Elle semblait incapable de témoigner la moindre bienveillance à Savannah. Elle ne supportait pas qu'on lui parle d'elle, elle ne supportait pas sa vue, elle ne supportait pas qu'elle se rapproche de sa propre fille... Sans cesse, elle se répétait que Tom lui avait imposé sa présence et elle voulait qu'elle s'en aille au plus vite.

Trois jours plus tard, le coup de grâce fut infligé à Luisa quand les invitations au mariage de Travis et de Scarlette arrivèrent par la poste. Savannah ouvrait la sienne, quand Luisa rentra de chez le coiffeur. Reconnaissant l'enveloppe, elle demanda sèchement :

— Où as-tu pris cela ?

Elle se comportait comme si l'adolescente l'avait volée ou ouvrait le courrier de quelqu'un d'autre.

Aussitôt, Savannah fut sur la défensive.

— C'est à moi. Mon nom est inscrit sur l'enveloppe, dit-elle à sa belle-mère qui s'efforçait de faire de chaque jour un enfer et y réussissait parfois.

Si son père ne l'avait pas constamment défendue, l'existence de la jeune fille aurait été bien malheureuse. Il la protégeait de tout mais, de temps à autre, Luisa parvenait à l'atteindre.

— Ils t'ont invitée à leur mariage ? siffla-t-elle.

Visiblement horrifiée, elle arracha l'enveloppe des mains de Savannah. Cinq minutes plus tard, elle faisait irruption dans le bureau de Tom, telle une furie.

— Je ne veux pas d'elle au mariage de notre fils ! s'indigna-t-elle, tremblante de rage. Elle n'a rien à y faire, elle n'est que sa demi-sœur. Je ne veux pas être humiliée au mariage de mon propre fils.

— Si elle est encore ici ce jour-là, tu ne pourras pas l'en exclure. Elle ne va pas rester à la maison comme Cendrillon pendant que nous y allons tous.

— Et si elle est repartie chez elle ?

Luisa ne voulait pas que Savannah revienne pour l'occasion. Elle la voulait très loin et sûrement pas présente lors d'un événement familial aussi important. Toute la bonne société de la Caroline du Sud serait là. Certains invités viendraient même des Etats voisins.

— En ce cas, c'est à Travis et à Scarlette de décider s'ils veulent l'inviter ou non. Dois-je te rappeler que nous ne donnons pas cette réception, qui est exclusivement organisée par les parents de Scarlette ?

— Qui l'a mise sur la liste ?

— Je n'en ai aucune idée.

Cinq minutes plus tard, Luisa téléphona à Scarlette. Elle expliqua très clairement à sa future belle-fille qu'elle ne souhaitait pas que Savannah soit présente le jour du mariage.

— Maman Beaumont, répliqua gentiment Scarlette, je ne pense pas que ce soit juste. Elle est la sœur de Travis et je l'aime beaucoup. Nous attendons trois cents personnes à l'église, et huit cents à la réception. Je pense que personne ne sera choqué de la voir parmi les invités.

— Mais moi, je le serai ! hurla Luisa. Ce n'est pas ce que tu souhaites, je suppose !

Cette fois, la menace était claire.

— Bien sûr que non. Je la placerai à l'autre bout de la tente, la rassura Scarlette.

Luisa raccrocha brusquement, la rage au cœur. Elle resta dans cet état pendant les deux heures qui suivirent.

Un peu plus tard, Savannah fit tranquillement remarquer à son père :

— Je serai partie, à ce moment-là. Le procès devrait être terminé, à cette date.

— Je pense que tu t'amuserais, si tu venais. La moitié de Charleston sera là. Il te sera facile de te dissimuler parmi les huit cents invités, si tu veux éviter quelqu'un. Luisa finira par se calmer.

Il s'efforçait de cacher sa propre anxiété. Luisa ressemblait à un chien qui refuse de lâcher son os. Elle voulait que Savannah sorte de leur vie et elle n'en démordait pas. C'était une position difficile pour une jeune fille de dix-sept ans. Elle l'était encore davantage pour lui, perpétuellement déchiré entre sa femme et sa fille. C'était blessant pour Savannah et épuisant pour lui. Quant à Daisy, elle essayait de rester hors de portée du radar maternel.

Ce soir-là, Savannah parla à sa mère de l'invitation qu'elle avait reçue. Alexa surprit sa fille lorsqu'elle lui dit qu'elle aussi était invitée.

— Tu vas y aller, maman ?

C'était difficilement envisageable, à cause de Luisa.

— Non, ma chérie, mais c'est gentil de leur part de me l'avoir proposé. Tu en as la possibilité, mais pas moi. Luisa ferait une crise cardiaque, ou bien elle mettrait du poison dans mon potage.

Savannah ne put s'empêcher de rire.

— Il y aura huit cents invités. Papa dit qu'elle ne pourrait pas nous repérer.

— Je ne veux pas la mettre mal à l'aise, Savannah.

— Je sais, maman, mais je préférerais qu'on y aille ensemble.

— Nous en reparlerons après le procès. Pour l'instant, ce mariage est le cadet de mes soucis.

En effet, l'esprit d'Alexa était en perpétuelle ébullition. Elle avait eu une autre conférence de presse, dans la journée. L'avocate de la défense en avait donné une de son côté. Elle continuait de soutenir qu'il s'agissait d'une regrettable méprise. Un homme innocent était la victime d'un coup monté, mais tout serait éclairci à l'issue du procès. Elle affirmait avoir la conviction que Luke Quentin serait libéré, puisqu'il n'avait commis aucun des meurtres dont on l'accusait.

Un peu plus tard dans la journée, quand Savannah vit l'avocate à la télévision, elle lui trouva l'air d'une folle. Daisy, qui se trouvait avec sa sœur, parut troublée. Savannah suivait les informations en continu, dans sa chambre. Sa mère était filmée chaque jour.

— Il est coupable ou il n'est pas coupable ? demanda Daisy.

— C'est au jury d'en décider, mais il l'est, crois-moi. Ils vont le condamner et l'envoyer en prison.

— Alors, pourquoi l'autre dame dit qu'il n'a rien fait ?

— C'est son boulot, de le défendre. Et c'est celui de ma maman de prouver qu'il a commis tous les crimes dont on l'accuse.

Daisy hocha la tête. Grâce à Savannah, elle en apprenait chaque jour davantage sur le système judiciaire. Le juge avait interdit les caméras dans la salle mais, dès la première audience, les couloirs du tribunal ressembleraient à un asile d'aliénés.

Le premier jour du procès, Savannah regarda les informations avant de partir au lycée. Elle les regarda encore à la cafétéria, pendant la pause-déjeuner. Sachant que sa mère était l'assistante du procureur, un groupe de lycéens se massa autour d'elle. Avant d'entrer dans la salle, Alexa avait été assaillie par une nuée de journalistes, mais elle ne s'était pas arrêtée. Les prochains jours allaient être consacrés à la sélection des jurés.

Âgé d'une cinquantaine d'années, le juge Lieberman était un homme à l'expression sévère, aux cheveux blancs coupés court et au regard vif. Il ne ratait rien de ce qui se passait dans la salle du tribunal. C'était un ancien marine, qui ne tolérait pas les enfantillages. Il détestait les journalistes et n'appréciait pas plus les procureurs que les avocats, qu'il accusait de lui faire perdre son temps avec des requêtes inutiles et des objections futiles. Avant la séance, il convoqua Alexa et Judy Dunning dans son bureau pour leur faire un sermon solennel et leur préciser ce qu'il attendait d'elles.

— Je ne veux pas entendre d'absurdités dans mon tribunal, mesdames. Epargnez-moi les stratagèmes, ne jouez pas avec le jury, évitez les procédures malhonnêtes. Jamais on n'a cassé une de mes sentences, je n'ai jamais connu un procès annulé par manque d'unanimité entre les jurés ou pour vice de procédure et je n'ai pas l'intention de commencer maintenant. C'est clair ?

Les deux femmes opinèrent du bonnet.

— Oui, Votre Honneur, dirent-elles comme des enfants obéissantes.

— Vous avez un client à défendre, reprit-il en fixant un instant Judy avant de se tourner vers Alexa. Et vous, vous devez prouver que l'accusé a tué dix-huit victimes. Je ne connais rien de plus sérieux. Ne vous livrez pas à des espiègleries irresponsables, pas de théâtre et pas de drame. Et faites attention aux propos que vous tenez devant la presse !

Sur ces mots, il les congédia sans cérémonie.

Une demi-heure plus tard, l'interminable sélection des jurés commença. Alexa était assise à la table du procureur, entre Sam Lawrence et Jack.

Pendant qu'ils préparaient le procès, Alexa en était venue à respecter Sam. Il portait une attention obsessionnelle aux moindres détails, mais elle s'était rapidement rendu compte qu'il avait raison. Sous son influence, elle était devenue encore plus minutieuse. Au fil des mois, ils avaient plusieurs fois déjeuné ensemble, dans le bureau de la jeune femme. Agé d'une cinquantaine d'années, il était veuf et avait consacré sa vie entière au FBI. S'ils remportaient ce procès, Alexa savait que ce serait en grande partie grâce à lui. Tout comme elle, Jack et le procureur, il s'était pris de haine pour Quentin et espérait bien l'expédier sous les verrous. Elle avait compris que c'était là son seul but, et non de lui mettre des bâtons dans les roues ou de lui retirer le dossier, même si c'était

246

le vœu de ses chefs. L'agent fédéral Sam Lawrence voulait que la personne la plus qualifiée fût en charge de la procédure, c'est pourquoi il soutenait Alexa. Lorsqu'elle s'assit près de lui, il lui sourit, puis la sélection commença.

Ce fut long et épuisant. Il resta une centaine de jurés potentiels une fois qu'on eut éliminé les femmes enceintes, les malades, les personnes qui ne pouvaient pas prendre un congé, celles qui ne parlaient pas anglais, devaient s'occuper de parents mourants ou avaient de bonnes excuses pour ne pas être choisies. Parmi ceux qui attendaient, il y en avait certainement qui auraient des motifs similaires de s'en aller et qui priaient le ciel de ne pas être sélectionnés. Le juge leur expliqua que le procès serait long, puisqu'il impliquait de nombreux homicides. Les témoignages et les débats pourraient prendre plusieurs semaines, voire plus d'un mois. Tous ceux dont la profession interdisait une absence aussi longue, ou qui avaient des problèmes de santé, devaient se faire connaître auprès du greffier. Quelques minutes plus tard, une vingtaine de personnes faisaient la queue devant la table du greffier. Les quatre-vingts autres attendirent d'être interrogées par le procureur et l'avocate de la défense, pour savoir si elles seraient retenues ou renvoyées. Il s'agissait de gens apparemment ordinaires, appartenant à toutes les classes sociales. Qu'ils soient médecins, femmes au foyer, facteurs ou étudiants, ils fixaient tous Alexa et Judy avec impatience.

On amena Luke Quentin avant le début de la procédure. Vêtu d'un costume, il n'était ni menotté ni enchaîné. Comme il n'avait montré aucun signe de violence pendant ses mois d'emprisonnement, il était autorisé à se présenter comme un homme civilisé. De cette façon, les jurés ne seraient pas influencés et il ne leur apparaîtrait pas comme quelqu'un de dangereux, même s'ils connaissaient la raison de sa présence. Bien qu'elle ne lui accordât qu'un coup d'œil rapide, Alexa remarqua qu'il portait une chemise blanche toute neuve. Elle ne croisa pas son regard, mais elle vit que Judy lui adressait un sourire rassurant et lui tapotait le bras lorsqu'il s'assit. Calme, maître de lui et sans la moindre frayeur apparente, il parcourut les futurs jurés des yeux comme s'il allait les choisir lui-même. De fait, il avait le droit de les interroger, mais Alexa doutait qu'il le ferait.

Le premier, un Asiatique, fut renvoyé après avoir mal interprété quatre questions d'Alexa et deux de Judy. La seconde était une jeune femme à l'air terrifié, récemment arrivée de Porto Rico. Elle dit ne pouvoir rester, car elle avait quatre enfants et deux emplois. On la laissa s'en aller. Alexa savait exactement ce qu'elle recherchait : des citoyens solides susceptibles d'avoir des enfants du même âge que les victimes, si possible des filles. L'avocate de la défense allait faire au contraire tout ce qu'elle pourrait pour les écarter. C'était une sorte de jeu d'échecs durant lequel les deux magistrates s'efforceraient de placer leurs pièces à leur avantage. Le procureur et la défense disposaient chacun de vingt récusations, ce qui signifiait qu'il pouvait exclure un juré parce qu'ils n'appréciaient pas ses réponses à leurs questions. Les représentants de la loi et toutes les personnes touchant de trop près au système judiciaire étaient rarement retenus. On excluait le plus souvent les policiers, les magistrats, tous ceux qui pouvaient avoir des préjugés ou dont un parent avait été victime d'un crime violent. On s'efforçait d'éliminer les candidats qui avaient des idées préconçues ou affichaient une sympathie excessive envers l'accusé ou les victimes. Cette procédure lente et laborieuse prit la semaine entière, ainsi qu'Alexa s'y attendait. Elle avait même craint que cela ne durât plus longtemps.

Pendant toute la durée de la sélection, Quentin resta tranquillement assis, s'appliquant à croiser le regard de chacun des jurés. Soit il leur souriait, soit il les transperçait du regard. Il passait successivement de l'intimidation à la candeur, de la bienveillance à l'indifférence. La plupart du temps, il ignorait son avocate, bien qu'elle se penchât fréquemment vers lui pour lui murmurer des explications ou prendre en notes ses questions. Selon les cas, il acquiesçait ou secouait négativement la tête. De son côté, Alexa consultait souvent Sam et Jack mais, la plupart du temps, elle décidait elle-même quels jurés elle choisissait de conserver ou d'écarter.

Deux d'entre eux furent remerciés lorsqu'ils précisèrent qu'ils connaissaient le juge, qui confirma leurs dires. Ils furent nombreux à invoquer des problèmes de santé ; d'autres auraient voulu rester, mais ils ne correspondaient pas à ce que cherchait Alexa. Parfois, c'était Judy qui les rejetait parce qu'elle devinait, tout comme Alexa, qu'ils seraient enclins à déclarer l'accusé coupable. Cela s'apparentait à un jeu de devinettes. L'une comme l'autre, elles utilisaient les moyens du bord, mais elles ne pouvaient tirer les jurés idéaux d'un chapeau. Elles devaient soigneusement évaluer comment ces gens réagiraient devant les preuves, les meurtres et l'accusé. Il fallait de l'instinct, mais cela tenait aussi du hasard, la nature humaine étant imprévisible. Il était difficile de prévoir de quelle façon ces gens allaient recevoir ce qu'ils entendraient et s'ils comprendraient les directives du juge, au début du procès. A son terme, ils devraient déclarer Quentin coupable ou innocent hors de tout doute raisonnable. La décision finale était obligatoirement unanime. Les douze jurés devaient se mettre d'accord, sinon le procès serait annulé par défaut d'unanimité, ce que ni Alexa ni Judy ne souhaitaient. Dans ce cas, il faudrait reporter l'affaire devant un autre jury. En revanche, cela pourrait convenir à Quentin, en retardant sa condamnation et le moment où il serait envoyé en prison pour toujours.

C'était au juge de prononcer la sentence, non au jury. Il le ferait un mois après le verdict. Ils n'avaient pas à se soucier non plus de la peine de mort, déclarée anticonstitutionnelle dans l'Etat de New York depuis 2004, malgré de nombreuses tentatives pour la rétablir. S'il était jugé coupable, Luke Quentin passerait sa vie derrière les barreaux, sans espoir de libération conditionnelle, mais il ne serait pas condamné à mort. Cette lourde responsabilité ne pèserait donc pas sur les épaules des jurés, ce qui faciliterait leur décision. Tous les crimes commis dans les autres Etats ayant été ajoutés à ceux qu'il avait commis à New York, il était poursuivi pour avoir violé et tué dix-huit femmes, totalisant ainsi dix-huit accusations de meurtre au premier degré avec préméditation.

En fin d'après-midi, le vendredi, douze jurés avaient été sélectionnés, ainsi que quatre jurées suppléantes en cas de défection. Il y avait huit hommes et quatre femmes, ce qui ne gênait pas Alexa. Les hommes pouvaient se montrer plus protecteurs envers les jeunes femmes, plus indignés par leur assassinat, plus compatissants et plus en colère contre Quentin. Elle comptait là-dessus. Quatre d'entre eux auraient pu avoir des filles de cet âge, deux étaient légèrement plus jeunes qu'elle ne l'aurait voulu et moins prévisibles mais, au moment de leur sélection, elle avait utilisé toutes ses récusations. Ils avaient tous un emploi et semblaient responsables et intelligents. Les quatre femmes étaient toutes plus âgées car Judy avait exclu celles qui lui paraissaient trop jeunes. En revanche, les quatre suppléantes avaient une trentaine d'années. Il y avait des Blancs, des Noirs, des Hispaniques et des Asiatiques. Alexa, qui avait travaillé dur et contourné certaines objections de Judy, était convaincue que c'était un bon jury. Judy aurait souhaité qu'il y eût davantage d'hommes, selon elle plus favorables à Quentin. Alexa n'était pas d'accord avec elle, mais finalement, elles étaient toutes les deux satisfaites. On pouvait toujours tomber sur des personnes incontrôlables, on avait parfois de mauvaises surprises, mais si elle se fiait à ses observations, Alexa était contente de la sélection. Elle saurait après le procès si elle avait eu raison.

Ils avaient fait du bon travail, cette semaine. Jack et Sam étaient eux aussi plutôt contents du résultat. Avant de quitter le tribunal, ils discutèrent un moment. Impressionné par le discernement d'Alexa, Sam en avait parlé à ses supérieurs. Bien sûr, elle devrait faire ses preuves pendant le procès, mais il admirait la façon dont elle traitait le moindre détail. Joe McCarthy, qui s'était glissé dans la salle à plusieurs reprises pour observer la sélection des jurés, partageait ce point de vue. Il avait fait savoir à Alexa qu'il approuvait tout autant ses choix que l'habileté avec laquelle elle avait écarté certaines personnes.

— Eh bien, dit Alexa en rassemblant ses papiers, nous tenons notre jury pour M. Quentin.

Sa mallette était tellement lourde qu'elle devait utiliser des roulettes.

— Prête à affronter la presse, madame Hamilton ? plaisanta Jack lorsqu'ils sortirent du tribunal.

Il n'était pas surpris de voir que le passage était obstrué par un mur de journalistes qui voulaient savoir ce qu'elle pensait du jury. Il sembla à Alexa qu'un million de flashs lui explosaient au visage.

— Nous sommes satisfaits du jury, dit-elle seulement en se frayant un chemin parmi eux.

Jack s'efforçait de lui ouvrir la voie, tandis que Sam restait auprès d'elle avec plusieurs policiers, mais tous les regards étaient braqués sur elle. Un fourgon les attendait, ce qui leur permit de prendre rapidement la fuite. Désormais, Alexa était constamment escortée par un policier. Elle devait retourner au bureau avant de s'enfermer chez elle pour le week-end. Jack voulut l'accompagner et ils déposèrent Sam devant le bâtiment du FBI. Avant de les quitter, il précisa qu'il était joignable sur son portable pendant tout le week-end. Bien entendu, ils l'étaient tous les trois. Alexa avait brièvement envisagé de prendre l'avion pour aller voir Savannah, mais elle y avait aussitôt renoncé. Elle avait trop de documents à revoir et son exposé préliminaire à peaufiner.

Elle venait de rentrer dans son bureau quand la sonnerie de son téléphone portable retentit. C'était Savannah.

— Je viens de te voir à la télévision, dit-elle fièrement. Tu sortais du tribunal... Je t'ai trouvée super !

— Tu es de parti pris ! J'ai juste dit que nous étions satisfaits du jury. Je ne sais pas comment tu as pu me trouver super, mais je te remercie.

Elle était touchée que sa fille suive de si près le procès.

— Daisy et papa sont d'accord avec moi. Tu avais l'air calme et maîtresse de toi, tu ne t'es pas laissé marcher sur les pieds. Tu as juste dit ce que tu voulais, tu as passé ton chemin sans t'énerver. En tout cas, tu n'avais pas l'air nerveuse. En plus, tu étais très bien coiffée.

A la place du chignon, qui lui semblait trop strict, Alexa s'était fait une queue de cheval retenue par un ruban de satin.

— Merci, mon cœur. Nous verrons ce qui se passera la semaine prochaine. Je pense que nous avons un bon jury, mais j'espère ne pas me tromper. J'aurais bien voulu venir ce week-end, mais c'est impossible, conclut Alexa d'une voix déçue.

Savannah ne fut pas surprise.

— Je m'en doutais, maman. Tout va s'emballer, à partir de maintenant.

— Plutôt ! Qu'est-ce que tu as prévu de faire, pendant ces deux jours de congé ?

— Demain, j'assiste à un match de Turner et il passe à la maison ce soir.

Dans le sous-sol, il y avait une ancienne salle de jeux que ses frères utilisaient lorsqu'ils étaient enfants. On y trouvait une table de ping-pong et un billard. Son père avait suggéré aux deux jeunes gens de s'en servir. Luisa n'y mettait jamais les pieds et c'était plus convenable que si elle recevait Turner dans sa chambre.

— Dis-lui bonjour de ma part, dit Alexa avant de raccrocher.

Elle s'était remise au travail quand Sam Lawrence l'appela.

— Je ne vous dérange pas ?

— Pas du tout. Je suis encore au bureau, dit-elle aimablement.

Elle trouvait Sam très sympathique et, jusqu'à maintenant, leur collaboration était efficace. Ils se respectaient mutuellement et, durant les derniers mois, il s'était aussi lié d'amitié avec Jack.

— On dirait que nos horaires sont les mêmes, remarqua-t-il en riant. Je crois que je finirai par habiter dans mon bureau.

Pendant le procès, ils allaient travailler nuit et jour. Judy Dunning en ferait sans doute autant et peut-être plus, car elle avait moins d'arguments et elle n'était pas assistée par le FBI.

— Je voulais juste vous dire que je suis très content du jury, continua-t-il. Vous avez bien manœuvré pendant toute la sélection. Vous êtes une vraie pro.

Venant de lui, c'était un véritable hommage, car les fédéraux étaient en général avares de compliments.

— Cela vaut mieux, dans un procès comme celui-ci.

— Si je peux faire quoi que ce soit ce week-end, appelez-moi.

— Merci. Je pense pouvoir me débrouiller, assura-t-elle.

Puisque Savannah n'était pas là, elle n'avait pas de distractions et aucune obligation autre que son travail.

Elle passa tout le week-end à étudier ses dossiers chez elle. Elle relut les rapports des experts scientifiques, réexamina les preuves, améliora son exposé préliminaire et organisa sa stratégie dans les moindres détails. Le lundi matin, elle était parfaitement préparée.

Elle retrouva Sam à son bureau et ils se rendirent ensemble au tribunal. Les journalistes les attendaient de pied ferme. Il y eut une bousculade et des cris, chacun jouant des coudes pour rentrer dans la salle. Alexa se fraya un chemin parmi la foule, aidée de cinq policiers, de Sam et de Jack. Lorsqu'elle prit place derrière sa table, le visage impassible, elle n'avait pas une mèche de travers.

253

Elle faisait très professionnelle, compétente et maîtresse d'elle-même.

Judy Dunning était déjà assise. Quentin entra, entouré de quatre policiers, et s'installa auprès d'elle. Cinq minutes plus tard, le juge arriva à son tour. La séance pouvait commencer. En termes clairs et simples, il annonça aux jurés ce qu'on attendait d'eux, puis il les remercia de sacrifier leur temps pour être là. Il leur dit que leur rôle était très important, peut-être davantage que le sien, celui du procureur ou de l'avocat de la défense. Tout en l'écoutant, ils le fixaient gravement et hochaient la tête.

Ensuite, Alexa se leva pour faire l'exposé préliminaire qu'elle préparait depuis un mois. Vêtue d'un tailleur noir très strict, elle se présenta au jury et leur expliqua ses fonctions. L'homme qui était assis auprès d'elle s'appelait Jack Jones, leur dit-elle, il était l'inspecteur de police en charge de l'enquête. Elle parla de lui pendant une minute avant de mentionner Sam Lawrence, qui représentait le FBI. A eux trois, ils formaient une équipe.

Alexa se planta alors devant les jurés, qu'elle regarda tour à tour dans les yeux.

— Et pourquoi le FBI est-il impliqué dans cette affaire ? demanda-t-elle tranquillement. Parce que ces meurtres ont été commis dans de nombreux Etats. Neuf, pour être plus précise. Dix-huit jeunes femmes ont été assassinées dans neuf Etats.

Sans insister de façon excessive, elle le disait avec netteté de façon à bien graver ce nombre dans leur esprit.

— Et quand les frontières des Etats sont franchies, continua-t-elle, quand un meurtrier est allé d'un Etat à l'autre pour perpétrer ses méfaits, le FBI est concerné. Il coordonne les informations de façon à éviter toute erreur ou toute confusion entre les différents services de police locaux. Toutes les investigations sont mises en commun. Vous pouvez donc être assurés, mesdames et messieurs, que tout ce que nous allons vous soumettre a été vérifié.

La présence du FBI dans ce tribunal signifie que ce procès est important. Il l'est non pas parce que le FBI est là, mais parce que dix-huit jeunes femmes sont mortes. Elles ont été violées, étranglées pendant le viol et tuées. Toutes. La plus jeune avait dix-huit ans et elle suivait des études de théologie. La plus âgée en avait vingt-cinq, elle était étudiante en médecine.

Alexa voulait insister sur la respectabilité des victimes et elle y parvenait. Tous les yeux étaient braqués sur elle, tandis qu'elle s'exprimait avec une dignité et une force surprenantes. Comme les autres, Jack et Sam l'observaient, admirant son talent.

— Ce n'est pas le hasard qui a guidé leur meurtrier jusqu'à elles. Il a planifié leur mort. Il les a cherchées. Nous pensons qu'il attendait l'occasion de les aborder, il les observait... il les a choisies et il a suivi son plan à la lettre, de façon préméditée. Il projetait de les violer et de les tuer parce que cela l'excitait. Il les a tuées parce que c'était ce qui le faisait jouir. L'accusé apprécie ce qu'on appelle les snuff-movies, des films mettant en scène des femmes qu'on tue pendant l'acte sexuel. Il voulait vivre ce fantasme, c'est pourquoi il a modifié ses habitudes en matière de sexe et il a tué dix-huit femmes pour éprouver le grand frisson. Quand vous préméditez de tuer quelqu'un, cela s'appelle un meurtre au premier degré. Ce n'est pas un accident mais un assassinat commis sciemment. Cet homme a donc projeté de violer et de tuer ces jeunes femmes. Il a exécuté son plan et, aujourd'hui, elles sont mortes.

« Je sais que certains d'entre vous ont des enfants, puisque je vous ai posé cette question au moment de la sélection. Mais même si vous n'en avez pas, je suis certaine que vous devez être bouleversés par ces meurtres comme nous le sommes tous.

« J'ai une fille de dix-sept ans. Je la trouve belle et elle est tout, pour moi. Tout. Elle en terminale, et elle va entrer à l'université à l'automne. Elle joue au volley-ball, elle fait partie de l'équipe de natation et je crois qu'il n'y a pas de plus gentille fille au monde. Elle est fille unique, je l'élève seule, elle est donc tout ce que j'ai.

Alexa s'arrêta pour fixer chaque juré. Désormais, elle était un être humain, tout comme eux, une maman célibataire en qui ils pouvaient avoir confiance. Elle voulait qu'ils en soient persuadés. Certains hochaient la tête en signe d'approbation... Elle les tenait.

— Six de ces jeunes femmes n'étaient que des enfants, reprit-elle. Sept étaient des mères célibataires. Neuf étaient étudiantes, mais elles travaillaient pour financer leurs études et soutenir leurs familles. Deux étaient les aînées de fratries dont la mère était décédée et elles s'occupaient de leurs frères et sœurs. Deux d'entre elles obtenaient des notes remarquables. Huit étaient boursières ou l'avaient été. Il y en avait onze qui étaient croyantes et elles participaient activement à la vie de leurs églises. Elles pratiquaient des sports, elles avaient des frères et sœurs, une maman, un papa, des chiens, des professeurs qui les aimaient et les respectaient, elles avaient aussi des amis et des flirts. *Toutes*, elles étaient aimées et respectées dans leurs communautés, auxquelles elles vont énormément manquer. Et *toutes*, elles ont été tuées par l'accusé qui se trouve en face de vous. *Toutes*. Dix-huit jeunes filles. Nous savons que c'est vrai. Le ministère public en est convaincu, huit autres Etats le croient aussi, ainsi que le FBI. Je suis sûre que lorsqu'on vous en aura montré les preuves, vous en serez également convaincus.

« Les délinquants qui commettent ce genre de crimes sont très particuliers. Il faut être totalement dépourvu de conscience et de sentiments pour décider d'assassiner dix-huit jeunes filles en les violant, sous prétexte que cela vous excite. C'est une façon affreuse de mourir et les motivations de l'assassin le sont tout autant.

« Le ministère public vous apportera des preuves qui écarteront le doute raisonnable. Nous vous prouverons que Luke Quentin, l'homme qui se trouve à la table de la défense, a violé et tué dix-huit jeunes femmes et qu'il a commis ces meurtres avec préméditation.

« Nous ne pouvons pas autoriser les gens de cette espèce à évoluer parmi nous, à blesser nos enfants et à tuer les personnes que nous aimons. On doit les mettre en prison et les punir pour leurs crimes. Si nous ne le faisons pas, nos enfants et nos proches ne sont pas en sécurité et nous ne le sommes pas non plus.

« Nous sommes certains que Luke Quentin est l'auteur de ces meurtres et nous allons le prouver pendant ce procès, hors de tout doute raisonnable. Si vous êtes convaincus par ces preuves et par le ministère public, nous vous demanderons de le déclarer coupable d'avoir violé et tué dix-huit femmes. C'est tout ce que nous pouvons faire pour elles.

Cessant de parler, elle balaya du regard le jury avant de dire doucement :

— Je vous remercie.

Elle retourna s'asseoir à sa table. Les jurés, dont certains se tortillaient sur leurs sièges, semblaient très secoués. Sam Lawrence adressa à Alexa un hochement de tête approbateur. Cette entrée en matière percutante prouvait bien qu'elle était la bonne personne pour faire condamner Quentin.

Pendant ce temps, ce dernier murmurait quelques mots à l'oreille de son avocate, qui approuva d'un signe. Elle n'était pas obligée de faire un exposé préliminaire, mais elle avait pourtant décidé de tenter le coup. Judy Dunning savait que les propos d'Alexa étaient trop incisifs et saisissants pour qu'elle lui laisse le dernier mot. Elle devait au moins s'efforcer d'en atténuer la portée avant le début du procès. Elle avait donc prévenu le juge qu'elle prendrait aussi la parole.

Après s'être levée, elle se dirigea vers le jury. Le visage triste et les yeux graves, elle les regarda un instant, puis elle se présenta et déclara qu'elle était là pour défendre Luke Quentin.

— Vous devez savoir, mesdames et messieurs, que le sort de ces dix-huit jeunes filles m'attriste comme tous ceux qui sont ici. Luke Quentin en est navré, lui aussi. Qui ne le serait pas ? Comment ne pas déplorer la mort de dix-huit belles jeunes femmes ? C'est affreux !

« On va vous présenter un grand nombre de preuves, pendant ce procès. Certaines seront très techniques, elles vous diront ce qui s'est passé et comment. Elles vous diront aussi qui peut avoir commis ces crimes. Le ministère public pense que M. Quentin est le coupable, c'est ce que vient de vous dire Mme Hamilton. Pour notre part, nous ne le croyons pas. Pas une seconde ! Luke Quentin n'a pas tué ces femmes et nous allons faire tout notre possible pour vous le prouver.

« Parfois, en raison d'un malheureux concours de circonstances, on se trouve au mauvais endroit au mauvais moment. Des gens s'arrangent pour faire croire que vous avez fait quelque chose alors que vous n'y êtes pour rien. Les apparences sont contre vous, on dirait que vous avez commis un affreux méfait, mais c'est faux. Vous êtes innocent et pourtant tout vous accuse.

Judy se tut pour fixer intensément chacun des jurés.

— Luke Quentin n'a pas commis ces meurtres. Il n'a pas tué ou violé ces femmes et nous vous le prouverons, hors du doute raisonnable. Si vous nous croyez ou si le moindre doute subsiste dans votre esprit, alors nous vous demanderons de l'acquitter. Ne punissez pas un *innocent*, quelle que soit l'horreur de ces meurtres.

Sur ces mots, l'avocate regagna sa place, après quoi le juge suspendit l'audience pendant vingt minutes.

Jack et Sam félicitèrent Alexa de sa prestation et de l'impact qu'elle avait eu sur le jury.

— Judy n'a pas été mauvaise non plus, dit-elle avec impartialité.

Peu d'éléments jouaient en faveur de Quentin, et il y en aurait encore moins durant les jours à venir, mais du moins avait-elle amené les jurés à se poser la question de son innocence. Elle ne pouvait pas faire grand-chose de plus.

Ils se dépêchèrent de prendre un café au distributeur de boissons, le burent très vite et regagnèrent leurs sièges au moment où le juge Lieberman frappait de son marteau sur le socle pour annoncer la reprise de l'audience. Il demanda ensuite à Alexa d'appeler son premier témoin.

Elle appela Jason Yu à la barre. Elle l'avait choisi pour représenter le laboratoire car il saurait expliquer simplement au jury ce qu'étaient les tests ADN. Ensuite, elle ferait venir des experts dont les rapports seraient plus compliqués à comprendre. Répondant aux questions d'Alexa, Jason exposa comment les analyses d'ADN avaient permis d'établir un lien entre Quentin et les corps découverts à New York. L'interrogatoire dura une heure, puis le juge décida une suspension de séance pour le déjeuner. Alexa remercia Jason, qui avait été parfaitement clair. Judy devait procéder à un contre-interrogatoire dans l'après-midi.

Sam, Jack et Alexa sortirent déjeuner, mais la jeune femme était trop nerveuse pour songer à se nourrir. Fonctionnant à l'adrénaline, elle passa le repas à prendre des notes et à ajouter des questions supplémentaires. Pendant qu'elle travaillait, les deux hommes parlèrent de sport, puis ils regagnèrent le tribunal.

Le contre-interrogatoire de la défense fut peu convaincant. Judy essaya en vain de troubler Jason et de faire apparaître ses analyses comme peu fiables et non concluantes, mais il reprenait ses explications de façon encore plus précise et intelligible. Sentant qu'elle perdait tout crédit, elle le remercia, n'ayant plus aucune question. Alexa n'en avait pas non plus.

Ensuite, Alexa cita l'un de ses experts, dont le témoignage fut long et quelque peu embrouillé, mais elle ne pouvait rien y faire. Les preuves qu'il présentait étaient importantes. Elle savait qu'il y en aurait plusieurs du même genre, venant d'autres Etats. Elle craignait qu'ils n'ennuient les jurés, mais chacun apportait une contribution non négligeable à l'édifice.

Dans l'ensemble, le premier jour se passa bien, ainsi que la première semaine. Malgré l'atrocité des crimes, les témoignages suscitaient peu d'émotion dans l'auditoire. Tout était très technique. Il n'y avait pas de témoins oculaires et les parents n'étaient pas appelés à la barre. On avait réservé aux proches des victimes un grand nombre de sièges. Leur présence était certainement ce qu'il y avait de plus émouvant dans le tribunal. Cent neuf personnes occupaient cette section. Elles suivaient attentivement les débats et pleuraient parfois. Instinctivement, les membres du jury les regardaient souvent. Alexa avait fait une fois allusion à leur présence. Judy avait émis une objection mais, désormais, les jurés savaient qui ils étaient. Charlie et sa famille étaient là, attendant que justice fût faite.

La plupart du temps, les témoins présentaient les résultats d'expertises scientifiques reliant Quentin à chacune des victimes. Le contre-interrogatoire mené par la défense avait pour but de réfuter ces preuves, mais l'avocate n'avait pas la compétence ou la matière nécessaires pour le faire. Sa mission n'était pas facile. Le vendredi après-midi, Alexa et Jack eurent un entretien avec elle après que l'audience eut été suspendue pour le week-end.

— Je voudrais de nouveau vous suggérer d'amener votre client à plaider la culpabilité, lui dit calmement Alexa. Nous perdons tous notre temps, ici.

— Je ne le crois pas, assura Judy avec entêtement. La police scientifique peut commettre des erreurs dans ses analyses d'ADN. Parfois, tout ce qu'ils font, c'est blanchir certains individus sans pour autant trouver les vrais coupables. Je pense que dans chaque Etat, les policiers ont mis sur le dos de Luke tous les meurtres qu'ils n'avaient pas résolus. Il suffit d'une seule faute, d'une seule enquête bâclée pour que je puisse invoquer le doute raisonnable.

Le pari était risqué, mais c'était le seul moyen dont elle disposait. Dans neuf Etats, les enquêteurs et le FBI s'étaient assurés qu'il n'y avait pas d'erreur. Selon Alexa, Judy commettait un suicide légal au nom de son client et en pleine audience publique.

— Il n'a rien à perdre et il a droit à un procès, dit sombrement l'avocate.

A l'entendre, on aurait pu croire qu'elle parlait d'un innocent crucifié et non d'un tueur impitoyable qui devait rendre des comptes à la justice. Il était très clair qu'elle croyait encore en l'innocence de son client. Elle n'exerçait pas seulement son métier, elle menait une croisade pour défendre une cause perdue. Alexa jugeait sa naïveté pitoyable.

— Il a tout à perdre, au contraire, décréta Alexa. S'il lui fait perdre du temps, le juge sera bien plus sévère. Personne n'aura de sympathie pour lui ou ne lui donnera une autre chance. Il vaudrait bien mieux pour lui passer un marché maintenant, au lieu de nous imposer des semaines de procès. Cela risque d'énerver le juge.

Jack partageait le point de vue d'Alexa. A son avis, un bon avocat aurait contraint son client à plaider la culpabilité. Mais Judy était trop faible et trop fascinée par Quentin pour cela.

— Si j'étais son avocate, déclara tranquillement Alexa, je le convaincrais de plaider coupable.

S'il le faisait, le juge confondrait vraisemblablement les peines, au lieu de les additionner à l'issue du procès, ce qui allongerait considérablement la durée d'incarcération. En fait, Quentin finirait sa vie en prison.

— Eh bien... il a de la chance que vous ne soyez pas son avocate, répliqua Judy en se levant, l'air vexée. Je suis son avocate et il ne plaidera pas coupable.

Alexa hocha la tête, la remercia et quitta la pièce avec Jack sans faire davantage de commentaires.

— A lundi, lui dit-elle dans le hall.

261

Quatre policiers l'escortèrent lorsqu'elle descendit les marches du tribunal et gagna la voiture de police qui l'attendait. Deux autres restèrent devant la porte de son appartement pendant tout le week-end. Le lundi, l'audience reprenait.

Les témoignages des experts durèrent trois semaines. Ils étaient tous incroyablement concluants et excluaient le doute raisonnable, pensa Alexa. C'était toujours moins émouvant qu'elle ne l'aurait souhaité. Les photos des victimes étaient absolument atroces parce que la plupart d'entre elles avaient été trouvées dans un état avancé de décomposition. On avait averti les jurés avant de les leur montrer, mais cette vue les rendait visiblement malades. Malheureusement pour eux, les photos figuraient parmi les preuves présentées par le ministère public.

Au bout de ces trois semaines, le travail du procureur étant terminé, la parole était à la défense. Alexa avait produit des volumes de témoignages d'experts et d'analyses d'ADN qui ne pouvaient être réfutés. Judy s'efforça sans grand succès de semer le doute dans l'esprit des jurés. Le pire, c'était qu'elle ne pouvait citer Quentin à la barre, en raison de ses condamnations antérieures et de son casier judiciaire. S'il avait tenté de se défendre lui-même, il aurait pris un énorme risque. Même Judy ne voulait pas le courir, aussi resta-t-il silencieux, ce qui ne jouait pas en sa faveur. Il demeura assis pendant trois semaines, toujours aussi arrogant et dépourvu de remords, pendant que les familles des victimes pleuraient.

La plaidoirie de la défense ne dura qu'une semaine. Alexa ne procéda que deux fois à un contre-interrogatoire. A cette occasion, elle mit en pièces les deux experts cités par Judy. Ils étaient incompétents et cela se voyait. Judy termina en disant qu'elle espérait avoir convaincu les jurés de l'innocence de son client. Elle les suppliait de ne pas le déclarer coupable de meurtres qu'il n'avait pas commis. Les membres du jury l'écoutaient, impassibles.

Dans son réquisitoire final, Alexa récapitula les preuves pour le jury, elle leur rappela que Luke Quentin avait pu être relié de façon concluante à chacune des victimes parce qu'il était leur meurtrier. Elle énuméra les faits, simples ou complexes, qui pouvaient les convaincre de la culpabilité de l'accusé. Elle leur fit ensuite un bref discours chargé d'émotion dans lequel elle les mettait face à leur responsabilité : il était de leur devoir de déclarer coupables des criminels comme Quentin. Un homme dont on *savait* qu'il avait violé et tué dix-huit femmes. Enfin, elle les remercia d'avoir été aussi attentifs pendant ce long procès.

Le juge donna alors des directives précises aux jurés concernant les délibérations. Le président du jury avait déjà réclamé les rapports et les preuves présentés pendant le procès. Au fil des audiences, le juge n'avait cessé de répéter aux jurés qu'ils devaient s'abstenir de lire les comptes rendus de presse, mais il ne les avait pas isolés.

Ce soir-là, pourtant, on devait les conduire dans un hôtel s'ils n'étaient pas parvenus à un verdict. Cela durerait autant de nuits qu'il le faudrait. Quand le jury quitta le tribunal, Alexa laissa échapper un long soupir. Son travail était terminé. Jack et Sam la regardaient avec admiration.

— Vous avez fourni un sacré boulot ! dit Sam.

La force et la détermination de la jeune femme le laissaient sans voix. Observer Alexa pendant un procès, c'était comme assister à un ballet. Lorsqu'elle questionnait les témoins et leur demandait de redire en termes simples ce qu'ils avaient déjà expliqué, elle avait le don de rendre limpides les informations les plus complexes. Très habilement, elle ne submergeait pas les jurés sous un flot de détails techniques.

Luke Quentin fut emmené menotté par les quatre policiers qui étaient restés avec lui pendant toute la durée du procès. Cette fois, il lança à Alexa un regard ouvertement haineux. Il savait parfaitement que les choses ne tournaient pas à son avantage. Il ne lui dit rien, mais si ses yeux avaient eu le pouvoir de la tuer, elle serait morte sur-le-champ. Plus que jamais, elle se félicitait d'avoir éloigné Savannah. Jusqu'à ce que cet homme soit condamné à perpétuité, elle ne se sentirait pas en sécurité.

Alexa, Jack et Sam devaient rester à proximité du tribunal en attendant la décision du jury. Ils avaient tous leurs téléphones portables et décidèrent d'aller dans le bureau d'Alexa. Il était difficile de croire que l'épreuve tirait à sa fin. Alexa espérait que Quentin serait déclaré coupable. Le contraire était inimaginable, mais les jurés étaient imprévisibles et idéalistes. S'ils avaient un « doute raisonnable », ils l'acquitteraient. Cela arrivait fréquemment.

Sam s'affala sur le canapé d'Alexa, tandis que Jack préférait se détendre dans un fauteuil. Alexa s'assit derrière son bureau et posa ses pieds sur la table. Elle était à la fois excitée et épuisée. Depuis près de cinq semaines, elle vivait sur les nerfs, ne tenant que grâce aux poussées d'adrénaline. On était le 1er juin et dans dix jours, ce serait la remise des diplômes, à Charleston. La vie reprendrait son cours normal. Le procureur lui avait promis une semaine de congé sitôt le verdict tombé. Justement, il passa la tête dans l'embrasure de la porte pour lui dire qu'il avait assisté à sa plaidoirie finale et l'avait trouvée excellente. Pendant le procès, il était souvent passé au tribunal pour assister aux débats, tout comme plusieurs officiers supérieurs du FBI.

Cet après-midi-là, ils ne reçurent aucun appel du tribunal. Ils étaient trop anxieux et fatigués pour parler.

Finalement, le greffier téléphona pour leur dire de rentrer chez eux. Les jurés se rendaient à l'hôtel pour la nuit. Ils poursuivraient les délibérations le lendemain matin. Alexa rapporta la conversation à ses acolytes, qui ronchonnèrent tous les deux. Ils avaient espéré que les jurés parviendraient à se mettre d'accord, bien qu'il fût un peu tôt pour cela. Ils invitèrent Alexa à dîner, mais elle était trop épuisée pour accepter. Une fois rentrée chez elle, elle s'assit sur le canapé et regarda la télévision sans y prêter aucune attention. Ces cinq semaines avaient été harassantes. Elle s'endormit tout habillée sur le canapé, sans avoir dîné ni éteint le téléviseur. Le lendemain matin, elle se réveilla en sursaut et consulta sa montre. Elle devait se doucher et s'habiller en vitesse... Le jury se réunissait dans deux heures.

17

Sam, Jack, Alexa, le juge, l'avocate de la défense et les familles des victimes patientèrent encore pendant une journée interminable. Les délibérations du jury semblaient devoir durer encore longtemps. Ils s'apprêtaient tous à rentrer chez eux pour la nuit quand la sonnerie actionnée par le président du jury résonna dans le bureau du juge, annonçant qu'ils étaient parvenus à se mettre d'accord.

On amena l'accusé et l'audience reprit immédiatement.

Le président du jury, un homme âgé, se leva et regarda le juge.

— Etes-vous parvenus à un verdict, monsieur le président du jury ? lui demanda ce dernier.

L'homme hocha la tête.

— Oui, Votre Honneur. Le jury l'a prononcé à l'unanimité.

Alexa laissa échapper un soupir de soulagement. Il n'y aurait pas de second procès... Quel que soit le verdict, c'était terminé. Tous autant qu'ils étaient, ils avaient fait leur travail et le jury aussi.

Le juge demanda à l'accusé de se lever, puis il se tourna de nouveau vers le président du jury.

— Que répondez-vous aux dix-huit accusations de viol, monsieur le président ?

— Coupable, Votre Honneur.

Alexa jeta un coup d'œil à Sam. Ils n'avaient pas encore gagné, mais la moitié du chemin était faite. L'assistance cessa de respirer.

— Et que répondez-vous aux dix-huit accusations de meurtre au premier degré ?

— Coupable, Votre Honneur, dit l'homme sans regarder Quentin.

Il y eut des exclamations, des hurlements et des pleurs parmi les familles. Constatant que le tumulte gagnait le reste de l'assistance, le juge abattit son marteau et exigea le silence. Alexa remarqua Charlie et sa mère, qui s'embrassaient en pleurant tandis que le juge remerciait les jurés d'avoir consacré toutes ces semaines au procès. Après qu'il eut rendu grâce à leur travail et à leur civisme, ils sortirent immédiatement de la salle. Luke Quentin fut emmené à son tour, mais cette fois il était menotté et portait des chaînes aux pieds. Alexa ne put s'empêcher de le regarder partir. Au moment de franchir la porte, il se tourna vers elle et, de son ton le plus venimeux, révélant le meurtrier qu'il était, il cracha :

— Va te faire foutre !

Judy essaya de le réconforter avant son départ, mais il la repoussa brutalement. Assommée, elle resta assise sur sa chaise. Alexa traversa l'allée pour lui serrer la main.

— Vous n'aviez pas la moindre chance de gagner, Judy. Les preuves étaient trop accablantes. Il aurait dû plaider coupable.

— Le plus affreux, c'est que je le crois sincèrement innocent.

Alexa la fixa avec une sorte d'incrédulité. Contrairement à ce que Judy pensait, le plus affreux, c'était qu'elle se fiait à la parole d'un tueur de sang-froid, un psychopathe.

Le plus gentiment possible, elle affirma :

— Et moi, je crois qu'il est coupable.

Elle espérait que Judy ne le reverrait plus jamais, une fois que la peine aurait été prononcée. Pour sa part, elle était désolée de devoir elle-même supporter une dernière fois sa vue à cette occasion.

Le juge abattit de nouveau son marteau et annonça qu'il leur ferait part de sa décision le 10 juillet. La présence du procureur, de l'avocate de la défense et de l'accusé était requise. Il remercia tout le monde, leva la séance et disparut. Il était 19 h 30 et il était pressé de rentrer chez lui. Alexa était dans le même état d'esprit. Désormais, son seul désir était de retrouver sa fille qu'elle n'avait pas vue depuis plus d'un mois.

Il fallut dix policiers pour lui frayer un chemin parmi la foule des journalistes. Ils se bousculaient, tentaient de la stopper et voulaient des commentaires ou des interviews. Elle se contenta de leur sourire tout en se hâtant vers la voiture de police, poursuivie par la meute.

— Qu'avez-vous à dire ? Comment vous sentez-vous ?

Ils l'appelaient par son nom et, juste avant de monter dans la voiture, elle se tourna vers eux et leur sourit.

— Justice a été faite, c'est tout ce qui importe. Le meurtrier de dix-huit femmes a été reconnu coupable. Nous étions là pour cela. C'est notre travail.

Sur ces mots, elle grimpa dans le véhicule, qui démarra aussitôt.

Savannah l'appela sur son portable avant qu'elle soit rentrée chez elle. Elle venait de regarder les informations.

— Je suis fière de toi, maman.

— Je suis fière de toi, mon cœur. Je suis désolée que cette affaire ait duré aussi longtemps.

— Tout le monde te considère comme une héroïne. Tu l'es, pour moi.

— Et toi pour moi, répliqua Alexa, qui se détendait pour la première fois depuis des mois.

Pour rattraper le temps perdu, elle comptait bien profiter de chacune des minutes qu'elle allait passer avec sa fille, cet été.

— Je prends l'avion demain, ma puce. Tu es prête à rentrer chez nous ?

— Tout de suite après la remise des diplômes, maman. Encore une semaine de patience.

— Je sais… Ensuite, ce sera la même chose à New York. Je dois attendre que la peine soit prononcée, en juillet, mais nous pourrions passer quelques semaines en Europe. J'ai besoin de vacances ! conclut-elle en riant.

Elles bavardèrent un instant, puis Alexa promit d'arriver le lendemain. Désormais, elle était libre. C'était terminé. Luke Quentin resterait en prison jusqu'à la fin de ses jours. Deux policiers continueraient d'assurer la protection d'Alexa pendant un mois, mais la vie pourrait reprendre son cours normal et Savannah rentrerait enfin. Elle souriait largement en rentrant dans son appartement. Consciente d'avoir accompli sa mission avec succès, elle était au septième ciel.

18

Comme promis, Alexa prit l'avion pour Charleston le lendemain à midi. Pour venir chercher sa mère à l'aéroport, Savannah avait été autorisée à manquer des cours. Elles avaient toutes les deux hâte de se revoir.

La veille, Alexa avait parlé avec sa mère tout en faisant sa valise. Muriel l'avait chaudement félicitée pour son succès. Stanley l'avait appelée pour en faire autant. Il s'était glissé deux fois dans la salle du tribunal pour l'observer et il avait admiré son aisance et la façon dont elle avait brillamment mené son affaire. Elle s'était contentée d'exposer les faits et les preuves scientifiques, sans aucun effet de manches. Selon lui, c'était la bonne façon de procéder et la raison de sa victoire.

Le matin, Sam avait téléphoné avant son départ pour lui dire qu'elle allait lui manquer. Il travaillait habituellement à Washington, mais il venait souvent à New York et lui proposa de déjeuner avec lui en automne. Jack l'avait appelée pour la féliciter, tout comme McCarthy la veille. Il régnait autour d'elle une atmosphère de fête et, maintenant, elle allait ramener sa fille à la maison, ce qui était encore mieux. Il n'y avait pas eu de nouvelle lettre anonyme. Jack lui avait rapporté que Quentin y avait fait allusion devant l'un de ses gardiens, en prison. Il avait joué « ce petit jeu », disait-il, pour effrayer Alexa, grâce à un ami, qui déposait les lettres pour Savannah. Quentin trouvait cela drôle, mais Alexa était contente d'avoir éloigné Savannah. Dès que l'ami en question avait prévenu Quentin que la jeune fille n'était plus au nid, il n'y avait plus eu de lettres. Quentin avait perdu tout intérêt pour ce « jeu » qui n'en était pas un pour Alexa. Chacun de ces messages l'avait terrifiée.

La jeune femme admettait maintenant que ce séjour à Charleston avait fait du bien à sa fille. Elle avait établi une vraie relation avec son père, ce qui comptait énormément pour elle, même si l'épouse de Tom était furieuse. Par ailleurs, Muriel ne cessait de rappeler à Alexa combien il était important pour Savannah de connaître la famille de son père et de rencontrer une grand-mère très âgée, qui ne serait pas toujours là. Quant à Alexa, elle avait pu chasser ses vieux démons et elle était bien moins amère qu'auparavant. Désormais, lorsqu'elle regardait Tom, elle voyait en lui un homme faible qui payait le prix fort pour sa trahison et non plus un ex-époux aimé ou détesté. Elle se sentait plus libre qu'elle ne l'avait été depuis des années.

Lorsqu'elle descendit de l'avion, Savannah l'attendait. Elles se serrèrent très fort dans les bras l'une de l'autre, puis Savannah l'emmena à l'hôtel dans la voiture prêtée par son père. Promettant de revenir plus tard, elle retourna ensuite au lycée.

Pendant qu'elle défaisait sa valise, Tom l'appela à son tour pour la féliciter. La veille, il l'avait vue à la télévision au moment où elle quittait le tribunal. Comme toujours, il avait été impressionné par sa modestie. Elle ne recherchait pas la gloire, seulement la condamnation du coupable, et elle l'avait obtenue.

— Tu dois être épuisée, dit-il avec sympathie.

— C'est vrai, mais cela valait le coup.

— Tu assisteras à la remise des diplômes, la semaine prochaine ?

— Non, je dois rentrer. Je n'ai qu'une semaine de congé, mais je serai là quand la même cérémonie aura lieu à New York.

Elle lui était toujours reconnaissante d'avoir reçu Savannah pendant quatre mois. Grâce à lui, elle avait eu le temps de préparer son procès sans s'inquiéter pour sa fille.

— Je vais être très triste quand Savannah repartira, avoua Tom. Daisy va aussi beaucoup la regretter. J'espère que tu reviendras pour le mariage de Travis, à la fin du mois de juin.

Elle ignorait s'il était sincère ou seulement poli comme on l'était dans le Sud, c'était difficile à dire.

— C'est vraiment gentil de me le demander, mais je pense que ce serait embarrassant pour ta femme.

Cette réponse déçut Tom, qui avait espéré sa présence.

— Avec huit cents personnes, tu pourrais amener un ours vêtu d'une jupe de paille, personne ne le remarquerait.

— Un ours, non, mais peut-être pas une ex-épouse, dit-elle franchement. Je suis certaine que Luisa ne veut pas que je sois là.

Charleston était son territoire et elle le respectait bien que Luisa n'eût pas respecté le sien autrefois.

— Ce n'est pas à Luisa de décider, mais à Travis et à Scarlette. Et je sais qu'ils aimeraient que tu viennes, ainsi que Savannah.

— Elle peut répondre à l'invitation, si elle en a envie. Je vais lui en parler. Elle est assez grande pour prendre l'avion toute seule.

— J'espère que tu nous feras cet honneur, Alexa, dit-il doucement.

Elle ignora cette dernière réflexion. La tendresse de sa voix lui était trop familière et éveillait en elle des souvenirs doux-amers.

— Nous verrons, dit-elle évasivement.

Ils savaient tous les deux que cela voulait dire non.

— Je te verrai de temps en temps, cette semaine, avant que tu partes, suggéra Tom.

— Je suis venue me reposer, me remettre du procès et me consacrer à Savannah. Je suis complètement crevée.

A sa voix, il devina qu'elle ne mentait pas, mais elle semblait heureuse, aussi.

Quand Savannah rentra du lycée, à 18 heures, elles allèrent se promener dans les rues pavées. Il faisait chaud, les fleurs épanouies exhalaient un parfum suave. C'était Charleston dans toute sa beauté et son romantisme. Alexa passa ses jours de congé à errer dans la ville pendant que Savannah était au lycée. Elle alla voir les anciennes plantations et effectua un circuit touristique. Le week-end, Savannah et elle se rendirent à la plage, où Turner les rejoignit. Alexa invita sa fille et une dizaine de ses amis au restaurant, pour fêter leurs diplômes avec un peu d'avance. Ils étaient tous de très bonne humeur et Alexa l'était aussi.

Cette semaine à Charleston passa à la vitesse de l'éclair, sans problèmes ou rencontres déplaisantes avec Luisa. Ces jours-ci, elle ignorait complètement Savannah, qui ne s'en plaignait pas.

La jeune fille attendit le dernier soir pour demander à sa mère si elle viendrait pour le mariage de Travis. Elle souhaitait vraiment qu'elles y aillent ensemble. C'était une réception énorme et, comme le soulignait Tom, il n'y avait aucune raison pour que Luisa fût embarrassée par sa présence. Si elle avait été invitée au dîner que Luisa et lui donnaient au country-club en l'honneur des mariés, la veille de la cérémonie, la situation aurait pu être délicate, mais pas le jour du mariage. Il le fit remarquer à Alexa lorsqu'ils déjeunèrent ensemble pour la deuxième fois. Il ne lui redit pas combien elle lui manquait, combien il était désolé ou malheureux avec Luisa. Elle lui fut reconnaissante de respecter les limites qu'elle avait fixées. S'il en avait été autrement, elle aurait refusé de le revoir. Désormais, Tom appartenait au passé.

— Tu viendras, maman ? supplia Savannah.

Sa mère se mit à rire, car elle s'exprimait comme une gamine de cinq ans.

— Quelle différence cela fait-il, si je viens ? Tu t'amuseras avec tes amis.

Tous ceux que la jeune fille connaissait étaient invités, y compris Turner et Julianne, dont les parents venaient aussi. Le cercle de la bonne société était limité, à Charleston, et ces huit cents personnes comprenaient tout le beau monde de la ville. Selon Savannah, le gouverneur lui-même serait présent, ainsi que plusieurs sénateurs. Luisa et les parents de Scarlette aimaient faire étalage de leurs relations. Les deux familles étaient bien assorties, tout comme les futurs mariés.

— C'est juste que ce sera plus drôle si tu es là ! Nous pourrions prendre l'avion ensemble.

Savannah n'avait pas encore dit à sa mère qu'elle comptait revenir en août, pour voir Turner avant qu'ils ne partent pour l'université. Leur idylle avait tenu et elle se renforçait. Ils étaient tous les deux très amoureux.

— Très bien, très bien, céda Alexa, mais je serai un peu gênée. J'ai connu tous ces gens quand j'étais mariée, et maintenant, je suis une paria, conclut-elle tristement.

— Tu n'es pas une paria, maman. Tu es une star nationale, un célèbre procureur de New York.

— Ne dis pas de bêtises, se défendit modestement Alexa.

— Mais c'est vrai ! Tu n'as pas à avoir honte, maman.

— Il se trouve que ton père m'a plaquée, ce qui n'était pas rien, pas plus pour les gens d'ici que pour moi.

Malgré le succès qu'elle remportait dans sa profession, cette « flétrissure » la retenait encore d'assister à cette réception.

— Tu es au-dessus de ça, maman. D'ailleurs, je crois que tu as dépassé cet épisode de ta vie, hasarda Savannah, qui ne voulait pas bouleverser sa mère. Tu ne veux plus de lui, mais je parie qu'il te suffirait de lever le petit doigt pour l'avoir. Il est malheureux, avec Luisa.

Alexa le savait, puisqu'il le lui avait dit lui-même.

— Tu as raison, je ne veux plus de lui. Mais à l'époque, j'aurais fait n'importe quoi pour ne pas le perdre.

— Je sais, maman, dit Savannah en enlaçant sa mère. Alors, tu viendras ?

La jeune femme leva les yeux au ciel.

— C'est bon, d'accord ! J'enverrai la carte-réponse demain.

— J'ai déjà dit à Scarlette que je serais là !

Elles passèrent une très agréable dernière soirée. Le lendemain matin, elles quittèrent ensemble l'hôtel, Alexa pour l'aéroport et Savannah pour le lycée. Alexa avait cru mettre les pieds à Charleston pour la dernière fois, mais apparemment, elle s'était trompée.

Elle en parla avec sa mère en rentrant.

— Je ne sais pas comment Savannah a réussi à me convaincre ! Maintenant, je vais devoir m'acheter une robe.

— Cela ne peut que te faire du bien. Peut-être rencontreras-tu un homme intéressant...

Il leur avait toujours semblé comique à toutes les deux que Muriel eût une vie amoureuse et pas sa fille.

— C'est certainement ce dont j'ai besoin ! Rencontrer un autre séducteur du Sud ! Un seul dans une vie suffit. Je suis déjà passée par là et je n'ai pas l'intention de recommencer.

— Ils ne sont pas tous comme Tom.

— C'est vrai. Ou comme Luisa. Mais leur société est extrêmement repliée sur elle-même et si tu n'es pas l'un d'entre eux, tu es fichue. J'espère que Savannah ne s'installera pas là-bas et qu'elle reviendra à New York à la fin de ses études.

— Dieu sait ce qu'elle voudra à ce moment-là. Cela dépend de son travail et de l'homme qu'elle aimera. Quand tu vivais à Charleston, j'ai survécu.

— Oui, mais tu avais déjà Stanley, à l'époque. Je n'ai que Savannah.

— Peut-être te faut-il plus que cela dans ta vie, lui

rappela une fois de plus Muriel. Tu ne dois pas compter exclusivement sur elle. Ce n'est sain ni pour elle ni pour toi.

— De toute façon, je me retrouverai seule, quand elle sera à l'université.

Alexa s'inquiétait à ce sujet, bien qu'elle se fût adaptée à l'absence de sa fille ces quatre derniers mois. Pourtant, la perspective du nid vide la terrifiait encore. Pendant leur séparation, l'appartement lui avait paru terriblement calme. Alexa se réjouissait que Savannah ne parte pas plus loin que Princeton.

— Tu veux venir faire du shopping avec moi, ce week-end ? demanda-t-elle à sa mère. La réception sera habillée et j'ai besoin d'une robe.

— Très volontiers ! s'exclama Muriel, ravie.

Elles décidèrent de passer chez Barney's le samedi et de déjeuner ensemble.

— Je n'ai pas acheté de robe de soirée depuis des années, remarqua Alexa, tout excitée. Onze ans... au temps où j'étais mariée avec Tom.

Et maintenant, elle retournait à Charleston en tant que procureur de New York, ainsi que Savannah l'avait souligné. L'eau avait coulé sous les ponts.

Lors de la remise des diplômes à Charleston, Alexa était déjà repartie pour New York. Elle s'occupait de délits mineurs qui lui apparaissaient comme un jeu d'enfant après le procès de Quentin. Elle restait pourtant une célébrité locale que les magazines souhaitaient interviewer, mais elle déclinait leurs demandes. Elle avait quand même avoué à Jack que les affaires insignifiantes dont elle s'occupait l'ennuyaient. Il était difficile de revenir à la routine après l'aventure stimulante qu'elle venait de vivre. Elle s'aperçut avec surprise qu'elle regrettait de ne plus travailler avec le FBI. Jack se demanda si elle ne faisait pas une petite déprime, mais il se garda bien d'y faire allusion.

Le jour de la remise des diplômes, à Charleston, les filles étaient vêtues de robes blanches, sous leurs toges, et les garçons étaient en costume. Les filles portaient des fleurs et tout le monde pleura lorsque les élèves chantèrent l'hymne du lycée. La cérémonie fut émouvante et tendre, comme il se devait. Tom avait organisé un déjeuner au country-club. En dehors de Savannah et de lui, il y avait Travis, Scarlette, Turner et la grand-mère Beaumont, qui avait aussi assisté à la cérémonie. Luisa avait été invitée, mais elle avait refusé de feindre un intérêt qu'elle n'éprouvait pas. Elle restait fidèle jusqu'à la fin à ce qu'elle était. La seule chose qu'elle voulait fêter, c'était le départ de Savannah, deux jours plus tard. Elle était toujours furieuse qu'elle soit conviée au mariage, mais elle espérait qu'après cela, elle ne la reverrait plus pendant longtemps. Elle ne voulait plus d'elle à Charleston. Tom parlait d'inviter sa fille pour Thanksgiving, mais Luisa refusait d'en entendre parler.

Personne ne déplora son absence au déjeuner, qui eut lieu dans le jardin du country-club. La jeune fille reçut de sa grand-mère un collier de perles qu'elle tenait de sa mère. Son père lui remit un gros chèque, non sans lui répéter combien il était fier d'elle. Elle promit d'utiliser l'argent pour acheter ce dont elle aurait besoin à l'université. En août, elle comptait revenir à Charleston pour les voir, ainsi que Turner. Tom espérait qu'à cette période Luisa serait dans sa famille, en Alabama.

Pendant les deux jours suivants, Savannah passa le plus de temps possible avec Turner. Il devait travailler sur une plate-forme pétrolière en juin et juillet, mais elle allait lui manquer terriblement. Elle était l'amour et la lumière de sa vie. La semaine suivante, il était prévu qu'il vienne à New York pour assister à sa seconde remise de diplômes. Il ne pourrait rester que deux jours, mais c'était mieux que rien.

La dernière soirée de Savannah aux Mille Chênes fut douce-amère. Comme à son arrivée, Daisy et elle dormirent ensemble, main dans la main. Par cette chaude nuit de pleine lune, les deux sœurs chuchotèrent et se câlinèrent jusqu'à ce que le sommeil les emporte. Savannah espérait que Daisy pourrait lui rendre visite à Princeton, mais elles craignaient toutes les deux que Luisa ne s'y oppose. Elles comptaient arranger cela avec leur père.

Quand Savannah partit, Daisy pleurait sur le perron. Jed avait mis ses bagages dans le coffre de la voiture et Tallulah pressait un mouchoir sur ses yeux. Julianne, qui était venue lui dire au revoir, sanglotait. Avant de partir, Savannah rentra dans la maison pour faire ses adieux à Luisa, qui ne s'était pas donné la peine de sortir. Elle la trouva dans la cuisine, assise à la table. Figée dans une attitude guindée, elle prenait son petit déjeuner en lisant le journal.

— Merci pour tout, Luisa, dit poliment l'adolescente.

Sur le pas de la porte, son père les observait, le cœur serré. Savannah était une gentille fille et elle avait fait tout son possible pour se faire accepter, mais Luisa était sans pitié.

— Je suis désolée si j'ai pu vous causer le moindre désagrément, continua la jeune fille, les larmes aux yeux. Sachez que j'ai vraiment apprécié mon séjour parmi vous.

Elle avait beau être heureuse de retrouver sa mère, elle était triste de quitter Charleston. Elle y avait trouvé ce qu'elle n'avait jamais vraiment eu auparavant : un père. Désormais, elle l'aurait pour toujours.

— Tu ne m'as pas causé de désagrément, dit froidement Luisa. Je te souhaite un bon voyage.

Sur ces mots, elle se replongea dans sa lecture sans esquisser le moindre geste affectueux.

— Au revoir, dit doucement Savannah.

Elle quitta la cuisine avec son père. C'étaient sans doute les adieux les plus chaleureux qu'elle pouvait obtenir de Luisa.

Après avoir embrassé Daisy une dernière fois, elle monta dans la voiture. Quand Tom démarra, Daisy, Julianne et les deux serviteurs agitèrent la main. A son grand étonnement, Savannah avait l'impression de quitter son second foyer. Luisa elle-même n'avait pas pu la priver de ce bonheur. Sa mère lui avait manqué, songea Savannah, mais les quatre derniers mois avaient été les plus heureux de sa vie. Dorénavant, elle avait deux vrais parents qu'elle aimait tous les deux.

19

A New York, la remise des diplômes ne se déroulait pas du tout comme à Charleston. Sous les toges, ses amis étaient en jeans troués, débardeurs, tee-shirts, baskets ou tongs. Les filles ne portaient pas de fleurs et elles n'étaient pas vêtues de jolies robes blanches. En revanche, l'allégresse était la même. Les lycéens poussèrent tous des hurlements de joie lorsqu'ils eurent reçu leur diplôme et jetèrent leur coiffe en l'air avant de se débarrasser des toges qu'ils avaient louées pour l'occasion.

Tous étaient ravis de revoir Savannah, qui était restée en contact avec grand nombre d'entre eux par mail ou par téléphone. Mais depuis son retour, elle éprouvait une impression bizarre. Tout était si différent, à New York ! Elle n'était plus aussi sûre d'y être davantage chez elle qu'à Charleston. Elle se garda bien d'en parler à sa mère, mais le Sud lui manquait parfois.

Quand Turner vint à New York pour assister à la cérémonie, elle lui montra tout ce qu'il y avait à voir. Toutes ses amies le trouvèrent très beau et sympathique, et les garçons l'apprécièrent. Sa grand-mère les invita à déjeuner au restaurant et elle lui fit visiter le tribunal. Le fait qu'elle fût juge et sa fille assistante du procureur impressionnait énormément le jeune homme, dont la mère n'avait jamais travaillé.

— La mienne non plus, quand elle était mariée avec papa, lui expliqua Savannah. Elle n'a fait ses études de droit qu'après leur divorce. Et ma grand-mère n'est allée à l'université que lorsque mon grand-père est mort. Elle voulait s'occuper l'esprit pour ne pas se laisser aller à la tristesse.

Turner lui avoua que son père fréquentait une jeune femme de vingt-six ans avec qui il songeait à se remarier. Cette éventualité les bouleversait, ses frères et lui, mais il comprenait que son père se sente très seul sans sa femme.

Savannah et Turner firent tout ce qu'ils avaient projeté de faire à New York. Ainsi qu'il en avait émis le désir, elle l'emmena au sommet de l'Empire State Building. Ils prirent le Staten Island Ferry, allèrent voir la statue de la Liberté, visitèrent le musée d'Ellis Island, se rendirent au Bronx Zoo, où ils admirèrent les animaux et s'amusèrent comme des gamins. Pour finir, ils se promenèrent sur la plage, à Long Island.

Bien déterminés à poursuivre leur idylle, ils réfléchissaient à la façon dont ils pourraient se voir en automne, à Duke ou à Princeton. Lorsqu'ils étaient séparés, ne fût-ce que pour une heure, ils ne cessaient de s'envoyer des SMS. Il leur semblait à tous les deux qu'il allait s'écouler un siècle avant que Savannah ne se rende à Charleston en août, après son voyage en Europe. Du moins se reverraient-ils au mariage de Travis. Quand Turner quitta New York, la cérémonie devait avoir lieu dix jours plus tard.

Le lendemain de son départ, Savannah se trouva une tenue. Alexa avait acheté la sienne avec sa mère le jour où elles étaient allées chez Barney's. Cette robe de mousseline sans bretelles, très décolletée et très sexy, ne correspondait pas du tout à son style de vêtements, mais elle était longue et ravissante. Elle porterait des sandales argentées à talons hauts. Lorsqu'elle l'essaya devant sa fille, la jeune femme prétendit qu'elle était bien trop décolletée à son goût.

— Maman ! la gronda Savannah. Tu as trente-neuf ans, pas cent. C'est normal, que tu sois sexy.

— C'est ce que dit aussi ta grand-mère. Je ne sais pas ce que vous avez derrière la tête, toutes les deux. Vous voulez peut-être me vendre au plus offrant. Ensuite, je n'aurai plus jamais l'occasion de la mettre.

Elle avait eu le sentiment de jeter l'argent par les fenêtres, mais elle avait eu le coup de foudre pour cette robe. Savannah était ravie que sa mère ait acheté quelque chose d'aussi joli.

— Tu la porteras au mariage de Travis, et c'est déjà très bien. Tu es superbe !

— Je pourrais peut-être la raccourcir et la porter au bureau, plaisanta sa mère. Je me taillerais un certain succès, au tribunal.

— Il n'y a pas que le travail, dans la vie, la réprimanda de nouveau Savannah.

Alexa haussa les épaules.

Sam l'avait appelée deux fois pour savoir ce qu'elle devenait. Tous deux avaient admis qu'ils se sentaient légèrement frustrés depuis le procès. Tout leur paraissait dérisoire en comparaison de ce qu'ils avaient accompli. Mais les meurtriers capables de tuer dix-huit femmes dans neuf Etats ne couraient pas les rues. En revanche, ils se réjouissaient de savoir qu'ils avaient bien fait leur travail et rendu le monde plus sûr. La peine allait être prononcée la veille du départ d'Alexa et de Savannah pour l'Europe. Elles devaient aller à Paris, à Londres et à Florence, avec peut-être un week-end dans le sud de la France. Ce voyage de trois semaines allait coûter très cher, mais Alexa était bien décidée à dépenser sans compter. Ensuite, Savannah passerait quinze jours à Charleston pour y voir Turner. Alexa, ne voulant pas s'opposer à leur amour naissant, avait accepté.

La robe que Savannah avait achetée pour le mariage de son frère était en satin bleu pâle. Elle n'avait pas de bretelles non plus, mais elle était moins décolletée que celle de sa mère. Elle était longue et Savannah avait trouvé des talons hauts assortis. Muriel leur assura qu'elles étaient toutes les deux belles à tomber. Stanley et elle partaient aussi en vacances. Ils comptaient faire un long voyage en voiture dans le Montana et le Wyoming pour y pratiquer leurs activités préférées : l'équitation, la marche à pied et la pêche. Savannah trouvait cela mortellement ennuyeux. La perspective de se rendre en Europe avec sa mère, et surtout à Paris, l'enthousiasmait bien davantage.

Savannah et Alexa arrivèrent au Wentworth Mansion le vendredi après-midi. Elles n'étaient pas invitées au dîner qui avait lieu la veille du mariage, pas plus qu'elles ne devaient assister à la cérémonie religieuse. L'église St Stephen était trop petite pour recevoir tous les invités, ce qui leur donnerait le temps de se détendre et de se préparer pour la réception. Bien entendu, elles avaient pris rendez-vous au spa de l'hôtel le soir même.

Savannah appela Daisy dès son arrivée. Tom lui amena sa sœur un court instant. La fillette était très excitée à l'idée qu'elle allait porter le panier de fleurs et qu'elle aurait une très jolie robe. Celle de Savannah, qu'elle admira dans la penderie, lui plaisait beaucoup aussi. Après les avoir emmenées manger une glace, Tom repartit avec sa fille cadette. Elle assistait au dîner que ses parents organisaient le soir et sa mère ferait une attaque si elle était en retard. Ce fut donc une visite très brève, mais vraiment agréable. En arrivant, Daisy s'était jetée dans les bras de sa sœur comme un boulet de canon. Alexa avait été touchée à la vue des deux filles, qui n'en finissaient plus de s'embrasser et de pouffer. Daisy était un merveilleux complément à la vie de Savannah et la petite sœur qu'elle avait toujours désirée. Simplement, Alexa ne se serait jamais doutée que ce serait la fille de Tom et de Luisa qui jouerait ce rôle.

Savannah avait déjà promis à Daisy un week-end à Princeton et une visite de New York. Selon Tom, cela pourrait se faire.

Ce soir-là, Turner dîna avec elles après leur sortie du spa. Ensuite, il fit une promenade en voiture avec Savannah et proposa de les accompagner à la réception le lendemain. La suggestion enchanta Savannah et même sa mère, qui ne souhaitait pas y aller en taxi ou louer une limousine, ce qui aurait attiré l'attention sur elles.

Comme la réception commençait à 18 heures, Turner passa les prendre une heure plus tôt au volant d'une vieille Mercedes empruntée à son père. Lorsqu'il les vit, il resta bouche bée. Vêtue de sa robe de mousseline pêche, les cheveux réunis en chignon, Alexa avait l'air d'une princesse. Quant à Savannah, elle était absolument superbe dans sa robe bleue de la couleur de ses yeux, au décolleté modeste. La tenue de sa mère n'était pas vraiment osée, mais elle était un peu plus audacieuse. Turner déclara qu'elles étaient sublimes et qu'il était fier de leur servir de cavalier. Lui-même portait un smoking d'été composé d'une veste blanche et du traditionnel pantalon noir à galon de soie sur le côté. Ses chaussures noires vernies dataient un peu, mais elles convenaient à l'occasion. Son nœud papillon noir était noué autour de son cou et non fixé sur son col.

— Vous êtes un très beau jeune homme, le complimenta Alexa, heureuse pour Savannah.

Ils formaient un couple adorable, jeune, innocent et plein d'espoir, comme tous les amoureux devraient l'être.

La cérémonie avait lieu à l'église St Stephen, où Savannah et Alexa avaient malencontreusement croisé le chemin de Luisa. Turner les conduisit directement sur le lieu de la réception, puisque Luisa avait veillé à ce qu'elles ne soient pas invitées à l'église. S'attendant à être assise dans l'aire de parking ou la cuisine, Alexa devinait que le sort de Savannah ne serait guère plus enviable, mais elles s'en moquaient. Elles venaient seulement pour s'amuser au mariage de Travis et de Scarlette. Peu leur importait le siège qu'on leur assignerait et, pourvu que Turner fût auprès d'elle, Savannah rayonnait de bonheur.

Les invités faisaient la queue pour féliciter les mariés. Telle une reine médiévale, Scarlette se tenait fièrement auprès de Travis. Dans cette robe exquise, elle était plus jolie que jamais et son jeune époux semblait être l'homme le plus fier et le plus heureux du monde. En tant que témoin, Henry était à son côté. Une douzaine de garçons et de demoiselles d'honneur les entouraient. La sœur aînée de Scarlette était son témoin et Daisy, vêtue d'une robe en organdi blanc qui flottait autour d'elle, portait un panier en satin rempli de pétales de roses. Partout on voyait des massifs de fleurs importées de diverses parties du monde. Il y avait des orchidées, des gardénias et du muguet... C'était vraiment un mariage impressionnant.

— Waouh ! souffla Alexa à l'oreille de sa fille. C'est ce qui s'appelle une réception !

Les parents de Scarlette occupaient une position sociale importante, aussi Luisa était-elle très fière de cette union, comme si elle avait réalisé elle-même ce coup de maître. Elle portait une robe en satin d'un rouge criard, un diadème de diamant qu'elle avait emprunté et un collier de rubis. En la voyant, Tom s'était senti légèrement gêné, mais il n'avait rien dit. Luisa agissait à sa guise. Il trouvait qu'elle en faisait un peu trop, mais personne ne semblait le remarquer.

Dès qu'il aperçut Alexa et Savannah, il s'écarta pour les embrasser.

— Tu es superbe, dit-il à Alexa avec un regard tendre. J'adore ta robe. Réserve-moi une danse.

Elle fut tentée de lui répondre « Et puis quoi, encore ? », comme l'aurait fait Savannah, mais elle s'en abstint, touchée par son accueil. Peu après, Henry serrait très fort sa sœur dans ses bras.

— Tu es vraiment à croquer ! dit-il en l'embrassant dans le cou, ce qui la fit rire. Tu es très belle aussi, Alexa, ajouta-t-il en se tournant vers la jeune femme. Vraiment sublime... Cette robe est très sexy.

— Pas trop, j'espère ? s'inquiéta-t-elle avec un brin de nervosité.

— Tu es une célébrité médiatique venue de New York. Qu'ils aillent se faire voir !

Lui-même était d'une beauté frappante. Acheté à Los Angeles, son costume était plus moderne que la plupart de ceux que les autres hommes portaient. Le marié était en habit blanc.

Comme prévu, Luisa était trop occupée pour remarquer Alexa et Savannah. Une foule d'invités se présentait à l'entrée de l'immense tente qui abritait la réception. Les parents de Scarlette possédaient une énorme fortune. Quand on s'adressait à eux, Henry présentait Alexa comme sa belle-mère, ce qui la toucha profondément. Tout le monde avait plus ou moins oublié que Tom avait eu une autre épouse. On trouvait charmant qu'elle soit restée aussi proche des garçons.

Henry et Alexa se promenèrent parmi la foule pendant que Savannah allait et venait. Tom réapparut pour rappeler à Alexa qu'elle devait danser avec lui. Ensuite, la famille se réunit pour figurer sur les photos de mariage, autour des nouveaux époux. Une coupe de champagne à la main, Alexa continua seule son errance. Parfois, elle entrevoyait un visage vaguement familier, mais elle fut soulagée de ne rencontrer aucune connaissance.

Une demi-heure plus tard, Henry la rejoignit pour l'escorter jusqu'à sa table. A l'entrée de la tente, on lui avait remis un carton précisant le numéro de sa table.

— Oups ! s'exclama Henry. Tu es en Sibérie, mais il fallait s'y attendre. Ma mère doit avoir contribué au placement des convives.

Ils se mirent à rire, parce qu'elle s'y était attendue aussi.

— Dieu la bénisse ! dit Alexa, ce qui les fit s'esclaffer encore plus fort.

— Tout à fait. Elle m'ignore, ce soir, parce que j'ai refusé de me présenter au bras d'une cavalière. Je peux toujours lui dire que c'est toi.

Alexa était contente d'être avec lui. Il était de bonne compagnie et se montra très attentionné lorsqu'il la conduisit jusqu'à son siège. Savannah n'était pas à la même table que sa mère. En la quittant, Henry prévint Alexa que de nombreuses personnalités se trouvaient parmi la foule : le président, la reine d'Angleterre et probablement le pape. Il était aussi drôle que lorsqu'il était enfant et elle l'avait toujours aimé. Elle appréciait aussi Travis. Mais ce dernier avait été un enfant beaucoup plus calme, alors qu'Henry avait toujours été amusant et insolent.

Les personnes qui se trouvaient à sa table semblaient très agréables. Il y avait quatre couples de la génération de sa mère et un prêtre catholique, auprès duquel elle était assise. C'était un homme extrêmement sympathique, avec qui elle se plut à bavarder. Mais, contrairement aux espoirs de Muriel, elle ne rencontrerait pas le prince charmant ce soir. De toute façon, elle s'en moquait éperdument.

Henry vint la voir à plusieurs reprises pendant la soirée. De temps à autre, elle apercevait de loin Savannah et Turner, et quand la musique retentit, Henry la conduisit sur la piste de danse.

— Tu crois qu'ils se sont procuré ce chapiteau à la foire du comté ? lui demanda le jeune homme.

Elle ne put s'empêcher de pouffer. On aurait dit que cette tente avait été taillée dans des milliers de kilomètres de satin blanc. Ils avaient déjà dansé deux fois et l'orchestre venait d'attaquer un fox-trot, quand Tom les interrompit. Prenant Alexa par la taille, il la fit gracieusement glisser sur le parquet. Alexa éprouvait un curieux sentiment, mais elle décida de se montrer bonne joueuse. Ils venaient d'effectuer un tour de piste, lorsqu'ils heurtèrent un homme qui la traversait, sans doute pour gagner le bar. Tom commença par l'ignorer avant de s'apercevoir qu'il le connaissait. Gardant la main d'Alexa dans la sienne, il l'entraîna avec lui pour le saluer sans pour autant perdre sa cavalière. Le visage de l'inconnu disait quelque chose à Alexa, mais elle n'aurait su y mettre un nom. Agé d'une cinquantaine d'années, les cheveux poivre et sel, il était grand et distingué. Il sourit à la vue de Tom et encore plus largement en apercevant Alexa.

— Qu'est-ce que vous faites ici ? s'enquit-il.

Elle supposa qu'il la prenait pour quelqu'un d'autre.

— Pardon ?

— Je vous ai vue aux informations, ces derniers mois. Vous avez remporté une sacrée victoire, maître. Toutes mes félicitations !

Etonnée qu'il l'eût reconnue, elle était à la fois flattée et gênée par ses compliments. L'espace d'un instant, elle avait craint que ce sourire ne fût destiné à son décolleté.

Quand Tom le lui présenta, ce fut à son tour d'être surprise.

— Le sénateur Edward Baldwin, dit-il avec un brin de solennité.

Alexa comprit alors pourquoi son visage lui était familier. Il avait le même accent du Sud que les autres convives, puisqu'il était sénateur de la Caroline du Sud. Ce n'était pas le pape, mais il figurait parmi les notables dont Henry lui avait parlé.

Elle lui sourit.

— Je suis ravie de faire votre connaissance, sénateur.

Ils se serrèrent la main, puis il reprit la direction du bar pendant que Tom et Alexa se remettaient à danser tout en commentant la splendeur de la réception. Elle avait dû coûter un million de dollars aux parents de

Scarlette, mais il était clair qu'ils pouvaient se le permettre. Scarlette était pourtant modeste et totalement dépourvue de prétention. Son seul désir était d'être infirmière et d'avoir des enfants dans quelques années. Alexa et Tom appréciaient son caractère. Quant à Luisa, les dépenses engagées dans cette réception la mettaient en joie. La veille, le dîner s'était très bien passé. Pour ne pas être en reste vis-à-vis des parents de Scarlette, Luisa n'avait pas ménagé ses efforts et son argent, mais elle ne pouvait les égaler.

Tom dansa avec Alexa une valse lente destinée aux convives les plus âgés, qui leur rappela leur propre mariage à New York. Il la ramena ensuite jusqu'à sa table. Grâce au ciel, songea Alexa, il y avait trop de bruit pour engager une conversation sérieuse. Elle n'aimait pas trop l'expression nostalgique de son ex-mari, qui avait visiblement bu beaucoup de champagne. Après l'avoir remercié, elle se remit à bavarder avec le prêtre.

Deux heures plus tard, elle envisageait de s'esquiver discrètement pour regagner son hôtel, quand le sénateur Baldwin surgit de nulle part et s'assit sur le siège que le prêtre avait laissé libre.

— Il n'y a personne, sur cette chaise ?

— Juste le pape, répondit nonchalamment Alexa. Mon beau-fils m'avait avertie de sa présence. En réalité, ce n'était qu'un prêtre du coin. Il est parti.

Le sénateur se mit à rire. Redevenant sérieux, il revint au sujet qui l'intéressait.

— Votre procès m'a passionné. Comment êtes-vous parvenue à écarter les fédéraux, puisqu'il y avait autant d'Etats impliqués ?

— J'ai refusé de leur céder le dossier, expliqua-t-elle en souriant. Et mon procureur a bien bataillé. Nous avions découvert les quatre premières victimes, il n'y avait donc aucune raison pour nous le retirer, après tout

289

le travail que nous avions abattu. Ils nous ont surveillés de près, mais finalement, ils ont cédé.

Le sénateur parut impressionné.

— Encore une sacrée victoire à votre actif.

— Pas vraiment. Nos arguments étaient irréfutables, grâce aux analyses d'ADN, qui reliaient le meurtrier à chacune des victimes. Vous êtes avocat, sénateur ?

— Je l'ai été. Je fais de la politique depuis vingt-cinq ans, mais j'ai été procureur pendant deux ans, à mes débuts. Je n'avais pas l'estomac ou le talent pour exercer ce métier. Je préfère la politique à la loi.

— Ce que vous faites est pourtant beaucoup plus difficile, constata-t-elle avec admiration.

Sa position ne l'impressionnait pas, mais elle le trouvait intelligent. Il en pensait visiblement autant à son propos.

— Qu'est-ce qui vous amène à Charleston ? demanda-t-il avec curiosité.

Elle hésita une fraction de seconde avant de répondre :

— J'ai été l'épouse du père du marié, il y a longtemps.

Il hocha la tête, un sourire aux lèvres.

— Vous êtes restés proches, à ce que je vois. Mon ex-femme et moi, nous sommes divorcés depuis vingt ans, mais nous passons toutes nos vacances ensemble et j'adore son mari. Un type fantastique et un bien meilleur époux que je ne l'ai été. Quant à moi, je suis resté marié avec le Sénat. Ils ont eu trois enfants, mais nous en avions eu deux ensemble. Nous nous entendons tous très bien.

Alexa s'abstint de préciser que sa relation avec Tom et Luisa était loin d'être aussi idyllique et que Luisa n'était pas sa meilleure amie. Si Alexa s'était imposée chez eux à Noël, elle aurait fait une attaque. Elle se contenta donc de rire et d'approuver, sans lui faire de confidences. C'était plus simple de cette façon. Ensuite, il l'invita galamment à danser.

Elle lui demanda s'il était originaire de Charleston. En réalité, il était né à Beaufort, une jolie ville toute proche. C'était un homme du Sud bon teint, sans doute avait-il dans sa famille plusieurs dizaines de généraux et sa mère devait faire partie des Filles de la Confédération, comme celle de Tom.

Edward Baldwin dansait bien et il était facile à suivre. Quand elle fut dans ses bras, elle s'aperçut qu'il était très grand. C'est alors qu'il la surprit en lui faisant une confession.

— Je n'aime pas beaucoup séjourner dans le Sud, avoua-t-il. Je préfère de loin Washington, où je passe le plus clair de mon temps. Je supporte mal tous ces ragots, toutes ces grandes dames qui agitent le drapeau confédéré, toutes ces bonnes femmes qui vous font des remarques doucereuses et vous sourient tout en vous plantant un poignard dans le dos. C'est un peu trop compliqué pour moi. A Washington, tout est beaucoup plus simple.

Cela ne l'était pas toujours non plus, Alexa le savait bien, mais elle ressentait exactement la même chose. Elle-même n'aurait jamais osé tenir de tels propos sur le Sud devant lui, et surtout pas ici.

— Je dois reconnaître qu'il m'arrive d'en penser autant, avoua-t-elle.

A cet instant, Luisa passa près d'eux, vêtue de sa robe rouge vif, son diadème légèrement de travers. Lorsqu'elle reconnut le cavalier d'Alexa, elle parut sur le point d'exploser, mais elle ne pouvait rien faire.

— J'ai aimé cette région quand j'y vivais, continua Alexa, mais j'y ai connu toutes sortes de revers. Quand je suis repartie pour New York, j'en voulais beaucoup au Sud. Il y a quelques mois, j'ai remis les pieds à Charleston pour la première fois depuis dix ans.

— C'est courageux de votre part. Nous ne traitons pas toujours très bien les gens du Nord.

C'était un euphémisme, en ce qui la concernait, mais elle ne le dit pas. L'honnêteté de cet homme la stupéfiait.

— Votre ex-femme est originaire du Sud ? demanda-t-elle poliment.

Il se mit à rire.

— Certainement pas ! Elle est née à Los Angeles et elle a une sainte horreur du Sud. C'est l'une des raisons pour lesquelles elle m'a quitté, d'ailleurs. Quand je suis devenu un homme politique, ce qui m'obligeait à passer du temps ici, elle s'est enfuie à tire-d'aile. Aujourd'hui, elle vit à New York avec son mari. Elle est écrivain et il est producteur.

Cette famille semblait très intéressante. Elle n'avait pas rencontré un prince charmant comme sa mère l'espérait, mais un homme brillant dont la conversation était agréable.

— Si vous répétez à quelqu'un ce que je viens de vous dire sur le Sud, plaisanta-t-il, je perdrai mon siège et ce sera votre faute.

Alexa posa un doigt sur ses lèvres, ce qui les fit rire tous les deux. Il la raccompagna ensuite jusqu'à sa table.

Henry vint lui tenir compagnie pendant un moment, après quoi elle alla prévenir Savannah qu'elle s'en allait. L'orchestre venait d'attaquer un rock endiablé et nul doute que les deux jeunes gens resteraient encore pendant des heures. Pour sa part, elle souhaitait se retirer. La soirée avait été sympathique, mais elle en avait assez. Quelques minutes plus tard, on découpait le gâteau de mariage. Avant de partir, elle félicita une dernière fois les mariés, embrassa Henry et entrevit Tom. Il était au bar, seul, visiblement malheureux et très saoul. Luisa s'agitait comme une folle sur la piste, son diadème de travers et l'air farouche. Pour autant qu'Alexa le sût, Tom n'avait pas approché sa femme de toute la soirée.

En partant, Alexa ne lui dit pas au revoir. S'il était ivre, elle préférait ne pas engager une conversation avec lui. Elle prit l'un des taxis qui attendaient à l'entrée de la tente et rentra à l'hôtel. Il était minuit. Elle retira sa robe et enfila une confortable chemise de nuit.

— Au revoir, jolie robe, dit-elle en la suspendant dans la penderie.

Elle savait qu'elle n'aurait jamais l'occasion de la remettre, ou pas avant très longtemps. Elle ne se rendait jamais à des réceptions comme celle-ci. En tout cas, c'était un mariage grandiose. Elle avait apprécié les conversations avec Henry, le sénateur et le prêtre. Elle avait même été heureuse de danser, ce qui ne lui était pas arrivé depuis des années.

Vers 3 heures du matin, elle entendit vaguement Savannah rentrer. Elle sourit quand sa fille se glissa dans le lit.

— Tu t'es bien amusée ? demanda-t-elle, les yeux fermés.

— J'ai adoré ! Merci d'être venue, maman, dit la jeune fille en déposant un baiser sur l'épaule de sa mère.

Alexa sourit de nouveau avant de se rendormir.

20

La semaine suivante, Jack passa dans le bureau d'Alexa pour lui remettre quelques dossiers.

— J'ai l'impression d'être Cendrillon après le bal, lui avoua-t-elle.

— Vous voulez dire après le mariage de votre beau-fils ? demanda-t-il en s'asseyant.

— Non, après le procès de Quentin. Je dois me réadapter à la vie réelle et à des dossiers plus modestes. L'atterrissage est rude, après toute cette effervescence.

— Nous nous efforcerons de vous trouver un autre tueur en série, répondit-il en riant.

Mais il éprouvait la même chose. Désormais, ils traitaient des affaires sans grand intérêt et la plupart du temps le travail était fastidieux.

Il venait de quitter la pièce quand le téléphone sonna. Sa secrétaire prenant sa pause-déjeuner, Alexa décrocha. Tout d'abord, elle ne reconnut pas la voix grave qui lui parlait.

— Madame le procureur ?

— Oui. Ici Alexa Hamilton, dit-elle, croyant à un appel professionnel.

— Sénateur Baldwin, à l'appareil, dit-il sur le même ton avant de se mettre à rire.

— Chercheriez-vous à frimer, sénateur ? Je sais que votre position est supérieure à la mienne.

La moquerie était teintée d'insolence, s'adressant à un

294

homme qu'elle connaissait à peine, mais elle devinait qu'il avait le sens de l'humour.

— Je réponds oui à la question et je suis d'accord avec l'affirmation qui suit. Je suis à New York pour deux jours et je me demandais si nous pourrions déjeuner ensemble.

Loin de tourner autour du pot, il était aussi direct que s'il était né dans le Nord.

— Très volontiers, répliqua-t-elle en souriant.

— Vous êtes occupée, ces temps-ci ?

— Pas suffisamment à mon goût. Je croule sous la paperasse.

— Comme c'est frustrant !

Apparemment pressé, il lui indiqua une adresse et une heure pour le lendemain, puis il raccrocha. Alexa était un peu étonnée, mais c'était un homme qu'elle avait envie de connaître et sa conversation était intéressante. Elle ignorait complètement la raison de cet appel, puisqu'il ne l'avait pas courtisée pendant la réception, mais il lui plaisait bien. Il semblait à la fois brillant et drôle.

Le lendemain, elle devait faire une courte intervention au tribunal. Elle prit ensuite un taxi, qui l'emmena au restaurant indiqué par Edward Baldwin. C'était un bistro italien chic et bondé, qui proposait des plats délicieux. Elle y avait déjà déjeuné, mais pas depuis longtemps. Lorsqu'elle arriva, il l'attendait déjà à une table et parcourait des documents qu'il glissa dans sa mallette dès qu'il la vit. Un chauffeur l'attendait dehors au volant d'une voiture officielle.

Ils parlèrent de tout, de la politique à la justice en passant par les enfants d'Edward, âgés de vingt et un et vingt-cinq ans. Sa fille était inscrite à l'Université de Los Angeles où elle se plaisait énormément. Son fils aîné vivait à Londres, il était acteur et appartenait à la Royal Shakespeare Company. Il était diplômé de l'Université de New York, plus précisément de la Tisch School of the Arts. Hormis sa jeune sœur, qui voulait être médecin,

tous les autres membres de la famille étaient des litté-
raires ou des artistes, y compris leur mère. Selon
Edward, elle était quelque peu excentrique, mais très
amusante. Il parlait d'elle comme d'une sœur. Alexa
n'en était pas encore là avec Tom et cela n'arriverait
sans doute jamais. Mais du moins étaient-ils parvenus à
une sorte d'accord. Le lendemain du mariage, Tom était
passé lui faire ses adieux. Souffrant manifestement de
la gueule de bois, il paraissait déprimé. Elle en était
désolée pour lui, mais pas suffisamment pour songer à se
lancer dans une relation amoureuse avec lui.

Alexa expliqua à Edward que lorsque le juge aurait
prononcé la peine de Quentin, quinze jours plus tard, le
10 juillet, elle partirait avec sa fille en Europe, où elles
comptaient passer trois semaines.

— Je dois y aller aussi, répondit-il. Mon ex-femme me
prête sa maison dans le sud de la France, à Ramatuelle.
C'est près de Saint-Tropez, mais bien moins fréquenté.
Ensuite, je me rendrai en Ombrie, où j'ai loué une villa.
Où irez-vous, avec votre fille ?

Il semblait curieux et amical, mais elle n'avait pas
l'impression qu'il la courtisait et elle aimait cela. Peut-
être pourraient-ils être amis.

— Nous passerons par Londres, Paris et Florence.
Peut-être ferons-nous un saut dans le Sud, à Cannes ou
à Antibes. Je n'y suis pas allée depuis longtemps, mais
c'est le cadeau que je fais à ma fille pour son diplôme de
fin d'études. Par ailleurs, nous avons vécu un printemps
un peu difficile. J'ai dû l'éloigner pour quatre mois,
avant et pendant le procès. Elle recevait des lettres de
menace de l'accusé. J'ai appris plus tard qu'il le faisait
pour me déstabiliser, et ça a marché.

— Ça a dû être affreux.

— Oui. J'ai eu très peur, je l'avoue. C'est ainsi qu'elle
est allée habiter chez son père, à Charleston. Je n'avais
nulle part ailleurs où l'envoyer.

— Vous êtes restés proches, après votre divorce ?

Il présumait qu'elle avait le même genre de relation avec son ex-mari que lui avec son ex-femme. Alexa secoua la tête en riant.

— Nous ne nous sommes pas adressé la parole pendant dix ans. Jusqu'en février dernier, il voyait à peine sa fille. Mais ces quatre derniers mois ont tout changé. D'une certaine façon, c'est une bénédiction pour nous tous, sauf pour sa femme.

Alexa décida alors de lui résumer son histoire en quelques mots.

— Pour dire les choses simplement, quand je l'ai rencontré, il avait été plaqué par sa femme, qui l'avait abandonné avec ses deux fils. Il m'a épousée, tout le monde était heureux jusqu'à ce que sa première femme revienne, sept ans plus tard. Il m'a quittée pour retourner avec elle, et sa mère l'y a aidé. Je n'étais pas du Sud, comme sa première épouse, c'est aussi simple que cela. Je suis donc revenue à New York, où je suis devenue juriste, et j'ai continué ma vie. J'ai une fille et deux beaux-fils que j'aime, mais je viens de les revoir pour la première fois en dix ans. L'aîné était le marié. Mon ex-mari a aussi une adorable petite fille de dix ans. Elle a été le subterfuge dont s'est servie sa première femme pour le récupérer.

Edward Baldwin eut une moue réprobatrice. Il n'aimait pas cette histoire, bien qu'elle l'eût racontée avec légèreté et une pointe d'humour. Il voyait pourtant à son regard combien elle avait été blessée.

— Laissez-moi deviner... dit-il. Maintenant, ils se haïssent et il souhaiterait que vous lui reveniez.

— Quelque chose comme ça, en effet. Je ne suis pas intéressée... Tout cela est derrière moi, maintenant.

— Cela ressemble à un mauvais roman du Sud, remarqua Edward Baldwin.

Son propre divorce avait été simple et net. Sa femme l'avait quitté, mais il ne lui en voulait pas et ils étaient toujours amis car elle avait agi avec délicatesse.

— Vous le détestez encore ? demanda-t-il.

Cette fois, Alexa n'hésita pas.

— Plus maintenant. J'ai guéri quand je suis revenue dans le Sud et que je l'ai vu tel qu'il était, faible et pathétique. Il m'a trahie, mais en fin de compte il s'est trahi lui-même et à présent c'est elle qu'il voudrait trahir. Aujourd'hui, je le plains, mais je lui en ai voulu pendant longtemps... Dix ans, très exactement. C'est trop long pour de la rancune, et très pesant.

Elle l'avait découvert à ses dépens et compris au moment où elle se débarrassait enfin de ce fardeau.

— Vous ne vous êtes jamais remariée ?

La question la fit rire.

— Non. J'étais bien trop blessée. Trop occupée, aussi, par mon travail et par ma fille. Je suis heureuse comme je suis, je n'ai pas besoin de plus.

— Tout le monde a besoin de plus. Moi aussi, mais je n'ai pas le temps d'y penser. Pour que mes électeurs soient contents et pour jouer le jeu politique à Washington, je ne cesse de voyager aux frais de la princesse à Taiwan et au Vietnam. C'est amusant, mais cela ne me laisse pas beaucoup de loisirs.

Ils savaient tous les deux que ce n'était pas vrai non plus. La plupart des sénateurs étaient mariés, mais pour une raison inconnue, il ne souhaitait pas les imiter. Ils avaient cela en commun. L'un comme l'autre, ils craignaient de souffrir ou de s'engager. Et il n'avait même pas l'excuse d'avoir eu une épouse désagréable qui l'aurait exploité de façon abusive, puisqu'ils étaient restés en très bons termes. S'il était célibataire, c'était visiblement par choix. Au cours du déjeuner, il avait précisé qu'il avait cinquante-deux ans. Cela en faisait vingt qu'il était divorcé. Soit il aimait s'amuser, soit il redoutait d'être ligoté. De toute façon, Alexa pensait qu'il pouvait faire un très bon ami.

Lorsqu'il eut réglé l'addition, elle le remercia pour l'invitation. Après lui avoir fait ses adieux devant le restaurant, elle prit un taxi pour retourner au bureau. Elle lui avait donné sa carte, mais elle fut surprise lorsqu'il l'appela sur son portable dans l'après-midi.

— Bonjour, Alexa. C'est Edward.

La voix grave et l'accent du Sud étaient faciles à reconnaître.

— Merci encore pour le déjeuner. C'était très agréable.

— Pour moi aussi. Je viens de penser à quelque chose... Demain soir, je suis invité à dîner chez mon ex-épouse et son mari. Je me demandais si vous aimeriez faire leur connaissance. Vous verrez, elle est merveilleuse.

— J'en serais ravie.

Après qu'elle lui eut donné son adresse, il promit de passer la prendre à 20 heures. Lorsqu'elle raccrocha, elle était un peu surprise. Ne sachant comment présenter les choses à Savannah, elle ne lui dit rien. Le lendemain soir, elle mit le tailleur noir qu'elle portait d'habitude au tribunal.

De son côté, Savannah devait voir un film avec des amis. Quand sa mère sortit de sa chambre, elle la regarda avec étonnement.

— Tu t'es faite belle ! Tu sors ?

— Je dîne avec un sénateur et son ex-femme.

— Tu... quoi ? Quel sénateur ?

— Le sénateur Edward Baldwin, de Caroline du Sud.

Savannah se rappelait vaguement qu'il était au mariage, mais elle ne lui avait pas parlé. Alexa, en revanche, s'en était glorifiée pour plaisanter.

— Celui que tu as rencontré à la réception ?

— C'est ton père qui me l'a présenté. Il est très sympathique, mais c'est juste un ami. Il a suivi le procès de Quentin à la télévision.

Savannah observa sa mère avec attention.

— Comme tout le pays. Il te fait la cour ?

— Pas du tout. Ce n'est qu'un ami.

— Que vient faire son ex-femme là-dedans ? demanda la jeune fille d'un air soupçonneux.

— Ils sont restés en très bons termes, répondit Alexa en riant.

A cet instant, le portier la prévint par l'interphone qu'une voiture l'attendait devant l'immeuble. Elle embrassa Savannah et prit son sac. Savannah la suivit des yeux tandis qu'elle se ruait vers la porte. Dès qu'elle fut partie, l'adolescente se précipita sur son téléphone portable et forma le numéro de sa grand-mère de New York. Muriel décrocha dès la première sonnerie.

— Bonjour, mon chou. Que se passe-t-il ?

— Alerte rouge ! Je crois que maman a un amoureux !

— Comment le sais-tu ? Qui est-ce ?

— Elle s'est mise sur son trente et un pour dîner avec un sénateur qu'elle a rencontré au mariage de Travis et son ex-femme.

— Son ex-femme ? C'est bizarre !

— Ils s'entendent très bien, paraît-il, chuchota Savannah sur le ton de la confidence.

— Quel sénateur ?

— Baldwin, de Caroline du Sud.

— Nous sommes maudites !

Elles éclatèrent toutes les deux d'un rire irrépressible.

21

La soirée chez l'ex-épouse d'Edward Baldwin fut amusante, inattendue et complètement déjantée. Son mari et elle habitaient dans un appartement-terrasse de la Cinquième Avenue avec trois adolescents turbulents. Le mari était un producteur de films à succès et sa femme auteur de best-sellers. Elle disait n'avoir commencé à écrire qu'après avoir quitté Edward, mais depuis elle avait effectué un parcours sans faute. Dix-huit ans auparavant, elle avait rencontré son mari lorsqu'il avait acheté les droits de son livre pour en faire un film. Ils étaient tous les deux séduisants, drôles et farfelus. Sybil, qui avait une dizaine d'années de plus qu'Alexa, était une très jolie femme. Elle portait une sorte de grande robe achetée au Maroc. Son époux arborait une chemise africaine et un jean. Quatre chiens, des épagneuls King Charles, se pavanaient dans l'appartement, et il y avait un perroquet sur un perchoir, dans la salle de séjour. Alexa avait lu plusieurs romans de Sybil, qui était la fille d'un célèbre producteur d'Hollywood. Il était manifeste que son ex-mari et elle étaient liés par une affection sincère. Edward s'entendait aussi très bien avec son époux actuel. Leurs enfants traitaient Edward comme un oncle... On était bien loin des relations que Luisa avait établies avec Savannah.

Cette famille semblait tout droit sortie d'un film, mais on s'amusait bien chez eux. Ils firent cuire des homards et aidèrent tous à la cuisine, pendant que les chiens aboyaient, les téléphones sonnaient et la stéréo hurlait. Les amis des enfants entraient et sortaient comme s'il y avait la fête quelque part dans l'appartement. Leur vie elle-même était une fête et ils ne cessaient de s'amuser.

Ce fut la soirée la plus drôle et la plus divertissante qu'Alexa ait jamais vécue. Ils avaient tous le sens de l'humour, y compris les enfants, qui avaient accueilli Alexa très gentiment. Quant au perroquet, il ne disait que des gros mots.

— De mon temps, elle n'était pas aussi farfelue, expliqua Edward en ramenant Alexa chez elle. C'est avec Brian qu'elle a développé cet aspect de sa personnalité. Cela leur convient à tous les deux. Mais quand je l'ai épousée, elle était déjà très drôle. C'était une grande farceuse, qui trimbalait en permanence dans son sac un coussin péteur. C'est une femme fantastique, conclut-il avec un sourire affectueux.

— Elle vous manque ?

— Quelquefois, mais je faisais un piètre mari. A cette époque, la politique était plus importante pour moi que mon mariage. Elle méritait mieux que cela et elle l'a eu avec Brian.

— Et maintenant ? C'est toujours la politique qui vous passionne plus que tout autre chose ?

Il lui plaisait et elle trouvait qu'il menait une vie intéressante. Sa personnalité contrastée présentait un curieux mélange d'ancien et de nouveau, de Nord et de Sud. Son ex-épouse prétendait abhorrer le Sud, qu'elle trouvait hypocrite, vieux jeu et coincé. Alexa était plus nuancée, mais elle comprenait son point de vue. A elle seule, Luisa incarnait ce qu'il y avait de pire dans le Sud, mais d'autres reflétaient au contraire ce qu'il avait de meilleur. Et il y avait tant de choses qu'Alexa avait adorées, à Charleston !

— Je ne sais pas, répondit Edward. La politique reste le moteur de ma vie, mais je veux plus que cela. A une certaine époque, je n'avais besoin de rien d'autre. Aujourd'hui, je voudrais ne pas finir seul, mais je ne suis pas prêt à supporter n'importe quoi pour trouver la bonne personne... ou la mauvaise. Je voudrais me réveiller marié à la femme de ma vie, mais je n'ai pas envie de faire des efforts pour la dénicher ou courir le risque de me tromper. Ce qui signifie que je finirai vraisemblablement seul, conclut-il en riant. Je crois que je suis paresseux.

Apparemment, cet avenir de solitude ne l'effrayait pas outre mesure.

— Paresseux... ou apeuré, hasarda-t-elle.

— C'est possible. Et vous ?

— Depuis dix ans, je n'ai cessé d'être terrifiée.

— Et maintenant ?

— Je me détends peut-être un peu...

— Après ce que votre mari vous a fait subir, vous aviez de bonnes raisons d'être terrifiée. Il s'est conduit de façon lamentable.

— C'est vrai. Je n'ai jamais eu envie de retenter l'expérience avec un autre, tant les risques me semblaient élevés. Chat échaudé craint l'eau froide...

— Les relations amoureuses sont sacrément compliquées, observa Edward sur un ton bourru qui la fit rire.

— C'est le moins qu'on puisse dire.

Ils abordèrent ensuite d'autres sujets, jusqu'à ce qu'il la dépose devant chez elle. Elle le remercia, ils se serrèrent la main et la limousine démarra tandis qu'elle franchissait la porte de l'immeuble.

Comme il fallait s'y attendre, le téléphone portable d'Edward se mit à sonner. C'était Sybil, son ex-épouse.

— C'est la femme qu'il te faut. Epouse-la sur-le-champ !

Edward émit un grognement désabusé.

— Je savais que cela arriverait si je te la présentais. Occupe-toi de tes oignons, je viens de faire sa connaissance.

— D'accord. Alors, attends deux semaines avant de la demander en mariage. Elle est fantastique. Elle nous plaît beaucoup, à Brian et à moi.

— Vous êtes cinglés, mais je vous adore, dit-il gaiement.

Il appréciait son amitié avec Sybil plus que la vie qu'ils avaient menée ensemble. A l'époque, cette responsabilité lui pesait, puisqu'il se passionnait exclusivement pour la politique. Sybil le savait, c'était pourquoi elle s'était retirée avec élégance avant que Brian ne fasse son apparition dans sa vie.

— Je t'adore aussi, dit doucement Sybil. Merci de nous l'avoir amenée, elle me plaît vraiment. Elle est intelligente, honnête, drôle et ravissante. Tu ne trouveras jamais mieux.

Autrefois, songea Edward, Sybil avait incarné ce qu'il y avait de mieux.

— Je te tiens au courant, promit-il sans aucune intention de tenir sa promesse.

— Bonne nuit, Eddy.

— Bonne nuit, Sybil. Embrasse Brian pour moi et merci encore pour le dîner.

— Tout le plaisir était pour moi.

Elle raccrocha. Elle était carrément timbrée, pensa-t-il, mais il avait vraiment beaucoup d'affection pour elle.

Edward rappela Alexa avant son départ pour l'Europe. Il pensait que leurs chemins pourraient se croiser à Londres ou à Paris. Il l'appellerait si c'était le cas, lui dit-il.

Comme prévu, la peine infligée à Luke Quentin fut prononcée le 10 juillet. Cette fois, Quentin ne portait plus un costume, mais la combinaison des prisonniers. Débraillé et furieux, il fut désagréable avec son avocate, qu'il tenait pour responsable de sa condamnation. C'était sur elle, maintenant, qu'il reportait toute sa colère, et non sur Alexa, qu'il ignora superbement. Elle en fut soulagée.

Jack était présent, mais pas Sam, qui travaillait sur un autre dossier.

Le juge fit ce qu'il avait dit qu'il ferait : il prononça la peine maximum pour chacune des inculpations et les additionna au lieu de les confondre. En tout, Quentin était donc condamné à une peine de cent quarante ans, sans possibilité de liberté conditionnelle. Il ne connaîtrait jamais plus la liberté. Lorsqu'on l'emmena, il lança encore quelques grossièretés à son avocate et n'accorda pas un regard à Alexa. La guerre était finie et elle ne l'intéressait plus. Quelques jours plus tard, il serait transféré à la prison de Sing Sing.

Alexa quitta la salle avec Jack. Quelques-uns des parents des victimes assistaient à l'audience, mais pour la plupart ils étaient restés chez eux. Charlie et sa famille n'étaient pas là. Ils avaient tous repris leur vie, satisfaits que Quentin ait été reconnu coupable. Ils pouvaient imaginer la suite, dont on les mettrait au courant plus tard. Pour eux aussi, une page se tournait. Quant aux dix-huit jeunes victimes, elles étaient parties à jamais.

Les journalistes étaient présents, mais ils se montrèrent moins pressants que les fois précédentes. Désormais, Luke Quentin devenait un cas parmi d'autres, un dangereux criminel expédié sous les verrous. Il y aurait d'autres procès, moins spectaculaires que celui-ci.

Pour Alexa, le procès de Luke Quentin avait été le point culminant de sa carrière.

Le lendemain, Alexa et Savannah s'envolèrent pour Londres. Elles avaient retenu une chambre dans un petit hôtel où Alexa avait séjourné étant plus jeune. Elles prirent le thé au Claridge, visitèrent la Tour de Londres, se promenèrent dans New Bond Street, s'extasiant devant les bijoux et les jolis vêtements. Elles assistèrent à la relève de la garde à Buckingham Palace et visitèrent les écuries royales. Elles accomplirent un circuit touristique complet, firent les magasins dans Knightsbridge, sur Carnaby Street, aux Puces de Covent Garden, où Savannah acheta un tee-shirt pour Daisy, et elles allèrent plusieurs fois au théâtre. Après s'être amusées pendant cinq jours, elles prirent l'avion pour Paris.

Elles descendirent dans un autre petit hôtel de la rive Gauche et entamèrent leur séjour en déjeunant à une terrasse de café. Tout en mangeant, elles établirent leur planning. Alexa voulait aller à Notre-Dame et Savannah avait envie de faire une balade en bateau-mouche et de se promener sur les quais de la Seine. Elles décidèrent de tout faire dans l'après-midi. Elles souhaitaient aussi admirer Paris depuis le Sacré-Cœur, aller au Louvre et au Palais de Tokyo. Elles rentraient se reposer à l'hôtel avant le dîner, quand Edward Baldwin appela Alexa sur son portable. Il venait d'arriver à Paris où il comptait passer deux jours avant de partir pour le sud de la France.

— Qu'est-ce que vous avez fait, depuis que vous êtes ici ? lui demanda-t-il.

Lorsqu'elle lui rapporta leurs activités variées, il fut impressionné.

— J'aimerais vous inviter toutes les deux à dîner, ce soir, à moins que vous n'ayez d'autres projets.

Alexa lui dit qu'elle le rappellerait plus tard, quand elle en aurait parlé avec sa fille.

— Qu'en penses-tu ? conclut-elle après lui avoir fait part de l'invitation de Baldwin.

— J'en pense que c'est super, mais que tu devrais y aller seule.

Elle venait d'avoir dix-huit ans et se sentait tout à fait capable de se promener seule dans Paris. Mais Savannah était aussi la priorité d'Alexa, et c'était leur voyage.

— Je n'en ai pas envie. Je suis ici avec toi. Est-ce que tu veux y aller, ou est-ce que tu crains de trop t'ennuyer ?

Amusée à l'idée de faire la connaissance d'un sénateur, la jeune fille souhaitait le rencontrer et se faire sa propre opinion à son sujet.

Alexa le rappela donc quelques minutes plus tard, pour lui dire qu'elles seraient heureuses de le retrouver. Il était descendu au Ritz et, comme la température était douce, il leur proposa de dîner dans le jardin de l'hôtel à 20 h 30. Elles arrivèrent à l'heure dite, vêtues de jupes et de jolis chemisiers, des sandales aux pieds et leurs cheveux blonds sur les épaules. Trouvant qu'elles avaient davantage l'air de deux sœurs que d'une mère et sa fille, Edward prétendit qu'on aurait dit des jumelles.

L'hôtel était très beau, avec son hall aux miroirs scintillants et ses énormes vases remplis de fleurs. Le maître d'hôtel les guida jusqu'à une table située dans une cour de marbre où coulait une fontaine et d'où l'on pouvait entendre la musique qui venait de la salle. C'était la façon idéale de passer une soirée parisienne, et il semblait ravi de les voir.

— Comment était Hong Kong ? demanda Alexa après lui avoir présenté Savannah.

La jeune fille était exceptionnellement silencieuse. Elle observait la façon dont cet homme regardait sa mère. Sans aucun doute, elle lui plaisait, et pas seulement comme amie. Savannah s'en réjouissait. Il semblait sympathique, il était amical, dépourvu de prétention et il avait le sens de l'humour. C'était un bon début.

— Ce fut bref, chaud et animé, répondit Edward à propos de Hong Kong. J'ai hâte de gagner le sud de la France. Je n'ai pas eu de vacances depuis des mois et j'en ai bien besoin.

Il menait une vie stressante, tout comme Alexa qui avait ressenti le besoin d'une pause après le procès de Quentin et les quatre mois de travail acharné qui avaient précédé.

Lorsqu'ils eurent commandé le dîner, il interrogea Savannah à propos de ses études. Très impressionné par son inscription à Princeton, il lui dit que sa fille faisait sa dernière année à l'Université de Los Angeles et voulait étudier la médecine. Ne souhaitant pas retourner dans l'Est, elle comptait rester en Californie et espérait être prise à Stanford.

— Ma mère aurait refusé que je parte aussi loin, répondit Savannah en lui souriant, mais je n'en avais pas envie, de toute façon. L'Université de Los Angeles est prestigieuse. J'aurais pu y envoyer ma candidature, mais je ne l'ai pas fait.

— Princeton est très bien ! trancha Alexa. Je ne souhaitais pas que tu vives à cinq mille kilomètres. C'était déjà assez dur quand tu étais à Charleston. Tu m'as horriblement manqué. Je te rappelle que tu es ma fille unique.

Le sénateur et l'adolescente lui sourirent, attendris par sa franchise.

Ils parlèrent ensuite d'art, de théâtre et des cours que Savannah voulait suivre. Alexa passait une soirée agréable. Edward savait s'y prendre avec les jeunes. Elle s'en était aperçue lorsqu'ils avaient dîné chez son ex-épouse. Ses trois enfants, qui ne cessaient d'entrer et de sortir, se comportaient très naturellement avec lui. Il dit à Savannah qu'elle devrait venir à Washington et visiter le Sénat. Comme elle paraissait intéressée, il lui assura qu'elle serait la bienvenue au moment qu'elle choisirait. Doté d'un esprit très vif, il savait mettre les gens à l'aise. A la fin de la soirée, Savannah et Alexa étaient complètement détendues avec lui. Après le dîner, il voulut les accompagner jusqu'à la station de taxis. Ils s'arrêtèrent un instant pour admirer la place Vendôme tout illuminée, qui offrait un spectacle étonnant, avec cet obélisque en son centre. Elles grimpèrent ensuite dans le taxi et donnèrent au chauffeur l'adresse de leur hôtel. Après leur avoir fait un dernier signe de la main, Edward retourna au Ritz.

Quand la voiture parvint sur le pont Alexandre-III, Savannah se tourna vers sa mère.

— Il me plaît bien.

— A moi aussi, mais ce n'est qu'un ami.

— Pourquoi pas plus que cela ? Tu ne peux pas rester seule jusqu'à la fin de ta vie. Qu'est-ce que tu vas faire quand je serai partie, en septembre ?

Savannah parlait très sérieusement. Elle se faisait du souci pour sa mère, estimant qu'il était temps pour elle d'avoir de nouveau un homme dans sa vie. Son célibat avait duré suffisamment longtemps et elle était encore jeune puisqu'elle n'avait pas encore quarante ans. Edward en avait cinquante-deux, ce qui selon Savannah était le bon âge pour sa mère.

— N'essaie pas de te débarrasser de moi ! se plaignit Alexa. Je suis très bien comme je suis.

— C'est faux ! Tu vas devenir vieille fille, si tu continues !

Alexa ne put s'empêcher de rire. Le lendemain, elle appela Edward Baldwin pour le remercier. Il partait le soir même pour Ramatuelle, mais il promit de l'appeler dès son retour à New York. Alexa trouva cela gentil de sa part, mais elle n'était pas certaine qu'il le ferait. Ce n'était d'ailleurs pas un souci pour elle, mais elle avait apprécié les moments qu'elle avait passés avec lui. En outre, elle était flattée qu'il l'ait invitée à sortir.

Alexa et Savannah restèrent jusqu'à la fin de la semaine à Paris, qu'elles prirent un grand plaisir à visiter. Elles décidèrent finalement de ne pas aller dans le sud de la France. Au lieu de cela, elles se rendirent directement à Florence, qu'elles adorèrent. Elles passèrent des heures dans les musées, les galeries et les églises, puis elles partirent pour Venise. Elles descendirent dans un hôtel ancien qui donnait sur le Grand Canal. C'était magique. Après un séjour de trois semaines en Europe, elles prirent l'avion à Milan pour rentrer chez elles, ravies de ce merveilleux voyage.

Le retour à la vie réelle fut pénible. La perspective de reprendre le travail déprimait Alexa. Deux jours après leur arrivée, Savannah s'envola vers Charleston pour voir Turner. Elle resta quelques jours chez Julianne, puis s'installa chez son père, où elle comptait demeurer pendant quinze jours. Luisa était absente et Daisy en camp de vacances.

A New York, Alexa découvrit que la solitude lui pesait horriblement. Elle n'avait plus de procès pour s'occuper l'esprit, et elle détestait rentrer le soir dans une maison vide. Comme prévu, sa mère et Stanley faisaient leur voyage dans le Montana et le Wyoming.

Elle s'en plaignit auprès de Jack lorsqu'elle dîna avec lui.

— Vous feriez bien de trouver rapidement une solution, lui dit-il. Elle s'en va pour l'université dans quinze jours, et ce ne sera plus jamais comme avant.

— Merci pour le réconfort, grommela-t-elle.

Ce jour-là, ils avaient travaillé ensemble sur un cambriolage, ce qui ne les intéressait ni l'un ni l'autre. Que ce fût au bureau ou à la maison, Alexa était au trente-sixième dessous.

La vie redevint plus animée au retour de Savannah. Ses amis rentraient et sortaient constamment pour lui faire leurs adieux. Alexa et Savannah avaient des articles à acheter et à emballer, toutes ses tenues préférées à mettre de nouveau dans ses valises, elle avait aussi besoin de vêtements et de linge. Elles se procurèrent une grande malle pour pouvoir tout y caser. Le 1er septembre, les préparatifs étaient terminés. Pour leur dernière nuit à New York, elles dînèrent avec Muriel et Stanley qui revenaient à peine de Moose, dans le Wyoming. Ils portaient tous les deux des bottes, un jean et une chemise de cow-boy. Savannah leur dit en riant qu'ils étaient mignons.

Ils dînèrent chez Balthazar, au Village, ce qui plut beaucoup à Savannah. Sa grand-mère lui promit de lui rendre bientôt visite à Princeton, qui n'était qu'à une heure et demie de New York par la route. Travis et Henry lui avaient aussi dit qu'ils viendraient en octobre.

Etendue dans son lit, cette nuit-là, Alexa avait du mal à croire qu'une période de sa vie était derrière elle, désormais. Toutes ces années pendant lesquelles elle avait vécu avec sa fille et pris soin d'elle... Et maintenant, elle s'en allait. Sachant que rien ne serait plus pareil à l'avenir, la jeune femme était anéantie. Savannah lui rendrait visite, mais elle ne vivrait plus jamais à la maison, sauf en été. Et les grandes vacances lui paraissaient bien loin.

Alexa avait loué une camionnette pour charger toutes les affaires de Savannah. La jeune fille emportait en plus de ses vêtements un vélo, son ordinateur, une petite chaîne stéréo, des oreillers, des couvertures, un couvre-lit, des photographies encadrées et toutes les fournitures scolaires nécessaires. Savannah avait parlé des heures avec l'amie qui devait partager sa chambre. Elles faisaient déjà des projets. Très excitée, la jeune fille appela Turner quatre fois pendant le trajet. Arrivé à Duke depuis la veille, il partageait sa chambre avec trois camarades. En comparaison, Savannah était privilégiée. Il devait venir la voir le week-end suivant, ce dont elle se réjouissait à l'avance.

Lorsqu'elles arrivèrent à Princeton, Savannah déplia son plan du campus. Une fois que la camionnette fut garée, la jeune fille se repéra à partir de deux pavillons, Nassau Hall et Cleveland Tower, pour trouver son chemin. Le pavillon où se trouvait sa chambre s'appelait Butler Hall. Elles le trouvèrent après quelques minutes de marche, grâce aux informations glanées ici et là. La chambre se trouvait au deuxième étage. Il leur fallut deux heures pour tout installer. Il leur restait la chaîne et l'ordinateur à brancher, mais le reste était en place. Les parents de sa compagne de chambre en faisaient autant de leur côté. Son père aida Alexa à installer l'ordinateur. Les filles devaient partager le micro-ondes et le minuscule réfrigérateur qu'elles louaient avec la chambre. Elles avaient chacune leur ligne téléphonique, leur lit, leur bureau, une chaise et une commode. La penderie était très exiguë. Alexa se battait encore pour organiser le rangement quand les filles sortirent dans le couloir pour faire la connaissance d'autres étudiantes. Une heure plus tard, Savannah était déjà plongée dans l'ambiance universitaire et elle dit à sa mère qu'elle pouvait partir.

— Tu ne veux pas que je suspende tes vêtements ? demanda Alexa, déçue.

Elle venait tout juste de faire le lit. Elles avaient apporté des sandwiches, mais Alexa avait pensé qu'elles pourraient faire quelques courses. En revanche, Savannah était impatiente de rencontrer ses futurs camarades. Sa nouvelle vie venait de commencer.

— Non, maman, je me débrouillerai. Tu peux partir, je t'assure.

C'était une façon polie de lui demander de s'en aller. Les autres filles en faisaient à peu près autant avec leurs parents. Réprimant ses larmes, Alexa serra sa fille très fort dans ses bras.

— Prends soin de toi... Appelle-moi...

— C'est promis, dit Savannah en l'embrassant.

En partant, Alexa souriait courageusement, mais ses joues ruisselaient de larmes lorsqu'elle atteignit le parking. Elle n'était d'ailleurs pas la seule mère à pleurer. Cette séparation la déchirait littéralement. C'était comme de rendre sa liberté à un oiseau après l'avoir chéri et nourri pendant dix-huit ans. Ses ailes étaient-elles assez fortes ? Se rappellerait-elle comment on faisait pour voler ? Et comment allait-elle tenir le coup elle-même ? Savannah était prête, mais pas Alexa. Une fois au volant de la camionnette, elle démarra et pleura pendant tout le trajet du retour. Cette journée à l'issue de laquelle il lui avait fallu couper définitivement le cordon ombilical était la pire de sa vie.

22

Le lendemain, en s'habillant pour se rendre au bureau, Alexa avait l'impression d'être en deuil, comme si quelqu'un de son entourage était mort. Son téléphone portable sonna au moment même où elle allait quitter l'appartement. Elle pensa que c'était Savannah. La veille au soir, elle avait dû prendre sur elle pour ne pas l'appeler. Le numéro était masqué et, lorsqu'elle décrocha, ce fut Sam Lawrence qui s'annonça. Elle fut heureuse de l'entendre, car ils ne s'étaient pas parlé depuis le mois de juillet.

— Quelle surprise ! dit-elle aimablement. Comment allez-vous ?

— Plutôt bien ! Est-ce que vous seriez d'accord pour déjeuner avec moi, à midi ?

Il paraissait en pleine forme et d'excellente humeur, ce qui n'était vraiment pas le cas d'Alexa.

— A dire vrai, je suis plutôt à plat. Ma fille est partie hier pour l'université et j'ai l'impression que ma vie est finie. Du jour au lendemain, je suis devenue complètement inutile et je déteste ça. Pourquoi pas la semaine prochaine, plutôt ? Je serai mieux dans ma peau.

Pour l'instant, elle ne voulait voir personne. Elle pleurait l'enfance de Savannah, à jamais disparue.

— Déjeunons quand même ensemble. Je crois pouvoir vous remonter le moral.

Elle espérait qu'il n'avait pas l'intention de la cour-

313

tiser, parce qu'elle n'avait vraiment pas la tête à cela. Ils étaient collègues de travail et c'était bien suffisant. Après avoir fait quelques tentatives infructueuses pour se tirer de ce mauvais pas, elle finit par céder.

— D'accord, je vous retrouverai chez le traiteur, de l'autre côté de la rue. Si la nourriture m'achève, je me moquerai bien d'être déprimée.

— Vous vous sentirez mieux dans quinze jours. Vous avez tenu le coup pendant le procès, quand elle était à Charleston.

— Pas du tout ! Elle me manquait horriblement, mais j'étais occupée. En revanche, je n'ai quasiment rien à faire, pour l'instant.

Il ne fit pas de commentaire à ce sujet, mais ils convinrent de se retrouver à midi et demi.

Sam était déjà là quand elle arriva. Il comprit au premier coup d'œil à quel point elle allait mal. Elle n'était pas maquillée, ses cheveux étaient réunis en une queue de cheval mal peignée et elle avait mis un jean pour aller travailler. On aurait dit une convalescente sortant d'une longue maladie. Elle se languissait visiblement de son enfant.

Ils bavardèrent un instant, s'attardant sur le goût détestable des plats qu'ils avaient commandés, puis il lui sourit.

— Je vous ai dit que je pensais pouvoir vous remonter le moral...

Elle espéra ne pas avoir fait une erreur en acceptant ce déjeuner alors qu'elle se sentait au plus bas.

— J'ai une proposition à vous faire, dit-il sur un ton mystérieux.

Elle le regarda avec une curiosité soupçonneuse.

— Quelle sorte de proposition ?

Il inspira profondément avant de lâcher :

— Un emploi.

Elle fronça les sourcils.

— Quelle sorte d'emploi ? Une autre affaire de meurtre ?

Se mettant à rire, elle ajouta :

— Le FBI me demande mon aide ? C'est un sacré compliment !

Elle était très flattée, mais il fallait admettre que sa collaboration avec Sam avait été très fructueuse.

Il lui souriait largement.

— Il ne s'agit pas d'une simple affaire, Alexa, mais d'un boulot. Nous voulons vous offrir un poste au bureau de l'avocat général du FBI. Vous ne serez pas sur le terrain et vous n'aurez pas à tirer sur les voyous. Vous savez ce qu'on y fait... Ils étaient sur notre dos quand nous traitions le dossier de Quentin. Mais cette fois, ce sera votre tour de taper sur les nerfs de quelqu'un d'autre, d'observer ou de prendre vous-même l'affaire en main pour leur montrer que vous êtes la meilleure. Vous allez recevoir une proposition officielle, mais je voulais vous en parler d'abord. Je suis persuadé que vous en avez assez de votre boulot au bureau du procureur. Ce serait une promotion intéressante, pour vous. Le salaire est bon, le travail intéressant et, bon sang, c'est le FBI !

Jamais Alexa n'aurait envisagé une telle évolution de sa carrière. Elle avait pensé qu'elle resterait au bureau du procureur jusqu'à sa retraite.

— Ici ? A New York ? demanda-t-elle, un peu abasourdie par l'honneur qu'on lui faisait.

— Non, répondit Sam, légèrement embarrassé. Ce serait à Washington, mais votre fille est partie, Alexa, et pour autant que je le sache, il n'y a pas d'homme dans votre vie.

— Ma mère vit ici, dit Alexa.

Elle semblait troublée. Cela faisait beaucoup à intégrer : un nouvel emploi, une nouvelle ville, une nouvelle vie.

— New York est à trois heures de Washington en train. Pour l'amour du ciel, on ne vous propose pas un poste au Venezuela !

— C'est vrai. Vous dites que le salaire est bon ? Je gagnerai plus que maintenant ?

— Oui, dit-il avec un grand sourire. Vous n'y perdrez pas. Et si ça ne vous plaît pas, vous pourrez toujours revenir ici. Mais vous n'en aurez pas envie. Vous en avez terminé, avec ce job de procureur, c'est du passé et vous le savez.

Elle y avait pensé avant le procès de Quentin, mais l'espace de quelques mois, cette affaire avait redonné du piment à sa profession. Maintenant, elle traitait de nouveau les cambriolages, les vols à l'étalage, les coups de filet chez les trafiquants de drogue et un meurtre de temps à autre.

— Vous allez y réfléchir ? lui demanda Sam.

Se sentant nettement moins déprimée qu'une heure auparavant, elle hocha la tête en souriant. Elle avait peur, mais cette perspective l'excitait.

— Je pensais que vous alliez me proposer un rendez-vous galant, dit-elle en riant.

— Cela reste une possibilité... mais je ne crois pas que vous accepteriez.

— En effet. Je ne sors jamais avec des collègues de travail. Je l'ai fait une fois et je m'en suis mordu les doigts.

Il avait bien interprété les signaux. Elle ne verrait jamais dans ses collègues de travail que des amis. Il avait d'ailleurs remarqué qu'elle traitait Jack en copain.

— C'est bien ce que je supposais. Mais acceptez ce poste ! Vous avez besoin de nouveauté, dans votre existence. Peut-être bien d'un homme, aussi.

Elle haussa les épaules.

— Vous parlez comme ma mère et ma fille.

— Vous devriez peut-être les écouter.

Elle se mit à rire et ils passèrent le reste du déjeuner à parler du bureau de l'avocat général.

La proposition officielle arriva deux jours plus tard. Le travail semblait intéressant, les prestations sociales avantageuses et le salaire fabuleux. L'offre était difficile à refuser, mais elle se sentait coupable de quitter le bureau du procureur où elle travaillait depuis l'obtention de son diplôme, sept ans auparavant. Tout le monde avait été gentil avec elle et elle appréciait Joe McCarthy. Elle regrettait de les abandonner, mais ils n'avaient pas vraiment besoin d'elle.

Comme toujours, lorsqu'elle avait une décision difficile à prendre, elle alla voir sa mère au tribunal en fin de journée.

Muriel remarqua aussitôt son expression gênée.

— Tout va bien ? Savannah va bien ?

— Elle est honteusement heureuse... Non, il s'agit de mon travail.

— Tu es virée ? s'exclama sa mère, scandalisée.

Après le merveilleux travail qu'elle avait accompli, comment pouvait-on la congédier ? Mais Alexa secoua la tête.

— J'ai une proposition du FBI.

Muriel ouvrit de grands yeux.

— Très impressionnant ! Tu vas accepter ?

— Je ne sais pas. C'est bien payé et le poste me convient. Ce serait certainement plus drôle que ce que je fais au bureau du procureur, ces temps-ci. Mais c'est à Washington, soupira Alexa. Je voulais d'abord savoir comment tu le prendrais, conclut-elle avec franchise.

Sa mère réfléchit un instant. Elle appréciait la relation qu'elle avait avec sa fille et sa sollicitude envers elle.

— Merci de me le demander, mais je ne veux pas que tu refuses un poste à cause de moi. Je ne suis pas âgée à ce point, précisa-t-elle en souriant. Je travaille encore et je suis occupée. Je suis dans la même position que toi quand Savannah t'a quittée pour l'université. On doit permettre à ses enfants de prendre leur envol. J'ai dû franchir le pas quand tu as épousé Tom et que tu es partie pour Charleston. Washington n'est pas très loin. Tu vas me manquer, mais je pourrai aller te voir, tout comme tu pourras me rendre visite. Le plus important, c'est de savoir si, toi, tu as envie d'accepter cette offre et de partir pour Washington. Plus grand-chose ne te retient ici et je crois que ton travail finira par t'ennuyer.

— C'est déjà le cas, avoua Alexa. C'est encore plus mort qu'avant, depuis le procès de Quentin.

— Tu as vraisemblablement besoin d'un changement à présent que Savannah est partie. Tu rencontreras peut-être quelqu'un, à Washington, ajouta Muriel avec un sourire.

— Ce n'est pas mon principal souci. Je pense surtout à toi et à Savannah.

— Elle est partie et je vais bien. De Princeton, elle pourra tout aussi facilement se rendre à Washington. Et si elle a envie de venir à New York, elle pourra loger chez moi. Je crois que tu devrais accepter.

— Je le pense aussi. Tu es sûre que ça ira ?

— Oui. Stanley me harcèle pour que nous vivions ensemble, soupira Muriel. Nous ne souhaitons pas nous marier, mais il prétend qu'en vieillissant, nous ne devrions vivre seuls ni l'un ni l'autre. Il me propose donc la vie commune, chez lui ou chez moi.

Il avait fallu dix-sept ans à Stanley pour faire une telle suggestion, mais jusqu'alors Muriel s'était parfaitement accommodée de leur arrangement.

— Qu'en penses-tu, maman ?

— J'aime assez cette idée, mais j'avais peur que tu ne l'apprécies pas, répondit Muriel, légèrement gênée.

— Je crois qu'il a raison et j'approuve entièrement son initiative. Je me faisais du souci à ce sujet, moi aussi. Alors… c'est d'accord ? Tu vas accepter ?

— Peut-être. Il faut que je réfléchisse encore. Je ne voudrais pas prendre une décision trop hâtive.

Alexa éclata de rire.

— Depuis combien de temps avez-vous une liaison ?

— Dix-sept ans, il me semble. Selon Stanley, cela fait dix-huit ans que nous sommes ensemble.

— Quoi qu'il en soit, je ne crois pas que ce soit trop précipité, après tout ce temps.

— Je vais sans doute lui dire oui, en revanche je préférerais qu'il s'installe chez moi. Je n'ai pas envie de quitter mon appartement. On le fera après Noël, peut-être. J'ai beaucoup de choses à régler, auparavant. Et toi ? Tu crois que tu vas accepter ?

— Oui. Merci, maman.

Alexa se pencha pour embrasser sa mère, puis elles sortirent ensemble de la salle d'audience.

Ce soir-là, Alexa appela Savannah pour lui parler de la proposition qui lui était faite. La jeune fille était en train de faire ses devoirs. La nouvelle l'étonna et l'impressionna à la fois. Elle trouva que ce déménagement à Washington pourrait être intéressant et bénéfique pour sa mère. Quant à elle, si elle voulait voir ses amis new-yorkais, elle pourrait séjourner chez sa grand-mère comme celle-ci le suggérait. Elles traversaient toutes les trois une période de transition.

— Je trouve que tu as besoin de changement, maman. A propos, tu as eu des nouvelles du sénateur ?

Edward Baldwin lui plaisait, tout comme à sa mère.

— Je crois qu'il est resté en Europe jusqu'à la mi-août. Il est sans doute très occupé.

Quoi qu'il en soit, Savannah avait approuvé son déménagement. Avant de raccrocher, elle remercia sa mère de lui avoir demandé son avis.

Le lendemain, Alexa informa Joe McCarthy de son départ. Elle se sentait très coupable, mais il se montra extrêmement compréhensif, disant même qu'il prévoyait que cela arriverait un jour ou l'autre. Il avait toujours pensé qu'elle finirait par être engagée par un cabinet d'avocats, mais il n'avait jamais envisagé que le FBI la pressentirait.

— C'est une preuve d'intelligence de leur part, lui dit-il en l'embrassant. Quand nous quittez-vous ?

— Est-ce qu'un mois de préavis vous semble raisonnable ?

— Tout à fait. Cela me donne le temps de vous trouver un remplaçant.

Avant de le quitter, elle voulait lui dire quelque chose...

— Merci de vous être battu pour que je conserve le dossier de Quentin, au lieu de le céder aux fédéraux.

— J'aurais peut-être dû le leur céder, plaisanta-t-il. Aujourd'hui, ils ne seraient pas en train de vous proposer un poste. Mais je suis content pour vous, continua-t-il en la serrant de nouveau dans ses bras. C'est une magnifique promotion ! Je suis fort mécontent de vous perdre, mais je vous approuve.

— Merci.

La rumeur se répandit comme une traînée de poudre. A 16 h 30, Jack se planta de l'autre côté de son bureau pour la foudroyer du regard.

— Qu'est-ce que c'est que cette histoire ? demanda-t-il d'un air malheureux.

— Je suis désolée, Jack. La proposition du FBI est vraiment intéressante.

— Ça va être mortel, ici, sans vous, dit-il tristement.

Sur ces mots, il sortit de la pièce, trop déprimé pour discuter plus longtemps.

Alexa réfléchissait à tout ce qu'elle devait faire – trouver un appartement, résilier son bail à New York, transmettre ses dossiers à son remplaçant, déménager et prendre ses nouvelles fonctions – quand Edward Baldwin l'appela juste avant qu'elle ne quitte son bureau.

— Je peux vous inviter à manger un hamburger ? Je suis en ville pour la nuit. Excusez-moi de ne pas vous avoir appelée depuis mon retour, mais je réglais un certain nombre de problèmes et j'ai dû passer un week-end à Charleston. Comment cela se passe-t-il pour Savannah, à Princeton ?

— Elle est au comble du bonheur.

Alexa souriait. Il semblait plein de vie, surchargé de travail et obligé de courir en tous sens.

— Le hamburger sera le bienvenu, lui dit-elle. Où nous retrouvons-nous ?

— Je suis à deux pâtés de maisons de chez vous. Si vous le voulez bien, je passe vous prendre et nous déciderons ensemble de notre destination.

— Parfait.

Cinq minutes plus tard, elle était en bas. Il l'attendait déjà au volant de sa voiture. Il lui ouvrit la portière et elle s'assit auprès de lui. Ils passèrent d'abord par son hôtel pour boire un verre avant le dîner.

— Comment s'est passée la suite de votre voyage ? lui demanda-t-il.

— Merveilleusement bien. Et le vôtre ?

— Parfaitement bien aussi, dit-il en souriant. J'ai beaucoup pensé à vous. Je voulais vous appeler, mais j'en ai vraiment été empêché. A propos, j'ai croisé votre ex-mari, à Charleston. Je dois admettre qu'il a l'air malheureux et je comprends pourquoi. Son épouse était avec lui et, à la voir, on dirait qu'elle a avalé son parapluie au petit déjeuner. Il semble que le destin l'ait rattrapé.

— C'est possible.

Alexa sourit à Edward. Ce n'était plus son problème, désormais.

Tout en mangeant son hamburger, un peu plus tard, elle lui apprit qu'elle allait travailler pour le FBI et s'installer à Washington. La nouvelle le stupéfia.

— Vraiment ? C'est un changement d'importance ! Je vous trouve très courageuse.

— Je me suis dit que c'était le bon moment de saisir ma chance, puisque Savannah est partie. Je n'aurais sans doute pas pu accepter avant.

Mais, récemment, elle avait déjà fait preuve de beaucoup de bravoure. Elle avait envoyé Savannah à Charleston, elle s'y était rendue elle-même, elle avait enterré la hache de guerre avec Tom et, maintenant, elle changeait de travail et de ville. Il était temps pour elle aussi de grandir.

— Je vous aiderai, proposa-t-il en souriant largement. Quand entrez-vous en poste, au bureau de l'avocat général ?

Comme il était la plupart du temps à Washington, il était ravi qu'elle vienne y vivre. Si elle était restée à New York, il se serait arrangé pour la voir le plus souvent possible, mais ce déménagement lui faciliterait les choses. Ils disposeraient ainsi de davantage de temps pour apprendre à se connaître.

— Je commence le 1er novembre mais, avant, j'aurai énormément de détails à régler.

— Si vous veniez le week-end prochain, nous pourrions commencer à vous chercher un appartement. Qu'en pensez-vous ?

Elle réfléchit un instant, puis elle lui sourit.

— C'est d'accord.

23

Alexa quitta le bureau du procureur le 1er novembre. Ce fut un jour doux-amer, pour elle. Joe McCarthy organisa un dîner en son honneur et ses collègues lui offrirent une plaque de cuivre gravée à son nom, ainsi que toutes sortes de petits cadeaux amusants.

Le lendemain, elle partait pour Washington, en passant par Princeton. Elle avait décalé son entrée en fonction d'une semaine pour se donner le temps d'emménager dans sa nouvelle maison. Ses meubles devaient lui être livrés deux jours plus tard. La semaine précédente, elle avait logé chez sa mère, ce qui s'était révélé plutôt amusant. Edward l'appelait plusieurs fois par jour, avec des projets et des invitations plein la tête. Il lui avait demandé de l'accompagner à une réception qui avait lieu à la Maison-Blanche, deux semaines plus tard.

Elle souhaitait rendre visite à sa fille en chemin. Elle la trouva heureuse et débordante d'activité. Elle s'était déjà fait de nombreux amis, et Turner devait venir la voir le week-end suivant. La nouvelle vie de Savannah était bien partie, il ne restait plus à Alexa qu'à entamer la sienne.

Lorsqu'elle arriva à Washington, Edward la retrouva dans la minuscule maison de poupée qu'elle avait louée dans le quartier de Georgetown. Edward l'avait aidée à la trouver et elle savait que Savannah, à qui le premier étage était entièrement consacré, l'adorerait. Alexa n'avait pas besoin de davantage de place. Elle habitait tout près de chez Edward, qui occupait un appartement spacieux, moderne et très commode. Il l'aida à décharger sa voiture et ils entrèrent ensemble dans la maison vide. Une nouvelle maison, un nouvel emploi, une nouvelle vie et peut-être un nouvel homme... Il semblait à la jeune femme qu'elle repartait de zéro et cette idée lui redonnait du tonus. Pour l'homme, elle n'en était pas encore certaine, mais les autres changements apaisaient la souffrance causée par le départ de Savannah. Chacune de leur côté, elles entamaient une existence totalement différente, et l'excitation d'Alexa égalait celle de sa fille.

Ce soir-là, Edward l'invita à dîner au Citronella. Ensuite, il la raccompagna jusqu'à l'hôtel, où elle ne devait rester qu'une seule nuit. Pour la première fois, il l'embrassa avant de la quitter. Ce baiser leur plut autant à l'un qu'à l'autre.

Quand les déménageurs arrivèrent, le lendemain, Edward était là pour les accueillir avec elle. Il resta jusqu'à minuit afin de l'aider à déballer ses affaires. Lorsqu'elle eut trouvé les draps, ils firent ensemble le lit et il lui raconta des blagues idiotes. Epuisés, ils tombèrent sur le lit en riant et se regardèrent. Edward était un homme adorable, qui était gentil avec elle et la rendait heureuse. Il lui fit alors une déclaration qui la stupéfia :

— Je crois que je suis en train de tomber amoureux de vous, Alexa. Je ne vous choque pas ?

Sachant combien elle était sortie meurtrie de son précédent mariage, il ne voulait pas la bouleverser, faire quelque chose qui lui déplairait ou aller trop vite en besogne.

— Je crois que je suis en train de tomber amoureuse de vous, moi aussi, dit-elle doucement.

C'était effrayant à dire, mais cela faisait du bien et c'était vrai. Elle était éprise de lui comme elle ne l'avait plus été depuis des années. Et elle avait totalement confiance en lui.

La prenant dans ses bras, il l'attira contre lui. Tout irait bien, désormais. Sa nouvelle vie à Washington leur donnerait tout le temps dont ils avaient besoin pour s'apprivoiser mutuellement.

— Je crois que c'est une bonne chose pour nous deux, murmura-t-il.

Elle lui fit une proposition qui les étonna de nouveau tous les deux.

— Est-ce que vous aimeriez passer la nuit ici ?

Sa vie s'emballait de minute en minute, prenant un rythme fou. C'était exaltant et excitant pour tous les deux.

— J'adorerais cela, dit-il avec un sourire.

Un peu plus tard, elle prit une douche et se coucha. Il en fit autant avant de se glisser entre les draps frais, auprès d'elle. Cette nuit-là, un nouveau monde s'ouvrit pour eux. Un monde qu'aucun des deux n'avait pensé pouvoir atteindre un jour. Cela tenait du miracle.

Alexa passa le reste de la semaine à ranger la maison. Edward venait l'aider chaque fois qu'il le pouvait et il restait toutes les nuits. Ils décidèrent de n'en parler à personne jusqu'à ce qu'ils sachent eux-mêmes où ils en étaient. Peut-être cela ne durerait-il pas, mais pour l'instant c'était merveilleux. Alexa n'avait pas besoin d'autre chose.

Dès qu'elle entra en poste, elle adora ses nouvelles fonctions, qui lui apportaient tout ce qu'elle attendait et plus encore. Le fait de travailler avec le FBI lui procurait une délicieuse excitation. La semaine suivante, elle accompagna Edward à la Maison-Blanche. Ils formaient un très beau couple, qui fut filmé par les journalistes invités à cette occasion. La réception était organisée en l'honneur du président de la République française. Le lendemain, aux informations, on put voir le sénateur Baldwin entrer dans la Maison-Blanche, une très jolie femme à son bras.

Il se trouva par hasard que Luisa et Tom regardaient la télévision ensemble, ce jour-là. Comme il s'agissait du sénateur de Caroline du Sud, le reportage passa plusieurs fois sur les écrans. Luisa jaillit hors de son siège comme une furie.

— La garce ! Tu as vu ça ?

Tom, qui avait regardé ailleurs pendant une minute, n'avait rien remarqué.

— De qui parles-tu ? De la première dame, ou de l'épouse du président français ?

— Bien sûr que non ! D'Alexa ! Elle était au côté du sénateur Baldwin, quand il est entré dans la Maison-Blanche.

— Alexa ? Notre Alexa ? répéta-t-il, stupéfait.

— Ton *ex*-Alexa, merci ! Elle était sa cavalière ! Elle a dû lui mettre le grappin dessus au mariage ! s'exclama Luisa, exaspérée.

— Elle ne lui a pas mis le grappin dessus, c'est moi qui ai fait les présentations.

Il semblait aussi abattu que Luisa était furieuse.

— Pourquoi as-tu fait ça ?

— Parce que nous l'avons heurté sur la piste de danse.

Aujourd'hui, il le regrettait amèrement. Il l'avait perdue, mais il n'avait pas voulu lui présenter son successeur. Il aimait savoir qu'elle était seule.

— C'est une salope ! dit Luisa en éteignant le poste.

— Certainement pas, répliqua-t-il sèchement. Tu l'as été et moi aussi, mais pas elle. Elle n'aurait jamais fait ce que nous avons fait. Elle m'a repoussé parce que je suis marié, mais de toute façon, elle n'aurait pas voulu de moi. C'est nous qui sommes des salauds, Luisa, pas elle. Tu as couché avec le mari d'une autre femme et j'ai trompé mon épouse. Ce n'est pas joli-joli, tu ne trouves pas ?

— Je ne vois pas de quoi tu parles, protesta Luisa avec indignation.

— Bien sûr que si. Peut-être mérite-t-elle le sénateur, finalement.

Sans dire un mot, Luisa sortit de la pièce, furieuse à l'idée qu'Edward Baldwin avait invité Alexa à la Maison-Blanche...

Après son départ, Tom resta assis à fixer l'écran éteint. Alexa méritait tout ce qui pouvait lui arriver de meilleur, si cela pouvait réparer ce qu'il lui avait fait subir. Tandis qu'il l'imaginait avec Edward Baldwin, deux larmes silencieuses coulèrent le long de ses joues.

— Qu'allons-nous faire, pour Thanksgiving ? demanda Edward à Alexa, le week-end qui suivit la réception à la Maison-Blanche.

Prise au dépourvu, elle posa sur lui un regard vide.

— Je n'y ai pas réfléchi, tant j'avais l'esprit occupé par mon emménagement. D'habitude, nous nous retrouvions tous, Savannah, ma mère, son ami Stanley et moi. Mais je ne sais pas s'ils voudront se déplacer jusqu'ici. Je vais les appeler, si tu veux. Tu avais quelque chose en tête ? demanda-t-elle en se penchant pour l'embrasser.

Ils étaient couchés, le journal du dimanche étalé sur le lit et deux tasses de café posées sur les tables de chevet. Ils appréciaient la vie qu'ils menaient ensemble, heureuse, facile et douillette. Edward était un homme tendre et chaleureux, aussi gentil qu'elle l'avait espéré. Quant à lui, il trouvait Alexa aussi parfaite que son ex-épouse l'avait prédit.

— D'habitude, je vais chez Sybil. Mon fils et ma fille prennent l'avion pour nous rejoindre et nous passons les fêtes ensemble. J'aimerais que tu sois avec nous, cette année, et je souhaite que tu fasses la connaissance de mes enfants.

— Je vais appeler Savannah et ma mère.

Leurs réponses à toutes les deux la surprit : Savannah souhaitait se rendre à Charleston pour passer les fêtes avec son père et Turner, du moins si Alexa n'y voyait pas d'inconvénient. Il y aurait aussi Travis, Scarlette, Henry, Daisy et... Luisa. C'était le seul inconvénient. Savannah supplia sa mère de la laisser y aller et Alexa accepta.

Lorsqu'elle appela sa mère, celle-ci lui apprit que Stanley avait acheté deux billets pour une croisière aux Bahamas, mais qu'elle n'avait pas eu le courage de lui en parler jusqu'à maintenant.

— Mais je n'irai pas, si tu es seule, conclut-elle.

Alexa venait de lui rapporter les projets de Savannah. D'une certaine façon, le séjour de sa fille à Charleston avait préparé la jeune femme à vivre sans elle. Aujourd'hui, elle supportait mieux la perspective de passer les fêtes loin de Savannah.

— Ne t'inquiète pas pour moi, je vais me débrouiller ! assura-t-elle. Pars en croisière et amuse-toi bien.

— Qu'est-ce que tu vas faire ? s'inquiéta Muriel.

— Edward vient de m'inviter à fêter Thanksgiving avec ses enfants, chez son ex-femme.

— Edward ? Le sénateur Edward Baldwin ?

— Oui.

Alexa n'était pas prête à en révéler davantage. Elle n'avait pas non plus parlé à sa mère de la réception à la Maison-Blanche. Muriel avait apparemment raté les articles qui avaient paru dans la presse, mais pas Savannah, qui avait été ravie. Elle avait envoyé un SMS à sa grand-mère à ce sujet.

Comprenant que sa fille ne souhaitait pas en parler, Muriel n'insista pas, mais elle sentait qu'il y avait anguille sous roche.

— Très intéressant... Je vais dire à Stan que nous pouvons partir en croisière, dit-elle avec un petit sourire satisfait.

Un instant plus tard, Alexa rapportait à Edward sa conversation avec sa mère.

— Ma famille m'a abandonnée, commenta-t-elle avec un sourire. Je suis donc toute à toi pour Thanksgiving.

— Excellente nouvelle, dit-il en l'embrassant.

Le lundi matin, il prévint Sybil, qui fut ravie. Tout le monde était content, en particulier Edward et Alexa, ainsi que le fan-club qui les soutenait en secret.

Chez Sybil, la réception fut aussi chaotique et chaleureuse qu'on pouvait s'y attendre. Au lieu de dinde, elle servit un gigot d'agneau rôti à la française, avec de l'ail et des haricots verts. En entrée, elle leur avait proposé du caviar et du foie gras. Au dessert, il y avait de la tarte au potiron, parce que les enfants aimaient ça, mais aussi une omelette norvégienne. Ce fut un repas exceptionnel, même s'il n'était pas très orthodoxe, et les vins apportés par Edward étaient excellents.

Tous les enfants de Sybil étaient là, y compris ceux qu'elle avait eus avec Edward. Alexa apprécia sa fille, qui lui rappela Savannah, bien qu'elle eût trois ans de plus qu'elle. Son fils John était intéressant, intelligent, drôle et un peu excentrique comme sa mère. Il voulait être un acteur shakespearien et jouait dans des spectacles londoniens. Ses cheveux étaient presque aussi longs que ceux d'Alexa, et sa petite amie, qui était aussi actrice, semblait faire trois mètres de haut.

— Je m'étonne d'avoir été élu, avec une telle famille, plaisanta Edward.

Après le dîner, ils jouèrent aux charades, tandis que les chiens aboyaient constamment. Le perroquet conseillait à tout le monde d'aller se faire foutre et plusieurs personnes passèrent en coup de vent, dont un artiste connu.

Quand on était chez eux, on avait l'impression d'être sur un plateau de tournage. Lorsque tout commença à se calmer un peu, ils burent un excellent château-d'yquem au goût sucré.

Ce fut le moment choisi par Sybil pour les interroger.

— Dites-moi ce qui se passe, entre vous deux, fit-elle avec un sourire malicieux. Je meurs d'envie de le savoir, mais je suis certaine que tu es amoureux, Edward. Je ne connais pas suffisamment Alexa pour le lui demander, d'ailleurs elle n'est pas encore ma belle-sœur, si je peux m'exprimer ainsi puisque tu n'es pas vraiment mon frère. La question est de savoir si elle va le devenir.

— Quand nous aurons quelque chose à te dire, nous te le ferons savoir, répliqua Edward. En attendant, trouve autre chose à faire et cesse de te mêler de ma vie.

— Quelle grossièreté ! dit-elle en riant.

Edward était ravi que ses enfants apprécient Alexa, ce qui était important pour lui. Savannah lui plaisait et il pensait qu'elle ferait l'unanimité dans la famille.

— J'espère que vous fêterez Noël avec nous, leur dit Sybil lorsqu'ils partirent.

— Je ne peux pas faire ça à ma mère, répondit Alexa, mais vous pourriez passer boire un verre chez elle.

— Ce sera avec un grand plaisir, assura Sybil.

Il allait falloir avertir Muriel qu'elle recevrait un écrivain connu, un producteur célèbre, un sénateur et cinq enfants de plus. Ce serait un choc, pour elle, vu l'exiguïté de son appartement, mais ce ne serait que pour l'apéritif. Sa mère ne pourrait jamais gérer une invitation à dîner. Lorsqu'elle était seule, elle se nourrissait de salades achetées au retour du travail. Muriel n'avait jamais été une grande cuisinière.

Edward et Alexa étaient descendus à l'hôtel Carlyle pour le week-end de Thanksgiving. Ils projetaient de revoir son fils et sa fille le lendemain. De leur côté, Sybil, son mari et leurs trois enfants partaient pour le Connecticut, où ils possédaient une maison. Ils avaient tous un emploi du temps très chargé, mais le week-end se révéla fort agréable. Edward et Alexa allèrent au restaurant avec ses enfants, se promenèrent dans Central Park, visitèrent le Guggenheim et le musée d'Art moderne. A la fin des deux jours, Alexa s'était fait deux nouveaux amis. Elle en parla au téléphone avec Savannah. Elle lui avait manqué, mais sa fille paraissait heureuse. Luisa n'avait pas gâché son séjour, ce qui était exceptionnel. Daisy était ravie d'avoir sa grande sœur à la maison et Henry avait amené son « colocataire », Jeff. Ce dernier avait beaucoup plu à Savannah.

En revenant de sa croisière, Muriel apprit avec stupeur que tout ce monde allait venir prendre l'apéritif chez elle.

— Tu plaisantes ? On ne tiendra pas dans mon appartement ! s'exclama-t-elle, affolée.

Mais elle brûlait d'envie de faire la connaissance d'Edward et de le voir avec Alexa. Son ex-femme et les enfants éveillaient tout autant sa curiosité, car elle avait lu tous les livres de Sybil.

— Ne t'inquiète pas, maman, la rassura Alexa. On ne vient que pour boire un verre. Tu verras, ce sont des gens très simples. En fait, pour être franche, ils sont un peu cinglés, à part les enfants, mais vraiment très drôles. Je crois qu'ils te plairont.

— Tu as l'air heureuse, remarqua Muriel avec affection.

— C'est vrai, répondit doucement Alexa. C'est un homme merveilleux.

— Est-ce que j'entends sonner les cloches de l'église ?

Cette éventualité excitait Muriel au plus haut point. Si Alexa devenait l'épouse d'un sénateur, elle s'en réjouirait, mais le plus important était qu'il faisait du bien à sa fille.

— Ce sont juste les cloches du bonheur. Je n'ai pas besoin de me marier. Je l'ai déjà fait.

Et j'ai eu bien trop mal pour recommencer, songea-t-elle.

Mais Edward n'était pas Tom. Il n'y avait rien de faible ou de malhonnête en lui. C'était un homme droit et respectable.

— Je pense la même chose en ce qui me concerne, mais je suis nettement plus âgée que toi, alors je ne comprends pas très bien. A ton âge, tu devrais être plus courageuse.

— Pourquoi, puisque je suis heureuse comme ça ?

— Si c'est un homme bien, vous pourriez être heureux tout en étant mariés. N'exclus pas cette idée, on ne peut pas savoir si tu ne changeras pas d'avis plus tard.

— Peut-être, répondit Alexa d'un ton sceptique.

Le mariage la terrorisait et cela ne changerait sans doute jamais.

Quand le Sénat ferma ses portes pour Noël, Alexa prit une semaine de congé et ils s'envolèrent pour New York. Depuis le début des vacances, Savannah habitait chez sa grand-mère, mais Alexa et Edward descendirent au Carlyle. La jeune femme avait aussi retenu une chambre pour sa fille, qui passerait avec eux la durée de leur séjour. Turner devait arriver le lendemain de Noël. Les deux jeunes gens comptaient skier et fêter le nouvel an avec des amis, dans le Vermont. Edward et Alexa resteraient encore un peu à New York.

Le soir de Noël, Sybil débarqua avec sa petite armée chez Muriel. Elle s'était quand même abstenue d'amener le perroquet et les chiens. Il y avait ses cinq enfants, ainsi que la petite amie de John, tous deux arrivés de Londres récemment. Ce n'était pas prévu, mais une nièce de Brian et ses deux grands fils d'un premier mariage les accompagnaient. Alexa n'était pas au courant, mais ils se tassèrent tous dans le petit appartement de Muriel, où ils burent du lait de poule et du champagne. Muriel confia à Sybil qu'elle adorait ses livres, Brian et Stan parlèrent de leurs vieux films préférés et de pêche à la mouche, John et sa petite amie discutaient avec Savannah, pendant qu'Ashley, la fille d'Edward, était suspendue à son téléphone portable. Elle pleurait et se disputait avec son petit ami, qui se trouvait en Californie. Le vacarme était tel qu'Alexa, qui se tenait à l'écart avec Edward, ne put s'empêcher de rire.

— Ma famille s'est étendue. L'année dernière à la même époque, nous n'étions que trois : ma mère, Savannah et moi. Stanley nous a rejointes après le dîner parce qu'il rendait visite à un ami malade.

— Qu'est-ce que tu préfères ? lui demanda carrément Edward. Maintenant ou à cette époque ?

— Maintenant, répondit-elle sans hésiter. C'est nettement plus chaleureux et vivant.

Un peu plus tard, sa mère suggéra qu'ils commandent des plats chinois et pique-niquent dans la cuisine ou par terre, dans la salle de séjour. Elle avait mis une petite dinde au four, mais ils pourraient la manger le lendemain. Sybil et sa troupe apprécièrent cette idée et votèrent pour à l'unanimité. De toute façon, dit Sybil, le repas qui les attendait à la maison était désastreux.

Les jeunes gens s'assirent sur le sol de la salle de séjour. Les plus âgés s'installèrent dans la salle à manger, qui ne pouvait accueillir que huit personnes. Finalement, tout le monde parvint à se caser. C'était le meilleur Noël qu'Alexa ait jamais vécu, même à Charleston.

Ce soir-là, Savannah resta chez sa grand-mère pendant qu'Edward et Alexa regagnaient leur hôtel. Il commençait à neiger. Ils se mirent à chanter, très faux d'ailleurs, « Noël blanc », puis ils s'arrêtèrent sur le trottoir pour s'embrasser. Jamais ils n'avaient passé un aussi bon Noël. Ce qu'Edward vivait avec Alexa était mieux que son mariage avec Sybil. Parfois, son ex-femme était un peu trop extravagante à son goût, malgré toute l'affection qu'il avait pour elle.

Une main glissée sous son bras, Alexa leva vers lui des yeux pleins d'espoir.

— S'il continue de neiger, nous pourrons faire une bataille de boules de neige !

Il la regarda gravement.

— C'est impossible.

— Ah bon ? Pourquoi ? Tu n'aimes pas les batailles de boules de neige ?

Elle trouvait cela bizarre, tant il était espiègle.

— J'aime les batailles de boules de neige, dit-il en s'arrêtant pour la regarder, mais je ne sais pas s'il est de bon ton, pour l'épouse d'un sénateur, d'être surprise en train de batifoler dans un parc. Tu pourrais atteindre un inconnu et faire la une des journaux. Qu'est-ce que tu en penses ? demanda-t-il en ouvrant de grands yeux innocents.

— Quoi ? De la bataille de boules de neige ? demanda-t-elle d'une voix entrecoupée par l'émotion.

— Non... ce que j'ai dit à propos de ton rôle de femme de sénateur. Cela ne te semble pas trop fou ?

Il n'ignorait pas que le mariage la terrifiait, mais maintenant, il savait exactement ce qu'il voulait. Il avait attendu longtemps pour la trouver. Sybil avait raison : Alexa était la femme de sa vie, celle qui lui correspondait parfaitement.

— Je... Oui... Non... bafouilla-t-elle.

Il l'embrassa encore.

— Oui, je veux dire non, cela ne me semble pas fou, parvint-elle enfin à articuler. Et oui... je veux bien.

Elle pleurait et riait à la fois lorsqu'il l'embrassa. Bras dessus, bras dessous, ils franchirent le seuil du Carlyle. Un large sourire aux lèvres, Alexa semblait aux anges. Quant au sénateur de Caroline du Sud, il avait l'air extrêmement satisfait.

Vous avez aimé ce livre ?
Vous souhaitez en savoir plus sur Danielle STEEL ?
Devenez, gratuitement et sans engagement, membre du
CLUB DES AMIS DE DANIELLE STEEL
et recevez une photo en couleurs dédicacée.

Il vous suffit de renvoyer ce bon accompagné d'une
enveloppe timbrée à vos nom et adresse au *CLUB DES
AMIS DE DANIELLE STEEL – 12, avenue d'Italie –*
75627 PARIS CEDEX 13 ou de vous inscrire sur
le site www.danielle-steel.fr

CLUB DES AMIS DE DANIELLE STEEL
12, avenue d'Italie – 75627 Paris Cedex 13
Monsieur – Madame – Mademoiselle

NOM :
PRÉNOM :
ADRESSE :

CODE POSTAL :
VILLE :
Pays :

E-mail :
Téléphone :
Date de naissance :
Profession :

La liste de tous les romans de Danielle Steel publiés
aux Presses de la Cité se trouve au début de cet ouvrage.
Si un ou plusieurs titres vous manquent, commandez-les
à votre libraire. Au cas où celui-ci ne pourrait obtenir le
ou les livres que vous désirez, si vous résidez en France
métropolitaine, écrivez-nous pour le ou les acquérir par
l'intermédiaire du Club.

Composé par Nord Compo Multimédia
7, rue de Fives, 59650 Villeneuve-d'Ascq

'Achevé d'imprimer au Canada
sur les presses de Imprimerie Lebonfon Inc.

R.C.L.

JUIN 2011

G

Dépôt légal : avril 2011